COLLECTION
FOLIO CLASSIQUE

Antoine Prévost d'Exiles

Histoire du chevalier des Grieux et de Manon Lescaut

Édition de Frédéric Deloffre
Professeur honoraire à l'université de Paris-Sorbonne

et Raymond Picard

Gallimard

Une première édition de cet ouvrage a paru
dans la collection « Classiques Garnier » en 1965,
revue en 1990 et 1995.

© *Éditions Gallimard*, 2008.

AVANT-PROPOS

Parue dans la collection des Classiques Garnier en 1965, l'édition de Manon Lescaut *à laquelle le regretté Raymond Picard et moi-même avions travaillé dans un esprit d'enthousiasme amical reste encore aujourd'hui, après différentes révisions dont la dernière remonte à 1995, l'édition de référence du roman de l'abbé Prévost. La version qui en est présentée ici devait être allégée pour répondre aux normes de la collection Folio classique. On a donc supprimé les discussions sur des points qui paraissaient acquis : il suffira de se reporter aux éditions de 1990 ou de 1995 pour en retrouver le détail.*

À l'inverse, on a fait bénéficier le présent ouvrage d'aperçus nouveaux. Certains concernent la biographie de Prévost, enrichie surtout grâce à une précieuse Vie de Prévost *composée par Jean Sgard. D'autre part, la découverte d'un personnage mi-réel mi-littéraire dont Prévost a dû lire l'histoire ouvre des perspectives inattendues sur la figure féminine centrale du roman ; il existe en effet des points de comparaison frappants entre les deux héroïnes : caractère, destinée, regard porté respectivement sur elles par les deux narrateurs.*

Pour tenir compte de ces apports anciens et nouveaux,

l'introduction comprendra trois parties : une « vie de Prévost » jusqu'à l'époque de la publication de son roman, un essai sur la genèse de l'ouvrage, enfin l'étude que Raymond Picard a consacrée à sa signification.

Le dossier présentera les pièces contemporaines relatives à l'auteur et les jugements sur son œuvre, ainsi qu'une bibliographie des travaux modernes qui ont été utilisés dans le présent ouvrage.

FRÉDÉRIC DELOFFRE

INTRODUCTION

I

Vie de Prévost

Quoique un siècle de critique n'ait pas réussi à trouver dans les expériences personnelles de l'abbé Prévost le modèle des aventures du chevalier des Grieux — à plus forte raison de Manon Lescaut — la connaissance de la vie de l'auteur reste d'un grand intérêt pour apprécier pleinement sa création. Il n'est en effet presque aucune de ses expériences, telles qu'elles nous apparaissent, qui ne jette quelque lumière sur les impressions que ressent des Grieux, sur les réactions qu'elles provoquent en lui ou sur les décisions qu'il est amené à prendre.

Les origines de l'écrivain sont connues et honorables. Né à Hesdin, en Artois, le 1ᵉʳ avril 1697, il reçut les prénoms d'Antoine François. Comme la plupart des grands écrivains du temps, il appartenait à cette moyenne bourgeoisie parfois assez aisée pour accéder, par l'acquisition de charges de judicature, à la petite noblesse de robe. Dès le début du XVIIᵉ siècle, à l'époque où l'Artois était encore sous la domination espagnole[1]*, son arrière-grand-père était receveur des*

---

1. Hesdin ne fut rattaché juridiquement à la couronne de France qu'en 1659.

tailles, fonction élective dont n'étaient pourvus que des hommes d'une intégrité reconnue. Son grand-père, Liévin Prévost, maître brasseur, exerça les charges honorables de trésorier de la ville et d'échevin. Son père, aussi prénommé Liévin, acheta la charge de conseiller du Roi, qui, sans comporter d'obligation précise, conférait la noblesse à titre personnel, et celle, plus effective, de procureur du Roi au bailliage d'Hesdin : il n'existait dans la ville qu'une charge plus importante, celle de lieutenant du Roi, et l'un des frères de l'abbé Prévost l'exercera. Outre quatre filles qui ne vécurent pas, Liévin Prévost II eut cinq fils, dont les différentes vocations représentent bien les aspirations de la famille. L'aîné, Norbert, devint jésuite, mais ne le resta pas et finit ses jours comme chanoine de la cathédrale de Cambrai. Le plus jeune, Bernard-Joseph, fut prémontré, puis abbé de Blanchelande. Deux autres fils furent magistrats : l'un, Jérôme-Pierre, avocat, conseiller du Roi, est celui qui, comme on l'a dit, exerça la fonction de lieutenant civil et criminel ; l'autre, Louis-Eustache, après avoir servi comme officier, devint aussi conseiller du Roi et maître des eaux et forêts.

Antoine, le futur « abbé Prévost », deuxième des cinq frères, poussa ses hésitations plus loin qu'aucun des autres. Ses allées et venues entre la profession ecclésiastique, quoique moins surprenantes à l'époque que de nos jours, n'en furent pas moins si fameuses qu'un académicien du temps, son compatriote Gaillard, lui appliqua ce vers de la Henriade à propos de frère Ange de Joyeuse : « Il prit, quitta, reprit la cuirasse et la haire. » Le détail exact de ces vocations, ecclésiastiques et surtout militaires, n'est pas connu, et les témoins ou mémorialistes qui en parlent ne s'accordent guère. Voici ce qu'on peut retenir de plus assuré.

Sa mère étant morte prématurément, c'est sous la surveillance attentive de son père que le jeune Antoine fit ses études au collège des jésuites d'Hesdin. Les études y duraient cinq ans, jusqu'à la classe de rhétorique, notre actuelle première. Les élèves qui avaient accompli ce cursus pouvaient ensuite suivre les cours de l'université de Douai, en commençant par la philosophie. Mais l'état de guerre dans la région rendait la chose impossible pendant les années 1711-1712 : Douai même était tombé aux mains de l'ennemi. Que devint alors Prévost ? Il s'en est expliqué, en des termes d'ailleurs assez obscurs, dans l'apologie qu'il publia plus tard dans le Pour et contre *en réponse aux attaques de Lenglet-Dufresnoy :*

> Il est vrai que me destinant au service, après avoir été quelques mois chez les RR. PP. jésuites que je quittai à l'âge de seize ans, j'ai porté les armes dans différents emplois, d'abord en qualité de volontaire, dans un temps où les emplois étaient très rares (c'était à la fin de la dernière guerre) et dans l'espérance commune à une infinité de jeunes gens d'être avancés aux premières occasions[1].

Les « quelques mois chez les jésuites » ne signifient pas que Prévost avait commencé un noviciat, mais peut-être qu'il était logé chez eux pendant ses études. Quant à l'engagement militaire, il a dû prendre place vers la fin de la

---

1. Feuille XLVII, rédigée vers mai-juin 1734, t. IV, p. 32-48. Noter que l'exemplaire du *Pour et contre* ayant appartenu à Prévost, conservé à la Bibliothèque municipale de Lyon, porte une correction autographe, à savoir *avant l'âge de seize ans* au lieu de *à l'âge de seize ans*, ce qui reporte à « avant avril 1713 ». Sur l'attribution à Prévost de ce texte important à plusieurs égards, voir F. Deloffre, « Un morceau de critique en quête d'auteur, le jugement du *Pour et contre* sur *Manon Lescaut* », dans la *Revue des Sciences humaines*, 1962, p. 205.

guerre de la succession d'Espagne, terminée en 1713 par la paix d'Utrecht. Prévost a donc servi une première fois sans grade et probablement sans combattre. Suivit une seconde année de rhétorique, cette fois au collège d'Harcourt : il n'était pas inhabituel que dans cet établissement renommé un redoublement fût exigé des jeunes gens ayant fait une première année dans un petit collège de province. Admis cette fois au noviciat des jésuites, il en sortit, selon son biographe Dom Dupuis, dans son Abrégé de la vie de M. Prévost *(1764), « pour donner dans quelques petits écarts de jeunesse qui n'avaient point d'autre source que son inexpérience et la vivacité de son imagination ». La période consacrée à ces « écarts » se prolongea jusqu'en 1716. D'après certains témoignages, un second engagement militaire aurait alors été contracté par Prévost, suivi d'une désertion et d'une fuite en Hollande : faute de ressources, il aurait alors vécu d'expédients.*

Profitant de l'amnistie proclamée en 1716, Prévost revint en France et se fit admettre cette fois au noviciat des jésuites de La Flèche, où il entra le 11 mars 1717. L'acte qui en fait mention note qu'il a fait « deux années de rhétorique ». Les registres de cet établissement donnent enfin de lui une idée claire. Le catalogue annuel de l'année scolaire 1717-1718 le classe parmi les « enseignants non prêtres ». Élève de « Logique » — c'est la première des deux années de la « Philosophie » —, il enseigne les lettres dans une petite classe. Il est qualifié de visitator praecationis, *c'est-à-dire contrôleur de la prière du matin : cette fonction peut être assimilée à celle d'un surveillant d'internat. Une appréciation envoyée par ses maîtres à Rome et conservée dans les archives de la Congrégation donne sur lui une appréciation digne d'intérêt : « Esprit et jugement supérieurs ; très avancé dans les*

Lettres; talent pour de nombreuses choses, à ce qu'on croit; complexion bien tempérée; forces excellentes[1]. »

Cet engagement chez les jésuites ne fut pas de longue durée : Prévost ne figure plus dans les catalogues des années 1718-1719 et 1719-1720. C'est apparemment en 1718 qu'il contracta un nouvel engagement militaire, à l'occasion de la campagne de Catalogne. Dans l'apologie du Pour et contre, après le passage déjà cité, il poursuit : « Je me lassai pourtant d'attendre [une occasion de s'avancer], et je retournai chez les Pères Jésuites [c'est le passage à La Flèche] d'où je sortis quelque temps après pour reprendre le métier des armes avec plus de distinction et d'agrément. »

On peut comprendre qu'il était cette fois devenu officier. L'abbé Chaudon, dans son Nouveau Dictionnaire historique (1765), parle de « quelques années dans les plaisirs de la vie voluptueuse d'un officier ». Sans doute s'était-il engagé pour la campagne contre l'Espagne, avec laquelle la guerre avait été déclarée en janvier 1719. Mais les opérations s'étaient terminées en juin de la même année sans qu'il eût l'occasion de se battre. Il ne lui restait qu'à retourner en Hollande, où on peut supposer qu'il vécut d'expédients. Quelles circonstances le firent rentrer en France et se réfugier chez les bénédictins qui l'envoyèrent à l'abbaye de

---

1. Voici le texte original : *Ingenium et judicium optimum; profectus in litteris humanis multus; talentum ad multa, uti creditur; complexio temperata; vires optimae.* L'appréciation est encore plus flatteuse quand on la compare à celle qui était portée sur son frère : *Ingenium mediocre, judicium dubium; curiosus rerum non suarum; profectus in litteris mediocris, quia vacat rebus non suis; habet tamen talentum, si docilis fuisset et non dissipatus.* C'est-à-dire : « Esprit médiocre, jugement peu sûr; curieux de ce qui ne le regarde pas; progrès dans les lettres médiocres, parce qu'il s'occupe d'autre chose que son devoir; a pourtant du talent, s'il était docile et moins dissipé. »

Jumièges ? La suite du même passage du Pour et contre *reste sur ce sujet d'une élégante discrétion :*

> Quelques années se passèrent. Vif et sensible au plaisir, j'avouerai, dans les termes de M. de Cambrai [Fénelon], que la sagesse demande bien des précautions qui m'échappèrent. Je laisse à juger quels devaient être, depuis l'âge de vingt jusqu'à vingt-cinq ans, le cœur et les sentiments d'un homme qui a composé le *Cleveland* à trente-cinq ou trente-six. La malheureuse fin d'un engagement trop tendre me conduisit au *tombeau* : c'est le nom que je donne à l'ordre respectable où j'allai m'ensevelir, et où je demeurai si bien mort, que mes parents et mes amis ignorèrent ce que j'étais devenu.

On ne sait malheureusement rien de « l'engagement trop tendre ». Ce qui est sûr, c'est qu'après un an de noviciat, le 9 novembre 1721, Prévost prononçait ses vœux, dont le texte est conservé. Il promettait « la stabilité, la réforme de [ses] mœurs et l'obéissance selon la règle de saint Benoît » dans la congrégation de Saint-Maur, dont la règle est plus sévère que celle du « Grand Ordre » de Cluny, mais qui pouvait l'avoir attiré par sa réputation d'érudition. On ne suivra pas l'abbé dans ses séjours à l'abbaye de Saint-Ouen, près de Rouen, puis à celle du Bec-Hellouin, où il fit la connaissance du duc de Brancas qui, dit-on, lui inspira le personnage de « l'homme de qualité », ou encore à celles de Fécamp et de Sées. Ordonné prêtre en 1726 par Mgr Sabatier, évêque d'Amiens, il fut enfin transféré en 1727 à la fameuse abbaye de Saint-Germain-des-Prés où il travailla à la grande entreprise d'édition de la Gallia christiana. *Mais c'est dans une œuvre toute profane,* Les Aventures de Pomponius, chevalier romain, ou Histoire de notre temps, *qui lui est désormais attribuée de façon sûre, qu'il* faut chercher les véritables débuts littéraires de « l'auteur de Manon Lescaut ».

L'ouvrage parut en Hollande en 1724. Selon l'abbé Dupuis, le manuscrit en aurait été composé dès 1721, mais après l'avoir confié à un libraire, Prévost l'aurait repris avant qu'il fût imprimé. Quoi qu'il en soit, il s'inscrit dans la querelle entre jansénistes et molinistes, sans toutefois que l'auteur prenne nettement position pour les uns ou pour les autres. Ce qui est sûr, c'est qu'il est très sévère pour le monachisme et les moines : « ils vivent ensemble sans s'aimer, et meurent sans se regretter [...] ils ne croient pas qu'il y ait de Dieu. Ils s'imaginent que les âmes meurent avec les corps ; ils croient tout permis, et qu'il n'y a que le scandale de défendu... » On retrouvera cette sévérité à l'égard de la vie monastique dans les Mémoires d'un homme de qualité[1]. Plus généralement, les complications de la « religion gauloise » n'ont pour l'auteur du Pomponius aucune importance. Il en ira de même pour Prévost : ni lors de sa conversion au protestantisme, ni lors de son retour à la religion catholique, les problèmes de dogme ne sembleront jamais jouer pour lui aucun rôle significatif.

L'indifférence en matière de religion ne s'étend pas au domaine politique et social : le tableau de la Régence est tracé dans le Pomponius de manière incisive. Outre les portraits traditionnels dans ce genre d'ouvrages, les uns favorables (le régent, l'abbesse de Chelles, d'Argenson — « un des plus éclairés magistrats de son temps » —, le duc de La

---

1. Au début du livre 12, tome cinquième (éd. Sgard, t. I, p. 274), le narrateur félicite les Anglais d'avoir transformé les couvents en institutions charitables : « Quel est l'homme de bon sens qui ne les préférât [...] à nos couvents et à nos monastères, où l'on ne sait que trop que la fainéantise et l'inutilité s'honorent quelquefois du nom de haine du monde et de contemplation des vérités célestes ? »

Force), les autres satiriques (Dubois, Polignac, le cardinal de Rohan...), l'auteur juge les événements caractéristiques de l'époque, comme la création de la banque de Law, la fondation de la colonie du Mississipi, l'origine de la fortune du duc de La Force, la conspiration de Cellamare, l'expédition d'Espagne, et même les faits divers comme l'exécution du comte de Horn, d'une façon qui révèle un témoin intelligent et bien informé. Si l'on se demandait comment Prévost a si bien pu connaître le Paris de la Régence, cadre du roman de Manon Lescaut, *c'est ici, tout particulièrement, qu'il faudrait chercher la réponse.*

C'est pourtant dans le domaine des goûts et des idées que les rapprochements s'imposent le plus entre l'auteur des Aventures de Pomponius, chevalier romain *et celui des* Mémoires d'un homme de qualité. *On remarque par exemple la conscience qu'a déjà Prévost de l'importance du problème du style. Tous les critiques ont souligné la constante qualité de celui de ses romans. Or dès ce premier essai on le voit souligner la prééminence de l'expression sur le fond :* « La délicatesse des pensées, l'élégance et le tour des phrases, le choix des mots sont des choses qui ne doivent pas être négligées, et qui seules sont souvent capables de soutenir un livre. » *C'est ainsi, remarque-t-il, que le* Télémaque *de Fénelon,* « qui n'a pourtant que les idées creuses de l'auteur », *suffira à* « rendre son nom immortel », *alors que tant d'autres ouvrages* « seront avec le temps enfouis dans un éternel oubli ».

Plus précieux encore pour nous sont les passages du Pomponius *où l'auteur, abandonnant tout propos satirique ou dogmatique, livre ses inclinations intimes, et d'abord son goût pour la lecture :* « Quelque penchant que j'aie pour l'amour, rien ne me charme tant que la vue d'une belle bibliothèque. Quand je vois un livre, je suis dans mon élément. » On reconnaît là déjà des Grieux se consolant de la perte de Manon par « *une bibliothèque composée de livres choisis* », mais aussi l'abbé lui-même, évoquant, dans la suite de l'apologie déjà citée plus haut, le temps proche de celui-ci où ses livres étaient « *morts pour lui*[1] ».

Enfin, c'est le penchant déclaré de Prévost pour l'amour qui éclate ici par-dessus tout. Comme entre Tiberge et des Grieux[2], il s'exprime dans un dialogue contradictoire. Selon le personnage de Pison l'amour procède de la nature, c'est donc être sage « *que de suivre le penchant de la nature* ». Son contradicteur, Priscus — noter que ce nom signifie « antique, d'un autre temps » —, a beau lui objecter que seul un « *amour bien réglé* » peut être approuvé, et qu'il n'y a rien de plus nuisible que lui, « *pour peu qu'il prenne le large* », on sent bien que l'auteur est de tout cœur avec Pison : « *L'amour est si essentiel à la divinité, qu'ôtez l'amour, et il n'y a plus de dieux* [...] *Ainsi aimer, être aimé, selon moi, doit faire toute la béatitude de l'homme.* » Ou, pour citer une autre forme de cette apologie dialectique, s'il est vrai que l'amour est « *un esclavage* » — l'expression « esclave de l'amour » est si bien suggérée par l'*Avis au lecteur* de *Manon Lescaut* qu'elle viendra sous la plume du critique qui rendra compte du roman dans le *Pour et contre*[3] —, s'il est vrai que l'amour et la liberté sont « *diamétralement opposés* », il n'en reste pas moins que « *c'est aimer les dieux* » que d'aimer ce qui leur ressemble :

---

1. Voir ci-après, p. 19.
2. Voir le texte du roman, p. 219-223.
3. N° XXXVI, rédigé par l'abbé Desfontaines ; voir F. Deloffre, « un morceau de critique en quête d'auteur : le jugement du *Pour et contre* sur *Manon Lescaut* », déjà cité p. 11, n. 1.

J'ai cru que c'était la marque d'un esprit bien fait que d'aimer ce qui est aimable […] Pourquoi les dieux ont-ils fait la beauté, si ce n'est pour tracer un crayon de leur image ? C'est aimer les dieux que d'aimer ce qui est aimable.

Dans le roman de Prévost, le chevalier des Grieux parle de Manon comme d'une « figure capable de ramener l'univers à l'idolâtrie ». Ramener à l'idolâtrie, c'est faire oublier le dieu des chrétiens pour sacrifier aux dieux de l'Antiquité. La religion du « chevalier romain » de Pomponius est déjà celle du chevalier des Grieux.

Ce ne sont pas en tout cas des raisons religieuses qui rendent compte du départ de Prévost de l'abbaye de Saint-Germain-des-Prés en 1728. En mai, le Mercure *avait même attiré sur lui l'attention du public en réimprimant une* Ode à la gloire de saint François-Xavier, apôtre des Indes *sous le nom de « Dom Antoine Prévost, bénédictin de Saint-Germain-des-Prés ». Mais il avait d'autres ouvrages en tête. La veuve Delaulne, libraire à Paris, avait remis dès le 15 février 1728 au garde des Sceaux un manuscrit intitulé provisoirement* Aventures d'un homme de qualité qui s'est retiré du monde, *auquel un privilège avait été accordé sans difficulté le 16 avril et qui parut en juillet. Dès cette époque Prévost travaillait aux deux tomes suivants, qui reçurent une approbation le 29 novembre de la même année 1728. Encouragé par le succès de la première livraison, « aussi utile », dit le* Nouveau Dictionnaire historique, *« à sa bourse qu'à sa gloire », reçu dans les meilleures maisons de Paris, Prévost allait-il enfin goûter « le bonheur d'un simple religieux qui aime son état et ses devoirs », célébré à cette époque par un de ses confrères bénédictins*[1] *?*

---

1. Ouvrage de Dom Robert Morel, paru sous ce titre à Paris chez Jacques Vincent, 1725.

Tout au contraire : c'est à ce moment qu'éclata une nouvelle crise dont les effets se prolongèrent jusqu'à la publication de Manon Lescaut *et au-delà. Quelles raisons poussèrent Prévost à quitter sans préavis Saint-Germain-des-Prés, vêtu d'un simple habit ecclésiastique au lieu du froc noir des bénédictins ? Cette fois encore, on est bien forcé de s'en tenir au témoignage de l'acteur lui-même.*

Après le passage du Pour et contre *cité plus haut par lequel il rendait compte de son entrée chez les bénédictins, Prévost poursuit en ces termes :*

> Cependant le sentiment me revint, et je reconnus que ce cœur si vif était encore brûlant sous la cendre. La perte de ma liberté m'affligea jusqu'aux larmes. Il était trop tard. Je cherchai ma consolation pendant cinq ou six ans dans les charmes de l'étude. Mes livres étaient mes amis fidèles, mais ils étaient morts pour moi. Enfin je pris l'occasion d'un petit mécontentement et je me retirai.

L'harmonie des termes ne doit pas faire mal juger de la sincérité de Prévost. Il est vrai, par exemple, que, lorsqu'il se décida à sortir du couvent, ses livres, comme on le verra plus loin, faisaient encore « la meilleure partie de son équipage ». Ce n'est pas non plus la seule fois qu'il ait écrit que « l'amour de la liberté et de l'indépendance » était sa « passion dominante », ou qu'il ait fait proclamer à ses héros, en l'occurrence le chevalier des Grieux, « qu'on fait tout pour la liberté » et qu'elle est « le plus cher de tous les biens »[1]*. Mais s'il ne falsifie pas la vérité, Prévost ne la publie pas tout entière. Une correction autographe de l'exemplaire du* Pour et contre *de Lyon ajoute, après « un petit méconten-*

---

1. Ces citations apparaissent respectivement ci-après aux pages 244 et 226.

tement», *les mots suivants : « que je reçus du R.P. général et de quelques facilités qui me furent offertes pour le secouer tout à fait ».*

On a l'explication de ce « mécontentement » dans la lettre de rupture, conservée, que Prévost écrivit le 18 octobre 1728 au supérieur général, Dom Thibault : on l'a « soupçonné plus d'une fois des trahisons les plus noires », on a présenté son transfert à Paris comme une précaution contre un homme dangereux, etc. Il n'y aurait pas là de quoi briser une vocation, même chancelante, sans les « facilités » dont il est aussi question. Car le geste de Prévost bénéficia d'encouragements. Sans compter l'appui de gens du monde comme Mme de Tencin, et de collègues comme Fontenelle, il semble avoir obtenu le concours d'ecclésiastiques comme d'Ergny, son parent, grand pénitencier de l'évêque d'Amiens, Sabatier, et de Sabatier lui-même. Enfin, on va voir que des protestants en rapport avec le clergé anglican se trouvaient aussi à ses côtés. Quoi qu'il en soit, dès le 30 octobre, Dom Thibault adressait au lieutenant de police une requête lui demandant de faire arrêter un religieux fugitif nommé Antoine Prévost, dont il lui donnait le signalement : « C'est un homme d'une taille médiocre, blond, yeux bleus et bien fendus, teint vermeil, visage plein. » Il précisait que ses principales connaissances étaient chez les jésuites et qu'il était « vêtu en ecclésiastique ». En conséquence de quoi, l'ordre d'arrêter le fugitif fut envoyé à la police le 6 novembre.

Que faisait-il alors ? Sa lettre du 18 octobre montre qu'il croyait encore obtenir la « fulmination », c'est-à-dire la promulgation du bref papal de translation dans le « grand ordre » de Cluny, beaucoup moins sévère que la branche des « mauristes » de Saint-Germain-des-Prés. Peut-être se disposait-il à l'attendre dans sa famille ou avec des amis. C'est quand il comprit que son attente était vaine qu'il prit la décision de fuir pour de bon. Il lui fallait une retraite et de l'argent. Le dernier lui fut opportunément fourni par les libraires en échange du manuscrit des tomes III et IV des Mémoires d'un homme de qualité. *Restait le refuge : ce fut l'Angleterre. Le choix d'un pays protestant était naturel à l'époque pour un moine en rupture de ban avec l'Église. Mais pourquoi pas la Hollande, où Prévost avait séjourné au moins à deux reprises et où il pouvait espérer être accueilli dans le milieu de la librairie ? Une découverte de Claire-Éliane Engel*[1] *répond opportunément à la question. Une lettre du pasteur Dumont, chapelain de l'ambassade hollandaise à Paris, adressée à Jean Turettini, de Genève, en date du 30 novembre 1728, révèle que l'abbé Prévost s'était converti au protestantisme. Dumont annonce à son correspondant que des livres destinés à William Wake, archevêque de Canterbury, lui ont été remis le 22 novembre par un « prosélyte d'importance » :*

> C'est un des principaux bénédictins de l'abbaye de Saint-Germain-des-Prés, savant, poli, bien fait, âgé de trente-cinq ans[2], et sur les mœurs duquel il n'y a point à mordre. C'est un homme de naissance qui ayant fait des études ne s'accommodait point du métier de la guerre que ses parents l'engagèrent à embrasser. Des livres faisaient la meilleure partie de son équipage. Il était chez les bénédictins depuis neuf ans avec tout l'agrément possible. Il avait une pension de 600 livres pour travailler avec deux autres religieux à la continuation de la *Gallia christiana* de MM. de Sainte-Marthe.

---

1. Publiée d'abord dans la *Revue des Sciences humaines* (1952, p. 199-214), puis dans son livre *Le Véritable Abbé Prévost* (1957), p. 38 et suiv.
2. Le même âge, au lieu de trente et un, était prêté à Prévost par le supérieur des bénédictins. C'est donc que, pour des raisons qui nous échappent, il se l'attribuait lui-même. De même, on ignore pourquoi il porte à neuf ans au lieu de huit son séjour chez les bénédictins.

Et son esprit aisé et orné d'une érudition choisie lui donnait une libre entrée dans les meilleures maisons de Paris. Le dégoût pour diverses pratiques superstitieuses lui fit prendre le dessein de se mieux instruire, et la faculté de consulter les meilleurs livres lui découvrit bientôt qu'il avait été élevé dans une communion chargée d'erreurs. Je suis pourtant témoin, Monsieur, qu'il ne s'est pas rendu sans combat. Il était connu dans son ordre sous le nom de dom Le Prévost et il s'appelle de l'Islebourg, d'une bonne maison des Flandres [...]

À travers certains gauchissements qu'on devine de la part de Prévost, comme cette prétendue répugnance pour le métier de la « guerre » qu'on voulait lui imposer, une question sérieuse reste posée : s'est-il converti par conviction, et a-t-il quitté le couvent pour cette raison, ou ne s'est-il « converti » qu'après sa sortie, pour des raisons de commodité faciles à imaginer, car la recommandation de l'archevêque de Canterbury lui ôtait toutes les inquiétudes que pouvait lui causer sa situation d'émigré ? À l'appui de la première thèse, on pourrait alléguer certains passages du tome II des Mémoires d'un homme de qualité[1] *antérieurs à la sortie du couvent et d'autres plus précis encore, mais postérieurs, dans la bouche du pasteur de Saumur de Cleveland*[2]*, dans lesquels il se montre favorable au protestan-*

---

1. Cf. cette réponse au marquis qui l'accuse « en riant » d'être devenu protestant : « Ce n'est ni le nom de catholique ni le nom de protestant qui me détermine, c'est la connaissance de la vérité que je crois avoir acquise il y a longtemps par la faveur du ciel et par mes réflexions. Mais quand je serais évêque italien, c'est-à-dire livré aux plus excessives préventions, je n'aurais pu m'empêcher en Angleterre d'ouvrir les yeux sur ce qui s'y présente, et par conséquent de reconnaître ce que j'en ai dit et que je ne craindrai jamais de répéter » (éd. Sgard, t. I, p. 274).
2. Éd. Sgard, t. II, p. 294 et suiv.

tisme. On remarque qu'en réponse aux attaques de Lenglet-Dufresnoy qui l'accuse d'avoir été « prosélyte en Angleterre, en Hollande, à Bâle et partout ailleurs » il proclame seulement dans la feuille XLVII du Pour et contre que « ni discours, ni lectures, n'ont jamais diminué la vénération qu'il a pour la religion chrétienne », celle qui, précise-t-il simplement, « ordonne tout à la fois la pratique de la morale et la croyance des mystères » : le mot « catholique » n'est pas prononcé. Mais on peut tout aussi bien remarquer qu'on ne rencontre nulle part dans son œuvre une inquiétude religieuse qui justifierait une décision aussi grave que la fuite du couvent. Bien mieux, quand, par une sorte de prescience, un de ses personnages évoque dans un passage des Mémoires d'un homme de qualité *composé vers la fin de 1727 une démarche analogue à ce que sera la sienne, il ne donne à son acte que des motifs humains, rancune et humiliation, et se moque des ministres protestants qui croient à sa conversion*[1].

Ainsi, quoique les contacts nécessaires remontent probablement plus haut, la « conversion » de Prévost est sans doute intervenue à l'occasion de sa sortie du couvent. Elle est assez naturelle de la part d'un homme qui a brûlé ses vaisseaux et s'en va prendre le chemin de l'exil. Sans doute n'est-on pas loin de la vérité en prêtant à celui qui se fait appeler désormais « l'abbé Prévost » un « christianisme éclairé » s'accommodant aussi bien, selon les circonstances, d'une religion que d'une autre. Quant au passage en Angleterre plutôt qu'ailleurs, il répond moins encore à une prédilection pour l'anglicanisme parmi les différentes sectes protestantes qu'à l'élection d'un pays où la reine pensionne les docteurs de l'Église en exil, comme le P. Le Courayer,

1. Éd. Sgard, t. I, p. 214.

bénédictin émigré en Angleterre en janvier 1728, où les grands seigneurs protègent les lettres et où l'université d'Oxford, « semblable à l'ancienne Rome », se plaît à reconnaître les étrangers pour ses enfants « lorsqu'elle les trouve assez dignes de cet honneur pour s'en faire un à elle-même de le leur avoir accordé[1] ».

Ce premier séjour de Prévost en Angleterre n'est connu que depuis une époque récente. Les Mémoires d'un homme de qualité révèlent bien que, après un moment d'émerveillement devant un pays inconnu, Prévost a su en acquérir une connaissance étendue et sérieuse. Lui-même expose, dans le Pour et contre, comment il a rapidement appris l'anglais, et on constate que son goût en matière de littérature anglaise est plus étendu et meilleur que celui de Voltaire[2]. Pendant longtemps on ignorait à peu près tout de ses moyens de subsistance. Steve Larkin a découvert en 1987 un registre anglais de mars 1729 spécifiant les secours versés aux « nouveaux convertis » à l'anglicanisme dans lequel figure notre abbé pour une somme de 4,4 guinées. C'est le signe que ce « poor proselyte » était considéré comme réellement converti. Mais la découverte la plus importante a été la prise en compte du témoignage précieux d'un certain Gautier de Faget, identifié par Jean Sgard comme l'auteur d'une partie importante d'une sorte d'autobiographie, les Mémoires du chevalier de Ravanne. C'était un médecin, originaire de Malines, qui, après avoir exercé à l'Hôtel-Dieu de Paris, était passé à Londres. Prévost lui vint en

---

1. *Le Pour et le contre*, feuille IX, t. I, p. 205-206, précisément à propos d'une cérémonie où, pendant qu'on décerne le grade de docteur à Haendel, le P. Le Courayer siège sur l'estrade en qualité de docteur *honoris causa* de l'université.
2. Voir Henri Roddier, *L'abbé Prévost, l'homme et l'œuvre*, Paris, Hatier-Boivin, 1955, p. 24-25.

aide et le prit comme secrétaire quand il quitta l'Angleterre pour la Hollande. D'après Faget, Prévost, lorsqu'il l'avait connu, était devenu « gouverneur du chevalier Ey..., chez qui il avait tous les agréments possibles ».

Sur cette unique donnée, Mysie Robertson, dans la préface du tome V des Mémoires *d'un homme de qualité (voyage en Angleterre) qu'elle a édité, a établi que l'élève de Prévost s'appelait Francis Eyles, qu'il était fils de John Eyles, ancien gouverneur de la Banque d'Angleterre et sous-gouverneur de la South Sea Company. C'est en compagnie de ce jeune homme, et dans le rôle de mentor joué par « l'homme de qualité » dans ce cinquième livre de ses* Mémoires, *que Prévost aurait parcouru une partie du Sud de l'Angleterre, si du moins on peut s'en fier à sa plume. Il n'y a pas de raison en tout cas de douter que pendant son séjour à Londres il put y fréquenter « les meilleures compagnies », comme il le rappelle dans une lettre à Dom Clément de La Rue du 10 novembre 1731, et qu'il se vit honoré de la protection de « vingt seigneurs », selon l'apologie du* Pour et contre. *Mais alors, pourquoi quitter l'Angleterre pour la Hollande comme il le fit en novembre 1730 ? D'après Faget, si « le sieur Prév. d'Ex. se trouvait obligé de quitter la maison du chev. Fy. », c'est qu'« une petite affaire de cœur l'en éloignait nécessairement ». On est curieux de connaître cette « petite affaire de cœur » qui prive Prévost de la retraite anglaise. Lenglet-Dufresnoy y avait fait à l'époque une allusion sans bienveillance à propos de* Cleveland[1] *: « L'auteur de cet ouvrage était ci-devant bénédictin, mais ne pouvant pratiquer des romans dans son ordre, il a eu la bonté de se retirer en Angleterre, d'où on l'a chassé parce qu'il en faisait trop. » C'est à lui*

---

1. *De l'usage des romans,* 1734, t. II, p. 116.

que Prévost réplique dans son apologie du Pour et contre. *Mais s'il est à l'aise pour affirmer qu'il a quitté l'Angleterre « chargé de présents, de faveurs et de caresses », il refuse de répondre sur les motifs de son départ :*

> [Mon accusateur] attendra donc, pour savoir les raisons qui me firent quitter Londres, que je juge à propos de les expliquer. Mais ce qui suffit pour la nécessité qu'il m'impose de lui répondre, je le défie de trouver la moindre chose qui puisse donner une ombre de vraisemblance aux faits qu'il avance, et je suis prêt à prouver par cent témoignages honorables que je n'eus point d'autre raison pour quitter Londres que mon choix et ma volonté.

Un document nouveau nous a permis d'éclaircir cette affaire. Il s'agit de la notice rédigée par le traducteur allemand, Holzbecher, des tomes V, VI et VII des Mémoires d'un homme de qualité[1], *datée de Hambourg, le 1ᵉʳ mai 1732. D'après ce texte, l'auteur de ces* Mémoires *s'appelle « M. Prévost » et a pris le nom d'Exil [sic], tiré de sa condition d'exilé, pour demeurer inconnu. S'il n'est pas tombé dans les disgrâces qu'il prête à ses héros*[2], *il en a connu d'autres, « partie par ses fautes, partie par son tempérament ». En Angleterre, il s'est engagé dans une promesse de mariage avec la fille d'un seigneur anglais qui l'a pris dans sa maison pour présider à l'éducation de son fils et enseigner en même temps le français à la belle Peggy D***. « Pour prévenir un plus grand mal », le seigneur, mis au courant de l'aventure, marie sa fille à un homme de condition.*

---

1. On en trouvera le texte et la traduction dans les éditions des Classiques Garnier de 1965, 1990, 1995, et la traduction seule ci-après dans le dossier.
2. Noter ce rejet de toute interprétation autobiographique des *Mémoires*.

Quant à Prévost, qui s'est converti à l'anglicanisme, il le renvoie après l'avoir largement dédommagé. Celui-ci passe alors en Hollande et se console de la perte de la belle en écrivant « le présent ouvrage » et Cleveland.

Le traducteur tire sans doute ses informations du milieu de la librairie hollandaise. Elles se trouvent confirmées par d'autres sources non remarquées jusque-là. C'est ainsi que le rédacteur des Lettres sérieuses et badines *paraissant en Hollande*[1] *commence comme suit la notice relative à Prévost :*

> Un moine noir[2] se défroque et passe à Londres, y apprend assez d'anglais pour se produire dans une bonne maison. En quittant sa robe, il a laissé sa religion pour prendre celle qu'il plaira à ses patrons ; il s'en fait un qui le tire de la grosse misère. Peu content d'être le commensal de son bienfaiteur, il en veut être le gendre : cette témérité le gâte dans cette famille ; il faut chercher un autre refuge, il repasse la mer...

*Des documents d'archives nous permettent de préciser encore les choses. La famille Eyles était bien connue. Le patron de Prévost était d'une ancienne famille du Wiltshire. Son père, Francis, avait été fait baronet par le roi Georges I*er *en 1714 ; il mourut en 1716. Lui-même avait été nommé par acte du Parlement membre de la Commission for the Estates Forfeited in the Recent Rebellion : c'est dire qu'il était bien en cour. On a vu qu'il devint sous-gouverneur de la South Sea Company. Il fut membre du dernier parlement de la reine Anne, du premier et du second de Georges I*er *et du premier de Georges II pour la cité de*

---

1. T. VIII, paru seulement en 1740, mais composé vers 1731-1732.
2. Les moines bénédictins portent un froc noir.

Londres. Il fut nommé Post Master General *en 1739. Il avait épousé sa cousine Mary, fille de Joseph Haskin Styles, dont il avait eu un fils, Francis, son héritier et, contrairement à ce qu'on dit parfois, une fille, Mary. Ce doit être la « Peggy » de Holzbecher. Elle se maria discrètement, « par licence », à l'église paroissiale de Romford, dans la maison de campagne de sir John, Gidea Hall, avec le capitaine d'un vaisseau appartenant à la South Sea Company, William Bumstead. Les jeunes époux furent envoyés à Upton, dans le Wiltshire, ou Bumstead devint sheriff. Sa femme eut un premier enfant en 1732, à une époque excluant que Prévost ait eu part à sa conception*[1].

Le jugement que suggère cet épisode anglais est la remarquable confiance en lui-même dont Prévost fait montre à cette époque. Défroqué, exilé, sans fortune, ne pouvant exciper des privilèges de la noblesse, domestique chez un haut personnage, déchu même du prestige de l'illustre prosélyte, il porte ses espérances jusqu'à prétendre à la main de la fille unique d'une noble et opulente maison de Londres. Faut-il penser que, après que les avantages de sa personne lui eurent donné cette audace en Angleterre, la foi qu'il a soudain dans son génie littéraire lui fit choisir la Hollande pour son nouveau refuge ? Quelques indices peuvent le faire penser.

Avec ce nouveau séjour en Hollande, on aborde en effet l'époque de Manon Lescaut. *Elle éveille d'autant plus l'attention des critiques que la vie de Prévost est mise par certains en rapport avec la genèse du fameux roman. Un fait est établi : Prévost a éprouvé en Hollande une grande pas-*

---

1. Cette précision nous a été communiquée par le professeur Edward G. Startup, après une recherche dans les archives d'Upton.

sion pour une femme nommée Lenki[1], pour laquelle il commit non seulement des indélicatesses, mais un délit pouvant entraîner la peine de mort. Le problème est de savoir si cette liaison a joué un rôle dans la conception du personnage de Manon et dans l'intrigue du roman. Cette hypothèse est elle-même liée à la date de publication du roman. Les relations entre Prévost et Lenki ne semblent pas avoir pris un tour dramatique avant 1732. Il était possible de soutenir aisément la thèse faisant de Lenki le prototype de Manon tant qu'on s'en tenait, au moins en France, à l'opinion ancienne que le roman n'aurait pas vu le jour avant 1733. Il est vrai qu'aucune édition n'avait paru en France avant cette date, et que les premières mentions ou premiers commentaires ne remontent pas auparavant. Mais, en réalité, de nombreuses annonces de la presse hollandaise attestent que les trois derniers volumes des Mémoires d'un homme de qualité ont été mis en vente en Hollande dès le premier trimestre de 1731. Le succès de cette édition en Hollande et aux Pays-Bas fut tel que les éditeurs ne se pressèrent pas d'en exporter des exemplaires en France. En résumé, il est difficile d'imaginer que le manuscrit du tome VII, Manon Lescaut, ait été délivré à l'impression après la fin de février 1731, si l'on se souvient que Prévost n'a pas rencontré Lenki avant mars, et si l'on tient compte des délais qu'auraient exigés la composition de Manon Lescaut et sa publication.

Mais, dira-t-on, la présence de Lenki n'est-elle pas visible dans le Cleveland, composé aussi en 1731 ? Il est vrai que la Fanny jalouse, obsédante, qui importune son mari jusque dans son cabinet de travail, rappelle la Lenki qui « occupe tellement » Prévost qu'elle l'empêche de subsister de son tra-

---

1. Lenki est un diminutif néerlandais pour Hélène.

vail. Mais précisément ce personnage, qui n'apparaît que dans la quatrième partie de Cleveland, remise à l'imprimeur en juillet-août 1731, n'a aucun rapport avec Manon. Celle-ci n'exige que la fidélité du cœur et se passe fort bien de son chevalier, qui du reste songe à rien moins qu'à travailler. C'est encore moins en sa qualité de femme mûre, ayant été, avant Prévost, « douze ans à M. Goumoin, colonel suisse, de qui elle a plusieurs enfants », qu'elle a pu inspirer à l'abbé le personnage d'une Manon de seize ans, menacée du couvent contre son gré. Qu'on imagine, si l'on veut, que Manon Lescaut est un chef-d'œuvre parce qu'en l'écrivant l'auteur vivait l'amour de sa vie ; le moins qu'on puisse affirmer est que Lenki n'y a été pour rien.

Pour comprendre au moins dans quel état d'esprit Prévost pouvait se trouver vers l'âge de trente ans, on peut suivre encore ses aventures jusqu'au moment où son roman fut connu en France, en 1733. Sa maîtresse l'a brouillé avec son secrétaire. La suite des Mémoires *de Ravanne rapporte les circonstances de la rupture :*

> Lenki, que toute La Haye connaissait pour une véritable sangsue qui avait épuisé la plupart de ses amants, se donnait des airs qui ne me convenaient point du tout. Outre qu'une créature de ce caractère ne méritait point de ménagements, j'étais trop naïf pour en user avec elle. Je la relevai un jour en présence de son amant avec des airs de mépris et en des termes peu ménagés, qu'elle sentit parfaitement bien. Quelques larmes qu'elle appela à son secours irritèrent Pré..., qui voulut s'aviser de m'imposer silence. Il fut très sage de se taire lui-même, quand je le lui imposai à mon tour.

À la suite de quoi Gautier de Faget sort pour ne plus revenir. « Il en était si coiffé, continue-t-il parlant de Lenki,

*qu'il se brouilla avec tous ceux qu'il avait lieu d'estimer. »
À plusieurs reprises, des créanciers viennent le menacer : il fait alors appel à ses libraires envers lesquels il exerce une sorte de chantage entremêlé d'offres non tenues. Une fois au moins, il se vanta de rompre avec Lenki*[1]*, mais finit par la reprendre. Enfin la situation devint si difficile que notre exilé préféra repasser en Angleterre. Il ne laissait pas seulement derrière lui ses dettes, 900 florins, soit 18 000 francs du temps, partie pour le loyer, le charbon, le pain, etc., mais il emportait encore 1 700 florins avancés par les libraires. Deux jours après que le tribunal eut accordé aux créanciers la vente sur enchères publiques des meubles de «Marc-Antoine d'Exiles» en faillite, J. B. de La Varenne, dans un article resté longtemps ignoré*[2] *du* Glaneur historique, moral, littéraire et galant *daté du 19 janvier 1733, résume l'impression laissée en Hollande par le dernier séjour de Prévost. Après avoir fait allusion, de façon vague, à « certains aventuriers beaux-esprits qui par leur air de qualité font des libraires leurs dupes », il poursuit :*

Paraît-il un nouvel astre sur l'horizon de la République des Lettres ? Vous voyez tout aussitôt le corps des libraires en rumeur, c'est à qui l'empaumera le premier, on se l'arrache des mains. « Comment, dit-on, un homme qui a été... officier, qui en a encore tout l'air et les manières, un auteur qui joue des instruments, qui chante, qui danse, qui boit, qui fait de tout, qui sait de tout, qui parle de tout, oh ! voilà des auteurs de la tournure qu'il nous en faut, et non pas des hiboux et des crasseux comme nous, qui savent leur métier,

---

1. « J'ai quitté enfin ma maîtresse. Cette nouvelle vous réjouira peut-être » (lettre au libraire Néaulme du 19 octobre 1732, publiée par Mme M.-R. Rutherford, *French Studies*, 1955, p. 233).
2. Voir nos éditions de *Manon Lescaut*, Introduction, p. LXVI-LXVII.

et puis c'est tout. » Avec de si favorables préjugés, un aventurier bel-esprit ne peut manquer de faire beaucoup de chagrin en peu de temps, il devient vite le coryphée de la République des Lettres, il est l'oracle de la librairie, c'est lui qui détermine le juste degré d'estime qu'on doit avoir pour chaque membre de cette république ; c'est lui qui règle le prix de leurs productions, et en taxe la rétribution. Il se forme un vaste plan d'ouvrage, on y applaudit, on l'entreprend sur sa parole ; on le laisse, pour ainsi dire, le maître des avantages qu'il en veut retirer, pendant qu'on cherche à rogner cinq sous sur quelque autre. Bien plus, on lui avance de grosses sommes, pour l'encourager au travail. Mais qu'arrive-t-il enfin de toutes ces attentions, de toutes ces dépenses ? L'astre brillant s'échappe tout d'un coup, et ne laisse derrière lui que des traces honteuses de ses dérèglements et de sa mauvaise foi.

Une « trace honteuse » des « dérèglements » de Prévost a été mise au jour par Steve Larkin[1]. *Hébergé chez le libraire Néaulme, comme l'a expliqué plus haut Faget, Prévost avait séduit la femme de son hôte. Le fruit de leurs amours, selon une lettre d'Anfossi à Caumont, serait même un « poupon », né en 1732, qu'il aurait laissé à la place de l'ouvrage qu'il s'était engagé à livrer*[2]. *On remarquera que, si les œuvres de l'abbé, notamment* Cleveland, *contiennent des passages qu'on peut interpréter comme autobiographiques, y compris un épisode incestueux dans* Cleveland, *on n'y trouve, sauf erreur, aucune allusion, même lointaine ou voilée, à cet enfant dont il aurait été le père. Le départ pour l'Angle-*

---

1. Voir son édition du *Pour et contre* (n° 1-60), Oxford, Voltaire Foundation, 2000, et l'article « Prévost, les Neaulme et les femmes » (2000), p. 25, cités par Jean Sgard, *Vie de Prévost*, Laval, Presses de l'Université Laval, 2006, p. 111.
2. Voir *ibid.*, p. 111-112.

terre représentait peut-être aussi, de ce point de vue, une manière de rupture avec un aspect peu glorieux du passé hollandais.

De l'autre côté de la Manche, la vie fut moins aisée qu'elle ne l'avait été la première fois. Les difficultés financières obligèrent Prévost, redevenu précepteur[1], à se faire quelques revenus complémentaires en rédigeant le Pour et contre. *Sa situation financière frappa spécialement un « touriste littéraire » suisse, Charles-Étienne Jordan, qui le rencontra à Londres avec Voltaire vers juillet-août 1733, peut-être dans le cercle de réfugiés dont l'animateur était Desmaizeaux. Jordan le montre travaillant à un ouvrage intitulé l'*État des sciences en Europe, *qui aurait été peut-être une sorte de prélude à l'*Encyclopédie, *mais sur lequel on n'en sait pas davantage. La conclusion du visiteur est qu'il souhaite à Voltaire « une meilleure santé » et qu'il plaint Prévost de ne pas « jouir d'une meilleure fortune ».*

Effectivement Prévost, réduit aux abois par les besoins d'argent de Lenki, commit alors un acte qui aurait pu lui coûter la vie. Il s'agissait seulement d'une fausse lettre de change : l'abbé avait découpé la partie inférieure avec la signature d'une lettre de son ancien pupille Francis Eyles, et avait inscrit au-dessus, en imitant son écriture, une promesse de payer « à Prévost ou à son ordre » une somme de 50 livres. Prévost fut arrêté le 24 décembre 1733. Le délit de faux en écriture était punissable de la peine de mort.

---

1. À la date du 13 juillet 1733, le *Journal de la cour et de Paris* informe ses lecteurs que Prévost est « actuellement gouverneur d'un jeune seigneur ». D'autres journaux cités par Mysie Robertson disent qu'il a été précepteur « chez plusieurs gentilshommes ». On n'a pu établir s'il exerçait alors ces fonctions dans la famille Eyles.

Francis Eyles retira généreusement sa plainte, et son ancien précepteur fut libéré dès le 29 décembre.

On conçoit qu'après cet incident Prévost eut envie de rentrer en France. On est seulement surpris de la confiance avec laquelle il agit et de la facilité avec laquelle il obtint son pardon. Faget résume ainsi les événements :

> Il sortit de Londres pour se retirer à Calais, où il s'arrêta incognito pour employer ses amis à lui ménager sa paix avec l'ordre ecclésiastique dont il avait secoué le joug. Ses supérieurs se donnèrent même le soin d'obtenir du pape un bref qui lui permettait d'entrer dans un autre ordre où chacun mène la vie qu'il lui plaît. Lenki, informée qu'il était en lieu de sûreté, ne tarda point à le rejoindre. Leur union se renouvela à Paris avec autant d'ardeur qu'elle s'était faite à La Haye. En changeant d'état, il n'avait pas changé d'inclination […] Heureux si Lenki ne lui fait pas quitter Paris !

Comme d'habitude, ce texte pose des questions par l'insouciance du rédacteur. Le passage dans un « autre ordre » fait allusion à un bref obtenu aisément dès 1734 qui non seulement absolvait Prévost pour sa conduite, mais lui permettait de passer dans le « grand Ordre » de Cluny, peu exigeant sur les problèmes de clôture ou de résidence. Quand Lenki vint-elle retrouver Prévost ? Celui-ci se montrait à Paris dès septembre 1734, au moment de la publication en France de Manon Lescaut, *saisi par la police en octobre. L'expression « lieu de sûreté » peut renvoyer à la désignation de Prévost comme aumônier du prince de Conti, qui eut lieu en janvier 1736. Elle ne comportait, comme l'écrivait Mathieu Marais à son correspondant Bouhier, ni gages, ni logement, ni messes, mais elle le mettait à l'abri de ses ennemis et, à l'occasion, de ses créanciers. Encore fallait-il qu'il fît preuve de prudence : une affaire de « nouvelles à la main » le contraignit encore à une fuite à l'étranger en 1740-1741, sans que Conti consentît à le protéger.*

*Sur la période qui suivit, féconde en productions comme les traductions de Richardson ou la vaste entreprise de la publication de l'*Histoire des voyages, *mais apaisée du point de vue sentimental, il n'y a pas lieu d'insister. Une lettre célèbre à Boucher de l'Estang du 30 juillet [1746?], produite par Harrisse, montre Prévost réalisant le rêve de des Grieux après la première trahison de Manon :*

> Je commence par vous apprendre que j'ai quitté depuis trois semaines le séjour de Paris, la grand ville. À cinq cents pas des Tuileries s'élève une petite colline aimée de la nature, favorisée des dieux. C'est là que j'ai fixé ma demeure pour trois ans, par un bail en bonne forme, avec la gentille veuve ma gouvernante, Loulou [une petite chienne?], une cuisinière et un laquais. Ma maison est jolie, quoique l'architecture et les meubles n'en soient pas riches. La vue est charmante, les jardins tels que je les aime. Enfin j'y suis le plus content des hommes. Cinq ou six amis, dont je me flatte que vous augmenterez le nombre à votre retour, y viennent quelquefois rire avec moi des folles agitations du genre humain. Ma porte est fermée à tout le reste de l'univers. Qu'en dites-vous, mon cher philosophe ? Le voilà rempli ce plan dont je vous ai tant de fois entretenu, et que vous exécuterez peut-être aussi quelque jour [...] Tôt ou tard les gens sensés prennent le goût de la solitude. Ils perdent trop à vivre hors d'eux-mêmes...

Des Grieux aussi avait voulu se faire « un divertissement des folles agitations des hommes[1] *». Prévost avait-il conscience qu'il se citait lui-même ? En tout cas, les dernières images qui nous soient parvenues de lui donnent l'impression qu'à*

---

1. Cf. ci-après p. 174.

la fin de sa vie il était parvenu à une confortable aisance, gage d'un heureux équilibre physique. Le Temple de Mémoire, *composé quelque temps après sa mort, le montre en conversation avec d'Argens et Crébillon fils, discutant avec eux de leurs mérites respectifs de romanciers. Quoique le passage soit présenté comme un dialogue des morts, la description de Prévost est significative :*

> L'abbé brillait d'un embonpoint charmant
> Et digne de la prélature.
> Tout respirait dans sa figure
> La tendresse et le sentiment.

La vue de l'agréable maison de Saint-Firmin, qui existait encore récemment, où il habitait au titre de locataire de la veuve Genty[1], *montre que le rêve entrevu à Chaillot ne s'était pas évanoui.*

Tout a été dit, après les recherches admirables de Harrisse, sur la mort de l'abbé, survenue le 25 novembre 1763, dans la forêt de Chantilly, alors qu'il revenait de dîner chez les religieux du prieuré de Saint-Nicolas-d'Acy, à une lieue de Senlis. Il avait succombé à une rupture d'anévrisme. Ses amis du prieuré recueillirent son corps et l'enterrèrent dans l'église des bénédictins. Sa pierre tombale, égarée à la Révolution, a été retrouvée en 1923 dans les ruines du prieuré. En voici le texte et la disposition[2] *:*

---

1. Le nom de cette veuve Genty (ou Gentille, selon Gaillard, qui la dit « très attachée » à la mémoire de l'abbé Prévost) fait penser à la « gentille veuve » dont il a été question plus haut.
2. Traduction : Ci-gît Antoine Prévost, prêtre, moine profès du grand ordre de Saint-Benoît, célèbre par de nombreux ouvrages publiés. Il est mort le 25 novembre 1763. Qu'il repose en paix.

HIC
IACET D.
ANT. PREVOST
SACERD. MAI. ORD.
S. BENEDICTI MONACHUS
PROFESSUS QUAM PLURIMIS
(VOL)UMINIB. IN LUCEM EDITIS
INSIGNIS O B I I T 25
NOVEMBRIS 1763
Requiescat
in Pace

La vie de Prévost se confond désormais avec celle de son chef-d'œuvre.

FRÉDÉRIC DELOFFRE

II

Genèse de Manon Lescaut

*Au temps de ses amours avec Gretchen, le jeune Goethe avait si bien pris l'*Histoire du chevalier des Grieux et de Manon Lescaut *pour une histoire vraie qu'il prétendit rivaliser de tendresse avec le Chevalier. Longtemps après, fort de sa propre expérience d'écrivain, il vit l'œuvre sous un jour nouveau. Ce qu'il y admira dès lors, c'est « la profondeur de conception et l'inégalable habileté d'exécution*[1] *». Les cheminements de l'histoire littéraire à l'égard de la genèse du roman de Prévost ont connu en quelque sorte la même évolution. Quand le problème s'est trouvé posé au* XIXe *siècle, les critiques se sont imaginé, suivant un mot de Brunetière, que, dans la mesure où ils trouveraient dans l'ouvrage «un roman plus vécu», ils en feraient « un éloge plus complet». Ainsi Sainte-Beuve se refuse à le considérer comme une création littéraire : « Si l'on pouvait, dit-il, supposer que l'auteur en a conçu un moment le projet, l'invention, dans un but quelconque, on ne le supporterait pas. » La fragilité de cette proposition est pourtant évidente. Elle néglige d'abord toute considération d'origine ou de*

---

1. *Goethes sämtliche Werke*, Jubiläums Ausgabe, vol. XXI (*Dichtung und Wahrheit*), p. 296.

genre : or il est clair que Manon Lescaut *occupe une place à part dans l'œuvre de l'abbé Prévost. D'autre part, tous les travaux qui ont prétendu identifier le «véritable» des Grieux ou la «véritable Manon» ont échoué. On ne s'étonnera donc pas que le spécialiste indiscuté de l'abbé Prévost, Jean Sgard, ait renoncé à chercher dans les «histoires vraies» ou prétendues telles l'origine du roman. Reste à examiner le contexte littéraire dans lequel il est apparu.*

L'épisode le plus remarquable dans l'intrigue de Manon Lescaut *est sans conteste son dénouement : les conditions dans lesquelles il intervient, à savoir la déportation en Amérique de l'héroïne et sa mort en compagnie de son amant, n'ont guère de précédent dans la littérature romanesque française du temps. C'est Paul Winnack[1] qui a le premier attiré l'attention sur l'ouvrage dans lequel Prévost a très probablement rencontré ces données. Il s'agit d'un roman de Mrs. Aphra Behn,* Oroonoko, or The Royal Slave, *publié d'abord en 1688, réimprimé en 1722 dans les œuvres de l'auteur. Le résumé qu'on va lire tient compte des remarques que Shelly Charles a formulées en réexaminant plus attentivement le texte «source» anglais et le texte «cible» de l'abbé Prévost.*

Oroonoko est un jeune prince africain doué de toutes les vertus. Dès la première rencontre, il tombe amoureux de la belle Imoinda, qui n'a pas moins de mérite ; elle est la fille d'un général qui au prix de sa vie a sauvé celle du jeune homme. Ce dernier l'épouse en secret. Mais le vieux roi, grand-père d'Oroonoko, entendant vanter les attraits d'Imoinda, la prend dans son harem. Oroonoko, qui la voit en secret dans la chambre où le roi l'a fait amener, s'y laisse

---

1. Paul Winnack, «Some English Influences on the Abbé Prévost», *Studies on Voltaire and the Eighteenth Century*, 182 (1979), p. 285-302.

surprendre. *Le vieillard, furieux, vend Imoinda comme esclave, en faisant croire qu'elle est morte. À la cour, Oroonoko doit dissimuler ses sentiments. Un jour, il est pris dans un piège et vendu à un marchand d'esclaves. Celui-ci le transporte au Surinam. Il y est acheté par un colon anglais qui le traite « moins comme un esclave que comme un prince ». Dans la plantation, il retrouve Imoinda, mais, non content de cet heureux hasard, il appelle les esclaves à la révolte. Au cours de celle-ci, Imoinda blesse malencontreusement le gouverneur de la colonie. Le soulèvement échoue. Pris encore une fois par traîtrise, Oroonoko est condamné par le gouverneur à subir le traitement du fouet. Il est ensuite libéré, mais il ne veut pas survivre au déshonneur. Il commence par tuer Imoinda avec l'intention de la suivre dans la mort. Mais il n'en a pas la force et se trouve repris et exécuté.*

Les points communs entre l'histoire d'Oroonoko et celle de des Grieux sont d'une part les similitudes entre le schéma de l'une et de l'autre — lutte inégale entre les deux jeunes gens innocents et leurs ennemis, vieillards puissants et libidineux —, et d'autre part l'épisode terminal, mort dans le désert de l'un des amants ou des deux. Les différences ne sont pas moins frappantes. Le caractère exotique du cadre et des héros, la violence, pour ne pas dire la barbarie des mœurs africaines aussi bien qu'américaines, la crudité des détails matériels avaient tout pour choquer les lecteurs français du roman de Mrs. Behn. Le caractère du jeune Oroonoko, qui sacrifie la femme qu'il aime à son honneur, n'était pas moins choquant : c'est dire à quel point de tels sentiments étaient éloignés de la sensibilité de l'auteur de Manon Lescaut.

En fait, le greffon « barbare » d'Oroonoko est enté chez Prévost sur un rameau tout français. Manon Lescaut *est* même la seule œuvre romanesque de Prévost qui ne comporte aucun voyage hors de France, et dont l'action, aux dernières pages près, se passe presque exclusivement à Paris ou dans sa très proche banlieue, Chaillot. C'est aussi une des rares qui ne s'égare pas dans les caprices de la narration, mais procède selon une logique rigoureuse. Enfin le pathétique, même s'il est inspiré par le modèle anglais, reste contenu, « décent ». On sait maintenant où Prévost a trouvé le modèle qui a pu l'inspirer.

Il s'agit d'une œuvre française, parue en Hollande en 1713, Les Illustres Françaises, de Robert Challe. C'est le chef-d'œuvre romanesque de cet écrivain aux talents variés, puisqu'il est aussi le premier des « philosophes » du XVIIIe siècle par ses Difficultés sur la religion proposées au P. Malebranche et l'auteur d'un remarquable Journal d'un voyage fait aux Indes, dont on va reparler. L'influence des Illustres Françaises sur Prévost, déjà sensible dans les tomes V et VI des Mémoires d'un homme de qualité, apparaît de façon décisive dans le roman de Prévost, qui en fut présenté comme le tome VII. On la perçoit autant dans la conception générale de l'œuvre que dans la qualité de l'émotion dégagée par le récit.

La première marque de parenté entre Les Illustres Françaises et Manon Lescaut apparaît dans leur présentation. Celle de Challe est d'une construction complexe, que fait déjà pressentir le nom au pluriel qui compose son titre. Son roman est bâti comme une polyphonie de récits dessinant en rosace l'histoire d'une société d'amis. Le fonctionnement de ce système procède d'une formule, qu'on a pu nommer « dialogique[1] »,

---

1. Le mot, emprunté à Bakhtine, est de Michèle Weil, qui dans une belle étude sur *Robert Challe romancier* (Genève, Droz, 1991) décèle

de commentaires, conversations, discussions qui vont jusqu'à modifier la destinée des personnages. Le roman de Prévost ne tente pas de rivaliser avec cette construction remarquable, mais il en conserve certains aspects, comme l'insertion du récit principal, présenté oralement par le héros lui-même à la première personne, en deux parties séparées selon une double rencontre avec l'écrivain auteur. Le « roman » de Challe se compose de sept « histoires » dont le titre rappelle exactement celui de « l'Histoire du chevalier des Grieux et de Manon Lescaut », par exemple Histoire de M. de Contamine et d'Angélique, *ou* Histoire de M. des Frans et de Silvie. *Le nom de des Grieux appartient à la même classe que ceux des héros nommés par Challe des Prez, des Ronais, des Frans. Non seulement le prénom de Manon est celui de l'héroïne de la première histoire de Challe (Manon Dupuis), mais l'auteur justifie « ces noms […] tels que Manon, Babet… » par son goût du naturel et de la vérité.*

Chez Robert Challe, ce mode de désignation correspond à une conception nouvelle du réalisme. Il ne consiste pas à copier le réel, mais à créer « l'effet de réel », parfois au moment même où l'auteur stylise, symbolise. Ainsi l'embarras de voitures sur le Pont-Neuf par lequel s'ouvre son roman figure une situation encore obscure entre les acteurs : Prévost en donnera l'équivalent par la rencontre de la charrette de déportées de Pacy-sur-Eure. Mais c'est surtout par la façon pragmatique dont il aborde les problèmes moraux que l'auteur des Illustres Françaises *affirme son originalité par rapport à ses rivaux : « Mon roman ou mes histoires, comme on voudra les appeler, tendent à une morale plus naturelle et plus chrétienne, puisque par des faits certains*

---

dans ce système une clef de l'univers narratif, mental et psychologique de l'écrivain.

on y voit établie une partie du commerce de la vie. » Le recueil de Challe, où de chaque histoire est tirée une courte leçon de conduite pratique[1], a pu donner à Prévost l'idée de s'appuyer sur « l'expérience » et « l'exemple » pour présenter lui-même, dans « un ouvrage entier », un « traité de morale réduit agréablement en exercice », ainsi que le porte son « Avis de l'auteur ».

D'autres ressemblances tiennent au sujet même des œuvres. Si la Manon de Challe n'évoque qu'un instant celle de Prévost, l'Histoire de M. des Prez et de Mlle de l'Épine[2] annonce par des détails notables celle de Manon et de son amant. Des Prez, fils d'un puissant magistrat parisien, est tombé amoureux de Madeleine de l'Épine, jeune fille bien élevée, mais dont le père est mort et dont la mère, assez pauvre, est engagée dans un procès : son sort en dépend, et le jugement du procès dépend de des Prez le père. Les jeunes gens se fréquentent assidûment. Le père l'apprend et défend à son fils de revoir Madeleine. Celui-ci feint d'obéir, mais prépare un mariage secret. Des Prez et Madeleine sont unis depuis un an lorsque des Prez le père en est informé par une imprudence de son fils. Dissimulant sa colère, il ménage son enlèvement et le fait transférer à Saint-Lazare. Au même moment, il va reprocher à la mère de Madeleine la conduite de sa fille. Craignant de perdre son procès, elle s'emporte contre la jeune femme, la menace. La malheureuse, qui est enceinte, tombe évanouie. Elle est transportée à l'Hôpital parmi les filles perdues. Elle n'y souffre pas longtemps, car elle succombe en mettant au monde un enfant mort. Des

---

[1]. Exemple : « [L'histoire de M. de Jussy] fait voir qu'une fille qui a eu une faiblesse pour un amant doit, pour son honneur, maintenir son engagement toute sa vie, n'y ayant que sa faiblesse qui puisse faire oublier sa fragilité » (Préface).
[2]. Elle est d'origine italienne et son nom doit être Dellaspina.

Prez, d'abord désespéré, se laisse peu à peu consoler par les bons religieux de Saint-Lazare. Il ne songe plus, après la mort de son père, qu'à récompenser ceux qui ont eu pitié de sa femme et à tirer vengeance de ceux qui ont eu part à son malheur.

Ce bref résumé ne donne qu'une faible idée des qualités frappantes de l'histoire, qui atteint, dans le genre, une franchise d'expression sans exemple peut-être avant Le Diable au corps. *On s'étonne, par exemple, que la censure royale ait laissé passer certaine scène d'amour dans les seigles suivie d'un combat avec le paysan propriétaire du champ. Prévost semble surtout avoir été sensible à l'émotion du héros quand il raconte son histoire deux ans après l'événement, ou à son désespoir et à sa rage au moment où, enfermé à Saint-Lazare, il ne peut porter secours à sa femme en péril. Les divers enlèvements de des Grieux rappellent celui de des Prez, et le détail de la présence simultanée des deux jeunes gens, l'un à Saint-Lazare et l'autre à l'Hôpital, n'est pas oublié. Enfin le père de des Prez, indulgent pour son fils, mais intraitable sur le chapitre des mésalliances, fait aussi penser au père de des Grieux. La différence essentielle réside dans les caractères féminins. Madeleine de l'Épine est si peu ambitieuse qu'elle « aurait préféré une vie pauvre et tranquille à une vie remplie de faste et d'honneurs, qu'on ne peut acquérir qu'aux dépens de sa sincérité*[1] *». Peu sensuelle, héroïque dans la souffrance, d'une âme élevée et désintéressée, elle forme avec Manon un contraste qui reflète la différence d'éthique entre les deux auteurs.*

Mais il est chez Robert Challe au moins une « illustre Française » d'une autre sorte que Madeleine. L'histoire qui fait suite à la sienne présente un caractère féminin qui, vu

---

1. Édition Droz, p. 335 ; Livre de Poche, p. 285.

sous certains aspects, a pu être rapproché de celui de Manon. Des Frans est un jeune homme de famille honorable, mais peu fortunée, car son père, qui est mort, n'a fait qu'une carrière militaire. Ses oncles, gens de finance, le placent dans un bureau de province. Il rentre à Paris sous des prétextes et fait ses exercices pour devenir officier. C'est là qu'il rencontre Silvie. La scène où ils font connaissance, un matin de septembre, jour de la Nativité de la Vierge, dans Notre-Dame déserte, autour d'un enfant trouvé dont ils acceptent d'être parrain et marraine, est d'une fraîcheur et d'une poésie remarquables. Des Frans, lorsqu'il raconte son histoire, peut dire que, dès cet instant, il « aime Silvie de toute sa tendresse ». Gracieuse jusque-là, l'histoire s'assombrit progressivement. Silvie ne consent pas à épouser des Frans, sans donner de bonnes raisons de ses refus. Ces raisons, il croit les connaître lorsque, quelque temps plus tard, une lettre anonyme, remise de nuit, l'informe de façon circonstanciée que Silvie est une intrigante. Enfant trouvée, elle a été accusée, à la mort de sa bienfaitrice, la marquise de Cranves, de l'avoir volée avec la complicité du secrétaire de celle-ci, mort en prison. Elle tenterait pour le moment d'acheter la complicité d'un vieux gentilhomme ruiné pour qu'il la fasse passer pour sa fille, et qu'elle puisse ainsi épouser des Frans. Celui-ci retrouve le gentilhomme et tire de lui des informations qui ne contredisent pas la lettre anonyme. Après une soirée de douleur et de rage, il se rend dans la nuit chez Silvie. Il l'accable de ses mépris, et se dispose enfin à partir. Mais elle se jette en larmes à ses genoux. « Que voulez-vous, perfide ? » lui demande des Frans. Elle le supplie de l'écouter :

> Je jetai les yeux sur elle dans ce moment ; je me perdis. Elle était encore à mes pieds, mais dans un état à désarmer la cruauté même. Elle était toute en pleurs ; le sein qu'elle

avait découvert et que je voyais par l'ouverture d'une simple robe de chambre ; ses cheveux qu'elle avait détachés pour se coiffer de nuit, et qui n'étant point rattachés tombaient tout du long de son corps et la couvraient toute ; sa beauté naturelle que cet état humilié rendait encore plus touchante ; enfin mon étoile qui m'entraînait ne me firent plus voir que l'objet de mon amour et l'idole de mon cœur. Le puis-je dire sans impiété ? Elle me parut une seconde Madeleine ; j'en fus attendri, je la relevai, je lui laissai dire tout ce qu'elle voulut. Je ne lui prêtai aucune attention, je n'étais plus à moi. J'étais déchiré par mille pensées qui se formaient l'une après l'autre dans mon esprit, et qui se détruisaient mutuellement ; ou plutôt j'étais dans un état d'insensibilité qui, tout vivant que j'étais, ne me laissait pas plus de connaissance qu'à un homme mort (éd. Livre de Poche, p. 399).

Silvie finit pourtant par se justifier en partie. Des Frans pardonne, l'épouse secrètement et vit heureux avec elle. Il songe même à déclarer son mariage avec l'accord de sa mère, lorsqu'un incident imprévu le force à entreprendre un voyage en province. Il revient de nuit sans avertir Silvie pour lui faire le plaisir de la surprise. C'est pour la trouver endormie dans les bras de son meilleur ami, Gallouin. Résistant à l'envie de les tuer tous les deux, il songe d'abord à se venger de Gallouin dans un duel où il le blesse grièvement. Puis il prépare le châtiment de Silvie. Sous un prétexte, il la fait venir dans la maison de province où il s'était rendu. Là, il la séquestre, la maltraite cruellement. Puis, comme il sent qu'il va reprendre la vie commune, il la force à entrer dans un couvent. Lui-même s'en va combattre à l'étranger. Mais il ne se résigne pas à perdre Silvie, et tombe malade de chagrin. Il décide de lui pardonner et revient. Mais c'est elle qui s'est laissée mourir dans son couvent, et il ne peut plus que lui rendre les derniers devoirs. On saura plus tard par un ami de Gallouin comment celui-ci a triomphé de la résistance de Silvie et comment, après s'être fait moine, il est mort dans des circonstances tragiques. La nature exacte des sentiments de Silvie pour lui restera un mystère.

Sans doute le tempérament de des Frans est-il très éloigné de celui de des Grieux, mais leur passion prend parfois les mêmes accents. Ainsi, la scène que nous avons citée contient des traits qu'on retrouve dans deux scènes correspondantes de Manon Lescaut. *Celle du parloir de Saint-Sulpice présente, par exemple, le même ton de reproche et la même interrogation : «Perfide Manon, Ah! Perfide... Que prétendez-vous donc?» (p. 177). L'insensibilité de des Frans annonce la «langueur» et «l'horreur secrète» de des Grieux. Dans la scène où des Grieux retrouve Manon chez le jeune G... M..., les attitudes des deux amants, la sensibilité de des Grieux devant les «charmes» de Manon, enfin le rythme haletant des phrases semblent devoir quelque chose aux* Illustres Françaises *:*

> Elle fut si épouvantée de ce transport que demeurant à genoux près de la chaise d'où je m'étais levé, elle me regardait en tremblant et sans oser respirer. Je fis encore quelques pas vers la porte, en tournant la tête et tenant les yeux fixés sur elle. Mais il aurait fallu que j'eusse perdu tout sentiment d'humanité pour m'endurcir contre tant de charmes. J'étais si éloigné d'avoir cette force barbare, que passant tout d'un coup à l'extrémité opposée, je retournai vers elle, ou plutôt je m'y précipitai sans réflexion. Je la pris entre mes bras, je lui donnai mille tendres baisers. Je lui demandai pardon de mon emportement. Je confessai que j'étais un brutal [...] (p. 273).

On trouvera dans les notes d'autres rapports entre des scènes de Manon Lescaut *et celles de l'histoire de Silvie.*

Mais le rapprochement qui avait le plus frappé certains critiques[1] *concerne les héroïnes, celle de Challe et celle de Prévost. Si des Grieux ne fait pas de portrait en pied de Manon, des Frans en fait un de Silvie. Elle a, dit-il, «plus d'esprit que toutes les femmes fourbes n'en ont jamais eu ensemble». Dissimulée, elle «change naturellement de visage et de discours, avec autant de promptitude qu'aurait pu le faire la meilleure comédienne après avoir bien étudié son rôle», et pourtant elle paraît «toute sincère». Mais elle sait si bien déguiser qu'après l'avoir fréquentée pendant deux ans des Frans la jurerait «sincère, fidèle et désintéressée». Enjouement, amour des plaisirs, duplicité instinctive, autant de traits qui peuvent faire songer à Manon. — On prendra pourtant garde que ces ressemblances sont trompeuses. Quand des Frans connaît la vérité, il rend justice à Silvie. C'est elle, et non pas Manon, comme le supposait naïvement des Grieux, qui a été «séduite par un charme ou par un poison*[2]*». Du reste, ce n'est pas tant un personnage que Prévost a emprunté à l'auteur des* Illustres Françaises, *c'est la conception d'un sujet : un amour plus fort que la raison fait ou pourrait faire le bonheur de deux êtres : le même amour, par une fatalité propre à sa nature, et dont ils sont conscients, les voue au désespoir, si ce n'est à la mort.*

Mais si Les Illustres Françaises *ont pu montrer à Prévost la voie du genre de l'*histoire, *le personnage de Manon échappe encore à une tentative d'approche plus poussée. Les ressemblances du caractère de Silvie qui ont pu apparaître un moment avec le sien ont été démenties par le dénouement de l'histoire de la première. D'autre part, ni les ori-*

---

1. Spécialement Henri Roddier, qui dans l'article «Robert Challes [*sic*] inspirateur de Richardson et de l'abbé Prévost», *Revue de littérature comparée*, 1947, p. 12, fit les rapprochements que nous reprenons.
2. Voir ci-après, p. 168.

gines sociales, ni le destin de cette fille de province qui se retrouve à Paris, puis en Amérique, ni son caractère, mélange de volonté de luxe, de gaieté folâtre, de goût du théâtre, n'ont rien à voir avec l'Imoinda de Mrs. Behn. Paul Winnack avait remarqué que Les Illustres Françaises, *qu'il reconnaissait comme «the definite source of Manon», ne pouvaient avoir influencé l'épisode américain. Mais ce qui lui avait échappé, c'est qu'une autre œuvre du même Robert Challe, non moins remarquable que son roman, semble de nature à combler dans une mesure appréciable les lacunes qu'il relevait.*

Cette œuvre qui ajoute au thème de l'exil américain l'introduction d'un caractère apparenté à celui de Manon est le Journal d'un voyage fait aux Indes, *du même Robert Challe, publié à La Haye en 1721 chez Abraham de Hondt, et diffusé en France sous l'enseigne de Machuel, libraire à Rouen. Sur la base d'un journal de bord, l'ouvrage rapporte en détail les événements du voyage, départ de Lorient en février 1690, premier séjour à Pondichéry, batailles avec les Anglais et les Hollandais, escale au Bengale, second séjour à Pondichéry, voyage de retour par les Antilles où l'escadre demeure un mois, arrivée à Lorient en août 1691. L'abbé Prévost, qui s'était trouvé en Hollande lors de sa publication, et qui du reste connaissait Prosper Marchand, l'éditeur de Challe, trouvait dans l'ouvrage de ce dernier plusieurs récits capables de piquer sa curiosité, comme l'histoire d'un moine qui ayant fui son couvent avec une belle pénitente pour se réfugier à La Haye y est devenu huguenot*[1]. *Mais il pouvait surtout y lire l'histoire de Fan-*

---

1. *Journal d'un voyage fait aux Indes*, éd. A, p. 471-477 ; éd. B, t. II, p. 197-204 ; éd. C, t. II, p. 295-306.

chon — remarquer le nom « tiré de celui de baptême » —, une sœur de Manon par la beauté, par l'esprit, par les aventures, mais aussi double de « l'autre face » de Manon, non pas la Manon tragique et émouvante que présente des Grieux, mais la Manon telle qu'elle aurait pu vivre si des Grieux l'avait permis.

L'Histoire du chevalier des Grieux et de Manon Lescaut est insérée à la fin des Mémoires et aventures d'un homme de qualité. *Celle de la « Fanchon des îles » (c'est le nom qu'on est tenté de lui donner) vient à la fin du voyage aux Indes. L'*Homme de qualité *a d'abord rencontré Manon sur le chemin de l'Amérique ; à Calais, deux ans plus tard, il rencontre des Grieux revenu d'Amérique et à travers lui l'ombre de Manon. L'auteur bien réel du voyage aux Indes a connu Fanchon à Paris, avant son voyage. Il la retrouve quelques années plus tard aux îles de l'Amérique, où elle lui raconte son histoire depuis qu'ils se sont quittés : il la consigne dans son Journal presque à la fin de ses aventures*[1].

*Au retour de Pondichéry, l'*Écueil, *le navire sur lequel Challe est embarqué, fait escale à la Martinique du 5 juin au 3 juillet 1691. Quelque temps auparavant, un navire y est passé, l'*Oriflamme, *ramenant les débris du corps de troupes envoyé en renfort par Louis XIV au Siam, et contraint de rentrer après une révolution de palais. Leur commandant, des Farges, est mort lors du retour au cap de Bonne-Espérance, mais ses deux fils, une fois aux Antilles, y ont mené joyeuse vie avec les richesses ramenées du Siam. Les fils du défunt, l'aîné, le Marquis, et le cadet, le Chevalier, « tous deux bien faits d'esprit et de corps, tous deux dans la fleur de leur âge, et tous deux jetant de l'or à pleines*

---

1. Éd. A, p. 511 et suiv. ; B, t. II, p. 238 et suiv. ; C, t. II, p. 357 et suiv.

mains, trouvèrent vite ce qu'ils cherchaient». Parmi les femmes qui se sont laissé séduire, dit Challe, «j'en connais une entre les autres, dont je rapporterai l'histoire sous le nom de Fanchon, qui est d'une beauté à charmer, âgée au plus de vingt-six ans, qui a vendu [ses faveurs] mille pistoles au chevalier; outre pour plus de 400 pistoles de vases, de toiles et d'étoffes et d'autres curiosités des Indes qu'elle en a tiré».

Au moment où il va narrer l'histoire de Fanchon, Challe, comme il le fait avec ses héroïnes dans Les Illustres Françaises[1], *prend soin de présenter son récit sous l'aspect d'un* exemplum *dont il tire une leçon de morale :*

> Il faut que je rapporte son histoire telle qu'elle me l'a dite elle-même, quand ce ne serait que pour montrer qu'il n'y a qu'heur et malheur dans le monde, et que la vertu et la sagesse d'une fille ne lui font pas une étoile plus heureuse que celle d'une belle et spirituelle libertine.

« Belle et spirituelle libertine », ce pourrait être le cartouche d'un portrait de Fanchon. En voici le détail : « Fanchon est née demoiselle, à ce qu'elle dit ; elle n'a pas en effet les manières ni les sentiments d'une paysanne, et paraît même avoir eu une éducation cultivée. Elle est du fond de la Normandie, proche de Guines-la-Teinturière. Elle est parfaitement belle et parfaitement bien faite. Pour de l'esprit, on en jugera. » Puis vient son histoire. Elle a été débauchée par un compatriote, qui l'emmène à Paris. Pour quelque délit, il y est mis en prison, puis envoyé sur les galères du roi. Quant à Fanchon, elle profite de certaines connaissances à Paris pour se faire engager comme servante chez la femme d'un procureur.

---

1. Voir plus haut, p. 43.

À ce point, Challe, qui n'était qu'auteur-narrateur, intervient à son tour comme acteur de l'histoire. Après de brèves études de droit, il se trouve petit clerc chez un oncle notaire[1]. *Il rencontre pour affaires le procureur, et devient l'amant de la procureuse. Il la visite en l'absence du mari avec la complicité de la servante Fanchon. De son côté, le procureur est devenu l'amant de Fanchon, qui a joué la vertueuse auprès du clerc et d'un saute-ruisseau. Après quelque temps, elle est enceinte et, pour éviter le scandale, le procureur la «met en chambre». Un jour, il demande à Challe de porter quatorze francs à une cliente, à laquelle il s'est engagé, dit-il, à verser cette somme chaque semaine «jusqu'au retour de son mari, qui l'a laissée grosse à Paris». Le messager fait sa commission à la dame et reconnaît en elle Fanchon. Il décide de pousser l'aventure: «Une poularde et une bouteille de vin d'Espagne rendant mes paroles persuasives, nous ne fûmes pas plus longtemps à devenir bons amis.» Commentaire: «Le coup était un peu délicat, et même scélérat; mais à vingt ans je n'y cherchais pas tant de finesse.»*

Les quatre mois que Fanchon a passés dans cette chambre lui ont donné un air de demoiselle. Le procureur ne subvenant plus à ses besoins, elle fait «d'autres parties», mais avec «tant d'éclat» que le voisinage s'en plaint. Le commissaire la signale au lieutenant de Police, Deffita, qui l'envoie au Châtelet, avec ordre de sortir de Paris: «Elle ne jugea pas qu'il fût de son intérêt d'en appeler, de peur d'être envoyée à l'Hôpital en attendant un départ de filles pour les îles.» Elle préfère se ménager par le chantage l'appui du

---

1. Le stage chez l'oncle notaire est attesté; sur la biographie de Challe, désormais bien connue grâce en particulier aux travaux de Jean Mesnard, voir la Vie de Robert Challe dans l'édition C du *Journal de voyage*, t. I, p. 11-88.

procureur et de la procureuse : elle les menace de les dénoncer l'un à l'autre. Le procureur fait intervenir ses amis, sa femme les dévotes, si bien que Fanchon « sortit du Châtelet sans scandale et assez bien garnie d'espèces ». Elle ne prend que « le temps d'aller à la friperie se raccommoder de son désordre » et se met en route pour La Rochelle. Son intention serait, à ce qu'on comprend, de rejoindre sa famille en Angleterre, à moins qu'il ne s'agisse de tenter fortune en Amérique.

À partir de ce départ, la suite des aventures de Fanchon n'est plus connue directement par Challe témoin. Il n'est plus que le narrateur-délégué de l'héroïne elle-même, qui les lui a contées dans les soirées de Fort-Royal, où elle tenait toujours « table ouverte » pour lui.

Fanchon conte donc son départ de Paris en 1686, un an après la révocation de l'Édit de Nantes. Elle se rend par des voies économiques jusqu'à Orléans, et là elle trouve un négociant protestant de La Rochelle qui part pour Saumur dans une « cabane » (les bateaux qui descendent la Loire). « Il lui offrit une place : elle accepta. » Les bêtes, commente Challe, « ne sont pas ordinairement sujettes aux aventures [...] l'expérience montre qu'il n'y a que les gens d'esprit exposés aux caprices de la fortune. Fanchon en a, et du mieux tourné, pour faire figure dans le pays romanesque ». À Saumur elle feint de vouloir partir seule. Le marchand la retient et lui offre de faire route avec elle. Elle « se récrie au scandale d'une telle compagnie » ; pourtant elle finit par accepter, « les larmes aux yeux, donnant sa complaisance à la nécessité de sa fuite ». À ce mot de fuite, le marchand la presse de questions, et elle finit par lui faire « une histoire de roman ». Elle se dit issue d'une famille noble mais pauvre, calviniste. Son père et ses frères seraient passés en Angleterre, sa mère serait morte de chagrin ; elle-même serait venue à

Paris pour obtenir la confiscation du bien de sa famille. Elle finit par se jeter aux pieds du marchand pour obtenir sa protection.

Le marchand, « qui se serait donné à tous les diables qu'il avait en face de lui une fille aussi sage que belle, et une sainte à illustrer le martyrologe de Calvin », la relève. Il l'emmène chez lui, la présente à sa femme comme « une fille de grande qualité qui lui a été recommandée ». Le couple la traite comme une demoiselle, lui fait donner une fille de chambre, lui donne de l'argent, etc. Fanchon accepte à condition qu'elle remboursera tout dès qu'elle le pourra. La femme du marchand, après l'avoir surveillée un moment, n'est pas moins persuadée de sa vertu. Elle en fait même son bras droit. Effectivement, pendant plusieurs mois, Fanchon reçoit d'un air glacé les protestations d'amour du marchand, et prend soin surtout de ne pas se trouver seule avec lui. Quand elle le juge suffisamment enflammé, elle lui ménage une occasion. La scène se passe un dimanche matin. La femme du marchand (c'est un poissonnier en gros) est partie à leur maison de campagne. Fanchon est restée sous prétexte d'un mal de tête qui va déjà mieux. Le marchand, qui a vu la charrette partir, se débarrasse d'un garçon, revient chez lui et se présente à la porte de la belle, résolu à la forcer ; mais pour une fois elle n'est pas fermée. Fanchon joue la frayeur. Elle se réfugie dans la ruelle de son lit. Il ne veut rien entendre, et après un quart d'heure de feinte résistance, une faiblesse prétendue lui donne la victoire. À la suite de quoi Fanchon fait preuve d'un désespoir si bien imité que le marchand doit lui arracher le couteau dont elle s'est saisie.

Ce n'est que lorsqu'elle craint que l'âne envoyé par la femme n'arrive qu'elle devient « un peu plus traitable ». Et un présent « très fort pour un marchand, quelque riche qu'il soit, joint aux promesses qu'il lui fit, lui rendirent sa *première tranquillité ». Au bout de six mois, comme elle n'a toujours pas de nouvelles de ses prétendus parents réfugiés en Angleterre, le marchand et la marchande l'ont mariée à un très honnête homme, qui l'a amenée à la Martinique. Elle a si bien dissimulé l'aventure avec le chevalier des Farges qu'elle passe pour « très sage ». Son mari en est idolâtre : il est actuellement à Bordeaux, où des affaires indispensables l'ont forcé d'aller, et elle l'attend de jour en jour. Elle a en or et en argent sans que son mari en sache rien plus de quarante mille francs d'argent comptant. L'histoire est terminée, mais le narrateur y ajoute un commentaire qui conclut sur un ton goguenard les aventures de Fanchon.*

On dispose maintenant des repères permettant de mettre en parallèle les deux héroïnes, celle de Challe et celle de Prévost. Dans les deux cas les narrateurs ont connu les acteurs dans une période antérieure de leur vie, mais c'est lorsque leur destinée est accomplie, tragique d'un côté, satirique et bourgeoise de l'autre, que leur histoire est contée. Dans les deux cas, c'est par la bouche d'un des acteurs que se fait le récit : en totalité par le héros dans Manon Lescaut, *partiellement, chez Challe, dans un style indirect qui mime parfois le ton parlé par la Fanchon des îles. De part et d'autre le récit est censé porter une leçon morale. Chez Prévost, sérieuse et noble, celle-ci est orientée vers le destin du Chevalier ; avec Challe, elle s'applique aux femmes et prend le contre-pied de la tradition romanesque. C'est à vrai dire une « contre-leçon » : pas besoin pour une fille d'être sage et vertueuse pour faire fortune.*

En fait, les véritables points communs se trouvent dans les deux héroïnes. Même type de dénomination par un diminutif. Même origine géographique : un fond de province qui empêche qu'on s'intéresse trop à leur passé, provinces voisines d'ailleurs, Normandie pour Fanchon, Picardie pour Manon. Origine sociale obscure dans les deux cas, Fanchon se dit « demoiselle » mais rien ne le prouve, Manon ne dit rien de sa famille et des Grieux ne s'en informe pas.

C'est par leur personne qu'elles se ressemblent le plus. Toutes deux sont « parfaitement belles ». La formule caractérisant Fanchon, « belle et spirituelle libertine », convient tout aussi bien à Manon. Toutes deux aiment la société. Fanchon en a réuni une autour d'elle au Fort-Royal, et Manon n'y est pas moins attachée. Trait plus particulier, elles ne sont pas seulement d'une « gaieté » remarquée chez Manon, elles ont un goût spécial pour la « bouffonnerie » et la « comédie ». Challe souligne que Fanchon raconte en « comédienne » les histoires de ses bonnes amies et la sienne propre : il voudrait « se souvenir de ses bouffonnes expressions et que l'écriture pût imiter le ton » pour leur rendre justice. Prévost dit de Manon qu'elle est « folâtre » et qu'avec le vieux G...M..., elle joue, comme dit Raymond Picard, « une vraie scène du répertoire ». Dans l'épisode du Prince italien, elle est à la fois, selon le même critique, auteur, metteur en scène, actrice et même habilleuse. La pièce a du succès et ce sont « de longs éclats de rire » (p. 254).

L'une et l'autre ignorent le scrupule. Elles ne sont pourtant pas « folles de leur corps » et ne se livrent pas au premier venu. Challe le note expressément pour Fanchon qui cède au procureur, mais se montre « un diable en sagesse » avec le clerc et le saute-ruisseau. Il précise qu'en l'absence de son mari elle se refuse à lui quand il est à la Martinique. Elles sont ménagères de leurs faveurs parce qu'elles veulent en tirer le meilleur prix possible. Elles aiment jouir de la vie, mais elles n'ignorent pas, surtout Fanchon, que le bel âge est court et qu'il faut songer à l'avenir. L'une et l'autre sont d'expertes manipulatrices. La façon qu'a Fanchon de ménager ses divers amants, le jeune homme qui l'amène à Paris et qu'elle se garde de suivre au Châtelet, le procureur parisien, le poissonnier, son mari, le chevalier des Farges et même celui qui deviendra l'auteur de l'histoire, témoigne assez de sa maîtrise. Si Prévost ne met pas expressément ce point en valeur chez son héroïne, il suffit de penser à la manière dont Manon « pilote » non seulement M. de B... et les deux G...M..., mais déjà des Grieux lors de leur première rencontre à l'hôtellerie d'Amiens, puis dans la scène du parloir de Saint-Sulpice et dans d'autres circonstances, pour conclure qu'elle n'est pas moins habile à mener les hommes à ses fins que sa sœur des îles.

Le niveau social de Manon paraît, à première vue, un peu plus élevé que celui de Fanchon. Cette dernière commence sa carrière amoureuse avec un mauvais garçon promis aux galères, et doit se faire servante ; mais sait-on ce qu'avait été Manon avant d'être expédiée au couvent par sa famille ? Du reste Fanchon s'élève vite jusqu'à un procureur. Après être passée par quelques anonymes, elle se fait un protecteur précieux d'un riche marchand de La Rochelle. Elle épouse un bon bourgeois des îles, et celui qu'elle lui adjoint discrètement pendant son absence, le chevalier des Farges, avait espéré devenir général des armées siamoises. À son défaut, Fanchon reste l'épouse idolâtrée de son mari, et riche des effets laissés par ses amants.

Leurs aventures présentent aussi des similitudes. Migration à Paris, aventures qui tournent mal, l'une et l'autre connaissent la prison au Châtelet. Seule Manon est déportée, mais Fanchon n'échappe au même sort que par des chantages sur le procureur et sa femme qui pourraient échouer. Si elle choisit la solution des îles, ce n'est pas seulement pour éviter les rechutes, c'est aussi parce qu'elle y sera le mieux placée pour « figurer dans le pays romanesque », *comme l'a fait Mme de Maintenon. Après tout, si son chevalier avait péri dans le duel, ou avait dû s'effacer, Manon, arrivée à La Nouvelle-Orléans comme déportée, ne serait-elle pas devenue l'épouse de Synnelet, et la nièce du gouverneur ? Il est vrai que leur vie s'achève pour l'une dans un désert aride aux environs de La Nouvelle-Orléans, et se poursuit pour l'autre parmi une société dont elle est reine, dans les conversations plaisantes égayées de bon vin sous les pampres de la Martinique. Pourquoi ce divorce entre les deux destins ?*

Certes, Fanchon a un fond de prudence qui échappe souvent à Manon. Mais ce sont surtout leurs partenaires qui font la différence. Fanchon a joué des siens, les prenant, laissant ou gardant selon les circonstances. Manon en a fait autant, mais avec une exception. Elle serait peut-être une autre Fanchon s'il n'y avait pas eu des Grieux. En dénonçant celui-ci à son père ou en acceptant les offres du jeune G…M…, elle ne s'était d'ailleurs pas comportée d'une façon très différente. Seulement elle a été véritablement aimée, et elle a fini par comprendre que cet amour unique faisait d'elle, en dépit d'elle-même, une autre femme, capable à son tour d'aimer et de se sacrifier.

Tout découle de cette donnée. Le fait, par exemple, que le narrateur soit d'un côté l'amant, de l'autre un tiers ironique, peut-être par dépit, n'introduit pas seulement un ton très différent ; c'est l'image même de Manon qui est façonnée par la subjectivité de des Grieux, au point de devenir celle d'une héroïne plausible, puis d'une héroïne effective. Inversement, il faut le charme un peu canaille de Fanchon pour la préserver des formules dévalorisantes et des insinuations de Challe. Si l'on se souvient du rôle qu'ont joué les héroïnes tragiques dans l'imagination de Prévost, peut-être pourra-t-on ébaucher une réflexion sur la nature de cette hésitation entre le comique et le tragique dans Manon Lescaut *qu'avait relevée Paul Winnack*[1].

Avec Manon, les deux faces, pourrait-on dire, la face héroïque et la face comique, règnent ensemble, dans le même registre. L'incertitude existe sur le personnage de la Manon « naturelle » (jusqu'à quel point ses protestations de fidélité sont-elles sincères dans les périodes heureuses?), elle subsiste dans la phase tragique : son héroïsme final est-il une vraie rédemption, ou n'est-il que l'effet passager du sentiment qu'elle éprouve devant l'amour du Chevalier et les sacrifices qu'il lui consent? Certes, Challe soupçonne la part d'inconnu que recèlent toutes les femmes y compris celles qu'il appelle des « femelles », mais il met à part le mystère qui n'appartient qu'aux « illustres ». Pour Prévost il n'y a pas deux types de femmes, chacun avec sa part de secret. Dans sa vision, le « caractère incompréhensible des femmes », comme il dit, s'applique à toutes, car la femme est une, ange et démon en même temps. Sans Silvie, Manon ne serait pas « Manon ». Mais sans Fanchon elle ne le serait pas non plus.

Prévost avait-il lu le Journal d'un voyage fait aux Indes *? Il nous paraît probable qu'il l'avait fait. Mais, de toute façon, l'intérêt de l'histoire de Fanchon est qu'elle dessine à côté des fictions de la littérature une certaine image du monde réel auquel l'auteur de* Manon *et ses lecteurs pouvaient se référer. Les repères qu'elle fournit éclaireront la signification de l'*Histoire du chevalier des Grieux et de Manon Lescaut *telle que la propose Raymond Picard.*

FRÉDÉRIC DELOFFRE

1. « *Although the ambiguity of* Manon Lescaut, *its mixture of comic and tragic elements have been noted, the reasons behind that mixture have been largely unexplored* », Paul Winnack, « Some English Influences on the Abbé Prévost », art. cit., p. 300.

III

Signification de Manon Lescaut

« *Le héros est un fripon et l'héroïne une catin* », notait Montesquieu aussitôt après sa lecture[1]. Un tel jugement peut choquer, mais il correspond strictement à la réalité. Manon se fait enlever par le chevalier des Grieux, met douze jours à s'apercevoir qu'il est sans ressources, accueille alors froidement ses projets de mariage, se débarrasse de lui en le dénonçant à sa famille, et accepte les propositions fastueuses de M. de B..., fermier général dont elle tirera soixante mille livres en moins de deux ans. Elle vit de nouveau avec des Grieux; quand ce trésor leur est dérobé, elle va aussitôt s'offrir à M. de G... M..., « *vieux voluptueux, qui payait prodiguement les plaisirs*[2] ». Un peu plus tard, elle ne résiste pas davantage à la folle générosité du fils G... M... Manon est donc une fille entretenue qui vend ses faveurs au plus offrant. Si elle se distingue de ses pareilles, c'est en ce qu'elle essaie de toucher le prix sans livrer la marchandise — et elle ne se montre avare de ses charmes que pour complaire au Chevalier. Celui-ci, en effet, répugne au

---

1. Le 6 avril 1734. *Pensées et Fragments inédits*, Bordeaux, Gounouilhou, 1901, in-8°, t. II, p. 61.
2. P. 199.

Signification de Manon Lescaut

rôle d'amant de cœur, que Manon voudrait lui réserver, et il se refuse à ce que Prévost appelle ailleurs le greluchonnage[1]. *Quand le frère de Manon lui déclare : « Une fille comme elle devrait nous entretenir, vous, elle et moi*[2] *», il ne voit là qu'une* impertinence *et son cœur souffre des infidélités de Manon ; mais sa probité s'accommode assez bien des effets financiers de son inconduite. Il n'a pas de scrupule à vivre des soixante mille livres de M. de B..., et il aide Manon à détrousser les deux G... M... Certes il ne suit pas le conseil de Lescaut qui « me proposa, rapporte-t-il, de profiter de ma jeunesse et de la figure avantageuse que j'avais reçue de la nature, pour me mettre en liaison avec quelque dame vieille et libérale*[3] *». En revanche, il n'oublie pas que, grâce à la justice admirable de la Providence, « la plupart des grands et des riches sont des sots », tandis que les autres hommes sont doués de qualités qui sont autant de « moyens pour se tirer de la misère et de la pauvreté »*[4]. *Il devient donc membre d'une société de tricheurs professionnels ; ses confrères lui prédisent une belle carrière, car ils prévoient « qu'ayant quelque chose dans la physionomie qui sentait l'honnête homme, personne ne se défiera [...] de [s]es artifices*[5] *». Mais la fortune qu'il acquiert ainsi rapidement lui est volée, les malheurs se succèdent, il est mis à la prison de Saint-Lazare : on sait qu'il en sort en tuant un valet qui*

---

1. Dans les *Mémoires d'un honnête homme* (*Œuvres choisies*, éd. de 1810, t. XXXIII, p. 170 ; éd. Sgard, t. VI, p. 263-264), un personnage demande : « Pouvez-vous ignorer quel est l'usage établi ? Le greluchonnage est-il un nom étranger pour vous ? Les maîtresses les plus réglées n'ont-elles pas un favori qu'elles reçoivent secrètement en l'absence de celui qui les paie ? L'un est pour le cœur, l'autre pour la fortune. »
2. P. 187.
3. P. 188.
4. P. 186.
5. P. 195.

s'opposait à sa fuite. *Assassin, tricheur, un peu souteneur, on est bien obligé de reconnaître que des Grieux forme avec Manon un couple peu recommandable.*

Comment se fait-il que le lecteur ne semble pas s'en aviser, et qu'il ne s'interroge guère plus sur la moralité de Manon que sur la probité de Roméo ou la vertu de Bérénice ? Manon reste à jamais l'une de ces compagnes d'élection avec qui l'on souhaite de s'embarquer pour l'île des doux plaisirs et des fêtes du cœur. Loin d'avoir la chair fatiguée d'une catin, elle est la fraîcheur même, et sa jouvence est éternelle. Quant à des Grieux, son dévouement si passionné et si mal récompensé fait de lui le héros de la fidélité : ce qu'il peut faire de répréhensible aux yeux du monde est aussitôt lavé dans les eaux lustrales d'un grand sentiment. L'excellente éducation du Chevalier, la distinction tendre des manières de Manon, la simplicité de cœur des deux jeunes gens et leur bon naturel apparaissent à chaque page. Cette chronique des pauvres amants est contée à mi-voix sur un ton qui est celui de la bonne compagnie. Un fripon ? Une catin ? Ces noms, qu'on a le mauvais goût de prononcer, ne sont pas même dégrisants quand on les applique à Manon et à des Grieux, car on est aussitôt amené à se demander comment un fripon peut rester honnête, et une catin conserver sa pureté. Fraîcheur et corruption tout ensemble : dans cette impossible conjonction consiste peut-être le problème fondamental que pose ce roman extraordinaire. Le préfacier des Œuvres choisies, *non sans une certaine gêne, notait en 1783 : «Il y a bien de l'art à intéresser aux infortunes de deux semblables personnages*[1]*. » En*

---

1. T. I, p. 36. Les premiers lecteurs, dès 1733, avaient déjà fait la même remarque. «Ce livre est écrit avec tant d'art, et d'une façon si intéressante, observait-on, que l'on voit les honnêtes gens même s'at-

effet, il faut une technique romanesque d'une habileté singulière pour que l'innocence des deux héros semble ne pas souffrir de la situation désespérément immorale où ils se trouvent si souvent. On ne dissimule au lecteur ni les faits ni les actions ; mais les faits n'ont pas la signification qu'on pourrait croire, et les actions ne sauraient impliquer, à l'égard de celui qui les commet, le jugement qu'on porterait sur lui en toute autre circonstance. Manon se prostitue, mais en réalité elle n'est pas une catin ; des Grieux ment, triche, vole et tue, mais il n'est pas un fripon. C'est ici un art de prestidigitation morale dont la réussite est surprenante. La réalité concrète et vivante dans laquelle le roman se meut est dépouillée de toute valeur probante et réduite au rang d'apparence trompeuse : le lecteur ne se fie plus à ses yeux, ni à ses oreilles ; il se laisse attirer dans un étrange univers dont il conviendra d'étudier les fondements moraux, philosophiques et peut-être théologiques. Selon l'image qu'Alcibiade avait trouvée pour Socrate, on serait tenté de comparer l'abbé Prévost à une torpille : délicieusement paralysé, le lecteur n'éprouve plus le besoin de juger ; son monde moral se dissout et il s'abandonne à un agréable vertige.

D'abord un vertige de sympathie pour les héros. Le romancier fait en sorte que ses personnages apparaissent comme intéressants, touchants et séduisants ; le lecteur se prend ainsi d'amitié pour eux, les accepte et bientôt assume leurs actes. Cette optique très partiale est, comme il se doit, dissimulée sous des dehors faussement objectifs : l'auteur n'intervient jamais. Le cas du personnage de Manon est peut-être

---

tendrir en faveur d'un escroc et d'une catin. » Et ailleurs : « Le héros est un escroc, l'héroïne une catin, et cependant l'auteur trouve le secret d'intéresser les honnêtes gens pour eux. » Voyez plus bas la section « l'accueil des contemporains », p. 354.

le plus significatif, car cette admirable création représente une prouesse technique à laquelle on n'a peut-être pas assez pris garde. Dès le premier coup d'œil, une appréciation très favorable est habilement imposée au lecteur. L'Homme de qualité qui aperçoit Manon sur sa charrette, enchaînée avec ses compagnes, est un esprit non prévenu : il est, à l'égard du récit qui va lui être fait, dans la situation du lecteur à l'égard du roman qu'il vient d'ouvrir. Son jugement, dont le lecteur n'a aucune raison de se défier, a donc une importance extrême. Or l'impression qui se dégage, c'est que Manon n'est pas à sa place : « [Son] air et [sa] figure étaient si peu conformes à sa condition, qu'en tout autre état je l'eusse prise pour une personne du premier rang. Sa tristesse et la saleté de son linge et de ses habits l'enlaidissaient si peu que sa vue m'inspira du respect et de la pitié[1]. » Une princesse parmi les filles de joie[2] ? Manon pourrait bien être la victime innocente de circonstances et de hasards malheureux, peut-être même d'affreuses machinations. Il sera très difficile au lecteur de revenir par la suite sur ses premiers sentiments, et de juger froidement que peut-être après tout Manon a mérité son sort. L'image de cette belle fille, noble et désolée, abandonnée sur sa charrette à une horrible promiscuité, possède un prestige romanesque auquel on ne saurait échapper. Et on y échappe d'autant moins que le récit est fait par des Grieux, et qu'il est tout entier dans une perspective où cette image est vraie.

 En effet, en dehors de la scène d'ouverture, tout ce que le lecteur connaît de Manon, il l'apprend de la bouche du

---

1. P. 147.
2. Prévost avait du reste employé le mot dans sa première version (1731) : « Je l'eusse prise pour une princesse », avait-il écrit. Mais le romanesque était ainsi imposé maladroitement au lecteur, au lieu de lui être discrètement suggéré.

Chevalier, c'est-à-dire d'un homme qui l'aime d'un amour aveugle et inépuisable[1]. *Comment ne subirait-il pas la contagion de cet amour ? Dès la scène délicieuse de la rencontre dans la cour de l'auberge, il est séduit par cette fille de quinze ans,* « *si charmante* », *qui répond* « *ingénument*[2] » *que ses parents l'envoient à Amiens pour être religieuse — et ce serait grand dommage.* « *La douceur de ses regards, un air charmant de tristesse en prononçant ces paroles*[3] », *voilà qui achève de dessiner un personnage frais, attirant et désarmé. Si bientôt elle commet des fautes, elle les regrette avec tant de sincérité et d'élan qu'on ne peut s'empêcher de lui pardonner :* « *Où trouver un barbare qu'un repentir si vif et si tendre n'eût pas touché*[4] ? » *Le lecteur ne tient pas à passer pour* un barbare *dépourvu de* tous sentiments d'humanité[5], *et il se laisse fléchir lui aussi. Il est disposé à croire que Manon est en effet* « *la plus douce et la plus aimable créature qui fût jamais*[6] », « *ce composé charmant, cette figure capable de ramener l'univers à l'idolâtrie*[7] ». *Tout lecteur pour Manon prend les yeux d'un amant. Et il est confirmé dans son sentiment, quand il s'aperçoit que cette fille merveilleuse n'exerce pas son pouvoir de fascination seulement sur le Chevalier : tout au long de l'histoire, la tendresse et l'admiration naissent sous ses pas. M. de B.*

---

1. C'est ce qu'avait remarqué, dès la fin du XVIIIe siècle, l'auteur d'un jugement anonyme qui sera rapporté p. 361-362 : « Ce n'est pas à sa Manon que nous nous intéressons, c'est à l'objet de cette passion si tendre […] nous la voyons par ses yeux, nous l'aimons avec son cœur, etc. »
2. P. 153.
3. P. 154.
4. P. 180.
5. P. 272.
6. P. 300.
7. P. 307.

l'aperçoit-il à la fenêtre ? Il devient aussitôt passionné pour elle. Le vieux G... M..., dès qu'on l'amène chez lui, est au premier coup d'œil « charmé de son mérite[1] *». Son fils à son tour, en moins d'une demi-heure, en devient amoureux : « Ses regards et ses manières s'attendrirent par degrés*[2]. *» Enfin Synnelet, le neveu du gouverneur de La Nouvelle-Orléans, est touché dès le premier jour par sa beauté, et il se consume pour elle. En vérité, il est impossible de rester insensible à ce personnage* charmant, jeune, traînant tous les cœurs après soi[3], *un personnage qu'on ne voit pas, mais dont on mesure sans cesse l'effet sur tous ceux qui le rencontrent*[4].

Car le lecteur est conquis d'autant plus sûrement que rien ne vient contrarier l'image secrète qu'il se fait de Manon ; les voies de la séduction changent d'un cœur à l'autre et chaque sensibilité a son style. Or il y a autant de Manons que de lecteurs, tant est discrète la caractérisation du personnage. On sait du moins que la Princesse de Clèves est blonde, et chacune des héroïnes de Challe est décrite avec une minutie exquise ; mais on ignore jusqu'à la teinte des cheveux de Manon. Quelle est la couleur de ses yeux, la forme de son nez, l'éclat de son teint ? Est-elle grande ou petite ? mince ou potelée ? Le roman n'en dit rien. Elle est charmante, *et l'idée revient plus d'une demi-douzaine de fois ; elle est* aimable ; *il est question de sa* beauté — *mais sans aucune précision*[5]. *En quoi consiste donc cet air « si*

---

1. P. 202.
2. P. 256.
3. Racine, *Phèdre*, acte II, sc. 5.
4. Dans *Le Doyen de Killerine*, Patrice parle ainsi de Mlle de L., qu'il adore : « Figurez-vous mille charmes que je n'achève pas de décrire, mais dont vous jugerez beaucoup mieux par l'impression qu'ils ont faite sur mon cœur. » (Éd. de 1810, t. VIII, p. 148 ; éd. Sgard, t. III, p. 59.)
5. C'est parce que, objectera-t-on, l'attention de Prévost au phy-

fin, si doux, si engageant[1] » ? C'est, écrit Prévost, « *l'air de l'Amour même*[2] », de même que son teint est « *de la composition de l'Amour*[3] ». On saisit ici le procédé[4] : il s'agit, à l'aide de formules prestigieuses dont le contenu de sentiment est riche et le contenu intellectuel à peu près nul, d'exalter l'imagination du lecteur, sans l'orienter dans aucune direc-

---

sique et au concret ne saurait aller plus loin. Qu'on prenne la peine de lire le portrait suivant, tiré des *Mémoires d'un honnête homme*, et l'on jugera si la discrétion et même la pauvreté du portrait de Manon ne sont pas volontaires : « Au premier coup d'œil, Mlle X*** n'était que jolie. À ceux qui la voyaient un quart d'heure, elle paraissait plus que belle. C'était la magie de ses yeux, d'où il se répandait mille charmes sur toute sa personne. Quoiqu'elle eût le teint clair et la peau fort blanche, elle n'avait pas un trait régulier. Mais cet air dominant de deux yeux les plus fins et les plus tendres du monde assortissait des choses qui n'étaient pas faites pour se trouver ensemble. Elle avait la bouche grande, par exemple, et les dents d'une petitesse surprenante ; le nez court et pointu ; le front étroit et les tempes larges ; le bras très gros et la main fort petite. Mais le regard dont elle accompagnait un sourire le rendait enchanteur. Les lèvres de cette grande bouche étaient vermeilles. Ces petites dents, d'un ordre et d'une blancheur admirable. Sur ce front si étroit, les cheveux étaient placés divinement, et les tempes ne s'ouvraient si fort que pour y faire serpenter deux belles veines. Je n'ai rien vu de si piquant que ce petit nez retroussé en pointe, qui semblait remonter aux yeux pour leur dérober de l'éclat. Enfin ces mains enfantines, qui étaient comme déplacées au bout d'un bras si charnu, on les aurait crues volées à quelque statue de l'Amour... » (Éd. de 1810, t. XXXIII, p. 127-128 ; éd. Sgard, t. VI, p. 260.)

1. P. 177.
2. *Ibid.*
3. P. 265.
4. C'est précisément cette technique que Barbey d'Aurevilly n'a pas comprise (ou n'a pas voulu comprendre) dans l'amusant — et tardif — *éreintement* qu'il a fait du roman. Étudiant la peinture de l'abbé Prévost, il remarque : « C'est un pot à eau qui est sa palette. Le portrait qu'il fait de Manon ne se voit pas... *L'air de l'amour même ! un enchantement !* L'enchantement n'est qu'un effet dans l'âme, et je voudrais voir la cause de cet effet, c'est-à-dire la personne qui le produit. » (*Les Œuvres et les Hommes*, Lemerre, 1904, t. XIX, p. 299.)

tion particulière. Il faut communiquer en quelque sorte une connaissance lyrique de Manon. L'élan, dans la scène du parloir, est même si puissant que la prose, d'habitude si modeste, de l'abbé Prévost se soulève — faute de style — jusqu'à former un alexandrin : « Ses charmes surpassaient tout ce qu'on peut décrire[1]*. » Ce qui est doublement affirmer, par le rythme et par les mots, la démission du langage. Le mouvement culmine dans l'aveu de des Grieux : « Toute sa figure me parut un enchantement*[2]*. » C'est ainsi que Manon doit paraître au lecteur également : à lui de se représenter concrètement, selon les détours de son propre cœur, les voies et moyens de cette magie. La réussite du romancier et la force obsédante de son personnage viennent surtout de ce qu'il a voulu que Manon fût en grande partie la création du lecteur.*

Des Grieux ne saurait bénéficier de la perspective privilégiée qui est réservée à Manon. Mais les divers éclairages qu'il reçoit tour à tour n'en sont pas moins flatteurs, et le lecteur accepte sans méfiance les témoignages qui d'un bout à l'autre de l'histoire se multiplient généreusement en sa faveur. Dès qu'il l'aperçoit, l'Homme de qualité découvre « dans ses yeux, dans sa figure et dans tous ses mouvements, un air si fin et si noble [qu'il se sent] porté naturellement à lui vouloir du bien[3]* ». Naissance, honneur, dignité, éducation, bonté foncière, physionomie avenante et noble, sans compter l'émouvante profondeur de son sentiment, des Grieux a tout ce qu'il faut pour se faire aimer et estimer de ceux qu'il rencontre — et du lecteur. Ces deux personnages, parés de tous les dons, jeunesse, beauté, amour, distinction*

---

1. P. 177.
2. *Ibid.*
3. P. 147-148.

du cœur et des manières, font un couple ravissant. Le roman, ici encore, est orienté de manière à montrer la voie au lecteur. «Nos postillons et nos hôtes nous regardaient avec admiration[1]*»*, rapporte le Chevalier. *Nous en sommes à l'enlèvement qui ouvre l'histoire, mais il en est de même à la fin quand le gouverneur de La Nouvelle-Orléans leur assure tout de suite un traitement de faveur. Et tout au long de l'action, le couple inspire des sentiments de sympathie et d'admiration, que le lecteur doit nécessairement partager. C'est l'aubergiste qui revoit sans sa Manon des Grieux qu'on ramène chez son père, et qui s'écrie: «Ah! c'est ce joli monsieur qui passait, il y a six semaines, avec une petite demoiselle qu'il aimait si fort. Qu'elle était charmante! Les pauvres enfants, comme ils se caressaient! Pardi, c'est dommage qu'on les ait séparés*[2]*.» C'est le valet lui-même, ou plutôt le gardien de Manon à la prison de l'Hôpital, qui est si touché de voir se retrouver les deux amants qu'il est prêt à prendre tous les risques pour faire évader Manon. En vérité, les deux jeunes gens forment ce couple idéal, dont il reste comme une nostalgie, même dans les cœurs les plus endurcis; et l'on est porté à considérer leurs fautes, s'ils en ont commis, comme des malheurs auxquels on compatit.*

Contraste surprenant! D'un côté, le mensonge, le vol, le meurtre, la tricherie, l'escroquerie, la prostitution. De l'autre, une fille exquise, jolie, jeune, douce et tendre, toute grâce, toute mesure, et avec elle, un jeune homme bien né, fier, bon, ouvert, généreux et fidèle. D'un côté, comme le dit Cocteau, un «cortège aux flambeaux de joueurs, de tricheurs, de buveurs, de débauchés, de descentes de police... [un] parfum crapuleux de poudre à la maréchale, de vin

---

1. P. 158.
2. P. 165.

sur la nappe et de lit défait[1] ». De l'autre, un couple exemplaire dont l'appétit de bonheur innocent représente peut-être ce qu'il y a de meilleur, ou en tout cas de plus émouvant, ici-bas. Comment ces deux mondes, apparemment incompatibles, arrivent-ils à se rencontrer et même à se composer à l'intérieur d'un même roman ? La première explication qui vient à l'esprit, c'est qu'ils restent totalement étrangers. La corruption serait ainsi tout entière dans le milieu, tandis que les personnages resteraient purs. Ne sont-ils pas, en effet, les victimes d'une société démoralisée qui veut les couvrir de sa boue — une boue qui ne prend pas sur eux — et les forcer à participer à ses infamies ? Le frère de Manon, cet « homme brutal et sans principes d'honneur[2] », terrible création du romancier, est comme le représentant de ce que la société a de plus vil. Mauvais génie et tentateur, c'est lui qui pousse des Grieux à devenir un tricheur professionnel, et qui le fait admettre « dans la Ligue de l'Industrie[3] » ; c'est lui qui met Manon dans les bras du vieux G... M..., et qui a l'idée de présenter le Chevalier comme un jeune frère de Manon, de façon que celle-ci puisse se partager commodément entre ses deux amants. Manon et des Grieux, qui sont livrés à cet abominable personnage, ne peuvent pas même compter sur leurs valets, car ceux-ci participent de l'immoralité générale : ce sont eux qui, en dévalisant leurs maîtres, les mettent dans une situation désespérée — et ils ont déjà été victimes d'un premier vol, dont les auteurs sont demeurés inconnus. Or, si ce premier vol oblige le Chevalier à se faire tricheur, le second donne occasion à Lescaut de vendre sa sœur à G... M...

1. « Manon », *Revue de Paris*, octobre 1947, p. 22.
2. P. 183.
3. P. 194.

N'est-ce pas la société qui semble s'ingénier à réduire au sort commun ces êtres innocents, à les faire tomber dans la fange universelle ?

Car, dans les pires moments, qu'a fait le Chevalier, qui ne soit dans les habitudes de cette société pourrie ? Lui-même le souligne à l'intention de son père, quand celui-ci lui rend visite à la prison du Châtelet : « *Une maîtresse ne passe point pour une infamie dans le siècle où nous sommes, non plus qu'un peu d'adresse à s'attirer la fortune du jeu*[1]. » Et il cite des exemples : « *Je vis avec une maîtresse [...] sans être lié par les cérémonies du mariage : M. le duc de... en entretient deux, aux yeux de tout Paris ; M. de... en a une depuis dix ans, qu'il aime avec une fidélité qu'il n'a jamais eue pour sa femme ; les deux tiers des honnêtes gens de France se font honneur d'en avoir. J'ai usé de quelque supercherie au jeu : M. le marquis de... et le comte de... n'ont point d'autres revenus ; M. le prince de... et M. le duc de... sont les chefs d'une bande de chevaliers du même Ordre.* » L'académie de jeu de l'Hôtel de Transylvanie, « *le principal théâtre de [s]es exploits*[2] », se tient au profit de M. le prince de R..., et la plupart des officiers de ce prince font partie de la « Ligue de l'Industrie ». Même des vols — en l'occurrence d'ailleurs, tentatives de vol — tels que ceux où il se fait le complice de Manon sont monnaie courante autour de lui : « *Pour ce qui regardait mes desseins sur la bourse des deux G... M..., remarque-t-il, j'aurais pu prouver aussi facilement que je n'étais pas sans modèles*[3]. » Et puis n'y a-t-il pas dans tout cela, comme dans le meurtre de Saint-Lazare, un cas de légitime défense ? Le Chevalier est

1. P. 292.
2. P. 195.
3. P. 293.

attaqué par la société en la personne de l'odieux G... M..., ce vieux débauché qui prétend acheter les faveurs de Manon, en la personne du jeune G... M..., ce fils de famille qui n'hésite pas à se servir d'un or corrupteur : il se défend comme il peut. Son père lui-même incarne les préjugés de la société et cause tous ses tourments en ne lui permettant pas le moindre espoir d'un mariage avec Manon, et en laissant déporter en Amérique «la plus douce et la plus aimable créature qui fût jamais[1]». Il secoue donc la poussière de ses souliers en quittant l'Europe, et il se déclare sans inquiétude à l'idée d'aller vivre parmi les sauvages : «Je suis bien sûr [...] qu'il ne saurait y en avoir d'aussi cruels que G... M... et mon père [...] Si les relations qu'on en fait sont fidèles, ils suivent les lois de la nature. Ils ne connaissent ni les fureurs de l'avarice, qui possèdent G... M..., ni les idées fantastiques de l'honneur, qui m'ont fait un ennemi de mon père. Ils ne troubleront point deux amants qu'ils verront vivre avec autant de simplicité qu'eux[2].» Hélas! la société, acharnée à leur nuire, poursuit les deux amants jusqu'au-delà des mers : on sait que le gouverneur de La Nouvelle-Orléans décide de les séparer brutalement, et provoque ainsi la catastrophe. C'est donc la civilisation qui est coupable, en France dans son pays d'origine ou transplantée en Amérique — une civilisation contre nature, fondée sur des appétits honteux ou des notions chimériques. La société apparaît comme responsable à la fois des malheurs de des Grieux et de tout ce que celui-ci a dû faire pour tenter — vainement — de les conjurer.

Mais en réalité — et le lecteur s'en rend bien compte, dans la mesure où il n'est pas complètement égaré par sa

---

1. P. 300.
2. P. 309.

sympathie — le milieu artificiel et corrompu où vivent les deux héros leur fournit des circonstances atténuantes bien plus qu'une justification véritable. Toutes les sociétés ont connu le meurtre, mais, chez les plus sanglantes, l'assassinat n'en est pas devenu innocent pour autant. Il y a toujours eu des tricheurs, mais tricher au jeu, même lorsqu'on est pressé par la nécessité, n'en est pas moins condamnable. Il en est de même pour le vol, qui reste un vol quand la victime est peu intéressante. Enfin l'argent gagné par une femme entretenue a une source impure, et il est contraire à l'honneur d'en vivre, quand on en connaît l'origine. Les entraînements de l'exemple et la pression des circonstances peuvent expliquer psychologiquement certains actes; ils ne sauraient les excuser moralement. Les deux personnages, écrivait Cocteau, sont couverts « de cet enduit des plumes du cygne, enduit grâce auquel le cygne barbote dans l'eau sale sans s'y salir ». En fait, la comparaison est inexacte, et l'on ne peut prétendre qu'ils vivent dans la corruption sans être souillés par elle : le cygne est sale. Manon et des Grieux ne se contentent pas d'assister au cortège, ni de respirer le parfum crapuleux de l'époque : ils font eux-mêmes partie du cortège, et le parfum se dégage aussi du lit défait où Manon a couché avec M. de B..., où elle se préparait à coucher avec le jeune G... M..., et où finalement le Chevalier vient la rejoindre. Les deux héros n'échappent nullement à leur milieu, et même ils se mettent fort bien à l'unisson. Non pas que l'abbé Prévost néglige l'argument de l'immoralité contemporaine : on a vu avec quelle habileté il le développe; mais ce n'est là qu'un élément — le plus visible — d'un système beaucoup plus vaste. Il s'agit d'une entreprise générale de justification, fondée sur une philosophie complexe et d'ailleurs confuse.

    L'étude de la théologie et surtout la direction de conscience ont donné à l'abbé Prévost un sentiment très vif du caractère incomparable et unique de toute situation morale[1], ce qui explique en partie la profondeur de sa psychologie romanesque. Mais sa souple appréciation des circonstances, sa casuistique nuancée, son indulgente aptitude à sonder les cœurs le conduisent indiscutablement à une morale de l'irresponsabilité. C'est ce qui apparaît avec une évidence presque caricaturale dans la Sixième Partie des Mémoires d'un homme de qualité *qui, on l'a vu, parut en même temps que la Septième (qui est* Manon Lescaut*). Le jeune marquis, héritier d'une très grande famille, dont l'Homme de qualité est le gouverneur, brûle d'un fol amour pour la nièce de celui-ci, Nadine. Mais comme il est impossible que les deux jeunes gens s'unissent, étant donné l'inégalité des conditions, on décide de marier Nadine à un certain M. de B... Deux jours après le mariage, les deux époux prennent part à un déjeuner de famille, quand la jeune femme tout à coup se lève de table et s'excuse. Une noble anglaise, Milady, amie de la famille et qui habite la maison, a arrangé une entrevue dans son appartement entre Nadine et le jeune marquis, venu secrètement de Paris. Après quelque temps, le mari, ne voyant pas revenir sa femme, se lève, monte à l'appartement, entrouvre la porte et aperçoit le marquis à côté de Nadine. Milady se précipite pour l'empêcher d'entrer : hors de lui, il lui allonge un coup d'épée par l'ouverture de la porte, et, menaçant, pénètre dans la chambre. Le marquis lui casse aussitôt la tête d'un coup de pistolet. On monte :* « M. de B... était étendu sans mouve-

---

[1]. Embarrassé pour résoudre un *cas* difficile, le doyen de Killerine assemble même une sorte de conseil de conscience, qui se réunit chez *le plus grave* des docteurs consultés — sans grand résultat d'ailleurs — car la vanité entraîne ces respectables casuistes dans une querelle bouffonne. (Éd. de 1810, t. VIII, p. 400-405 ; éd. Sgard, t. III, p. 133-135.)

ment, sa cervelle paraissait en plusieurs endroits sur le plancher[1]. » Le marquis se sauve, non sans préciser à son gouverneur : « *Je fuis, Monsieur [...] ; mais je ne me crois pas criminel.* » L'*Homme de qualité* le reconnaît bien volontiers. « *Dans le fond*, avoue-t-il, *je n'avais pas de peine à comprendre qu'il était peu criminel. Il avait tué M. de B... dans le cas où la nécessité justifie, c'est-à-dire pour conserver sa propre vie. Son entretien avec ma nièce était une faute, mais dont il était moins coupable que ma nièce elle-même et Milady*[2]. » Néanmoins, il fait une réserve, et il ajoute : « *J'ignorais encore les projets d'enlèvement et de fuite qu'il avait formés de concert avec cette dame.* » Mais il les excuse bientôt comme le reste. Le jeune marquis, avant cette aventure, a déjà tué un homme à Madrid, et il a causé la mort de la jeune fille qu'il aimait alors. Qu'à cela ne tienne ! Son gouverneur, en abandonnant ses fonctions, lui rend ce témoignage : « *J'oublie tous les petits égarements où vous êtes tombé pour n'avoir pas toujours suivi mes conseils [...]. Votre esprit est droit et sans artifice ; votre cœur est sincère, bienfaisant, généreux ; il est tel qu'il faut pour faire de vous le plus aimable et le plus vertueux de tous les hommes*[3]. » Milady elle-même n'est pas une mauvaise femme ; elle a provoqué un épouvantable drame à l'intérieur de la famille qui l'avait généreusement recueillie quand elle fuyait l'Angleterre ; elle a tenté de débaucher une jeune mariée au lendemain de ses noces. L'*Homme de qualité* ne s'en afflige pas moins, lorsqu'elle meurt du coup d'épée qu'elle a reçu. Cette mort malheureuse, « *elle se l'était sans doute attirée*, remarque-t-il, *par quelques démarches*

---

1. Éd. de 1810, t. III, p. 37 ; éd. Sgard, t. I, p. 301.
2. Éd. de 1810, t. III, p. 41 ; éd. Sgard, t. I, p. 302.
3. Éd. de 1810, t. III, p. 56 ; éd. Sgard, t. I, p. 307.

indiscrètes ; mais, ajoute-t-il, il était aisé de voir qu'il y entrait moins de malice que de faiblesse[1] ».

Le marquis, dont l'esprit est droit et sans artifice, *dont le cœur est* sincère. *Milady, dont les actions comportent* moins de malice que de faiblesse. *Comment ne pas rapprocher ces formules de celles dont se sert des Grieux pour Manon qui vient de le tromper pour la troisième fois :* « Elle pèche sans malice [...] elle est droite et sincère[2]. » *En vérité, une même casuistique est ici à l'œuvre, et il est clair qu'un de ses éléments les plus importants est la morale de l'intention. Si le marquis tue M. de B..., il n'a pas l'intention de tuer ; sa* direction d'intention *est tout autre ; il veut* « conserver sa propre vie » ; *certes il aurait pu attendre d'être plus directement menacé, ou tenter de désarmer son adversaire, ou encore se battre avec lui à l'épée, et ce duel aurait moins ressemblé à un meurtre : il a préféré lui faire sauter la tête d'un coup de pistolet ; cela est plus expéditif, et son intention n'en est pas moins pure. Le meurtre du gardien de Saint-Lazare se situe dans la même perspective morale. Des Grieux s'est fait apporter par Lescaut un pistolet ; il en menace le Supérieur pour le forcer à lui ouvrir la porte de la prison. Mais un domestique se réveille, et le Supérieur l'appelle à son secours.* « C'était un puissant coquin, qui s'élança sur moi sans balancer, *raconte le Chevalier. Je ne le marchandai point ; je lui lâchai le coup au milieu de la poitrine*[3]. » *C'est*

---

1. Éd. de 1810, t. III, p. 48 ; éd. Sgard, t. I, p. 304. « Après tant de beaux exploits, la Milady n'est-elle pas bien digne des soupirs de [l'Homme de qualité] ? » s'écrie un critique contemporain, sans doute Desfontaines, avec une ironie scandalisée ; en fait, la conduite de l'Anglaise, constate-t-il, a été « folle, indécente, et même peu vraisemblable » (*Le Nouvelliste du Parnasse*, lettre XXXIII, septembre 1731).
2. P. 277-278.
3. P. 227.

ici un meurtre caractérisé ; or la responsabilité de celui qui presse sur la détente est niée. Il n'y aurait pas eu de meurtre, si le Père n'avait eu l'idée malencontreuse d'appeler à l'aide : « *Voilà de quoi vous êtes cause, mon Père, dis-je assez fièrement à mon guide*[1]. » *Mieux encore, Lescaut, qui attend l'évadé dans la rue, a entendu le coup de pistolet, il s'en inquiète :* « *C'est votre faute, lui dit le Chevalier ; pourquoi me l'apportiez-vous chargé ?* » *Il le remercie pourtant* « *d'avoir eu cette précaution, sans laquelle, note-t-il, j'étais sans doute à S[aint]-Lazare pour longtemps* ». *Ainsi un homme est tué ; il y a deux responsables, et aucun d'eux n'est celui qui a tiré, bien que ce dernier ait agi en pleine connaissance de cause. En tuant le gardien de prison, des Grieux se trouve dans un* « *cas où la nécessité justifie* » ; *il ne s'agit pas de sa vie, il s'agit de sa liberté, ce qui est presque la même chose*[2]. *Il est même justifié deux fois, car, en demandant à Lescaut de lui apporter une arme dans sa prison, il l'a assuré qu'il avait* « *si peu dessein de tuer qu'il n'était pas même nécessaire que le pistolet fût chargé*[3] » : *il est frappant que l'abbé Prévost ait tenu à établir ce fait pour innocenter son héros. Dans ce meurtre, il n'y a donc pas de préméditation et la* direction d'intention — *recouvrer sa liberté* — *n'est pas condamnable.*

1. *Ibid.*
2. Si, comme l'affirment certains casuistes, l'on a le droit de tuer pour défendre sa réputation comme pour défendre sa vie (*Periculum famae aequiparatur periculo vitae*), l'on peut tuer en toute sûreté de conscience pour défendre sa liberté. « La légitime défense semble pouvoir s'étendre à tout ce qui est nécessaire pour vous garantir de toute espèce de tort. » (*Jus defensionis videtur se extendere ad omne id quod necessarium est, ut te ab omni injuria serves immunem.*) Lessius, *De justicia et jure*. Cité par Brunschvieg, éd. des *Provinciales*, Hachette, Grands Écrivains de la France, t. V, p. 64 et 65.
3. P. 224.

L'intention morale, constitutive de l'acte, demande chez celui qui la conçoit une pleine liberté de manœuvre ainsi qu'un jugement éclairé sur la valeur de l'action envisagée. Or le Chevalier se trouve toujours sous la pression des événements : ses actions les plus contestables, il les accomplit comme à son corps défendant. S'il devient un tricheur, c'est qu'il ne peut faire autrement : « Quelque répugnance que j'eusse à tromper, je me laissai entraîner par une cruelle nécessité[1]. » *S'il finit par accepter de partager Manon avec le vieux G... M..., c'est que Lescaut l'a mis devant le fait accompli. C'est l'imprudence de Manon qui le place à deux reprises dans une situation où il ne se serait certes pas plongé lui-même et qui conduit les deux amants en prison. Manon précisément ne réalise tout à fait ni le sens ni la portée de ses actes, et des Grieux n'est guère plus averti. Ces deux jeunes gens, presque des enfants (quinze et dix-sept ans), ne savent ce qu'ils font. Quand ils agissent mal, ce n'est pas eux, c'est la jeunesse en eux qui est coupable.* « Je confesse, dit le Chevalier, que la jeunesse m'a fait commettre de grandes fautes[2]. » *Manon est* légère *et* imprudente[3], *des Grieux se conduit avec* plus d'imprudence et de légèreté que de malice[4]. *Il faut prendre bien garde de ne pas confondre l'entraînement des circonstances ou le manque de réflexion avec l'intention perverse, claire et bien arrêtée, de mal faire.*

En outre, il est d'autant plus difficile de porter un jugement moral sur les actions d'autrui qu'on n'est jamais com-

1. P. 194.
2. P. 285.
3. P. 277-278.
4. C'est le « Lieutenant général de Police » qui le reconnaît lui-même (p. 289), et des Grieux est « charmé d'avoir affaire à un juge raisonnable ».

plètement informé de la véritable intention qui leur donne leur sens. La même année où il publie Manon Lescaut, l'abbé Prévost, alors en Hollande, explique dans une lettre privée comment il a pu sortir de son couvent de Saint-Germain-des-Prés. Tout le monde l'accuse d'avoir rompu ses engagements ; « mais est-on bien sûr, écrit-il, que j'en aie jamais pris d'indissolubles ? Le Ciel connaît le fond de mon cœur, et c'en est assez pour me rendre tranquille. Si les hommes le connaissaient comme lui, ils sauraient que [...], forcé par la nécessité, je ne prononçai la formule de mes vœux qu'avec toutes les restrictions intérieures qui pouvaient m'autoriser à les rompre[1] ». Il a fait solennellement profession ; il a été bénédictin pendant de longues années : on serait donc tenté de le considérer comme un moine fugitif. Quelle erreur ! Et quelle injustice ! Il est clair que le romancier se situe ici lui-même dans l'univers où il fait vivre ses personnages. Ce bénédictin est en Hollande (et il est vraisemblablement devenu protestant), mais ses vœux n'étaient pas de vrais vœux et sa fuite n'est donc pas vraiment une fuite. De même, des Grieux semble agir comme un fripon, mais il reste foncièrement un honnête homme ; Manon semble se conduire comme une catin, mais elle est droite et sincère. Ne jugeons point. Nous nous fondons sur les faits, sur les actions visibles. Or l'action ne répond jamais pleinement à l'intention, et bien souvent celle-ci reste cachée. La psychologie de l'agent moral, l'étude des conditions de l'action, la recherche infinie des intentions, bref, la mauvaise conscience du casuiste et la morale de l'irresponsabilité qui en résulte, tout cela creuse un abîme entre les êtres et leurs actes. Il n'y a aucun lien rationnel, aucune communication claire et certaine, entre les démarches ou les

---

1. Lettre au P. de La Rue du 10 novembre 1731.

effets et la spontanéité d'où ils émanent. Ce scandale est significatif de la condition humaine. Dès le début du roman, l'Homme de qualité est aux prises avec deux évidences contradictoires et qui semblent s'imposer également à lui : il a devant les yeux une prostituée qu'on vient de tirer de l'Hôpital et qui va être déportée en Amérique avec ses compagnes, mais, en même temps, il se sent porté à voir en elle une personne délicieuse qui lui inspire du respect et de la pitié. « *Elle me répondit avec une modestie si douce et si charmante, que je ne pus m'empêcher de faire, en sortant, mille réflexions sur le caractère incompréhensible des femmes*[1]. » *En écoutant le récit de des Grieux, il aura l'occasion — et le lecteur avec lui — d'en faire aussi sur le caractère incompréhensible des hommes. Le Supérieur de Saint-Lazare a la même réaction devant le Chevalier.* « *Vous êtes d'un naturel si doux et si aimable, lui dit-il, que je ne puis comprendre les désordres dont on vous accuse, [ni] comment, avec de si bonnes qualités, vous avez pu vous livrer à l'excès du libertinage*[2]. » *L'opposition est éclatante entre la réalité des êtres et ce qui en apparaît dans leur conduite. Il ne faut donc pas les juger sur ce qu'ils font, mais sur ce qu'ils sont.*

On aperçoit assez les implications philosophiques d'une telle attitude : l'univers de l'abbé Prévost est essentialiste. Les êtres qui le peuplent ont une réalité fondamentale et profonde qui se révèle de manière indirecte et capricieuse : bien loin de la manifester de façon adéquate, leurs actes le plus souvent la déguisent et la trahissent. Au-delà de l'écran décevant des apparences où s'arrête presque toujours le regard paresseux des hommes, il faut remonter jusqu'à l'in-

---

1. P. 147 et 150.
2. P. 212.

timité première du cœur. « *Les hommes en jugent à leur façon*, écrivait encore l'abbé Prévost à propos de la rupture de ses vœux ; *mais ma conscience me répond que le Ciel en juge autrement, et cela me suffit.* » *Comprendre véritablement Manon et des Grieux, c'est juger ces deux personnages comme le Dieu de l'abbé Prévost juge ses créatures ; c'est pénétrer jusqu'au fond de leur cœur*[1] ; *c'est saisir leur essence au-delà des accidents de leur histoire. Or le romancier donne habilement à son lecteur tout ce dont il a besoin pour cet effort. Manon, on l'a vu*, « *est droite et sincère* » ; *c'est* « *sans malice* » *qu'elle trahit le Chevalier ou qu'elle tente de voler ses amants. Quant à des Grieux, il a une* « *aversion naturelle pour le vice*[2] » ; *son ami Tiberge reconnaît* « *l'excellence de [son] cœur et de [son] esprit*[3] » ; *le Supérieur de Saint-Lazare insiste sur ses* « *bonnes qualités* » *et remarque qu'il a* « *du moins un excellent fond de caractère*[4] ». *Lorsqu'il rend visite pour la première fois à M. de T..., celui-ci est aussitôt sensible à son ouverture et à sa candeur :* « *nous devînmes amis, sans autre raison que la bonté de nos cœurs et une simple disposition qui porte un homme tendre et généreux à aimer un autre homme qui lui ressemble*[5] ». *Chaque fois qu'il est contraint de mal faire, il se le reproche amèrement, et sa délicatesse morale reste intacte ; sans cesse, il est en proie à la honte, au remords, au repentir*[6].

---

1. « Il eût fallu pour ma justification, lit-on dans *Cleveland*, qu'elle eût pu lire dans mon cœur. Elle y eût vu que s'il m'était échappé quelque faiblesse, le fond du moins en était droit... » (Éd. de 1810, t. V, p. 582 ; éd. Sgard, t. II, p. 332.)
2. P. 152.
3. P. 172.
4. P. 212.
5. P. 231.
6. Il est clair que pour Prévost le repentir efface automatiquement le péché et ne laisse subsister de la faute qu'un souvenir qui devient

Il a fini par accepter de partager Manon avec M. de G... M... ; mais il faut voir sa joie quand elle consent à faire cesser cette déshonorante situation : « J'eus lieu de reconnaître, note-t-il, que mon cœur n'avait point encore perdu tout sentiment d'honneur, puisqu'il était si satisfait d'échapper à l'infamie[1]. » À n'en pas douter, un tel homme est essentiellement bon. *Des Grieux est un homme de bien qui agit mal. De même que Manon, il est en quelque sorte séparé de ses propres actions : il leur est étranger. « Cet enduit des plumes de cygne » dont parle Cocteau, ne serait-ce pas la morale essentialiste ? Grâce à elle, la pureté du cœur n'est pas affectée par l'ignominie des actes. Manon et des Grieux conservent leur innocence fondamentale : la saleté de leurs actions leur reste extérieure.*

Cette essence de l'être dont le comportement et les actions fournissent une image si souvent infidèle est avant tout affective. Laisser voir sans détour cette spontanéité intime qui nous est donnée et qui nous caractérise est déjà une vertu, la sincérité. Les mots de nature, naturel, naturellement, *reviennent comme autant de rappels de cette philosophie. Lors de sa visite à M. de T..., le Chevalier s'explique « naturellement avec lui » et cherche à « échauffer ses sentiments naturels[2] » ; il y parvient ; la réponse de son nouvel ami est « celle d'un homme qui a du monde et des senti-*

---

honorable. Répondant à ses ennemis dans le *Pour et contre*, il écrira en 1734 : « S'ils en veulent à mes faiblesses, je leur passe condamnation, et ils me trouveront toujours prêt à renouveler l'aveu que j'ai déjà fait au public [...] ; je leur aurai beaucoup d'obligation s'ils peuvent contribuer à augmenter mon repentir » (lettre LXXXV). Voyez aussi l'*Avis de l'auteur* en tête de *Manon Lescaut*. Si la morale qu'on tire de l'ouvrage est utile, l'auteur est justifié. Sinon, « [son] erreur sera [son] excuse » (p. 144) !

1. P. 206.
2. P. 230.

ments ; *ce que le monde ne donne pas toujours, et qu'il fait perdre souvent* ». Aussitôt des Grieux exprime sa reconnaissance « *d'une manière, dit-il, qui le persuada aussi que je n'étais pas d'un mauvais naturel*[1] ». Les cœurs sensibles n'ont pas de peine à communiquer[2]. M. de T... et des Grieux n'ignorent pas que le sentiment est le vrai de l'être, et qu'il fait sa noblesse : c'est lui qui met de la différence entre les hommes. La véritable aristocratie est celle du cœur. « *Le commun des hommes*, constate le Chevalier à son arrivée à Saint-Lazare, *n'est sensible qu'à cinq ou six passions, dans le cercle desquelles leur vie se passe, et où toutes leurs agitations se réduisent. Ôtez-leur l'amour et la haine, le plaisir et la douleur, l'espérance et la crainte, ils ne sentent plus rien. Mais les personnes d'un caractère plus noble peuvent être remuées de mille façons différentes ; il semble qu'elles aient plus de cinq sens, et qu'elles puissent recevoir des idées et des sensations qui passent les bornes ordinaires de la nature ; et, comme elles ont un sentiment de cette grandeur qui les élève au-dessus du vulgaire, il n'y a rien dont elles soient plus jalouses*[3]. » Très évidemment, il parle pour lui. La richesse de la sensibilité est celle de l'être même. Loin de se cacher d'éprouver des sensations extraordinaires et peut être étranges, il convient d'en être fier : comme les

---

1. P. 231.
2. Le sentiment n'est pas seulement l'objet de la communication, dans la mesure où celle-ci est possible ; il en est aussi le moyen, qu'il s'agisse de la communication avec autrui ou avec soi-même. « Il n'y a que le sentiment qui nous puisse donner des nouvelles un peu sûres de nous », affirmait Marivaux dans la première partie de la *Vie de Marianne*, parue la même année que *Manon Lescaut* (éd. Folio classique, p. 74). L'évidence du cœur a pour des Grieux la même importance que pour Marianne — évidence d'ailleurs parfois obscure, on le verra, incommunicable, et c'est alors le mystère du cœur.
3. P. 211-212.

autres privilèges, celui du sentiment vous sépare de la foule, et vous distingue. Des Grieux, dans son récit, insiste souvent sur la singularité de ce qu'il ressent, et il fait ainsi ressortir l'insuffisance du langage de la raison claire. Il y a en effet un dépassement de l'intelligence raisonnante par la finesse du cœur : les subtilités du sentiment passent à travers les mailles trop lâches du filet de l'analyse et des mots. «Ah! les expressions, s'écrie-t-il, ne rendent jamais qu'à demi les sentiments du cœur[1].*» Sans avoir recours aux termes trop commodes d*'inexprimable, indéfinissable, indicible, *il ne se résout pas à donner aux sentiments qu'il décrit des noms simplificateurs; et son impuissance à les nommer leur conserve toute leur fraîcheur, leur mobilité, leur diversité, leur indécision. Quand Manon le quitte pour le vieux G… M…, il se trouve «dans un état, rapporte-t-il, qui me serait difficile à décrire car j'ignore encore aujourd'hui par quelle espèce de sentiments je fus alors agité. Ce fut une de ces situations uniques auxquelles on n'a rien éprouvé qui soit semblable. On ne saurait les expliquer aux autres, parce qu'ils n'en ont pas l'idée; et l'on a peine à se les bien démêler à soi-même, parce qu'étant seules de leur espèce, cela ne se lie à rien dans la mémoire, et ne peut même être rapproché d'aucun sentiment connu*[2]*». À la limite, le sentiment est irréductible et incomparable : opaque pour celui qui l'éprouve, et incommunicable aux autres. L'exprimer, c'est le trahir, et réduire l'inconnu au connu. Des Grieux arrive à distinguer dans son état «de la douleur, du dépit,*

---

1. P. 307.
2. P. 200. De même dans *Cleveland* : «Ici, j'aurais besoin de quelque tour nouveau pour expliquer une des plus étranges situations où le cœur d'un homme se soit jamais trouvé.» (Éd. de 1810, t. VI, p. 16; éd. Sgard, T. II, p. 341.)

de la jalousie et de la honte[1] », *mais c'est là une approximation qu'il donne pour très insuffisante. Sa réaction avait été aussi complexe et plus obscure lorsque, sans bien la deviner encore, il avait entrevu la première infidélité de Manon :* « Ma consternation fut si grande, *notait-il alors*, que je versais des larmes en descendant l'escalier, sans savoir encore de quel sentiment elles partaient[2]. » *De même, comment rendre compte du sentiment composite et contradictoire de Manon, qui volontairement va le livrer à sa famille, et qui est affligée de sa perfidie au moment même où elle la commet ?* « Je crus apercevoir de la tristesse sur le visage et dans les yeux de ma chère maîtresse... Je ne pouvais démêler, *ajoute-t-il*, si c'était de l'amour ou de la compassion, quoiqu'il me parût que c'était un sentiment doux et languissant[3]. » *Enfin en Amérique, lors de l'ensevelissement de Manon, l'expression de sa douleur comporte une anomalie psychologique qu'il ne manque pas de signaler :* « Ce qui vous paraîtra difficile à croire, *dit-il à ses deux auditeurs*, c'est que, pendant tout l'exercice de ce lugubre ministère, il ne sortit point une larme de mes yeux ni un soupir de ma bouche[4]. » *Mais ici, du moins, il donne une explication :* « La consternation profonde où j'étais et le dessein déterminé de mourir avaient coupé le cours à toutes les expressions du désespoir et de la douleur. » *Comment, dans un monde où le sentiment donne aux êtres leur distinction*

---

1. *Ibid.*
2. P. 161.
3. P. 163. On remarquera de même les sentiments de l'Homme de qualité pour Milady : « Ce n'était pas de l'amour, la seule pensée m'en eût fait horreur ; mais c'était autre chose que de la simple compassion. Ce que je sentais ne peut être défini. » (Éd. de 1810, t. II, p. 274 ; éd. Sgard, t. I, p. 239.) La recherche psychologique tourne court assez vite, ce qui n'arrive jamais dans *Manon Lescaut.*
4. P. 327.

véritable, appeler fripon *un homme capable de ressentir des émotions aussi violentes et aussi éloignées de l'ordre commun ?*

*Cette perspective du sentiment, en dehors de laquelle l'*Histoire du chevalier des Grieux et de Manon Lescaut *resterait incompréhensible, est avant tout celle de l'amour. Manon est une création de l'amour : le lecteur, on l'a vu, adapte à son propre cœur l'image passionnelle que s'en fait des Grieux ; elle est aussi une créature d'amour, à tous sens. Quant au Chevalier, il ne vit que par le sentiment. La fraîcheur et l'innocence, dans ce roman, le lecteur le moins averti s'en rend compte aussitôt, sont celles du grand amour de deux jeunes gens. L'*Homme de qualité *est ému dès le début par le spectacle d'une passion assez forte pour amener un jeune homme de distinction à tout quitter pour accompagner celle qu'il aime dans l'infamie et dans la déportation. De la rafraîchissante rencontre dans la cour d'auberge jusqu'au calvaire américain, c'est une riche succession de traits touchants, toute la gamme des demi-teintes et des nuances de l'amour vécu. Comment oublier la scène du parloir, avec sa gradation délicatement indiquée ? « Elle s'assit. Je demeurai debout, le corps à demi tourné, n'osant l'envisager directement [...] Elle se leva avec transport pour venir m'embrasser. Elle m'accabla de mille caresses passionnées. Elle m'appela par tous les noms que l'amour invente pour exprimer ses plus vives tendresses. Je n'y répondais encore qu'avec langueur*[1]. » *Pour traduire sans rien de théâtral ni de déclamatoire la force d'un grand sentiment, Prévost a trouvé un ton uni, fort éloigné de l'épanchement complaisant du drame bourgeois ou de l'épopée domestique, et qui n'appartient presque qu'à lui. « Occupations, prome-*

---

1. P. 178.

nades, divertissements, nous avions toujours été l'un à côté de l'autre ; mon Dieu ! un instant de séparation nous aurait trop affligés[1]. » Lors de la seconde arrestation, des Grieux dira : « *Je séchais de crainte pour Manon*[2]. » Et l'on se souvient, parmi tant d'autres exemples, des retrouvailles dans la prison de l'Hôpital : « *Nous nous embrassâmes avec cette effusion de tendresse qu'une absence de trois mois fait trouver si charmante à de parfaits amants. Nos soupirs, nos exclamations interrompues, mille noms d'amour répétés languissamment de part et d'autre, formèrent, pendant un quart d'heure, une scène qui attendrissait M. de T...*[3]. » Elle attendrit aussi le lecteur, qui est ainsi préparé à comprendre, sinon à approuver, une certaine philosophie de l'amour.

La passion de l'amour, des Grieux n'en fait pas mystère, fait accéder en cette vie à un bonheur qui est le Souverain Bien ; c'est ce qui ressort de la constitution même de nos organes. « *De la manière dont nous sommes faits*, déclare-t-il à Tiberge à Saint-Lazare, *il est certain que notre félicité consiste dans le plaisir ; je défie qu'on s'en forme une autre idée : or le cœur n'a pas besoin de se consulter longtemps pour sentir que, de tous les plaisirs, les plus doux sont ceux de l'amour*[4]. » Voilà qui est net ; et cette conviction est si bien ancrée en lui que sa conversion en Amérique et la mort même de Manon ne l'empêcheront pas de la conserver. C'est en effet le des Grieux qui raconte à l'Homme de qualité son histoire, et non le des Grieux mis en scène dans cette histoire, qui intervient pour s'écrier : « *Dieux ! pourquoi*

1. P. 162.
2. P. 287.
3. P. 232-233.
4. P. 222. Voyez p. 17, « Vie de Prévost ».

nommer le monde un lieu de misères, puisqu'on y peut goûter de si charmantes délices? [...] Quelle autre félicité voudrait-on se proposer, si elles étaient de nature à durer toujours[1]?» Si c'est ici un aveuglement, on voit qu'il n'a rien de momentané. Au cours de l'histoire elle-même, à Saint-Lazare, et devant Tiberge, il ne craint pas de comparer ce que son pieux ami appelle le «*faux bonheur du vice*[2]» à ce que les chrétiens considèrent comme le bonheur de la vertu. Or le bonheur des martyrs n'est en fait «*qu'un tissu de malheurs* [la prison, les croix, les supplices] *au travers desquels on tend à la félicité*[3]». Et c'est «*la force de l'imagination* [qui] *fait trouver du plaisir dans ces maux mêmes, parce qu'ils peuvent conduire à un terme heureux qu'on espère*[4]». N'en est-il pas de même pour lui qui va de mésaventure en mésaventure pour retrouver sa Manon? Sa conduite ne saurait être jugée plus contradictoire ni plus insensée que celle des martyrs. «*J'aime Manon, raisonne-t-il; je tends au travers de mille douleurs à vivre heureux et tranquille auprès d'elle. La voie par où je marche est malheureuse; mais l'espérance d'arriver à mon terme y répand toujours de la douceur, et je me croirai trop bien payé, par un moment passé avec elle, de tous les chagrins que j'essuie pour l'obtenir*[5].» Il y a ici, on le voit, comme l'esquisse d'une religion de l'amour et du plaisir. Cette sorte de quête de Manon, qui fait tout le roman, est comparée à l'ascèse

---

1. P. 197. Des Grieux, presque toujours, s'efface devant son histoire. C'est ici l'un des rares passages où le récitant intervient. Il est en train d'évoquer son bonheur avec Manon, au moment où ses profits de tricheur ont donné à leur maison «un air d'opulence et de sécurité» (p. 195). Le récit est au passé simple; le texte cité est au présent.
2. P. 220.
3. *Ibid.*
4. *Ibid.*
5. *Ibid.*

des martyrs et des saints. On conçoit que le bon Tiberge soit abasourdi par ce qu'il nomme « un malheureux sophisme d'impiété et d'irréligion[1] ». D'autant plus que le Chevalier conclut en donnant l'avantage au bonheur qu'il recherche sur la béatitude des saints. « Le bonheur que j'espère est proche, remarque-t-il, [tandis que celui des chrétiens et des martyrs] est éloigné ; le mien est de la nature des peines, c'est-à-dire sensible au corps, et l'autre est d'une nature inconnue, qui n'est certaine que par la foi[2]. » Les prédicateurs feront bien de méditer les enseignements de cette psychologie positive, car « il n'y a point de plus mauvaise méthode pour dégoûter un cœur de l'amour, que de lui en décrier les douceurs et de lui promettre plus de bonheur dans l'exercice de la vertu[3] ». En fait, il est vain de nier l'évidence : force est de confesser « qu'avec des cœurs tels que nous les avons, [les délices de l'amour] sont ici-bas nos plus parfaites félicités[4] ». Pourquoi donc ne pas s'y livrer, et, quand elles nous échappent, tenter, martyrs d'amour, de les retrouver ? Pourquoi ne pas remplacer le culte du Christ par celui du « Dieu d'amour[5] » ou celui de Vénus ? C'est ce qu'ont fait des Grieux et Manon : « Vénus et la Fortune n'avaient point d'esclaves plus heureux et plus tendres[6]. » L'amant de Manon n'a rien trouvé en lui, scrupule, interdiction morale, remords, qui l'empêchât de s'abandonner à sa passion. Son amour est l'élan spontané et le plus authentique de sa sensibilité profonde : il ne pourrait le nier sans

---

1. *Ibid.*
2. *Ibid.*
3. P. 122.
4. P. 222-223.
5. Des Grieux l'invoque, p. 200, avec une telle audace que l'éditeur de 1783 remplace l'expression par « Grand Dieu ! ».
6. P. 197.

se nier lui-même. Sentiment et sincérité étant les plus hautes valeurs, comment l'amour serait-il condamnable? N'est-il pas l'expression naturelle par excellence? Des Grieux le proclame vigoureusement : « L'amour est une passion innocente[1]. » Il n'y a pas de problème de l'amour heureux.

Mais l'amour ne reste pas longtemps heureux; ce monde édénique se fêle presque aussitôt, et les problèmes commencent à se poser. Les joies de l'amour sont transitoires : « Leur faible est de passer trop vite[2]. » L'échec de l'amour introduit des Grieux dans le monde de la conscience, et définit la condition humaine en tant que scandale. « Qui m'empêchait de vivre tranquille et vertueux avec Manon[3] ? » C'est bien là toute la question : qui l'empêchait? Son père, les convenances, les préjugés sociaux, et Manon elle-même. Obstacles insurmontables. Le Chevalier use ses forces à essayer de les vaincre. Ses forces, mais non pas son amour. Dans ce qu'il appelle lui-même « la persévérance d'un amour malheureux[4] », il est amené à réfléchir sur la vie lamentable qu'il mène, sur l'abjection de sa conduite, sur la perte de son honneur, sur les trahisons de Manon. Après l'aventure avec M. de B..., il a conscience d'être « le malheureux objet de la plus lâche de toutes les perfidies[5] »; il se résout même, en soupirant, à ne la revoir jamais et à entrer dans l'état ecclésiastique. Plus tard, lorsqu'il est quitté pour le vieux G... M... et son or, il est en proie à la douleur, au dépit,

---

1. P. 203. « J'ai reconnu mille fois que l'amour est une passion innocente », lit-on dans *Cleveland*, éd. de 1810, t. II, p. 526; éd. Sgard, t. II, p. 316.
2. Ici, le même éditeur de 1783 écrit avec plus de vigueur encore : « leur essence est de passer trop vite ». (T. III, p. 304. De même, édition de 1810, t. III, p. 315.)
3. P. 203.
4. P. 221.
5. P. 170.

à la jalousie, à la honte; il reproche mentalement à l'ingrate tous les sacrifices qu'il a faits pour elle, « en renonçant à [s]a fortune et aux douceurs de la maison de [s]on père ; [... en se] retranch[ant] jusqu'au nécessaire pour satisfaire ses petites humeurs et ses caprices[1] ». *Enfin quand elle l'abandonne pour G... M... le fils, il entreprend, dit-il, « de faire un effort pour oublier éternellement [s]on ingrate et parjure maîtresse*[2] » ; *et lorsqu'il la revoit, il lui lance :* « *Adieu, lâche créature, [...] j'aime mieux mourir mille fois que d'avoir désormais le moindre commerce avec toi. Que le Ciel me punisse moi-même si je t'honore jamais du moindre regard*[3] !» *Ces moments de révolte, s'ils ne sont guère suivis d'effet, donnent du moins au Chevalier le sentiment que son amour est indigne et sans espoir. L'expérience s'est chargée d'établir pour lui, comme un bon prédicateur devrait le faire pour ramener à la vertu les âmes égarées, que* « *les délices de l'amour sont passagères*[4] ». *Mais leur brièveté même, que le Ciel a décidée, n'est-elle pas le signe* « *qu'elles sont défendues, qu'elles seront suivies par d'éternelles peines*[5] » ?

Ainsi, poussé par le dépit, l'honneur ou la vertu, des Grieux en vient à reconnaître qu'il doit essayer de vaincre son amour. Il le tente, mais sans succès. « *Si vous saviez combien elle est tendre et sincère*[6] », *dit-il à son père après la première trahison ; celui-ci, plus clairvoyant, lui rappelle :* « *C'est elle-même qui vous a livré à votre frère. Vous devriez oublier jusqu'à son nom.* » *Et le Chevalier, sortant*

1. P. 201.
2. P. 264-265.
3. P. 272.
4. P. 222.
5. *Ibid.*
6. P. 170.

un instant de son égarement, note : « *Je reconnaissais trop clairement qu'il avait raison. C'était un mouvement involontaire qui me faisait prendre ainsi le parti de mon infidèle.* » *Comment peut-il lutter contre sa passion, tandis que sa passion pense pour lui et débauche sa volonté ? Il vivait paisiblement au séminaire, il lui semblait qu'il aurait* « *préféré la lecture d'une page de saint Augustin, ou un quart d'heure de méditation chrétienne, à tous les plaisirs des sens, sans excepter, dit-il, ceux qui m'auraient été offerts par Manon*[1] ». *Or Manon reparaît ; il se rend compte aussitôt de son impuissance. Si, par la suite, ce qu'il appelle la vertu a parfois* « *assez de force [...] pour s'élever dans [s]on cœur contre [s]a passion, [...] ce combat, avoue-t-il, [est] léger et dur[e] peu. La vue de Manon m'aurait fait précipiter du ciel*[2] ». *Tiberge peut bien lui demander pourquoi il ne sacrifie pas son amour à cette vertu, comme il en a marqué le désir :* « *Ô cher ami ! lui répond-il, c'est ici que je reconnais ma misère et ma faiblesse. Hélas ! oui, c'est mon devoir d'agir comme je raisonne ! mais l'action est-elle en mon pouvoir*[3] ? » *La volonté humaine est sans efficace. Le roman tout entier est l'histoire, toujours recommencée, de la faiblesse de des Grieux.*

Victime d'une spontanéité délicieuse et catastrophique, le personnage est donc jeté dans un monde absurde sur lequel il est sans pouvoir. Les fleurs du sentiment sont des fleurs empoisonnées ; or il ne peut se retenir de les cueillir et de les respirer. Prisonnier d'une situation indéformable, incapable de vaincre sa passion, il a cessé de dépendre de soi, et l'infirmité de sa volonté l'empêche de rien changer dans le

1. P. 176.
2. P. 193.
3. P. 223.

comportement des êtres, ni dans le cours des choses. Il vit dans un monde de la démission morale, où les seules forces à l'œuvre sont celles du sentiment et de la passion, qu'il subit passivement. Manon est comme la personnification aveugle de ces forces. Nous ne pouvons rien sur nous ; à plus forte raison ne pouvons-nous rien sur les autres. Manon est donnée au lecteur comme un absolu : incompréhensible et immuable. Le problème de la volonté avait encore un sens pour des Grieux ; il n'en a pas pour elle. Manon est posée là, sans justification, sans recul à l'égard d'elle-même, presque sans pensée. Elle est. *On ne peut parler d'elle qu'en termes de* nature *: relever ses illogismes ou ses immoralités serait vain et même un peu ridicule. Dans cet univers de la faiblesse humaine, elle est pure faiblesse et pure gratuité. Innocente et monstrueuse, elle est — prétexte, cause ou condition ? — l'instrument effroyable, absurde et charmant de l'amour et du malheur. L'abbé Prévost souligne comme à plaisir sa frivolité et son inconstance. Mais quoi ? on ne peut se changer : elle est comme elle est.*

À chacun les voies de sa perdition. Des Grieux a sa passion. Manon a son penchant. Ce trait décisif est indiqué dès la scène initiale dans la cour d'auberge. « C'était malgré elle, *raconte le Chevalier,* qu'on l'envoyait au couvent, pour arrêter sans doute son penchant au plaisir, qui s'était déjà déclaré et qui a causé, dans la suite, tous ses malheurs et les miens[1]. » *Cet appétit des plaisirs — plutôt que du plaisir — est plus suggéré que décrit ; mais il est aisé de voir qu'elle aime le luxe, la toilette, l'opéra, le jeu, le monde, l'assemblée. L'argent, qui est le moyen de se procurer tout cela, lui est donc indispensable.* « Manon était une créature d'un caractère extraordinaire. Jamais fille n'eut moins d'attache-

---

1. P. 153-154.

ment qu'elle pour l'argent, mais elle ne pouvait être tranquille un moment, avec la crainte d'en manquer[1]. » Ce souci en effet la détermine absolument, et il y a là une sorte d'automatisme psychologique. Dès que les fonds se révèlent, comme le dit des Grieux, « extrêmement altérés[2] », elle est incapable de résister à la tentation de gagner beaucoup d'argent d'une manière commode et rapide, c'est-à-dire en vendant ses faveurs. Elle cède à M. de B..., et le Chevalier n'ignore pas que son attitude sera la même si les mêmes circonstances se reproduisent. C'est là seul ce qui explique son désespoir quand la caisse qui contenait tout son argent lui est dérobée à Chaillot : « *Je compris tout d'un coup, explique-t-il, à quels nouveaux malheurs j'allais me trouver exposé ; l'indigence était le moindre. Je connaissais Manon ; je n'avais déjà que trop éprouvé que, quelque fidèle et quelque attachée qu'elle me fût dans la bonne fortune, il ne fallait pas compter sur elle dans la misère. Elle aimait trop l'abondance et les plaisirs pour me les sacrifier*[3]. » S'il essaie de parer le coup, c'est en se procurant de l'argent, en trichant au jeu ou en empruntant à Tiberge ; il ne lui vient pas à l'esprit d'essayer d'agir sur Manon elle-même, de lui expliquer la situation, de faire appel à son esprit ou à son cœur, de la convaincre ou de la fléchir ; non, c'est inutile, autant vouloir modifier les phases de la lune. Pour cette fois, le Chevalier parvient à se procurer de l'argent et à conjurer la catastrophe, mais après le second vol — « *il ne nous restait pas une chemise*[4] » — le même mécanisme se remet en marche, inexorable.

Il s'agit bien d'un mécanisme, et que l'on déclenche

1. P. 193.
2. P. 160.
3. P. 185.
4. P. 198.

du dehors, car Manon, elle-même, est presque totalement dépourvue d'initiative. Peut-être serait-elle fidèle et se résignerait-elle, faute de mieux, à sa situation, si on ne lui offrait avec insistance des recours plus favorables. Mais l'événement, c'est-à-dire un homme, la sollicite : elle se laisse aller. Son génie est de céder. Ses parents l'envoient au couvent : elle va au couvent. Le jeune des Grieux veut l'enlever : elle se laisse enlever. M. de B... «fait sa déclaration en fermier général[1] *» :* elle capitule *aussitôt. Son frère lui parle de M. de G... M... : elle entre «dans tout ce qu'il entrepr[end] de lui persuader*[2] *». Son amant lui dit sa tristesse et marque sa désapprobation : elle se résout à quitter le vieux G... M... Le jeune G... M... la reçoit «comme la première princesse du monde*[3] *» : elle accepte ses offres. Des Grieux arrive là-dessus : elle ne refuse pas de le suivre*[4]*.*

Manon est la femme-objet[5]*, objet de délices et de haute civilisation, mais objet pourtant, et qui passe de main en main, comme un élégant caniche ou un oiseau des îles. Elle*

1. P. 179.
2. P. 199.
3. P. 274.
4. Sa seule initiative est la visite qu'elle fait à Saint Sulpice ; encore le romancier prend-il soin d'établir qu'avant l'exercice public à la Sorbonne, le nom de l'abbé des Grieux a été «répandu dans tous les quartiers de Paris : il alla [ainsi] jusqu'aux oreilles» de Manon (p. 176) ; celle-ci s'est donc contentée de profiter ici encore d'une occasion qu'elle n'avait pas elle-même provoquée.
5. Les héroïnes séduisantes de l'abbé Prévost, il est frappant de le constater, ont en général ce caractère un peu inerte : elles ne sont que douceur et passivité ; qu'on songe, dans les *Mémoires d'un homme de qualité*, à Sélima, à Diana et à Nadine. Inversement, dans *Le Monde moral*, Mademoiselle de Créon, qui est énergique et pleine d'initiative, qui a même de la grandeur et de la majesté, peut bien être belle : elle a le *regard dur*, ne fait aucune impression sur le cœur du héros, et c'est en définitive un personnage antipathique. (Éd. de 1810, t. XXIX, p. 162 et suiv. ; éd. Sgard, t. VI, p. 341 et suiv.)

a sans doute un maître préféré, mais, en fait, elle n'appartient à personne. Frigidité ? On n'oserait l'affirmer, puisque le Chevalier arrive — lui seul d'ailleurs — à « lui faire goûter parfaitement les douceurs de l'amour[1] ». Mais cette expérience ne semble guère la marquer. L'acte d'amour est pour elle un plaisir parmi d'autres, et qui ne saurait s'inscrire dans un être de façon privilégiée. Le lit est comme la table ou le salon : il importe d'y bien choisir ses partenaires, mais enfin il ne faut pas donner une importance excessive aux dîners ennuyeux ou aux conversations languissantes qu'on est obligé de subir, surtout quand ces complaisances sont payées avec une folle générosité. Son corps lui reste extérieur ; il est donc naturel qu'elle déclare à son Chevalier : « La fidélité que je souhaite de vous est celle du cœur[2] », et qu'elle lui envoie une jolie fille ; car, lui explique-t-elle, « je ne doutais point que mon absence [elle est alors avec le jeune G... M...] ne vous causât de la peine [et] c'était sincèrement que je souhaitais qu'elle pût servir à vous désennuyer quelques moments » ; aussi bien la lettre qu'elle confie à cette belle messagère, on s'en souvient, est-elle signée : « votre fidèle amante, MANON LESCAUT[3] ». Elle souhaiterait que des Grieux lui rendît la pareille ; ses difficultés seraient alors terminées[4]. Comment pourrait-elle comprendre les répugnances et les douleurs de son amant ? Elle sait, car la société le lui a enseigné, que l'infidélité est une vilaine chose ; mais si l'on garde la fidélité du cœur... Or elle estime qu'elle la conserve dans la maison du jeune

---

1. P. 194.
2. P. 277.
3. P. 264.
4. La solution, suggérée à deux reprises par Manon, et que précisément des Grieux ne peut accepter, est celle du ménage à trois, où le chevalier jouerait le rôle de *greluchon*.

G... M..., et elle la conserverait dans son lit même; son âme est donc tranquille, et, comme elle juge de des Grieux d'après elle-même, il ne lui vient pas à l'esprit que celui-ci puisse avoir des sentiments différents. Des Grieux de son côté, qui juge de Manon d'après lui-même[1], ne conçoit rien à l'attitude de la jeune femme, quand il vient la surprendre chez G... M... « Ce fut là, raconte-t-il, que j'eus lieu d'admirer le caractère de cette étrange fille. Loin d'être effrayée et de paraître timide en m'apercevant, elle ne donna que ces marques légères de surprise dont on n'est pas le maître à la vue d'une personne qu'on croit éloignée. Ah! c'est vous, mon amour, me dit-elle en venant m'embrasser avec sa tendresse ordinaire[2]... » Ce qu'il appelle la trahison de Manon a tout changé pour lui : rien n'est changé pour elle, car elle n'a pas conscience d'avoir trahi son Chevalier. Certes elle comptait passer la nuit avec G... M..., et elle ne prétend pas même le cacher, mais quelle importance? Cette espèce de quiproquo moral se développe dans l'explication qui suit. À des Grieux qui vient de lui faire une scène violente, Manon répond tristement : « Il faut bien que je sois coupable [...] puisque j'ai pu vous causer tant de douleur et d'émotion; mais que le Ciel me punisse si j'ai cru l'être, ou si j'ai eu la pensée de le devenir! » Cette inconscience est incompréhensible pour le Chevalier : « Ce discours, dit-il, me parut si dépourvu de sens et de bonne foi, que je ne pus me défendre d'un vif mouvement de colère. » Il est clair que les deux amants ne parlent pas la même langue[3].

---

1. Cette attitude, qui est en partie à l'origine du malentendu tragique, est déjà évidente lors de la trahison avec M. de B... « Pourquoi l'aurais-je accusée d'être moins sincère et moins constante que moi? » demande des Grieux (p. 161).
2. P. 270.
3. Dans l'amour de des Grieux pour Manon, il y a peut-être, sans

Ici éclate le malheur d'être ce qu'on est. Des Grieux est soulevé par un grand sentiment sur lequel il ne peut rien et qui remplit sa vie : Manon est tout pour lui. Mais lui n'est pas tout pour Manon, qui veut aussi des robes, des bijoux, des divertissements. L'amour de des Grieux est une passion exclusive, qui engage tout l'être, et à laquelle l'on sacrifie tout. L'amour de Manon est un goût affectueux et tendre, auquel elle ne s'abandonne que si d'autres conditions sont remplies. Mon Dieu, pourquoi m'avoir fait fidèle et constant, si cette vertu doit être pour moi la pire des malédictions ? « Je me trouve le plus malheureux de tous les hommes, par cette même constance dont je devais attendre le plus doux de tous les sorts, et les plus parfaites récompenses de l'amour. » « Ce qui fait mon désespoir a pu faire [aurait pu faire] ma félicité[1]. » Ou pourquoi avoir fait Manon telle qu'elle est ? Car « il est sûr que, du naturel tendre et constant dont je suis, j'étais heureux pour toute ma vie, si Manon m'eût été fidèle[2] ». Mais la fatalité du caractère, ironique et terrible, accable le héros : des Grieux est enchaîné à Manon qui le mène à sa perte. Elle « était passionnée pour le plaisir ; je l'étais pour elle[3] ». Il en est de même ici que dans la Parabole des aveugles, où chacun est conduit par l'égarement de l'autre.

*

---

dessein, une tentation de *bestialité*. Barbey d'Aurevilly n'a pas eu entièrement tort de suggérer que le caractère de Manon appartient à l'histoire naturelle. Les deux amants ne sont pas de la même espèce. Le Chevalier aime une sorte d'animal, dont les manières de sentir, incommunicables, lui sont étrangères ; il ne saurait y avoir de réciprocité véritable entre eux.

1. P. 159.
2. *Ibid.*
3. P. 183.

C'est par une théologie de la faiblesse humaine que des Grieux tente de rendre compte de l'univers dans lequel il fait son malheur. Il prenait plaisir, au séminaire, à la lecture de saint Augustin : dans une certaine interprétation des textes du Docteur africain ou de textes analogues, il va chercher une justification de son impuissance devant la passion qui l'entraîne. « *Je me sens le cœur emporté par une délectation victorieuse*[1] », s'écrie-t-il en revoyant Manon dans le parloir de Saint-Sulpice. Nous ne sommes point libres. Pour résister, il aurait besoin de la grâce divine ; or elle lui manque. Elle n'est donc pas donnée à tous les hommes : « *Tout ce qu'on dit de la liberté à S[aint]-Sulpice est une chimère*[2] » ; des Grieux n'est pas sûr que Jésus-Christ soit mort pour lui. « *S'il est vrai que les secours célestes sont à tous moments d'une force égale à celle des passions, qu'on m'explique donc*, demande-t-il, *par quel funeste ascendant on se trouve emporté tout d'un coup loin de son devoir, sans se trouver capable de la moindre résistance, et sans ressentir le moindre remords*[3]. » Emporté par une délectation, emporté *loin de son devoir*, il est le jouet d'une passion torrentielle. « *De quels secours n'aurais-je pas besoin pour oublier les charmes de Manon ?* » confie-t-il encore à son ami Tiberge ; et celui-ci répond : « *Dieu me pardonne*, [...] *je pense que voici encore un de nos jansénistes*[4]. »

On a cru pouvoir tirer de cette formule, et des indications qui précèdent, la conclusion que Manon Lescaut était un roman janséniste. *Affirmation sommaire, extravagante même, étant donné ce qu'on a vu plus haut : la morale*

1. P. 179.
2. *Ibid.*
3. P. 175.
4. P. 223.

laxiste, l'apologie de la spontanéité et de la nature, l'épicurisme du sentiment. En fait, des Grieux a raison de répliquer aussitôt à Tiberge : « Je ne sais ce que je suis [...] et je ne vois pas trop clairement ce qu'il faut être ; mais je n'éprouve que trop la vérité de ce qu'ils disent. » Il vient de faire l'extraordinaire comparaison de l'amoureux et du martyr, et d'affirmer — ce qui est fort peu janséniste, à moins de solliciter les termes — que « de la manière dont nous sommes faits, [...] notre félicité consiste dans le plaisir ». Son désarroi est grand, et le jansénisme, très momentané, qu'il semble adopter, est seulement l'expression confuse de son expérience particulière : il a cru discerner dans cette doctrine, oubliant que les réprouvés n'en sont pas moins réprouvés, une justification de la faiblesse humaine par le défaut de la grâce, et il utilise les mots d'emporter et de secours un peu comme des talismans moraux.

Il ne songe certes pas au jansénisme lorsqu'il emploie, et cela à deux reprises, le terme astrologique d'ascendant, et qu'il évoque ainsi l'idée millénaire que notre destinée est inscrite dans les astres et que la Nécessité toute-puissante a fixé d'avance le cours de notre vie[1]. En effet, quand il raconte sa première rencontre avec Manon, dans la cour d'auberge, il explique que la beauté de la jeune fille, « la douceur de ses regards, un air charmant de tristesse » l'ont aussitôt déterminé à s'attacher à elle ; mais à peine a-t-il suggéré cette explication naturelle qu'il se reprend, et qu'à la causalité psychologique il substitue, de façon significative, une fatalité astrologique : « ou plutôt, corrige-t-il, l'as-

---

1. L'ascendant correspond à la position, à l'instant de la naissance, du signe du zodiaque qui monte alors à l'horizon ; il constitue la définition astrale de l'individu dont il scelle à jamais le caractère et l'histoire.

cendant de ma destinée qui m'entraînait à ma perte[1] ». De même, avant de relater sa fuite de Saint-Sulpice, il demandera, on vient de le voir, qu'on lui explique — *ce que précisément l'on ne saurait faire que dans la perspective de la Fatalité* — « *par quel funeste ascendant on se trouve emporté tout d'un coup loin de son devoir*[2] ».

La fatalité héréditaire de la passion — celle qui, par exemple, écrase Phèdre — *n'est pas janséniste davantage.* Lorsqu'il aperçoit Sélima et qu'il éprouve au premier coup d'œil « la passion la plus vive et la plus tendre », l'Homme de qualité se souvient qu'un coup de foudre analogue a déjà décidé de toute la vie de son père; il remarque alors : « *Il était donné à ma famille d'aimer comme les autres hommes adorent, c'est-à-dire sans bornes et sans mesure. Je sentis que mon heure était venue et qu'il fallait suivre la trace de mon père*[3]. » Des Grieux n'est pas loin de penser de même, et il est si convaincu du caractère familial de la fatalité de son amour qu'il demande à son père : « *Se peut-il que votre sang, qui est la source du mien, n'ait jamais ressenti les mêmes ardeurs*[4] ? »

Fatalité astrologique, fatalité biologique de la race, l'abbé Prévost sent lui-même combien ces éléments, et d'autres

---

1. P. 154. Voyez plus haut, p. 45-46, la même formule chez Challe.
2. P. 175. Voyez également dans *Cleveland* : « Mais l'ascendant de ma mauvaise fortune devait l'emporter sur tous mes projets pour les détruire ou pour les faire tourner à ma perte » (éd. de 1810, t. V, p. 207; éd. Sgard, t. II, p. 224), et : « Mais il était entraîné tout à la fois par l'ascendant de son mauvais sort et du mien » (éd. de 1810, t. V, p. 276; éd. Sgard, t. II, p. 272). Ainsi que : « Mais le même ascendant qui s'était opposé jusqu'alors à mon bonheur se préparait à consommer ma ruine. » (Éd. de 1810, t. IV, p. 431; éd. Sgard, t. II, p. 142.)
3. Éd. de 1810, t. I, p. 180; éd. Sgard, t. I, p. 69.
4. P. 291.

encore[1], *d'une conception païenne du Destin* — qui dans la pensée confuse du Chevalier sont sur le même plan que son pseudo-jansénisme — *sont étrangers à la doctrine chrétienne* : cherche-t-il un équivalent chrétien de la haine de Vénus ? c'est en vain, car la Providence n'est pas la Fatalité. Certes le Péché originel rend compte de l'existence en nous de la passion. « Personne, affirme l'Homme de qualité dès le début des Mémoires, n'est plus persuadé que moi de la réalité d'un premier crime qui a rendu tous les hommes coupables, faibles et malheureux. C'est le fondement du Christianisme, et je ne vois rien de mieux établi... Par un effet de ce premier crime, toutes nos passions sont de nous et ont leur source dans notre propre cœur[2]. » Voilà qui explique notre *concupiscence à l'égard des femmes*, c'est-à-dire « ce penchant général que nous avons pour elles ». Mais ce penchant « n'a qu'un certain degré de force ». Pourquoi donc « une passion particulière dont nous sommes atteints tout d'un coup en a-t-elle quelquefois infiniment davantage[3] » ? Le Péché originel ne saurait l'expliquer à lui seul, et il est clair que les passions extraordinaires « *ont quelque*

---

1. Prévost évoque même, dans une intention fort étrangère à Platon, l'explication de l'amour par le mythe de l'androgyne coupé en deux parties et qui cherchent à se rejoindre. Il y a, écrit-il, « des cœurs formés les uns pour les autres, et qui n'aimeraient jamais rien, s'ils n'étaient assez heureux pour se rencontrer... Une force secrète les entraîne à s'aimer ; ils se reconnaissent pour ainsi dire aux premières approches » (éd. de 1810, t. I, p. 196 ; éd. Sgard, t. I, p. 71). Cette *reconnaissance* est marquée par le coup de foudre. L'Homme de qualité et Sélima se retrouvent ainsi fatalement, et par l'effet d'une finalité aussi naïve que celle qui réunit, dans le livret de *La Flûte enchantée*, Papageno et Papagena, faits l'un pour l'autre de toute éternité. Il est vrai qu'ici la passion ne saurait véritablement être considérée comme réciproque.
2. Éd. de 1810, t. I, p. 7 ; éd. Sgard, t. I, p. 15.
3. Éd. de 1810, t. I, p. 8 ; éd. Sgard, t. I, p. 15.

autre principe, qui se joint au dérèglement causé par le péché d'origine. La Providence, conclut l'Homme de qualité, les permet pour des fins qui ne sont pas toujours connues, mais qui sont toujours dignes d'elle. » *Étrange Providence, qui détermine la destinée singulière d'un individu en le livrant à une passion souvent funeste qui remplit sa vie et sur laquelle il ne peut rien! En vérité, cet* autre principe *auquel se réfère, non sans embarras, l'Homme de qualité semble bien relever de la Fatalité antique qui dépouille l'homme de sa liberté, tandis que le Péché originel la lui conserve. Concevoir la Providence en fonction de ce* principe, *c'est repenser Œdipe ou Didon en termes chrétiens. Prévost s'y efforce, mais sans grande conviction. En fait, il s'agit plus d'une paganisation du christianisme que d'une christianisation de l'univers païen. Des Grieux constamment invoque le* Ciel, *mais il invoque en même temps la* puissance d'amour[1] *ou la* fortune[2], *et il est clair que tous ces termes sont équivalents. Il n'est guère question de la Providence et de sa* justice admirable[3] *que pour constater que les grands et les riches sont des dupes commodes ou pour amener le soudain assassinat de Lescaut. Il semble y avoir peu de différence entre le* ô Dieu![4] *du Chevalier et le* Dieux![5] *du garde du corps*[6]. *L'abbé des Grieux — — qui*

1. P. 231.
2. P. 304.
3. P. 186.
4. P. 215.
5. P. 305.
6. Au reste, on notera que Prévost, en 1753, a quelque peu laïcisé l'histoire de son héros. Des Grieux oublie de plus en plus son passage au séminaire, et son vocabulaire devient celui du monde. Le Ciel, disait-il en 1731, « m'éclaira des lumières de sa grâce, et il m'inspira le dessein de retourner à lui par les voies de la pénitence... Je me livrai entièrement aux exercices de la piété ». On lit dans la version de 1753 :

assurément est victime d'une passion particulière, d'une de ces passions extraordinaires dont il est ici question — se sert d'un vocabulaire chrétien. L'ancien pensionnaire de Saint-Sulpice utilise même, par réaction contre la Maison d'où il s'est enfui, une imagerie janséniste. Mais ce n'est là qu'un élément d'une théologie disparate et confuse, fort peu chrétienne au demeurant : toute doctrine, toute croyance lui est bonne — quelle que soit son origine —, qui peut aider à sa justification, excuser son impuissance et sa faiblesse, démontrer son irresponsabilité : il suffit qu'elle explique, ou même simplement qu'elle affirme le caractère illusoire de la liberté humaine, l'inefficacité de la volonté et le pouvoir irrésistible de certaines passions. Quiétisme peut-être ? Dans l'abandon allègre ou résigné au Sentiment, à la Nature, à la Fortune, dans le recours à tout ce qui justifie la passivité : le ciel, le sort, la fatalité, le destin. Quiétisme du bonheur et quiétisme de la malédiction. Mais sûrement pas jansénisme.

Le jansénisme de des Grieux est presque aussi caricatural que celui que le jésuite Patouillet attribue au P. Quesnel dans son Apologie de Cartouche ou le Scélérat sans reproche, par la grâce du P. Quesnel, *libelle qui paraît précisément la même année que* Manon Lescaut *:* « Si sans la grâce on ne peut rien faire, *remarque Patouillet, et que cependant elle ait manqué à Cartouche, il ne pouvait [...]* rien faire *de tout ce qu'il aurait fallu pour étouffer [l]a passion [qui le sollicitait au brigandage] dès sa naissance, ou pour en arrêter les progrès [...]; si la grâce lui a manqué, la tentation était au-dessus de ses forces, [...] il y a suc-*

« Le Ciel [...] m'éclaira de ses lumières, qui me firent rappeler des idées dignes de ma naissance et de mon éducation [...] Je me livrai entièrement aux inspirations de l'honneur, etc. » (p. 329).

combé par nécessité ; [...] par conséquent, c'est son malheur et nullement son crime. » C'est ici, on le voit, la démonstration que des Grieux tente pour lui-même. Mais il a recours à la grâce des jansénistes de la même manière qu'il emprunte ailleurs aux jésuites leurs équivoques et leur morale de l'intention, ou à un certain humanisme l'idée de l'innocence de l'amour. Au reste, on ne l'a pas assez noté, l'atmosphère morale des romans de l'abbé Prévost n'est nullement augustinienne. *L'Homme de qualité* affirme à son élève « *que le secours du Ciel n'est jamais refusé quand on le demande, et qu'il est toujours proportionné à nos peines et à nos besoins*[1] ». Dans *Manon Lescaut* même, Tiberge, dont le dévouement est inépuisable, et qui est toujours à la disposition de son ami, quand celui-ci revient vers le Bien, est en fait — on le voit assez sur la vignette de 1753 — la personnification de la grâce, ou du moins l'organe de ce secours du Ciel. Dans *Le Doyen de Killerine*, *Mlle de L.* est accoutumée à « *ne pas se livrer témérairement aux mouvements indélibérés de son cœur*[2] », ce qui montre bien que la *délectation* dont parle des Grieux *n'est* victorieuse *et n'*emporte le cœur *que si la volonté abdique*[3].

*

1. Éd. de 1810, t. II, p. 70 ; éd. Sgard, t. I, p. 175.
2. Éd. de 1810, t. VIII, p. 162 ; éd. Sgard, t. III, p. 63.
3. C'est ici précisément la position de Fénelon, qui ne saurait être soupçonné de jansénisme. « La délectation indélibérée, écrit-il dans ses *Lettres au P. Lami sur la Grâce et la Prédestination*, c'est-à-dire le plaisir prévenant qui est en nous sans nous, ne peut rien expliquer de l'opération de la Grâce. Pendant que ce plaisir nous affecte, et après même qu'il nous a affecté, la volonté est encore censée indifférente d'une indifférence active et en équilibre pour vouloir ou ne vouloir pas ; car ce plaisir n'a aucune connexion nécessaire de causalité avec notre vouloir. » (*Œuvres Complètes*, Paris, 1848, in-4°, t. II, p. 165.)

En fait, l'univers où se situe des Grieux relève moins de la tradition théologique que de la tradition littéraire. Lorsque, sur un banc du Palais-Royal, le Chevalier représente à Tiberge sa passion « comme un de ces coups particuliers du destin qui s'attache à la ruine d'un misérable[1] », son vocabulaire est significatif : c'est celui de la tragédie. L'irresponsabilité dont il cherche à bénéficier, étant donné, explique-t-il encore, que ce coup est un de ceux « dont il est aussi impossible à la vertu de se défendre qu'il l'a été à la sagesse de les prévoir », c'est celle des héros tragiques. Oreste, Roxane, Phèdre sont des victimes exemplaires du Destin ; des Grieux se glisse parmi elles, et l'univers tragique se constitue autour de lui[2]. Les mots de fatal et de funeste reviennent de façon obsédante. À entendre l'amant de Manon, l'on croirait souvent qu'il est chaussé du cothurne : « J'ai le cœur percé de la douleur de votre trahison[3] » ou ailleurs : « Juste Ciel [...] est-ce ainsi qu'une infidèle se rit de vous [...] ? [...] C'est donc le parjure qui est récompensé[4] ! » Mieux encore, à mesure que le récit progresse, l'on reconnaît, comme en filigrane, les thèmes et parfois les vers mêmes de la tragédie racinienne. Les reproches à Manon,

---

1. P. 191. On lit de même dans *Cleveland* : « J'étais le jouet de cette même puissance maligne qui m'a rendu malheureux dès ma naissance et qui n'a pris soin de conserver ma vie que pour en faire un exemple de misère et d'infortune » (éd. de 1810, t. IV, p. 463 ; éd. Sgard, t. II, p. 151), et plus loin : « La haine du Ciel qui ne s'est point lassée de me poursuivre. » (Éd. de 1810, t. V, p. 262 ; éd. Sgard, t. II, p. 240.)
2. Cet univers est aussi, bien entendu, l'univers d'une certaine tradition romanesque. On a vu plus haut dans Challe (p. 45-46) un recours à l'astrologie : « enfin mon étoile qui m'entraînait », qui annonce celui de Prévost dans une situation analogue : « l'ascendant de ma destinée qui m'entraînait à ma perte » (p. 154).
3. P. 271.
4. P. 272.

dans la scène du parloir, évoquent Bajazet[1]. *Vingt, trente autres réminiscences achèvent de composer une atmosphère tragique, qui s'impose au lecteur.*

Ces souvenirs, ce langage, ce décor verbal expriment la vocation tragique de des Grieux. Sa passion lui est en quelque sorte consubstantielle, et elle l'occupe tout entier. « Je verrais périr tout l'univers sans y prendre intérêt. Pourquoi ? Parce que je n'ai plus d'affection de reste[2]*. » Cet amour lui est plus cher que la vie. L'objet aimé lui « tient lieu de gloire, de bonheur et de fortune*[3] *». Aucun bien, dit-il à Manon, ne saurait « tenir un moment, dans mon cœur, contre un seul de tes regards*[4] *» ; Pyrrhus avoue de même le pouvoir d'Andromaque : « Un regard m'eût tout fait oublier » (acte II, scène 5). Comme Oreste, des Grieux essaie de lutter contre sa passion ; comme lui, « asservi fatalement, reconnaît-il, à une passion que je ne pouvais vaincre*[5] *», il accepte sa défaite, il s'abandonne au* transport *qui l'entraîne, et ce transport est un* destin, *selon la correction révé-*

---

1. « Je ne m'étais pas attendu à la noire trahison dont vous avez payé mon amour. Il vous était bien facile de tromper un cœur dont vous étiez la souveraine absolue » (p. 178). C'est le mouvement de Roxane qui découvre que Bajazet l'a trahie de concert avec Atalide :

> *Avec quelle insolence et quelle cruauté*
> *Ils se jouaient tous deux de ma crédulité [...]*
> *Tu ne remportais pas une grande victoire,*
> *Perfide, en abusant ce cœur préoccupé [...]*
> (Acte IV, scène 5.)

« Un cœur dont vous étiez la souveraine absolue » *(ibid.)* rappelle même de façon plus précise le fameux vers de Roxane : *Souveraine d'un cœur qui n'eût aimé que moi* (acte V, scène 4).

2. P. 238.
3. P. 241.
4. P. 179.
5. P. 318.

latrice que Racine a apportée à ce vers célèbre. Comme lui encore qui «se livre en aveugle» à ce destin et qui avoue «de [s]on amour l'aveuglement funeste» (acte II, scène 2), il déplore pour sa part «l'aveuglement d'un amour fatal[1]». Comme lui enfin, s'il a renoncé à vaincre sa passion, il essaie du moins d'être heureux par elle; il est prêt à tout pour y parvenir, et ses échecs ne le découragent pas; il est, confie-t-il à Tiberge, «malheureux par cette fatale tendresse dans laquelle [il] ne [s]e lasse point de chercher [s]on bonheur[2]». À l'exemple de Phèdre, il va parfois jusqu'à détester ce qu'il appelle lui-même sa «honteuse» passion; il dénonce «la honte et l'indignité de [s]es chaînes[3]»; mais comme elle, il n'en continue pas moins à les porter. Quand il prend conscience de son égarement tragique, il demande qu'on lui explique, on l'a vu, «par quel funeste ascendant on se trouve emporté tout d'un coup loin de son devoir[4]»; Hippolyte, aussi incompréhensible à soi-même, s'étonnait de même: «Par quel trouble me vois-je emporté loin de moi!» (acte II, scène 2). Comme le héros qui regrette les temps heureux d'avant l'action tragique, et qui mesure ainsi l'abîme qui le sépare maintenant de ces jours paisibles, des Grieux jette «les yeux, en soupirant, [...] vers tous les lieux où [il a jadis] vécu dans l'innocence», et il s'écrie: «Par quel immense espace n'étais-je pas séparé de cet heureux état[5]!» Enfin, au moment où, héros maudit, il décide d'abandonner l'Europe, il constate: «Mes malheurs sont au comble[6]»; Oreste, apostrophant le Ciel, disait de

1. P. 193.
2. P. 220.
3. P. 193.
4. P. 175.
5. P. 203.
6. P. 304.

même : « Au comble des douleurs tu m'as fait parvenir » (acte V, scène 5).

La *Fatalité* a dirigé sa vie : qu'on ne vienne donc pas lui reprocher ce que cette puissance maléfique lui a fait faire. Après des études appliquées, il allait quitter Amiens : la veille même de son départ, le Ciel lui fait rencontrer Manon. Il vivait tranquille à Saint-Sulpice, tout à « *la joie intérieure que le Ciel [lui] faisait goûter*[1] » dans cette Maison : or voici qu'il s'en échappe avec une effrayante facilité, parce que le Ciel, très évidemment, ne lui a pas donné la force de résister à la vue de Manon. Curieuse contradiction dans les desseins du Ciel qui semblait avoir agréable son séjour au séminaire, et qui pourtant ne l'empêche pas de s'en arracher brusquement ! On croirait en vérité que la Fatalité s'amuse[2] ; elle accable le héros au moment où il s'y attend le moins : « *J'ai remarqué, dans toute ma vie, que le Ciel a toujours choisi, pour me frapper de ses plus rudes châtiments, le temps où ma fortune me semblait le mieux établie*[3]. » Ne serait-ce pas la même ironie du sort qui fait

---

1. P. 175.
2. *Les voies de la Providence sont impénétrables.* Cette maxime est assurément chrétienne. Mais l'idée que la créature puisse être le jouet d'une Fatalité opaque et capricieuse suppose, on le verra plus bas, la contamination du paganisme littéraire des tragédies. Des Grieux, au séminaire, s'est fortifié contre Manon : or c'est là précisément qu'elle viendra le chercher. Oreste, dans une situation analogue, commente ainsi à l'intention de Pylade :

> *Mais admire avec moi le sort dont la poursuite*
> *Me fait courir alors au piège que j'évite.*
> (Acte I, scène 1.)

Une force supérieure le conduisait vers Hermione au moment même où il prétendait oublier cette infidèle. Cette force est-elle concevable dans un univers chrétien ?

3. P. 254-255.

en Amérique que précisément les «*plus rudes châtiments [lui sont] réservés lorsqu['il] commen[ce] à retourner à la vertu*[1] »? C'est donc avec raison qu'il peut se plaindre de «*la malignité de [s]on sort*[2] ». *Une jeune fille un peu exaltée à qui l'on demandait dans quelle mesure des Grieux et Manon étaient responsables de leurs fautes et de leurs malheurs répondit :* « *C'est Dieu qui est coupable.* » *Il eût été plus exact de dire : les Dieux, car c'est ici un jugement caractéristique de la tragédie profane. C'est bien Oreste — et non pas tel Père de l'Église — qui s'écrie :*

> De quelque part sur moi que je tourne les yeux,
> Je ne vois que malheurs qui condamnent les Dieux
> (Andromaque, *acte III, scène 1*).

Cette lectrice peu théologienne retrouvait, sans s'en douter, le thème des « injures aux Dieux », si bien lié au genre tragique que Molière y voyait une pure convention et croyait pouvoir s'en moquer dans la Critique de l'École des femmes *(scène 6). Dans la situation tragique dont il est prisonnier, tombé dans le* précipice *dont il parle plusieurs fois, des Grieux peut faire sienne l'apostrophe de Jocaste aux Dieux :*

> C'est vous dont la rigueur m'ouvrit ce précipice
> (La Thébaïde, *acte III, scène 2*),

ou celle d'Oreste au Ciel :

> Ta haine a pris plaisir à former ma misère
> (Andromaque, *acte V, scène 5*).

---

1. P. 318.
2. P. 193.

Des Grieux, un petit voleur? un tricheur? un fripon qui vit de l'argent d'une fille entretenue? Comment le prétendre? Aux victimes qu'ils poursuivent de leur haine, les Dieux cruels ménagent du moins un prestige incomparable. Le Chevalier est un des illustres misérables *que la tragédie met en scène. Son élection tragique, tout en lui donnant sa grandeur, fait de lui la première victime des maux qu'il a causés : il doit les expier impitoyablement, et le lecteur, chez qui la pitié le dispute à la terreur, songe moins à l'accuser qu'à le plaindre. D'autant plus que les crimes des héros tragiques ne sont pas de ces fautes vulgaires qui méritent le mépris; ils sont commis aux frontières incertaines de la liberté. « Phèdre n'est ni tout à fait coupable, ni tout à fait innocente », écrivait Racine. L'*Histoire du chevalier des Grieux, *c'est parfois* Phèdre *en prose, et Prévost, dans l'*Avis de l'auteur des Mémoires, *définit son héros comme « un caractère ambigu, un mélange de vertus et de vices, un contraste perpétuel de bons sentiments et d'actions mauvaises*[1] ». À *ce témoin de la misère humaine est-il juste de reprocher l'inefficacité d'une volonté que les Dieux se plaisent à paralyser? « La faiblesse aux humains n'est que trop naturelle », remarquait Œnone (acte IV, scène 6). On ne saurait donc tenir le Chevalier pour absolument responsable de ce que la* haine de Vénus *lui a fait faire. « C'est l'amour, vous le savez, rappelle-t-il à son père, qui a causé toutes mes fautes*[2]. » *Il semble même, on l'a vu, demander à ce vénérable vieillard s'il n'y aurait pas dans sa vie des égarements semblables à ceux où l'amour jeta la mère de Phèdre; en tout cas, c'est bien un* sang déplorable *qui*

1. P. 142.
2. P. 291.

coule dans ses veines. « *L'amour m'a rendu trop tendre, trop passionné, trop fidèle et, peut-être, trop complaisant pour les désirs d'une maîtresse toute charmante ; voilà mes crimes*[1]. » *Ils sont pardonnables assurément, avec une cause aussi touchante — et aussi terrible.* « *Les mauvaises actions du héros* […], *observe Montesquieu, ont pour motif l'amour qui est toujours un motif noble, quoique la conduite soit basse.* » (Loc. cit.) *L'amour, et singulièrement l'amour tragique, semble comporter une rémission générale des fautes qu'il fait commettre ; il confère une dignité foncière que même l'abjection des actes ne saurait détruire. C'est en tant que personnage tragique que des Grieux conserve le fier maintien qu'il semble si souvent sur le point de perdre.* « *Le fil rouge de la tragédie, écrit Cocteau, reste tendu d'un bout à l'autre de cette œuvre légère, et lui donne sa noblesse profonde*[2]. »

*

Étrange noblesse et qui peut souvent paraître compromise. Dans l'œuvre de Corneille, en effet, l'amour ne va pas sans l'estime. Et même dans les tragédies de Racine, l'amour, si aveugle et funeste soit-il, n'enchaîne jamais le héros à un objet moralement méprisable. Hermione et Pyrrhus, Titus et Bérénice, Roxane et Bajazet, Phèdre et Hippolyte sont dignes l'un de l'autre : ce sont des « *cœurs qui n'ont pu s'accorder*[3] » *ou que séparent des obstacles insurmontables ; mais au malheur de cet amour impossible ne se*

---

1. *Ibid.*
2. C'est l'amour, évidemment, qui constituait cet *enduit des plumes de cygne* dont il est question plus haut.
3. *Andromaque*, acte V, scène 5.

mêle aucune honte, si ce n'est celle « *d'avoir poussé tant de vœux superflus*[1] ». La violence passionnelle, la cruauté perverse ou la jalousie forcenée d'Oreste, de Néron, de Roxane ou d'Ériphile n'ont rien de bas. La dignité de la scène tragique est sauvegardée. Ces princes et ces princesses calculent, menacent, donnent ou reçoivent la mort : ils ne sont pas vils.

On voit bien qu'il n'en est pas de même dans Manon Lescaut, où le tragique de la passion amène le héros à ne pas tenir compte des évidences morales les plus criantes : Manon s'est vendue à M. de B... et s'est débarrassée de des Grieux en le livrant à sa famille ; il est clair qu'elle est indigne de lui. Il en a conscience, mais sa lucidité est vaine. Son père lui a exposé en détail la trahison de Manon ; il lui a fourni toutes « *les raisons qui pouvaient [l]e ramener au bon sens et [lui] inspirer du mépris pour*[2] » elle. Il a vu juste ; « *il me connaissait des principes d'honneur, et ne pouva[i]t douter que sa trahison ne me la fît mépriser* ». Des Grieux méprise donc Manon : « *Il est certain que je ne l'estimais plus ; comment aurais-je estimé la plus volage et la plus perfide de toutes les créatures ?* » Mais ce mépris ne tue pas l'amour. L'image de Manon, les « *traits charmants que je portais au fond du cœur, y subsistaient toujours* ». Le divorce entre l'amour et l'estime est ici consommé. La passion n'en est que plus tragique d'amener le héros à s'avilir : non seulement les raisons de vivre lui sont arrachées, mais encore il doit perdre son intégrité morale. Des Grieux, croyant échapper à la tragédie, fait le rêve d'une vie heureuse et paisible ; « *mon cœur, dit-il, ne désirera que ce qu'il estime*[3] ». Hélas ! ce n'est

---

1. *Ibid.*, acte I, scène 1.
2. P. 169.
3. P. 174. Baudelaire évoquera de même un monde « où tout ce que l'on aime est digne d'être aimé » (« Moesta et errabunda »).

qu'un songe, et son destin, plus cruel que celui d'Oreste ou de Titus, est d'aimer ce qu'il ne peut estimer.

La gloire, ce sentiment de ce qu'on se doit à soi-même et de ce que l'on doit à l'opinion d'autrui, était toute-puissante sur les héros de Corneille ; ceux de Racine eux-mêmes étaient loin de la négliger. Des Grieux certes reste sensible au jugement public. À Saint-Lazare, il est accablé à l'idée qu'il va devenir « la fable de toutes les personnes de [s]a connaissance, et la honte de [sa] famille[1] ». Mais il ne s'en abandonne pas moins à la Fatalité qui veut qu'il en soit ainsi. Dans le parloir de Saint-Sulpice, il se rend parfaitement compte de ce qu'il est sur le point de faire : « Je vais perdre, dit-il à Manon, ma fortune et ma réputation pour toi, je le prévois bien[2]. » Mais ces paroles clairvoyantes ne l'empêchent pas de s'enfuir aussitôt du séminaire. Les temps de la tragédie et du roman héroïques sont décidément révolus. Quand Lescaut lui explique qu'il faut s'accommoder du vieux G... M... et partager Manon avec lui, il s'écrie noblement : « Revers funeste ! » et il ajoute sur le même ton : « Quel est l'infâme personnage qu'on vient ici me proposer ? Quoi ! j'irai partager...[3] » Mais cette amorce de stances lyriques, ce départ de monologue tragique tourne court immédiatement. La passion, avec ses conséquences fâcheuses pour la moralité du héros et pour sa gloire, l'emporte aussitôt. « Y a-t-il à balancer, observe-t-il, si c'est Manon qui l'a réglé, et si je la perds sans cette complaisance ? » Tout ce qu'il peut faire, c'est de s'aveugler lui-même sur la signification morale de son acte, et l'abbé Prévost, avec son sens du geste et de la psychologie incarnée, indique que son héros

1. P. 211.
2. P. 179.
3. P. 203.

donne son consentement à Lescaut, « en fermant les yeux, comme pour écarter de si chagrinantes réflexions ».

En fait, la véritable gloire, *pour des Grieux, consiste à aimer Manon. Il le dit lui-même en ses propres termes : « Elle me tient lieu de gloire, de bonheur et de fortune*[1]. » *On a vu plus haut que le sentiment est en train de devenir à lui-même sa propre justification; c'est ici une tragédie du sentiment. Les deux éthiques, assez curieusement, coexistent, mais celle de la gloire n'est guère là qu'à titre de survivance*[2]. *S'il arrive encore que le Chevalier l'évoque, c'est pour la sacrifier à l'autre presque sans combat. « Laissons ma naissance et mon honneur à part, dit-il ; ce ne sont plus des raisons si faibles qui doivent entrer en concurrence avec un amour tel que le mien*[3]. » *Il parle cependant de* honteuse *passion ; il aperçoit, on l'a vu, « la honte et l'indignité de [s]es chaînes*[4] ». *Mais cette lucidité un peu anachronique ne dure qu'un moment : ce n'est, il le dit lui-même, qu'un « instant de lumière ». Il revient bien vite aux valeurs de l'autre éthique, celle du sentiment, et il n'arrive pas à comprendre comment il a pu accepter durant cet* instant de lumière — *qui devient maintenant un instant d'égarement* — *d'autres critères. « Je m'étonnai, en me retrouvant près d'elle, que j'eusse pu traiter un moment de honteuse une tendresse si juste pour un objet si charmant. » La notion même de* honteuse passion[5] *est en train de se dis-*

---

1. P. 241.
2. C'est celle, par exemple, du père du Chevalier qui lui lance lors de la scène du Luxembourg : « J'aime mieux te voir sans vie que sans sagesse et sans honneur. » Elle est présentée ici comme l'expression d'un préjugé respectable, mais dépassé, et dont les effets seront catastrophiques.
3. P. 205.
4. P. 193.
5. Prévost (cf. ci-dessus) ne réunit pas les deux mots. Mais l'éditeur

soudre sous nos yeux, de la même manière qu'elle disparaît de l'esprit du Chevalier, telle une inconsistante fumée, dès qu'il revoit sa Manon. La honte est une sanction hypocrite et injuste, imposée par une société corrompue et corruptrice, qui juge uniquement sur les dehors sans vouloir pénétrer jusqu'à l'innocence des cœurs. L'amour, lorsqu'il est sincère et absolu, ne saurait apporter de la honte, quelles que soient les circonstances. La dignité tragique de des Grieux demeure intacte.

*

Elle est pourtant mise à dure épreuve. Car le Chevalier et Manon ne vivent plus dans l'univers aristocratique et préservé de la tragédie ou du roman mondain du siècle précédent : leur destin ne se joue pas dans l'air raréfié des sommets, mais dans l'atmosphère parfois empestée du demi-monde et des bas-fonds. Dans cette curieuse histoire tragique, la réalité a fait irruption, diverse, bouillonnante et souvent sordide — réalité sociale surtout, car le décor, réduit à quelques indications scéniques, reste très discret. Le sort des héros n'est pas lié à celui de la Grèce ou de l'Empire romain ; il dépend de l'attitude d'un père, du vol d'un valet, de la vengeance d'un amant détroussé ; il s'accomplit dans un monde picaresque fait d'intrigues inavouables et d'incidents qui rebondissent : deux enlèvements, quatre ou cinq vols ou tentatives de vol, deux meurtres, un incendie, quatre emprisonnements, une séquestration, une lointaine déportation, une fuite dans le désert, etc. Oreste est devenu

---

des *Œuvres choisies* (1783) a cru devoir corriger : « que j'eusse pu traiter un moment de honteuse passion une tendresse si juste… » (t. III, p. 300. Même texte en 1810, t. III, p. 310).

Gil Blas pour séduire et garder une Hermione tombée dans la galanterie ; mais il est toujours Oreste. La Tragédie, au risque de maculer ses longs voiles, a quitté l'Olympe et la Cour pour Paris, ses aventures et ses ruisseaux : elle n'en reste pas moins tragique. Il y a ici une étonnante spéculation : il s'agit de charger *une situation tragique du plus grand poids de vérité plate, ridicule, ou même répugnante, qu'elle puisse supporter sans se défaire.* Quelles que soient les circonstances, écrivions-nous. Prévost semble s'ingénier à le démontrer.

Manon et des Grieux sont de parfaits amants[1] ; *Prévost n'hésite pas à emprunter ce terme à la langue galante du XVIIe siècle. Or ils se retrouvent, non pas dans une salle du palais de l'empereur, mais dans la chambre d'une prison infâme, qui en est aussitôt transfigurée.* « Il ne faut plus l'appeler l'Hôpital, s'écrie M. de T... ; c'est Versailles, depuis qu'une personne qui mérite l'empire de tous les cœurs y est renfermée[2]. » *Ailleurs, des Grieux donne la main à Manon :* « Venez, ma chère reine, venez vous soumettre à toute la rigueur de notre sort[3]. » *Et ils montent tous deux dans le carrosse faisant office de* panier à salade *qui doit les conduire à la prison du Petit Châtelet. Un peu auparavant, il a traité le vieux G... M... d'infâme.* « Apprends, ajoute-t-il, que je suis d'un sang plus noble et plus pur que le tien[4]. » *Mais il vient d'être surpris avec Manon au moment de se mettre dans le lit du jeune G... M..., et il est en chemise pour prononcer ces fières paroles[5]. Le contraste*

---

1. P. 233.
2. *Ibid.*
3. P. 286.
4. P. 283.
5. De même, dans le cabaret près de la rue Saint-André-des-Arts, des Grieux s'écrie : « Je les poignarderai tous deux de ma propre main...

entre la noblesse des attitudes et du verbe et d'autre part la bassesse ou le ridicule des circonstances ne saurait être plus violemment marqué. On reconnaît dans ces trois exemples le procédé qui, par une désharmonie calculée entre la situation et son langage, produit le burlesque.

Or précisément — et c'est ainsi qu'on peut mesurer le succès de la spéculation tentée — le burlesque, dont les conditions objectives sont ici réunies, n'est pas senti comme tel : il n'y a pas d'effet parodique. Dans le déguisement qu'il apporte à Manon pour son évasion de l'Hôpital, des Grieux a oublié la culotte : « Cependant, je pris mon parti, qui fut de sortir moi-même sans culotte. Je laissai la mienne à Manon. Mon surtout était long, et je me mis, à l'aide de quelques épingles, en état de passer décemment à la porte[1]*. » Voilà une singulière tenue pour un héros tragique, et la tragédie, semble-t-il, devrait éclater en bouffonnerie ; mais il n'en est rien. « L'oubli de cette pièce nécessaire, observe le Chevalier, nous eût, sans doute, apprêté à rire si l'embarras où il nous mettait eût été moins sérieux*[2]*. » Le lecteur réagit de même, et la situation est si angoissante qu'il songe à peine à sourire. Ce n'est pas le langage élevé et noble du héros qui semble déplacé dans sa bouche ; ce sont les circonstances avilissantes où il se trouve qui paraissent indignes de lui. Le tragique et le romanesque n'y perdent rien ; au contraire, car c'est pour le personnage un malheur supplémentaire et piquant de se trouver ainsi aux prises*

---

deux perfides qui ne méritent pas de vivre... », et il ajoute : « Mon chapeau tomba d'un côté, et ma canne de l'autre » (p. 266). De même encore, en Amérique, où un malheureux camp d'exilés et de déportés devient un Eldorado de l'amour, où une misérable cabane est changée « en un palais digne du premier roi du monde » (p. 316).

1. P. 235.
2. *Ibid.*

avec des circonstances basses, odieuses ou ridicules ; de sa dégradation apparente, il tire comme un nouveau prestige. C'est, il le dit lui-même en annonçant la dernière partie de son histoire, qui est celle de son complet abaissement, « la plus étrange aventure qui soit jamais arrivée à un homme de [s]a naissance et de [s]a fortune[1] *» ;*

*C'est ici l'une des premières fois, dans l'histoire du roman français, que la réalité n'est pas destinée à faire exploser le monde des conventions courtoises et galantes ; elle n'a pas cet aspect grimaçant et caricatural qui caractérisait la vision burlesque. Jusqu'alors, pour avoir de la consistance et de la noblesse, une histoire ou une tragédie devait échapper presque entièrement aux contingences matérielles et sociales ; inversement, une histoire où intervenait la réalité concrète était forcément bouffonne. Dans l'*Histoire du chevalier des Grieux, *réalité vulgaire et noblesse tragique coexistent, sans que la vulgarité se dissimule ni que la tragédie se fêle*[2]. *Mais la tension est grande entre ces forces contraires qui agissent tour à tour — ou ensemble — sur la sensibilité du lecteur. Prévost, il est intéressant de le noter, a tenu à la réduire dans sa version de 1753, où toute une série de détails familiers, bas ou réalistes disparaissent*[3]. *Les archers inhumains qui gardent Manon ne se permettent plus d'allonger à des Grieux deux ou trois grands coups du bout de leurs fusils — bastonnade embarrassante pour la dignité du héros —, ils se contentent d'avoir* l'insolence

---

1. P. 240.
2. Ici encore Challe a montré la voie à Prévost (voyez plus haut, p. 44-45). Mais s'il y a chez le premier autant et plus de réalité concrète, il y a moins de noblesse.
3. Il a cependant conservé la raison, fort naturelle assurément, mais peu noble, que Manon donne pour échapper au vieux G... M... Elle sort, écrit Prévost, « sous prétexte d'un besoin » (p. 208).

de lever contre [lui] le bout du fusil[1]. *Manon va se loger non plus dans un* cabaret, *mais dans une* hôtellerie[2]. *De même, il n'est plus question de payer mille écus pour passer une nuit* avec Manon, *mais pour obtenir* [s]es faveurs[3]. *Dans la version de 1731, Manon assure des Grieux que G... M... n'aura pas la satisfaction d'avoir passé une seule nuit avec* elle; *en 1753, elle lui jure que G... M... ne pourra se vanter des avantages qu*[*elle*] *lui* [*a*] *donnés sur* elle[4]. *Et G... M..., qui un peu crûment proposait à Manon d'aller au lit, parle désormais, et plus discrètement, d'amour et d'impatience*[5]. *Le romancier semble avoir considéré que le poids de réalité brutale était trop lourd, et il l'a quelque peu allégé*[6].

*

*S'il est vrai que l'*Histoire du Chevalier *refuse le burlesque et ses effets de rupture, elle comporte du moins des éléments de franche comédie, qui, eux, sont sentis comme tels. Certes « le fil rouge de la tragédie reste tendu » ; mais il se perd parfois dans un écheveau d'autres fils moins sanglants. Il y a des moments de détente, où la Fatalité semble*

---

1. P. 149.
2. P. 155. Notons aussi que des Grieux, dans la version de 1731, s'arrangeait pour entretenir seul *dans une chambre* la souveraine de son cœur. Cette indication disparaît en 1753.
3. P. 187-188.
4. P. 206.
5. P. 208.
6. Il faut aussi tenir compte, pour expliquer ces corrections, de l'évolution de la langue, et singulièrement de la langue romanesque, pendant les vingt années qui séparent les deux versions. Enfin, la situation morale et sociale de l'abbé Prévost a changé, et il y a certaines expressions que l'aumônier du prince de Conti juge ne plus pouvoir se permettre.

oublier ses victimes. L'on badine, l'on fait des farces, l'on rit ; le réveil ensuite n'en sera que plus rude. Ne voir dans cette œuvre qu'un sombre drame serait un des contresens les plus assurés et les plus appauvrissants que le lecteur pourrait commettre. Le récit de des Grieux a souvent un humour élégant et léger qui ne dissimule aucunement le comique des incidents et des situations. Les deux jeunes gens aiment à s'amuser des choses et des gens, et on s'en amuse avec eux. Auprès du vieux G... M..., des Grieux se fait passer pour le frère de Manon et se donne ainsi « le plaisir d'une scène agréable[1] *» ; elle est en effet fort comique, on s'en souvient, et même d'un comique de farce. G... M... lui recommande d'être « sur [s]es gardes à Paris, où les jeunes gens se laissent aller facilement à la débauche*[2] *» ; il lui trouve une ressemblance avec sa sœur supposée : « C'est, répond des Grieux, que nos deux chairs se touchent de bien proche » ; le Chevalier finit par faire au vieux G... M... « son portrait au naturel ; mais l'amour-propre l'empêcha de s'y reconnaître*[3] *». Bref, une vraie scène du répertoire. Quant à la* folâtre[4] *Manon, elle n'a pas seulement la passion de l'opéra et des spectacles, elle a le goût de la mise en scène. C'est elle qui combine la petite intrigue qui doit conduire à la confusion du Prince italien*[5] *: dans cette comédie, elle est à la fois auteur, actrice, régisseur et même habilleuse, puisqu'elle décide de la tenue de son amant et qu'elle le coiffe elle-*

1. P. 206.
2. P. 207.
3. P. 208.
4. P. 248. Il s'agit en fait d'*humeur folâtre*.
5. Le goût de Manon pour la plaisanterie, la farce, la mystification — et son ingéniosité à trouver de quoi le satisfaire — a paru si important à Prévost que c'est un des aspects du personnage qu'il a tenu à souligner dans l'épisode ajouté en 1753, où des Grieux, retrouvant Manon, retrouve aussi, précise-t-il, *les agréments de son esprit* (*ibid.*).

même ; la pièce a du succès, et ce sont « *de longs éclats de rire*[1] ». C'est elle également qui imagine le bon tour qu'il s'agit de jouer au jeune G... M... « *Il me vient un dessein admirable, s'écria-t-elle, et je suis toute glorieuse de l'invention* [...] *Je veux l'écouter, accepter ses présents, et me moquer de lui*[2]. » Des Grieux fait donc semblant d'ignorer qu'on veut lui voler sa maîtresse, et le jeune G... M..., qui le croit sa dupe, est en réalité la sienne : « *Il riait intérieurement de ma simplicité, et moi de la sienne. Pendant tout l'après-midi, nous fûmes l'un pour l'autre une scène fort agréable*[3] » — celle du trompeur trompé. On sait que finalement c'est le Chevalier qui sera la dupe et cette comédie coûtera cher aux deux amants. Mais, en attendant, l'espiègle Manon éclate de rire, et le comique est sensible.

La trame tragique subsiste, et les événements la rendent à nouveau visible dès que le bruit des rires s'est apaisé. Mais au tragique un peu hiératique et guindé du héros qui fait son malheur hors du monde, en cinq actes, en vers — et sans bavure —, se substitue un tragique dans le monde, un tragique impur, plus souple et plus aéré. La réalité et la vie, on l'a vu, en sont en quelque sorte rachetées, et le tragique, s'il est dilué, ne perd rien de sa force. L'univers de *Manon Lescaut* représente un bel équilibre littéraire, avec le rythme si divers et si harmonieux de son émotion et de son humour, de ses sourires et de son pathétique, de ses angoisses et de ses fous rires. Des Grieux conte son histoire avec un parfait naturel, et sous la teinte générale de mélancolie, chaque événement retrouve sa couleur propre, claire ou sombre. C'est la vie même — et bien entendu c'est le comble

1. P. 254.
2. P. 259.
3. P. 260. *Scène agréable*, les mêmes mots, on vient de le voir, avaient été employés pour la comédie jouée au père.

de l'art. Chacun des éléments est rendu avec une extrême justesse de touche dans sa singularité, tandis qu'une tension secrète oriente la multiplicité folle des incidents et la variété vivante des réactions.

*

Une destinée s'accomplit donc d'un homme parmi les hommes, à l'intérieur d'une société concrète — condition de réalisation et obstacle — dont les permissions et les interdits donnent à l'action ses contours. L'Histoire du chevalier des Grieux, *c'est aussi la tragédie domestique d'un fils de famille qui se dérange et se mésallie. Toutefois, dans cette tragédie de la mésalliance, Manon a pris la place de Bérénice, des Grieux celle de Titus, et le code de l'honneur familial celle des lois augustes de l'Empire romain. Manon est « d'une naissance commune*[1] *». Prévost a tenu à l'établir nettement en 1753, après s'être contenté, dans la première version, de dire qu'elle n'était « point de qualité, quoique d'assez bonne naissance ». Il lui a même donné parfois des vulgarités de fille :* « *Malheur à qui va tomber dans mes filets*[2] *!* » *écrit-elle en se rendant chez le vieux G... M..., et, notation presque populacière :* « *La faim me causerait quelque méprise fatale ; je rendrais quelque jour le dernier soupir, en croyant en pousser un d'amour.* » *En dépit de son aveuglement, le Chevalier lui-même en est scandalisé :* « *Elle appréhende la faim. Dieu d'amour ! gémit-il, quelle grossièreté de sentiments, et que c'est répondre mal à ma délicatesse*[3] *!* » *En effet, des Grieux, lui, est un gentilhomme, d'une des « meilleures*

1. P. 155.
2. P. 200.
3. P. 200-201.

maisons de P.[1] » *Son comportement est tel qu'on ne l'oublie jamais. Quand, à la prison de Saint-Lazare, G... M..., furieux, demande pour lui des châtiments corporels, le Supérieur lui répond :* « Ce n'est point avec une personne de la naissance de M. le Chevalier que nous en usons de cette manière[2]. » *Manon, dès le début, se trouve flattée dans sa vanité sociale* « d'avoir fait la conquête d'un [tel] amant[3] ». *De son côté, le père de des Grieux est forcément opposé à une union inégale qui ferait déroger son fils ; d'autant plus que la conduite de Manon ne rachète nullement sa naissance !*

Que peut faire le Chevalier dans cette situation ? Il songe tout de suite à un mariage où il se passerait de l'autorisation de son père. « Nous irions droit à Paris, où nous nous ferions marier en arrivant[4]. » *Mais la nature l'emporte :* « Nous fraudâmes les droits de l'Église, et nous nous trouvâmes époux sans y avoir fait réflexion[5]. » *Toutefois, explique-t-il,* l'idée de [s]on devoir *lui revient et il songe à se réconcilier avec son père :* « Je me flattai d'obtenir de lui la liberté de l'épouser, ayant été désabusé de l'espérance de le pouvoir sans son consentement[6]. » *En fait, il ne semble pas que ce consentement ait été rigoureusement indispensable, même pour des mineurs ; mais un pareil mariage aurait comporté une sanction extrêmement grave,* l'exhérédation *: des Grieux et ses descendants auraient été privés à jamais de tous les avantages de la succession paternelle, et en quelque sorte exclus de leur famille[7].*

1. P. 151.
2. P. 215.
3. P. 155.
4. P. 156.
5. P. 159.
6. *Ibid.*
7. D'après le *Dictionnaire des cas de conscience* de Pontas (édition de 1734, article *Mariage*, cas X, t. II, col. 1291 à 1307) qui détaille longuement l'état de la question à l'époque de *Manon Lescaut*, l'évolution

Il est clair que le Chevalier, si fier de sa naissance, recule devant elle. Ce serait une erreur de croire que dès le début son amour le rend insensible à toute considération de famille, de fortune ou d'honneur. Son problème au contraire est de concilier le soin de cet amour avec celui de son état. C'est de son père qu'il doit normalement attendre ses moyens d'existence : hors de là, tout est expédient. La nécessité aussi bien que le devoir le poussent donc à se mettre en rapport avec son père et à tenter de le fléchir ; on sait pourquoi « Manon reç[oi]t froidement cette proposition[1] *».*

Après l'aventure de M. de B... et la fuite de Saint-Sulpice, il est évident que le consentement du père de des Grieux à un mariage avec Manon est devenu très improbable, sinon tout à fait impossible. Trahi une seconde fois par sa maîtresse, le Chevalier a conscience de « tout ce qu[*il*]*lui* [*a*] *sacrifié* [...] *en renonçant à* [*s*]*a fortune et aux douceurs de la maison de* [*s*]*on père*[2] *». Il regrette amèrement, comme si, avec Manon, la chose avait jamais été*

---

du droit canon et du droit civil conduisait de plus en plus à juger valable, en l'absence du consentement des parents, le mariage des mineurs. Mais la sanction était l'exhérédation avec toutes ses conséquences (exhérédation *de facto* selon la Déclaration de 1639). Voyez le *Dictionnaire des cas de conscience* de Lamet et Fromageau, 1733, t. II, col. 81 : « ... privés et déchus par le seul fait, ensemble les enfants qui naîtront et leurs hoirs, indignes et incapables à l'avenir des successions de leurs pères et mères, aïeuls, etc., même du droit de légitime... » Des Grieux devait en tout cas demander le consentement de son père afin d'éviter l'*empêchement* de clandestinité ; d'autre part les parents de Manon — mais, on le notera, ils ne se manifestent pas une seule fois pendant toute l'histoire — auraient pu attaquer le mariage en accusant le Chevalier de *rapt de séduction* (Pontas, *loc. cit.*, col. 1299 et 1300). Enfin, étant donné la qualité du Chevalier, Manon et les siens pouvaient être accusés de *subornation*.

1. P. 160.
2. P. 201.

possible, de n'avoir pas tout de suite régularisé et sanctifié sa liaison : « Pourquoi ne l'épousais-je point, avant que d'obtenir rien de son amour ? Mon père, qui m'aimait si tendrement, n'y aurait-il pas consenti si je l'en eusse pressé avec des instances légitimes[1] ? » Plaintes stériles ! Mais il ne perd pas tout espoir de se remettre bien avec son père, comme le lui recommande Tiberge après l'évasion de Saint-Lazare. Il lui écrit de façon soumise et lui demande de l'argent pour faire ses « exercices à l'académie[2] » ; cette occupation honorable lui semble fort compatible avec son amour. Il songe aussi à ses droits naturels[3], à sa part dans la succession de sa mère et, plus tard, dans celle de son père. Bref, il n'a rompu ni avec sa famille, ni avec la société. Ce n'est pas ici un amant furieux qui refuse de pactiser avec les conventions et qui piétine les principes : c'est un jeune homme, dévoyé certes, mais qui évite les gestes définitifs, qui garde des mesures et qui ménage l'avenir. Il est significatif qu'à la prison du Châtelet il n'ose pas révolter[4] son père en intercédant en faveur de Manon.

C'est seulement quand la déportation de Manon est devenue inévitable qu'il prend ce qu'il appelle lui-même « une résolution véritablement désespérée[5] ». Il comptait encore sur la fortune et sur les hommes ; il pensait pouvoir accorder malgré tout les nécessités de la vie sociale avec son amour. Maintenant il « ferme les yeux à toute espérance[6] ». Toute espérance de vivre avec Manon ? Nullement, mais de jouir des avantages de sa naissance, auxquels il n'avait

1. P. 203.
2. P. 243.
3. P. 247.
4. P. 293.
5. P. 306.
6. P. 304.

jamais voulu renoncer jusqu'alors. Voici enfin le sacrifice décisif, dès longtemps préparé, mais qui ne se produit qu'avec le choc du départ. En Amérique, « où, dit-il à Manon, nous n'avons plus à ménager les lois arbitraires du rang et de la bienséance[1] », il n'y a plus de raison de tenir compte des obstacles sociaux qui s'opposaient à leur mariage. Encore les deux jeunes gens se trouvent-ils dans un cas où le consentement des parents, impossible ou très malaisé à obtenir étant donné la distance et les difficultés de communication, n'est plus nécessaire : « Nous ne dépendons que de nous-mêmes », observe des Grieux. Il prend soin en outre de justifier sa décision devant l'Homme de qualité (et le lecteur) par les circonstances[2] *où il est alors, et où il n'a plus rien à perdre. Il conserve donc jusqu'à la fin son caractère de jeune homme sage et respectueux que seules la fatalité de la passion et la « malignité de [s]on sort[3] » peuvent pousser à des démarches insensées. Mais la progression est lentement ménagée ; si l'amour est absolu dès le premier instant, les folies qu'il fait commettre deviennent de plus en plus graves. « Je vais perdre ma fortune et ma réputation pour toi, je le prévois bien[4] », disait des Grieux à Manon au moment de s'enfuir de Saint-Sulpice, et il indiquait ainsi avec une vaine lucidité la trajectoire de cette « tragédie bourgeoise[5] ». En fait,*

1. P. 317.
2. P. 318.
3. P. 193.
4. P. 179.
5. Le nom même de *tragédie bourgeoise* fut créé en 1741 par Landois pour définir le genre dont il venait de donner le premier échantillon avec sa pièce intitulée *Silvie*, adaptation directe de *L'Histoire de des Frans et de Silvie*, de Robert Challe. On ne s'étonnera donc pas que ce qui vient d'être dit ici puisse aussi s'appliquer à cette *histoire*. Sur la tragédie bourgeoise et sur *Silvie*, voyez Diderot, *Entretiens sur le Fils naturel*, éd. Assézat et Tourneux, t. VII, p. 119.

c'est seulement à La Nouvelle-Orléans, après la péripétie, que cette prédiction se trouve accomplie, et que le dépouillement définitif du héros est consommé.

*

Y a-t-il parallèlement une évolution dans la psychologie de Manon ? À première vue elle n'apparaît guère : l'on a été frappé plus haut par la répétition décourageante des réactions devant M. de B..., G... M..., ou son fils, du personnage livré sans contrôle à son même penchant. Il semble que le temps glisse sur Manon sans la modifier, et qu'elle soit incapable de développement ni même d'expérience. Pourtant, il faut le souligner, Prévost, dans la version de 1753, a tenu à donner au lecteur l'impression que son attachement pour des Grieux augmentait. Pour ajouter, comme il le dit lui-même, à la «plénitude d'un des principaux caractères», il a cru devoir inclure dans l'Histoire l'important épisode du Prince italien. Or ici, pour la première fois, Manon ne cède pas à un homme riche, bien que des Grieux ne lui ait pas caché «que le fond de [s]es richesses n'était que de cent pistoles[1]»; elle monte une petite comédie pour se moquer de son soupirant, et le sacrifie gaiement à son amant[2]. Le cercle infernal des trahisons automatiques et ingénues est-il rompu définitivement ? Non sans doute, puisqu'elle finira par accepter pour tout de bon les offres du jeune G... M...; mais elle a montré — du moins Prévost le souhaite-t-il ainsi — que son amour a grandi et que maintenant elle ne quitterait peut-être plus des Grieux

---

1. P. 247.
2. Celui-ci du reste voit bien là une preuve d'amour de Manon : Ce «souvenir, dit-il, [lui] représente sa tendresse» (p. 248).

pour M. de B... ou pour le vieux G... M... On notera que, si elle commence bientôt son intrigue avec le jeune G... M..., c'est avec le consentement du Chevalier — qu'elle n'avait pas songé à demander lors des deux aventures précédentes. La transformation de Manon est donc préparée. Après la douloureuse leçon du séjour à l'Hôpital, elle devient capable de congédier le Prince italien. Et lorsque commence l'atroce épreuve de la déportation, lorsqu'elle se voit réduite à une misère abjecte et à une promiscuité infamante, quelque chose se passe dans sa petite tête ; son cœur étroit semble s'ouvrir. Quand elle eut appris, raconte le Chevalier, « que rien n'était capable de me séparer d'elle et que j'étais disposé à la suivre jusqu'à l'extrémité du monde pour prendre soin d'elle, pour la servir, pour l'aimer et pour attacher inséparablement ma misérable destinée à la sienne, cette pauvre fille se livra à des sentiments si tendres et si douloureux, que j'appréhendai quelque chose pour sa vie d'une si violente émotion[1] ». *En effet, une sorte de révolution se produit.* « *C'est une sotte vertu que la fidélité*[2] », *avait-elle dit naguère. Maintenant elle mesure enfin la profondeur du sentiment de des Grieux, et elle a la révélation de ce que c'est que l'amour. Cette éducation par la générosité et le sublime, corroborée par une ascèse de la souffrance, va porter ses fruits. C'est une Manon métamorphosée qui débarque en Amérique. Elle en a elle-même conscience :* « *Vous ne sauriez croire, dit-elle, combien je suis changée*[3]. » *Certes, elle a toujours aimé le Chevalier ; mais elle accède maintenant à un amour dont elle semblait ne pas soupçonner l'existence, le véritable amour. Cette*

1. P. 308.
2. P. 200.
3. P. 315.

conversion[1], il faut le reconnaître, est favorisée par la disparition des biens et des plaisirs auxquels elle avait été si attachée : ni commodités, ni luxe, ni divertissements, ni spectacles à La Nouvelle-Orléans. Mais elle pourrait du moins trouver la sécurité, se faire un sort moins misérable, et régner sur ce peuple de malheureux bannis : il lui suffirait d'abandonner des Grieux pour Synnelet, de la même manière qu'elle l'avait quitté jadis pour M. de B... ; or elle n'y songe pas. Elle reste fidèle, et elle en meurt. Écrasée par sa fidélité, elle se laisse en effet mourir pour son amant. Mais elle n'a pas la force de vivre pour lui. Avec les futilités parisiennes, ses vraies raisons de vivre lui ont été arrachées. « Hélas ! une vie si malheureuse mérite-t-elle le soin que nous en prenons[2] ? » s'écriait-elle au Havre avant le départ. Ce ne sont pas les baraques en planches ni la société grossière de La Nouvelle-Orléans qui lui redonneront le goût de vivre. Un oiseau des îles, disions-nous. Oui, cet être délicat et fragile ne supporte pas la transplantation ; mais peut-être autant que l'inconfort et la crainte, ce sont la privation des plaisirs légers et le sérieux d'un grand amour qui la tuent. Manon constante, c'est Manon condamnée. La fin de l'Histoire est bien en harmonie avec ce qui précède ; elle est touchante — et ambiguë.

*

1. Conversion totale et qui apparaît par exemple dans son attitude à l'égard du mariage. Quand des Grieux lui offre de l'épouser, peu de temps avant la trahison avec M. de B..., elle reçoit, on s'en souvient, « froidement cette proposition » (p. 160). Maintenant la même offre la met « au comble de la joie » (p. 318) et passe tous ses souhaits : « Je n'ai point la présomption, dit-elle, d'aspirer à la qualité de votre épouse » (*ibid.*).
2. P. 311.

Il y a donc une transformation subtile des personnages. Des Grieux en vient à tout sacrifier à son amour. Quant à Manon, qui jusqu'alors appartenait surtout au monde de l'instinct, il semble à la fin qu'elle commence à naître à l'univers de la conscience. Prévost a merveilleusement suggéré la complexité mouvante de ces deux êtres, dont la vie s'invente sous les yeux du lecteur avec une irrésistible vérité. Le contraste avec le caractère parfois peu vraisemblable, ou même factice, des incidents n'en est que plus grand. En effet, si le romancier sait s'effacer devant ses personnages, il intervient en revanche, et de façon fort perceptible, dans leur histoire. Il faut d'étranges hasards pour que la même situation se reproduise trois fois. Manon trompe — ou se montre décidée à tromper — son amant avec M. de B..., puis avec le vieux G... M..., puis avec le fils de ce dernier. Des Grieux lui pardonne tour à tour ces trahisons, et à chaque fois une nouvelle vie commence. Or, pour que ces trahisons se produisent, il faut que Manon manque d'argent ou éprouve « la crainte d'en manquer[1] *». D'autre part, pour qu'une nouvelle existence puisse commencer, il faut que le passé soit effacé et que la voie soit à nouveau ouverte. L'abbé Prévost fait des efforts visibles pour que ces deux conditions soient remplies. En dépit des prodigalités de Manon et des exigences de son frère, les soixante mille francs de M. de B... devraient tout de même assurer la sécurité matérielle pour un certain temps. Qu'à cela ne tienne : un incendie, probablement criminel, éclate, et cet argent est volé. La leçon ne profite guère aux deux amants : des Grieux s'est refait une fortune en trichant au jeu ; or son trésor lui est bien vite dérobé comme le premier. De même,*

---

1. P. 193.

si Manon est libre de tout engagement avec M. de B... — « Je ne lui ai donné nul pouvoir sur moi[1] » —, la situation est moins claire lorsque des Grieux s'est échappé de Saint-Lazare par un meurtre et qu'il a fait évader Manon de l'Hôpital. Qu'à cela ne tienne; le meurtre est étouffé, et la police perd la trace de Manon : « Les rues de Paris, constate le Chevalier, me redevenaient un pays libre[2]. » Après chacune des trahisons, la possibilité — on n'aurait pas de peine à le démontrer dans le détail — est donnée à des Grieux de revenir à la vertu, et, sur un autre plan, à Manon de ne plus céder à son penchant. Mais ils retombent obstinément dans les pièges qui leur sont destinés. À la troisième trahison, le lecteur est tenté de s'écrier, comme le Chevalier : « Voici la troisième fois, Manon, je les ai bien comptées[3]. » Il est clair que les deux amants sont prisonniers — par leur faute ou non ? voilà la question — d'une situation qui se répète impitoyablement parce que Prévost l'a voulu ainsi. Rencontres forcées, coïncidences bizarres, événements inattendus, rien ne coûte au zèle du romancier.

Certes il ménage ainsi cet agréable suspens *dont les lecteurs de romans sont avides. D'autre part, il creuse en même temps l'intervalle entre les intentions ou les sentiments et les événements, et renforce l'impression de passivité plus ou moins fatale que donnent les personnages. Mais surtout cette histoire riche en coups de théâtre et très évidemment* orientée *alimente sa prédication : car, à n'en pas douter, il tient à prouver quelque chose[4]. Il a souligné si souvent et si fer-*

---

1. P. 181.
2. P. 243.
3. P. 271.
4. Les contemporains ont été sensibles à cet aspect de sa création romanesque. Rendant compte des tomes V et VI des *Mémoires d'un homme de qualité* au début d'août 1731, le *Nouvelliste du Parnasse*

mement la vocation morale de ses romans — « *Il n'en est pas sorti un de ma plume, écrit-il encore dans la Préface du* Doyen de Killerine, *qui n'ait été composé dans des vues aussi sérieuses que ce genre d'écrire peut les admettre*[1] » — *qu'on est bien obligé de voir dans cette affirmation répétée autre chose qu'une reprise machinale du précepte traditionnel qu'il faut instruire et non pas seulement plaire. En ce qui concerne l'*Histoire du chevalier, *il a clairement défini son dessein moral dans l'*Avis de l'auteur des Mémoires d'un homme de qualité. « *J'ai à peindre, écrit-il, un jeune aveugle, qui refuse d'être heureux, pour se précipiter volontairement dans les dernières infortunes : [...] qui prévoit ses malheurs, sans vouloir les éviter ; qui les sent et qui en est accablé, sans profiter des remèdes qu'on lui offre sans cesse et qui peuvent à tous moments les finir.* » *Ces remèdes, en effet, Prévost, Providence indiscrète, les lui offre avec une sollicitude visible : sans cesse il lui ménage des portes de sortie — que le héros refusera obstinément de prendre, malgré l'insistance inlassable de Tiberge. L'*Histoire du chevalier, *ce sont les occasions perdues de la vertu.*

Il est évident que le romancier ne s'intéresse guère à la nature même des événements, matériel picaresque où il puise librement : c'est à leurs implications morales qu'il s'attache et aux réactions psychologiques qu'ils suscitent. Il ne se fait pas scrupule, avouera-t-il dans le Pour et contre, *d'«* étendre ou raccourcir les circonstances suivant qu'[il l'a] jugé nécessaire pour le seul dessein [qui est le sien] de faire passer quelques maximes de morale à la faveur d'une nar-*

(t. II, lettre 28, p. 280 et 281) note que Prévost « se livre à la passion de moraliser ; [...] ce ton, ajoute-t-il, me paraît plutôt convenir à un prédicateur qu'à un romancier ».

1. Éd. de 1810, t. VIII, p. 6 ; éd. Sgard, t. III, p. 10.

ration agréable[1] ». *Avec encore plus de netteté, il affirmera dans les* Lettres de Mentor *que le romancier « est libre de choisir les événements qu'il croit les plus propres à faire goûter ses principes de morale, ou toute autre instruction*[2] ». *L'intrigue est donc la servante de l'instruction morale,* ancilla doctrinae. *Les données qui constituent ou soudain reconstituent la situation tragique apparaissent-elles à la réflexion peu vraisemblables ? Peu importe. Le moraliste expérimentateur en a besoin pour étudier son sujet, et l'on demande au lecteur de les accepter un peu à la manière des conditions définissant une* expérience pour voir[3].

Quelles sont les leçons de cette expérience *? Elles sont loin d'être évidentes. Des Grieux, écrit Prévost, est « un exemple terrible de la force des passions ». Son aventure constitue un* exemplum *; elle est « un modèle, d'après lequel on peut se former ». À première vue l'enseignement moral serait tout simplement celui qui ressort du livre VII du* Télémaque. *L'abbé Prévost a très probablement inspiré l'interprétation de son illustrateur de 1753 qui a représenté, au début du roman, des Grieux-Télémaque entraîné par Tiberge-Mentor vers la vertu, dont Manon-Eucharis essaie de le détourner avec l'aide de folâtres Amours. Mais cette assimilation ne tient pas à la lecture, car la* folle passion *dont parle Fénelon n'est pas, dans le cas de des Grieux, condamnée*

---

1. Octobre 1736. On trouvait déjà la même formule : « faire goûter quelques maximes de morale à la faveur d'une narration agréable » dans le *Pour et contre* (tome VI, p. 353).
2. « Lettre sur la biographie » (éd. de 1810, t. XXXIV, p. 265).
3. Cela est vrai, d'une manière générale, de toute la création romanesque de Prévost, de *Cleveland* aussi bien, par exemple, que de l'*Histoire du Commandeur de ****, où, dans une sorte d'expérimentation psychologique, il donne la petite vérole à la maîtresse du héros pour voir ce que deviendra l'amour de celui-ci (éd. de 1810, t. XIII, p. 294 et suiv. ; éd. Sgard, t. IV, p. 216 et suiv.).

avec la même netteté que dans celui de Télémaque, et l'on se rend compte immédiatement qu'en réalité il n'est pas facile de faire le partage de ce qui est à éviter, de ce qui est indifférent, et de ce qui est à imiter, dans l'exemple que fournit l'histoire du Chevalier. Certes les passions peuvent être dangereuses : faut-il donc les condamner absolument ? Oui, si l'on juge qu'elles sont l'effet du premier crime[1] ; *à tel point « qu'ayant la liberté de suivre ses inclinations, [l'on a] besoin à tout moment d'un secours extraordinaire du Ciel pour n'en pas faire un mauvais usage*[2] *». Mais des Grieux n'affirme-t-il pas tout au contraire, et avec une conviction émouvante, que l'amour est une* passion innocente[3] *et que ses délices « sont ici-bas nos plus parfaites félicités*[4] *» ? Enfin l'Homme de qualité à son tour se déclare persuadé « que la grandeur de l'âme suppose de grandes passions ; l'importance* [sic] *est de les tourner à la vertu*[5] *». On le voit : la morale enseignée par l'abbé Prévost est bien mouvante. La passion de l'amour est-elle foncièrement mauvaise, essentiellement bonne, ou est-elle simplement la source d'une énergie qui est de soi indifférente ? Quant à notre pouvoir sur la passion, est-il fort réduit ou nul, car la Providence (ou la Fatalité) nous aveugle alors et nous paralyse ? Ou bien cette impuissance n'est-elle que l'excuse affectée de notre immoralité et de notre faiblesse ? « Que veulent dire, demande le doyen de Killerine, ces maximes insensées qui représentent une frivole passion comme un obstacle invin-*

---

1. *Mémoires d'un homme de qualité* (éd. de 1810, t. I, p. 7 ; éd. Sgard, t. I, p. 15).
2. *Le Doyen de Killerine* (éd. de 1810, t. VIII, p. 73 ; éd. Sgard, t. III, p. 36).
3. P. 203.
4. P. 222-223.
5. Éd. de 1810, t. I, p. 352 ; éd. Sgard, t. I, p. 119.

cible[1] ? » *Tragédie de l'écrasement de l'homme ou tragédie de la responsabilité humaine ? Le lecteur de l'*Histoire du chevalier des Grieux, *de même que le spectateur de* Phèdre, *peut adopter l'une ou l'autre de ces perspectives, ou même l'une et l'autre tour à tour.*

Mais dans Phèdre *du moins, comme l'écrit Racine,* « *les faiblesses de l'amour [...] passent pour de vraies faiblesses* » ; *on peut douter qu'il en soit de même dans* Manon Lescaut. *Prévost en effet semble viser à la fois des buts contradictoires. D'une part, il fabrique à dessein des situations où des Grieux apparaît comme libre de revenir à la vertu. Mais, d'autre part, il montre si bien la force et le charme de l'amour qui retient le Chevalier qu'on excuse la faiblesse de celui-ci, et qu'on n'est pas loin de l'approuver d'être devenu criminel pour une si belle cause. On l'a vu longuement : le psychologue — et c'est probablement heureux pour le lecteur — a joué un mauvais tour au prédicateur, et* Manon Lescaut *est certainement l'un des romans les plus immoraux de la littérature française. Au reste, dès la parution de ce* « *livre abominable* », *comme dit Mathieu Marais*[2], *la réussite du romancier a été considérée comme inséparable de la faillite du professeur de morale. Tandis que Racine pouvait affirmer dans la préface de* Phèdre : « *Le vice y est peint partout avec des couleurs qui en font connaître et haïr la difformité* », *un des premiers lecteurs de* Manon Lescaut *remarquait avec raison :* « *Le vice et le débordement y sont peints avec des traits qui n'en donnent pas assez d'horreur*[3]. » *Manon est séduisante, et il est significatif qu'un*

---

1. Éd. de 1810, t. VIII, p. 369-370 ; éd. Sgard, t. III, p. 125.
2. Lettre à Bouhier du 1er décembre 1733. B. N., ms. fr. 24414, fol. 433. Cf. ci-après, p. 355.
3. *Revue rétrospective*, t. VII, 2e partie, p. 104.

*glissement de l'intérêt ait fait d'elle le personnage central de ce qui devait être d'abord l'*Histoire du chevalier[1]. *L'abbé Desfontaines assurait : « Il n'y a point de jeune homme, point de jeune fille, qui voulût ressembler au Chevalier et à sa maîtresse*[2]. » *Assertion bien imprudente, car l'affirmation opposée serait probablement plus exacte : chacun des lecteurs souhaite ressembler aux héros... tout en se flattant d'éviter leurs malheurs. La fascination de l'amour est plus forte que l'horreur du vice ou la crainte du châtiment ; c'est une leçon d'amour que l'on a surtout trouvée dans ce roman ; Manon est canonisée, et il n'y a ici de leçon de morale que dans la mesure où l'on identifie la nature et le sentiment à la vertu.*

L'univers de Manon Lescaut *peut paraître tout simple ; ce roman, dont l'auteur voulait avant tout, et selon la tradition, instruire, plaire et toucher, a même semblé assez mince à certains lecteurs. Il s'agit en fait d'une construction difficile, à laquelle ont collaboré confusément technique romanesque et idéologie morale ; et l'on souhaiterait du moins avoir donné ici une idée de sa complexité. Le souci le plus caractéristique de cette entreprise semble avoir été de ménager la coexistence des contraires : ordure et pureté, immoralité et obsession de la vertu, faute et innocence, peinture sociale et lyrisme du sentiment, cynisme et candeur, aventures romanesques et lucidité psychologique, détails picaresques et hauteur tragique, goût du bonheur et vocation de la catastrophe. Le récit comporte des scènes bouffonnes, et pourtant il reste tout entier baigné de mélan-*

---

1. On sait que le faux-titre et le titre courant devinrent en 1753 : *Histoire de Manon Lescaut*, et que c'est par ce dernier nom qu'on désigne habituellement le roman de Prévost depuis le XIXe siècle.
2. *Pour et contre*, n° XXXVI, t. II, p. 138 (vers mars 1734). Voyez ci-après, p. 356-357, le texte complet de cette critique.

colie. L'optimisme de la spontanéité et de la nature vient se heurter à l'expérience de l'obstacle et au pessimisme qui en résulte, mais il ne s'y brise pas totalement. Sur tous les plans, dans tous les registres, les contraires se nuancent ainsi l'un par l'autre. Les ruses du romancier et les paradoxes du moraliste ménagent curieusement l'ambiguïté concrète de la condition humaine; et — le lecteur attentif de Manon Lescaut *le reconnaîtra peut-être — l'on a rarement exprimé l'obscurité et le mystère de l'homme de façon aussi efficace que dans les mots transparents de cette histoire limpide.*

RAYMOND PICARD

Histoire
du chevalier des Grieux
et de Manon Lescaut

AVIS DE L'AUTEUR DES
Mémoires d'un homme de qualité[1]

Quoique j'eusse pu faire entrer dans mes Mémoires les aventures du chevalier des Grieux, il m'a semblé que n'y ayant point un rapport nécessaire, le lecteur trouverait plus de satisfaction à les voir séparément. Un récit de cette longueur aurait interrompu trop longtemps le fil de ma propre histoire. Tout éloigné que je suis de prétendre à la qualité d'écrivain exact, je n'ignore point qu'une narration doit être déchargée des circonstances qui la rendraient pesante et embarrassée. C'est le précepte d'Horace :

> *Ut jam nunc dicat jam nunc debentia dici*
> *Pleraque differat, ac præsens in tempus omittat*[2].

Il n'est pas même besoin d'une si grave autorité pour prouver une vérité si simple ; car le bon sens est la première source de cette règle.

Si le public a trouvé quelque chose d'agréable et d'intéressant dans l'histoire de ma vie, j'ose lui promettre qu'il ne sera pas moins satisfait de cette addition. Il verra, dans la conduite de M. des Grieux, un exemple terrible de la force des passions. J'ai à peindre un jeune aveugle, qui refuse d'être heureux, pour se précipiter volontairement dans les dernières infortunes[1]; qui, avec toutes les qualités dont se forme le plus brillant mérite, préfère, par choix, une vie obscure et vagabonde, à tous les avantages de la fortune et de la nature; qui prévoit ses malheurs, sans vouloir les éviter; qui les sent et qui en est accablé, sans profiter des remèdes qu'on lui offre sans cesse et qui peuvent à tous moments les finir[2]; enfin un caractère ambigu, un mélange de vertus et de vices, un contraste perpétuel de bons sentiments et d'actions mauvaises. Tel est le fond du tableau que je présente. Les personnes de bon sens ne regarderont point un ouvrage de cette nature comme un travail inutile. Outre le plaisir d'une lecture agréable, on y trouvera peu d'événements qui ne puissent servir à l'instruction des mœurs; et c'est rendre, à mon avis, un service considérable au public, que de l'instruire en l'amusant.

On ne peut réfléchir sur les préceptes de la morale, sans être étonné de les voir tout à la fois estimés et négligés; et l'on se demande la raison de cette bizarrerie du cœur humain, qui lui fait goûter des idées de bien et de perfection, dont il s'éloigne dans la pratique. Si les personnes d'un certain ordre d'esprit et de politesse veulent examiner quelle est la matière la plus commune de leurs conversations, ou même de leurs rêveries solitaires, il leur sera aisé de remarquer qu'elles tournent presque toujours sur quelques considérations morales. Les plus doux moments de leur vie sont ceux qu'ils passent, ou seuls, ou avec un ami, à s'entretenir à cœur ouvert des charmes de la vertu, des douceurs de l'amitié, des moyens d'arriver au bonheur, des faiblesses de la nature qui nous en éloignent, et des remèdes qui peuvent les guérir. Horace et Boileau marquent cet entretien comme un des plus beaux traits dont ils composent l'image d'une vie heureuse. Comment arrive-t-il donc qu'on tombe si facilement de ces hautes spéculations, et qu'on se retrouve sitôt au niveau du commun des hommes ? Je suis trompé si la raison que je vais en apporter n'explique bien cette contradiction de nos idées et de notre conduite ; c'est que, tous les préceptes de la morale n'étant que des principes vagues et généraux, il est très difficile d'en faire une application particulière au détail des mœurs et des actions. Mettons la chose dans un exemple. Les âmes bien nées sentent que la douceur et l'humanité sont des vertus aimables, et sont portées d'inclination à les pratiquer ; mais sont-elles au moment de l'exercice, elles demeurent souvent suspendues. En est-ce réellement l'occasion ? Sait-on bien quelle en doit être la mesure ? Ne se trompe-t-on point sur l'objet ? Cent difficultés arrêtent. On craint de devenir dupe en voulant être bienfaisant et libéral ; de passer pour faible en paraissant trop tendre et trop sensible ; en un mot, d'excéder ou de ne pas remplir assez des devoirs qui sont renfermés d'une manière trop obscure dans les notions générales d'humanité et de douceur. Dans cette incertitude, il n'y a que l'expérience ou l'exemple qui puisse déterminer raisonnablement le penchant du cœur. Or l'expérience n'est point un avantage qu'il soit libre à tout le monde de se donner ; elle dépend des situations différentes où l'on se trouve placé par la fortune. Il ne reste donc que l'exemple qui puisse servir de règle à quantité de personnes dans l'exercice de la vertu. C'est précisément pour cette sorte de lecteurs que des ouvrages tels que celui-ci peuvent être d'une extrême utilité, du moins lorsqu'ils sont écrits par une personne d'honneur et de bon sens. Chaque fait qu'on y rapporte est un degré de lumière, une instruction qui suppléa à l'expérience ; chaque aventure est un modèle d'après lequel on peut se former ; il n'y manque que d'être ajusté aux circonstances où l'on se trouve. L'ouvrage entier est un traité de morale, réduit agréablement en exercice[1].

Un lecteur sévère s'offensera peut-être de me voir reprendre la plume, à mon âge[2], pour écrire des aventures de fortune et d'amour ; mais, si la réflexion que je viens de faire est solide, elle me justifie ; si elle est fausse, mon erreur sera mon excuse.

Nota. *C'est pour se rendre aux instances de ceux qui aiment ce petit ouvrage, qu'on s'est déterminé à le purger d'un grand nombre de fautes grossières qui se sont glissées dans la plupart des éditions[3]. On y a fait aussi quelques additions qui ont paru nécessaires pour la plénitude d'un des principaux caractères[4]. La vignette et les figures[5] portent en elles-mêmes leur recommandation et leur éloge.*

Quanta laboras in charybdi / Digne puer meliore flamma*!

PREMIÈRE PARTIE

Je suis obligé de faire remonter mon lecteur au temps de ma vie où je rencontrai pour la première fois le chevalier des Grieux. Ce fut environ six mois avant mon départ pour l'Espagne[1]. Quoique je sortisse rarement de ma solitude, la complaisance que j'avais pour ma fille m'engageait quelquefois à divers petits voyages, que j'abrégeais autant qu'il m'était possible. Je revenais un jour de Rouen, où elle m'avait prié d'aller solliciter une affaire au Parlement de Normandie pour la succession de quelques terres auxquelles je lui avais laissé des prétentions du côté de mon grand-père maternel. Ayant

---

* Les deux vers au bas de la vignette sont tirés des *Odes* d'Horace, I, 27 : « Quels tourments, n'endures-tu pas dans Charybde, jeune homme digne d'un plus noble amour ! » Dès le XVIe siècle, tous les glossateurs voient dans ce *Charybde* la courtisane avide qui suce le sang et l'or de ses amants ; l'application à Manon est claire. Quant à ce *plus noble amour* (*meliore flamma*), c'est l'amour sacré, la vertu et la piété, par opposition aux indignités de l'amour profane : la butte dont Mentor-Tiberge indique le sommet est un calvaire. Vignette et épigraphe manifestent clairement que la destinée du Chevalier constitue bien le sujet de réflexion essentiel.

repris mon chemin par Évreux, où je couchai la première nuit, j'arrivai le lendemain pour dîner à Pacy[1], qui en est éloigné de cinq ou six lieues. Je fus surpris, en entrant dans ce bourg, d'y voir tous les habitants en alarme. Ils se précipitaient de leurs maisons pour courir en foule à la porte d'une mauvaise hôtellerie, devant laquelle étaient deux chariots couverts. Les chevaux, qui étaient encore attelés et qui paraissaient fumants de fatigue et de chaleur, marquaient que ces deux voitures ne faisaient qu'arriver. Je m'arrêtai un moment pour m'informer d'où venait le tumulte ; mais je tirai peu d'éclaircissement d'une populace curieuse, qui ne faisait nulle attention à mes demandes, et qui s'avançait toujours vers l'hôtellerie, en se poussant avec beaucoup de confusion. Enfin, un archer revêtu d'une bandoulière, et le mousquet sur l'épaule[2], ayant paru à la porte, je lui fis signe de la main de venir à moi. Je le priai de m'apprendre le sujet de ce désordre. Ce n'est rien, monsieur, me dit-il ; c'est une douzaine de filles de joie que je conduis, avec mes compagnons, jusqu'au Havre-de-Grâce, où nous les ferons embarquer pour l'Amérique. Il y en a quelques-unes de jolies, et c'est apparemment ce qui excite la curiosité de ces bons paysans. J'aurais passé après cette explication, si je n'eusse été arrêté par les exclamations d'une vieille femme qui sortait de l'hôtellerie en joignant les mains, et criant que c'était une chose barbare, une chose qui faisait horreur et compassion[3]. De quoi s'agit-il donc ? lui dis-je. Ah ! monsieur, entrez, répondit-elle, et voyez si ce spectacle n'est pas capable de fendre le cœur ! La curiosité me fit descendre de mon cheval, que je laissai à mon palefrenier. J'entrai avec peine, en perçant la foule, et je vis, en effet, quelque chose d'assez touchant. Parmi les douze filles qui étaient enchaînées six à six par le milieu du corps[1], il y en avait une dont l'air et la figure étaient si peu conformes à sa condition, qu'en tout autre état je l'eusse prise pour une personne du premier rang[2]. Sa tristesse et la saleté de son linge et de ses habits l'enlaidissaient si peu que sa vue m'inspira du respect et de la pitié. Elle tâchait néanmoins de se tourner, autant que sa chaîne pouvait le permettre, pour dérober son visage aux yeux des spectateurs. L'effort qu'elle faisait pour se cacher était si naturel, qu'il paraissait venir d'un sentiment de modestie. Comme les six gardes qui accompagnaient cette malheureuse bande étaient aussi dans la chambre, je pris le chef en particulier et je lui demandai quelques lumières sur le sort de cette belle fille. Il ne put m'en donner que de fort générales. Nous l'avons tirée de l'Hôpital[3], me dit-il, par ordre de M. le Lieutenant général de Police. Il n'y a pas d'apparence qu'elle y eût été renfermée pour ses bonnes actions. Je l'ai interrogée plusieurs fois sur la route, elle s'obstine à ne me rien répondre. Mais, quoique je n'aie pas reçu ordre de la ménager plus que les autres, je ne laisse pas d'avoir quelques égards pour elle, parce qu'il me semble qu'elle vaut un peu mieux que ses compagnes. Voilà un jeune homme, ajouta l'archer, qui pourrait vous instruire mieux que moi sur la cause de sa disgrâce ; il l'a suivie depuis Paris, sans cesser presque un moment de pleurer. Il faut que ce soit son frère ou son amant. Je me tournai vers le coin de la chambre où ce jeune homme était assis. Il paraissait enseveli dans une rêverie profonde. Je n'ai jamais vu de plus vive image de la douleur. Il était mis fort simplement ; mais on distingue, au premier coup d'œil, un homme qui a de la naissance et de l'éducation. Je m'approchai de lui. Il se leva ; et je découvris dans ses yeux, dans sa figure et dans tous ses mouvements, un air si fin et si noble que je me sentis porté naturellement à lui vouloir du bien. Que je ne vous trouble point, lui dis-je, en m'asseyant près de lui. Voulez-vous bien satisfaire la curiosité que j'ai de connaître cette belle personne, qui ne me paraît point faite pour le triste état où je la vois ? Il me répondit honnêtement qu'il ne pouvait m'apprendre qui elle était sans se faire connaître lui-même, et qu'il avait de fortes raisons pour souhaiter de demeurer inconnu. Je puis vous dire, néanmoins, ce que ces misérables n'ignorent point, continua-t-il en montrant les archers, c'est que je l'aime avec une passion si violente qu'elle me rend le plus infortuné de tous les hommes. J'ai tout employé, à Paris, pour obtenir sa liberté. Les sollicitations, l'adresse et la force m'ont été inutiles ; j'ai pris le parti de la suivre, dût-elle aller au bout du monde. Je m'embarquerai avec elle ; je passerai en Amérique. Mais ce qui est de la dernière inhumanité, ces lâches coquins, ajouta-t-il en parlant des archers, ne veulent pas me permettre d'approcher d'elle. Mon dessein était de les attaquer ouvertement, à quelques lieues de Paris. Je m'étais associé quatre hommes qui m'avaient promis leur secours pour une somme considérable. Les traîtres m'ont laissé seul aux mains et sont partis avec mon argent. L'impossibilité de réussir par la force m'a fait mettre les armes bas. J'ai proposé aux archers de me permettre du moins de les suivre, en leur offrant de les récompenser. Le désir du gain les y a fait consentir. Ils ont voulu être payés chaque fois qu'ils m'ont accordé la liberté de parler à ma maîtresse. Ma bourse s'est épuisée en peu de temps, et maintenant que je suis sans un sou, ils ont la barbarie de me repousser brutalement lorsque je fais un pas vers elle[1]. Il n'y a qu'un instant, qu'ayant osé m'en approcher malgré leurs menaces, ils ont eu l'insolence de lever contre moi le bout du fusil. Je suis obligé, pour satisfaire leur avarice et pour me mettre en état de continuer la route à pied, de vendre ici un mauvais cheval qui m'a servi jusqu'à présent de monture.

Quoiqu'il parût faire assez tranquillement ce récit, il laissa tomber quelques larmes en le finissant. Cette aventure me parut des plus extraordinaires et des plus touchantes[1]. Je ne vous presse pas, lui dis-je, de me découvrir le secret de vos affaires, mais, si je puis vous être utile à quelque chose, je m'offre volontiers à vous rendre service. Hélas! reprit-il, je ne vois pas le moindre jour à l'espérance. Il faut que je me soumette à toute la rigueur de mon sort. J'irai en Amérique. J'y serai du moins libre avec ce que j'aime. J'ai écrit à un de mes amis qui me fera tenir quelque secours au Havre-de-Grâce. Je ne suis embarrassé que pour m'y conduire et pour procurer à cette pauvre créature, ajouta-t-il en regardant tristement sa maîtresse, quelque soulagement sur la route. Hé bien, lui dis-je, je vais finir votre embarras. Voici quelque argent que je vous prie d'accepter. Je suis fâché de ne pouvoir vous servir autrement. Je lui donnai quatre louis d'or[2], sans que les gardes s'en aperçussent, car je jugeais bien que, s'ils lui savaient cette somme, ils lui vendraient plus chèrement leurs secours. Il me vint même à l'esprit de faire marché avec eux pour obtenir au jeune amant la liberté de parler continuellement à sa maîtresse jusqu'au Havre. Je fis signe au chef de s'approcher, et je lui en fis la proposition. Il en parut honteux, malgré son effronterie. Ce n'est pas, monsieur, répondit-il d'un air embarrassé, que nous refusions de le laisser parler à cette fille, mais il voudrait être sans cesse auprès d'elle; cela nous est incommode; il est bien juste qu'il paye pour l'incommodité. Voyons donc, lui dis-je, ce qu'il faudrait pour vous empêcher de la sentir. Il eut l'audace de me demander deux louis. Je les lui donnai sur-le-champ : Mais prenez garde, lui dis-je, qu'il ne vous échappe quelque friponnerie ; car je vais laisser mon adresse à ce jeune homme, afin qu'il puisse m'en informer, et comptez que j'aurai le pouvoir de vous faire punir. Il m'en coûta six louis d'or. La bonne grâce et la vive reconnaissance avec laquelle ce jeune inconnu me remercia, achevèrent de me persuader qu'il était né quelque chose, et qu'il méritait ma libéralité. Je dis quelques mots à sa maîtresse avant que de sortir. Elle me répondit avec une modestie si douce et si charmante que je ne pus m'empêcher de faire, en sortant, mille réflexions sur le caractère incompréhensible des femmes[1].

Étant retourné à ma solitude, je ne fus point informé de la suite de cette aventure. Il se passa près de deux ans, qui me la firent oublier tout à fait, jusqu'à ce que le hasard me fît renaître l'occasion d'en apprendre à fond toutes les circonstances. J'arrivais de Londres à Calais[2], avec le marquis de..., mon élève. Nous logeâmes, si je m'en souviens bien, au *Lion d'Or*, où quelques raisons nous obligèrent de passer le jour entier et la nuit suivante. En marchant l'après-midi dans les rues, je crus apercevoir ce même jeune homme dont j'avais fait la rencontre à Pacy. Il était en fort mauvais équipage, et beaucoup plus pâle que je ne l'avais vu la première fois. Il portait sur le bras un vieux porte-manteau[3], ne faisant qu'arriver dans la ville. Cependant, comme il avait la physionomie trop belle pour n'être pas reconnu facilement, je le remis aussitôt. Il faut, dis-je au marquis, que nous abordions ce jeune homme. Sa joie fut plus vive que toute expression, lorsqu'il m'eut remis à son tour.

Ah ! monsieur, s'écria-t-il en me baisant la main, je puis donc encore une fois vous marquer mon immortelle reconnaissance ! Je lui demandai d'où il venait. Il me répondit qu'il arrivait, par mer, du Havre-de-Grâce, où il était revenu de l'Amérique peu auparavant. Vous ne me paraissez pas fort bien en argent, lui dis-je. Allez-vous-en au *Lion d'Or*, où je suis logé. Je vous rejoindrai dans un moment. J'y retournai en effet, plein d'impatience d'apprendre le détail de son infortune et les circonstances de son voyage d'Amérique. Je lui fis mille caresses, et j'ordonnai qu'on ne le laissât manquer de rien. Il n'attendit point que je le pressasse de me raconter l'histoire de sa vie. Monsieur, me dit-il, vous en usez si noblement avec moi, que je me reprocherais, comme une basse ingratitude, d'avoir quelque chose de réservé pour vous. Je veux vous apprendre, non seulement mes malheurs et mes peines, mais encore mes désordres et mes plus honteuses faiblesses. Je suis sûr qu'en me condamnant, vous ne pourrez pas vous empêcher de me plaindre.

Je dois avertir ici le lecteur que j'écrivis son histoire presque aussitôt après l'avoir entendue, et qu'on peut s'assurer, par conséquent, que rien n'est plus exact et plus fidèle que cette narration. Je dis fidèle jusque dans la relation des réflexions et des sentiments que le jeune aventurier exprimait de la meilleure grâce du monde[1]. Voici donc son récit, auquel je ne mêlerai, jusqu'à la fin, rien qui ne soit de lui.

J'avais dix-sept ans, et j'achevais mes études de philosophie à Amiens[2], où mes parents, qui sont d'une des meilleures maisons de P.[3], m'avaient envoyé. Je menais une vie si sage et si réglée, que mes maîtres me proposaient pour l'exemple du collège. Non que je fisse des efforts extraordinaires pour mériter cet éloge, mais j'ai l'humeur naturellement douce et tranquille : je m'appliquais à l'étude par inclination, et l'on me comptait pour des vertus quelques marques d'aversion naturelle pour le vice. Ma naissance, le succès de mes études et quelques agréments extérieurs m'avaient fait connaître et estimer de tous les honnêtes gens de la ville. J'achevai mes exercices publics[1] avec une approbation si générale, que Monsieur l'Évêque, qui y assistait, me proposa d'entrer dans l'état ecclésiastique, où je ne manquerais pas, disait-il, de m'attirer plus de distinction que dans l'ordre de Malte, auquel mes parents me destinaient. Ils me faisaient déjà porter la croix, avec le nom de chevalier des Grieux[2]. Les vacances arrivant, je me préparais à retourner chez mon père, qui m'avait promis de m'envoyer bientôt à l'Académie[3]. Mon seul regret, en quittant Amiens, était d'y laisser un ami avec lequel j'avais toujours été tendrement uni. Il était de quelques années plus âgé que moi. Nous avions été élevés ensemble, mais le bien de sa maison étant des plus médiocres, il était obligé de prendre l'état ecclésiastique, et de demeurer à Amiens après moi, pour y faire les études qui conviennent à cette profession[4]. Il avait mille bonnes qualités. Vous le connaîtrez par les meilleures dans la suite de mon histoire, et surtout, par un zèle et une générosité en amitié qui surpassent les plus célèbres exemples de l'Antiquité[5]. Si j'eusse alors suivi ses conseils, j'aurais toujours été sage et heureux. Si j'avais, du moins, profité de ses reproches dans le précipice où mes passions m'ont entraîné, j'aurais sauvé quelque chose du naufrage de ma fortune et de ma réputation. Mais il n'a point recueilli d'autre fruit de ses soins que le chagrin de les voir inutiles et, quelquefois, durement récompensés par un ingrat qui s'en offensait, et qui les traitait d'importunités.

J'avais marqué le temps de mon départ d'Amiens. Hélas! que ne le marquais-je un jour plus tôt! j'aurais porté chez mon père toute mon innocence. La veille même de celui que je devais quitter cette ville, étant à me promener avec mon ami, qui s'appelait Tiberge, nous vîmes arriver le coche d'Arras, et nous le suivîmes jusqu'à l'hôtellerie où ces voitures descendent[1]. Nous n'avions pas d'autre motif que la curiosité. Il en sortit quelques femmes, qui se retirèrent aussitôt. Mais il en resta une, fort jeune, qui s'arrêta seule dans la cour, pendant qu'un homme d'un âge avancé, qui paraissait lui servir de conducteur, s'empressait pour faire tirer son équipage des paniers[2]. Elle me parut si charmante que moi, qui n'avais jamais pensé à la différence des sexes, ni regardé une fille avec un peu d'attention, moi, dis-je, dont tout le monde admirait la sagesse et la retenue, je me trouvai enflammé tout d'un coup jusqu'au transport. J'avais le défaut d'être excessivement timide et facile à déconcerter; mais loin d'être arrêté alors par cette faiblesse, je m'avançai vers la maîtresse de mon cœur. Quoiqu'elle fût encore moins âgée que moi[3], elle reçut mes politesses sans paraître embarrassée. Je lui demandai ce qui l'amenait à Amiens et si elle y avait quelques personnes de connaissance. Elle me répondit ingénument qu'elle y était envoyée par ses parents pour être religieuse. L'amour me rendait déjà si éclairé, depuis un moment qu'il était dans mon cœur, que je regardai ce dessein comme un coup mortel pour mes désirs. Je lui parlai d'une manière qui lui fit comprendre mes sentiments, car elle était bien plus expérimentée que moi. C'était malgré elle qu'on l'envoyait au couvent, pour arrêter sans doute son penchant au plaisir, qui s'était déjà déclaré et qui a causé, dans la suite, tous ses malheurs et les miens. Je combattis la cruelle intention de ses parents par toutes les raisons que mon amour naissant et mon éloquence scolastique purent me suggérer. Elle n'affecta ni rigueur ni dédain. Elle me dit, après un moment de silence, qu'elle ne prévoyait que trop qu'elle allait être malheureuse, mais que c'était apparemment la volonté du Ciel, puisqu'il ne lui laissait nul moyen de l'éviter. La douceur de ses regards, un air charmant de tristesse en prononçant ces paroles, ou plutôt, l'ascendant de ma destinée qui m'entraînait à ma perte[1], ne me permirent pas de balancer un moment sur ma réponse. Je l'assurai que, si elle voulait faire quelque fond sur mon honneur et sur la tendresse infinie qu'elle m'inspirait déjà, j'emploierais ma vie pour la délivrer de la tyrannie de ses parents, et pour la rendre heureuse. Je me suis étonné mille fois, en y réfléchissant, d'où me venait alors tant de hardiesse et de facilité à m'exprimer; mais on ne ferait pas une divinité de l'amour, s'il n'opérait souvent des prodiges[2]. J'ajoutai mille choses pressantes. Ma belle inconnue savait bien qu'on n'est point trompeur à mon âge; elle me confessa que, si je voyais quelque jour à la pouvoir mettre en liberté, elle croirait m'être redevable de quelque chose de plus cher que la vie. Je lui répétai que j'étais prêt à tout entreprendre, mais, n'ayant point assez d'expérience pour imaginer tout d'un coup les moyens de la servir, je m'en tenais à cette assurance générale, qui ne pouvait être d'un grand secours pour elle et pour moi. Son vieil Argus étant venu nous rejoindre, mes espérances allaient échouer si elle n'eût eu assez d'esprit pour suppléer à la stérilité du mien. Je fus surpris, à l'arrivée de son conducteur, qu'elle m'appelât son cousin et que, sans paraître déconcertée le moins du monde, elle me dît que, puisqu'elle était assez heureuse pour me rencontrer à Amiens, elle remettait au lendemain son entrée dans le couvent, afin de se procurer le plaisir de souper avec moi. J'entrai fort bien dans le sens de cette ruse. Je lui proposai de se loger dans une hôtellerie, dont le maître, qui s'était établi à Amiens, après avoir été longtemps cocher de mon père, était dévoué entièrement à mes ordres. Je l'y conduisis moi-même, tandis que le vieux conducteur paraissait un peu murmurer, et que mon ami Tibergé, qui ne comprenait rien à cette scène, me suivait sans prononcer une parole. Il n'avait point entendu notre entretien. Il était demeuré à se promener dans la cour pendant que je parlais d'amour à ma belle maîtresse. Comme je redoutais sa sagesse, je me défis de lui par une commission dont je le priai de se charger. Ainsi j'eus le plaisir, en arrivant à l'auberge, d'entretenir seul la souveraine de mon cœur. Je reconnus bientôt que j'étais moins enfant que je ne le croyais. Mon cœur s'ouvrit à mille sentiments de plaisir dont je n'avais jamais eu l'idée. Une douce chaleur se répandit dans toutes mes veines. J'étais dans une espèce de transport, qui m'ôta pour quelque temps la liberté de la voix et qui ne s'exprimait que par mes yeux. Mademoiselle Manon Lescaut, c'est ainsi qu'elle me dit qu'on la nommait[1], parut fort satisfaite de cet effet de ses charmes. Je crus apercevoir qu'elle n'était pas moins émue que moi. Elle me confessa qu'elle me trouvait aimable et qu'elle serait ravie de m'avoir obligation de sa liberté. Elle voulut savoir qui j'étais, et cette connaissance augmenta son affection, parce qu'étant d'une naissance commune, elle se trouva flattée d'avoir fait la conquête d'un amant tel que moi. Nous nous entretînmes des moyens d'être l'un à l'autre. Après quantité de réflexions, nous ne trouvâmes point d'autre voie que celle de la fuite. Il fallait tromper la vigilance du conducteur, qui était un homme à ménager, quoiqu'il ne fût qu'un domestique. Nous réglâmes que je ferais préparer pendant la nuit une chaise de poste[1], et que je reviendrais de grand matin à l'auberge avant qu'il fût éveillé ; que nous nous déroberions secrètement, et que nous irions droit à Paris, où nous nous ferions marier en arrivant. J'avais environ cinquante écus[2], qui étaient le fruit de mes petites épargnes ; elle en avait à peu près le double. Nous nous imaginâmes, comme des enfants sans expérience, que cette somme ne finirait jamais, et nous ne comptâmes pas moins sur le succès de nos autres mesures.

Après avoir soupé avec plus de satisfaction que je n'en avais jamais ressenti, je me retirai pour exécuter notre projet. Mes arrangements furent d'autant plus faciles, qu'ayant eu dessein de retourner le lendemain chez mon père, mon petit équipage était déjà préparé. Je n'eus donc nulle peine à faire transporter ma malle, et à faire tenir une chaise prête pour cinq heures du matin, qui étaient le temps où les portes de la ville devaient être ouvertes ; mais je trouvai un obstacle dont je ne me défiais point, et qui faillit de rompre entièrement mon dessein.

Tiberge, quoique âgé seulement de trois ans plus que moi, était un garçon d'un sens mûr et d'une conduite fort réglée. Il m'aimait avec une tendresse extraordinaire. La vue d'une aussi jolie fille que Mademoiselle Manon, mon empressement à la conduire, et le soin que j'avais eu de me défaire de lui en l'éloignant, lui firent naître quelques soupçons de mon amour. Il n'avait osé revenir à l'auberge, où il m'avait laissé, de peur de m'offenser par son retour ; mais il était allé m'attendre à mon logis, où je le trouvai en arrivant, quoiqu'il fût dix heures du soir. Sa présence me chagrina. Il s'aperçut facilement de la contrainte qu'elle me causait. Je suis sûr, me dit-il sans déguisement, que vous méditez quelque dessein que vous me voulez cacher ; je le vois à votre air. Je lui répondis assez brusquement que je n'étais pas obligé de lui rendre compte de tous mes desseins. Non, reprit-il, mais vous m'avez toujours traité en ami, et cette qualité suppose un peu de confiance et d'ouverture. Il me pressa si fort et si longtemps de lui découvrir mon secret, que, n'ayant jamais eu de réserve avec lui, je lui fis l'entière confidence de ma passion. Il la reçut avec une apparence de mécontentement qui me fit frémir. Je me repentis surtout de l'indiscrétion avec laquelle je lui avais découvert le dessein de ma fuite. Il me dit qu'il était trop parfaitement mon ami pour ne pas s'y opposer de tout son pouvoir ; qu'il voulait me représenter d'abord tout ce qu'il croyait capable de m'en détourner, mais que, si je ne renonçais pas ensuite à cette misérable résolution, il avertirait des personnes qui pourraient l'arrêter à coup sûr. Il me tint là-dessus un discours sérieux qui dura plus d'un quart d'heure, et qui finit encore par la menace de me dénoncer, si je ne lui donnais ma parole de me conduire avec plus de sagesse et de raison. J'étais au désespoir de m'être trahi si mal à propos. Cependant, l'amour m'ayant ouvert extrêmement l'esprit depuis deux ou trois heures, je fis attention que je ne lui avais pas découvert que mon dessein devait s'exécuter le lendemain, et je résolus de le tromper à la faveur d'une équivoque : Tiberge, lui dis-je, j'ai cru jusqu'à présent que vous étiez mon ami, et j'ai voulu vous éprouver par cette confidence. Il est vrai que j'aime, je ne vous ai pas trompé, mais, pour ce qui regarde ma fuite, ce n'est point une entreprise à former au hasard. Venez me prendre demain à neuf heures ; je vous ferai voir, s'il se peut, ma maîtresse[1], et vous jugerez si elle mérite que je fasse cette démarche pour elle. Il me laissa seul, après mille protestations d'amitié. J'employai la nuit à mettre ordre à mes affaires, et m'étant rendu à l'hôtellerie de Mademoiselle Manon vers la pointe du jour, je la trouvai qui m'attendait. Elle était à sa fenêtre, qui donnait sur la rue, de sorte que m'ayant aperçu, elle vint m'ouvrir elle-même. Nous sortîmes sans bruit. Elle n'avait point d'autre équipage que son linge, dont je me chargeai moi-même. La chaise était en état de partir ; nous nous éloignâmes aussitôt de la ville. Je rapporterai, dans la suite, quelle fut la conduite de Tiberge, lorsqu'il s'aperçut que je l'avais trompé. Son zèle n'en devint pas moins ardent. Vous verrez à quel excès il le porta, et combien je devrais verser de larmes en songeant quelle en a toujours été la récompense.

Nous nous hâtâmes tellement d'avancer que nous arrivâmes à Saint-Denis avant la nuit[2]. J'avais couru à cheval à côté de la chaise, ce qui ne nous avait guère permis de nous entretenir qu'en changeant de chevaux ; mais lorsque nous nous vîmes si proche de Paris, c'està-dire presque en sûreté, nous prîmes le temps de nous rafraîchir, n'ayant rien mangé depuis notre départ d'Amiens. Quelque passionné que je fusse pour Manon, elle sut me persuader qu'elle ne l'était pas moins pour moi. Nous étions si peu réservés dans nos caresses, que nous n'avions pas la patience d'attendre que nous fussions seuls. Nos postillons et nos hôtes nous regardaient avec admiration, et je remarquais qu'ils étaient surpris de voir deux enfants de notre âge, qui paraissaient s'aimer jusqu'à la fureur. Nos projets de mariage furent oubliés à Saint-Denis ; nous fraudâmes les droits de l'Église, et nous nous trouvâmes époux sans y avoir fait réflexion. Il est sûr que, du naturel tendre et constant dont je suis, j'étais heureux pour toute ma vie, si Manon m'eût été fidèle. Plus je la connaissais, plus je découvrais en elle de nouvelles qualités aimables. Son esprit, son cœur, sa douceur et sa beauté formaient une chaîne si forte et si charmante, que j'aurais mis tout mon bonheur à n'en sortir jamais. Terrible changement ! Ce qui fait mon désespoir a pu[1] faire ma félicité. Je me trouve le plus malheureux de tous les hommes, par cette même constance dont je devais attendre le plus doux de tous les sorts, et les plus parfaites récompenses de l'amour.

Nous prîmes un appartement meublé à Paris. Ce fut dans la rue V...[2] et, pour mon malheur, auprès de la maison de M. de B..., célèbre fermier général. Trois semaines se passèrent, pendant lesquelles j'avais été si rempli de ma passion que j'avais peu songé à ma famille et au chagrin que mon père avait dû ressentir de mon absence. Cependant, comme la débauche n'avait nulle part à ma conduite, et que Manon se comportait aussi avec beaucoup de retenue, la tranquillité où nous vivions servit à me faire rappeler peu à peu l'idée de mon devoir[3]. Je résolus de me réconcilier, s'il était possible, avec mon père. Ma maîtresse était si aimable que je ne doutai point qu'elle ne pût lui plaire, si je trouvais moyen de lui faire connaître sa sagesse et son mérite : en un mot, je me flattai d'obtenir de lui la liberté de l'épouser, ayant été désabusé de l'espérance de le pouvoir sans son consentement[4]. Je communiquai ce projet à Manon, et je lui fis entendre qu'outre les motifs de l'amour et du devoir, celui de la nécessité pouvait y entrer aussi pour quelque chose, car nos fonds étaient extrêmement altérés, et je commençais à revenir de l'opinion qu'ils étaient inépuisables. Manon reçut froidement cette proposition. Cependant, les difficultés qu'elle y opposa n'étant prises que de sa tendresse même et de la crainte de me perdre, si mon père n'entrait point dans notre dessein après avoir connu le lieu de notre retraite, je n'eus pas le moindre soupçon du coup cruel qu'on se préparait à me porter. À l'objection de la nécessité, elle répondit qu'il nous restait encore de quoi vivre quelques semaines, et qu'elle trouverait, après cela, des ressources dans l'affection de quelques parents à qui elle écrirait en province. Elle adoucit son refus par des caresses si tendres et si passionnées, que moi, qui ne vivais que dans elle, et qui n'avais pas la moindre défiance de son cœur, j'applaudis à toutes ses réponses et à toutes ses résolutions. Je lui avais laissé la disposition de notre bourse, et le soin de payer notre dépense ordinaire. Je m'aperçus, peu après, que notre table était mieux servie, et qu'elle s'était donné quelques ajustements d'un prix considérable. Comme je n'ignorais pas qu'il devait nous rester à peine douze ou quinze pistoles[1], je lui marquai mon étonnement de cette augmentation apparente de notre opulence. Elle me pria, en riant, d'être sans embarras. Ne vous ai-je pas promis, me dit-elle, que je trouverais des ressources ? Je l'aimais avec trop de simplicité pour m'alarmer facilement.

Un jour que j'étais sorti l'après-midi, et que je l'avais avertie que je serais dehors plus longtemps qu'à l'ordinaire, je fus étonné qu'à mon retour on me fît attendre deux ou trois minutes à la porte. Nous n'étions servis que par une petite fille qui était à peu près de notre âge. Étant venue m'ouvrir, je lui demandai pourquoi elle avait tardé si longtemps. Elle me répondit, d'un air embarrassé, qu'elle ne m'avait point entendu frapper. Je n'avais frappé qu'une fois ; je lui dis : Mais, si vous ne m'avez pas entendu, pourquoi êtes-vous donc venue m'ouvrir ? Cette question la déconcerta si fort, que, n'ayant point assez de présence d'esprit pour y répondre, elle se mit à pleurer, en m'assurant que ce n'était point sa faute, et que madame lui avait défendu d'ouvrir la porte jusqu'à ce que M. de B... fût sorti par l'autre escalier, qui répondait au cabinet. Je demeurai si confus, que je n'eus point la force d'entrer dans l'appartement. Je pris le parti de descendre sous prétexte d'une affaire, et j'ordonnai à cet enfant de dire à sa maîtresse que je retournerais dans le moment, mais de ne pas faire connaître qu'elle m'eût parlé de M. de B...

Ma consternation fut si grande, que je versais des larmes en descendant l'escalier, sans savoir encore de quel sentiment elles partaient. J'entrai dans le premier café[1] et m'y étant assis près d'une table, j'appuyai la tête sur mes deux mains pour y développer ce qui se passait dans mon cœur. Je n'osais rappeler ce que je venais d'entendre. Je voulais le considérer comme une illusion, et je fus prêt deux ou trois fois de retourner au logis, sans marquer que j'y eusse fait attention. Il me paraissait si impossible que Manon m'eût trahi, que je craignais de lui faire injure en la soupçonnant. Je l'adorais, cela était sûr ; je ne lui avais pas donné plus de preuves d'amour que je n'en avais reçu d'elle ; pourquoi l'aurais-je accusée d'être moins sincère et moins constante que moi ? Quelle raison aurait-elle eue de me tromper ? Il n'y avait que trois heures qu'elle m'avait accablé de ses plus tendres caresses et qu'elle avait reçu les miennes avec transport ; je ne connaissais pas mieux mon cœur que le sien. Non, non, repris-je, il n'est pas possible que Manon me trahisse. Elle n'ignore pas que je ne vis que pour elle. Elle sait trop bien que je l'adore. Ce n'est pas là un sujet de me haïr.

Cependant la visite et la sortie furtive de M. de B... me causaient de l'embarras. Je rappelais aussi les petites acquisitions de Manon, qui me semblaient surpasser nos richesses présentes. Cela paraissait sentir les libéralités d'un nouvel amant. Et cette confiance qu'elle m'avait marquée pour des ressources qui m'étaient inconnues ! J'avais peine à donner à tant d'énigmes un sens aussi favorable que mon cœur le souhaitait. D'un autre côté, je ne l'avais presque pas perdue de vue depuis que nous étions à Paris. Occupations, promenades, divertissements, nous avions toujours été l'un à côté de l'autre ; mon Dieu ! un instant de séparation nous aurait trop affligés. Il fallait nous dire sans cesse que nous nous aimions ; nous serions morts d'inquiétude sans cela. Je ne pouvais donc m'imaginer presque un seul moment où Manon pût s'être occupée d'un autre que moi. À la fin, je crus avoir trouvé le dénouement de ce mystère. M. de B..., dis-je en moi-même, est un homme qui fait de grosses affaires, et qui a de grandes relations ; les parents de Manon se seront servis de cet homme pour lui faire tenir quelque argent. Elle en a peut-être déjà reçu de lui ; il est venu aujourd'hui lui en apporter encore. Elle s'est fait sans doute un jeu de me le cacher, pour me surprendre agréablement. Peut-être m'en aurait-elle parlé si j'étais rentré à l'ordinaire, au lieu de venir ici m'affliger ; elle ne me le cachera pas, du moins, lorsque je lui en parlerai moi-même.

Je me remplis si fortement de cette opinion, qu'elle eut la force de diminuer beaucoup ma tristesse. Je retournai sur-le-champ au logis. J'embrassai Manon avec ma tendresse ordinaire. Elle me reçut fort bien. J'étais tenté d'abord de lui découvrir mes conjectures, que je regardais plus que jamais comme certaines ; je me retins, dans l'espérance qu'il lui arriverait peut-être de me prévenir, en m'apprenant tout ce qui s'était passé. On nous servit à souper[1]. Je me mis à table d'un air fort gai ; mais à la lumière de la chandelle qui était entre elle et moi, je crus apercevoir de la tristesse sur le visage et dans les yeux de ma chère maîtresse. Cette pensée m'en inspira aussi. Je remarquai que ses regards s'attachaient sur moi d'une autre façon qu'ils n'avaient accoutumé. Je ne pouvais démêler si c'était de l'amour ou de la compassion[2], quoiqu'il me parût que c'était un sentiment doux et languissant. Je la regardai avec la même attention ; et peut-être n'avait-elle pas moins de peine à juger de la situation de mon cœur par mes regards. Nous ne pensions ni à parler, ni à manger. Enfin, je vis tomber des larmes de ses beaux yeux : perfides larmes ! Ah Dieux ! m'écriai-je, vous pleurez, ma chère Manon ; vous êtes affligée jusqu'à pleurer, et vous ne me dites pas un seul mot de vos peines. Elle ne me répondit que par quelques soupirs qui augmentèrent mon inquiétude. Je me levai en tremblant. Je la conjurai, avec tous les empressements de l'amour, de me découvrir le sujet de ses pleurs ; j'en versai moi-même en essuyant les siens ; j'étais plus mort que vif. Un barbare aurait été attendri des témoignages de ma douleur et de ma crainte. Dans le temps que j'étais ainsi tout occupé d'elle, j'entendis le bruit de plusieurs personnes qui montaient l'escalier. On frappa doucement à la porte. Manon me donna un baiser et, s'échappant de mes bras, elle entra rapidement dans le cabinet, qu'elle ferma aussitôt sur elle. Je me figurai qu'étant un peu en désordre, elle voulait se cacher aux yeux des étrangers qui avaient frappé. J'allai leur ouvrir moi-même. À peine avais-je ouvert, que je me vis saisir par trois hommes, que je reconnus pour les laquais de mon père. Ils ne me firent point de violence ; mais deux d'entre eux m'ayant pris par les bras, le troisième visita mes poches, dont il tira un petit couteau qui était le seul fer que j'eusse sur moi. Ils me demandèrent pardon de la nécessité où ils étaient de me manquer de respect[1] ; ils me dirent naturellement qu'ils agissaient par l'ordre de mon père, et que mon frère aîné m'attendait en bas dans un carrosse[2]. J'étais si troublé, que je me laissai conduire sans résister et sans répondre. Mon frère était effectivement à m'attendre. On me mit dans le carrosse, auprès de lui, et le cocher, qui avait ses ordres, nous conduisit à grand train jusqu'à Saint-Denis. Mon frère m'embrassa tendrement, mais il ne me parla point, de sorte que j'eus tout le loisir dont j'avais besoin, pour rêver à mon infortune.

J'y trouvai d'abord tant d'obscurité que je ne voyais pas de jour à la moindre conjecture. J'étais trahi cruellement. Mais par qui ? Tiberge fut le premier qui me vint à l'esprit. Traître ! disais-je, c'est fait de ta vie si mes soupçons se trouvent justes. Cependant je fis réflexion qu'il ignorait le lieu de ma demeure, et qu'on ne pouvait, par conséquent, l'avoir appris de lui. Accuser Manon, c'est de quoi mon cœur n'osait se rendre coupable. Cette tristesse extraordinaire dont je l'avais vue comme accablée, ses larmes, le tendre baiser qu'elle m'avait donné en se retirant, me paraissaient bien une énigme ; mais je me sentais porté à l'expliquer comme un pressentiment de notre malheur commun, et dans le temps que je me désespérais de l'accident qui m'arrachait à elle, j'avais la crédulité de m'imaginer qu'elle était encore plus à plaindre que moi. Le résultat de ma méditation fut de me persuader que j'avais été aperçu dans les rues de Paris par quelques personnes de connaissance, qui en avaient donné avis à mon père. Cette pensée me consola. Je comptais d'en être quitte pour des reproches ou pour quelques mauvais traitements, qu'il me faudrait essuyer de l'autorité paternelle. Je résolus de les souffrir avec patience, et de promettre tout ce qu'on exigerait de moi, pour me faciliter l'occasion de retourner plus promptement à Paris, et d'aller rendre la vie et la joie à ma chère Manon.

Nous arrivâmes, en peu de temps, à Saint-Denis. Mon frère, surpris de mon silence, s'imagina que c'était un effet de ma crainte. Il entreprit de me consoler, en m'assurant que je n'avais rien à redouter de la sévérité de mon père, pourvu que je fusse disposé à rentrer doucement dans le devoir, et à mériter l'affection qu'il avait pour moi. Il me fit passer la nuit à Saint-Denis, avec la précaution de faire coucher les trois laquais dans ma chambre. Ce qui me causa une peine sensible, fut de me voir dans la même hôtellerie où je m'étais arrêté avec Manon, en venant d'Amiens à Paris. L'hôte et les domestiques me reconnurent, et devinèrent en même temps la vérité de mon histoire. J'entendis dire à l'hôte : Ah! c'est ce joli monsieur qui passait, il y a six semaines[1], avec une petite demoiselle qu'il aimait si fort. Qu'elle était charmante! Les pauvres enfants, comme ils se caressaient! Pardi, c'est dommage qu'on les ait séparés. Je feignais de ne rien entendre, et je me laissais voir le moins qu'il m'était possible. Mon frère avait, à Saint-Denis, une chaise à deux[2], dans laquelle nous partîmes de grand matin, et nous arrivâmes chez nous le lendemain au soir. Il vit mon père avant moi, pour le prévenir en ma faveur en lui apprenant avec quelle douceur je m'étais laissé conduire, de sorte que j'en fus reçu moins durement que je ne m'y étais attendu. Il se contenta de me faire quelques reproches généraux sur la faute que j'avais commise en m'absentant sans sa permission. Pour ce qui regardait ma maîtresse, il me dit que j'avais bien mérité ce qui venait de m'arriver, en me livrant à une inconnue; qu'il avait eu meilleure opinion de ma prudence, mais qu'il espérait que cette petite aventure me rendrait plus sage. Je ne pris ce discours que dans le sens qui s'accordait avec mes idées. Je remerciai mon père de la bonté qu'il avait de me pardonner, et je lui promis de prendre une conduite plus soumise et plus réglée. Je triomphais au fond du cœur, car de la manière dont les choses s'arrangeaient, je ne doutais point que je n'eusse la liberté de me dérober de la maison, même avant la fin de la nuit.

On se mit à table pour souper; on me railla sur ma conquête d'Amiens, et sur ma fuite avec cette fidèle maîtresse. Je reçus les coups de bonne grâce. J'étais même charmé qu'il me fût permis de m'entretenir de ce qui m'occupait continuellement l'esprit. Mais quelques mots lâchés par mon père me firent prêter l'oreille avec la dernière attention : il parla de perfidie et de service intéressé, rendu par Monsieur B...[1] Je demeurai interdit en lui entendant prononcer ce nom, et je le priai humblement de s'expliquer davantage. Il se tourna vers mon frère, pour lui demander s'il ne m'avait pas raconté toute l'histoire. Mon frère lui répondit que je lui avais paru si tranquille sur la route, qu'il n'avait pas cru que j'eusse besoin de ce remède pour me guérir de ma folie. Je remarquai que mon père balançait s'il achèverait de s'expliquer. Je l'en suppliai si instamment, qu'il me satisfit, ou plutôt, qu'il m'assassina cruellement par le plus horrible de tous les récits.

Il me demanda d'abord si j'avais toujours eu la simplicité de croire que je fusse aimé de ma maîtresse. Je lui dis hardiment que j'en étais si sûr que rien ne pouvait m'en donner la moindre défiance. Ha! ha! ha! s'écriat-il en riant de toute sa force, cela est excellent! Tu es une jolie dupe, et j'aime à te voir dans ces sentiments-là. C'est grand dommage, mon pauvre Chevalier, de te faire entrer dans l'Ordre de Malte, puisque tu as tant de disposition à faire un mari patient et commode. Il ajouta mille railleries de cette force, sur ce qu'il appelait ma sottise et ma crédulité. Enfin, comme je demeurais dans le silence, il continua de me dire que, suivant le calcul qu'il pouvait faire du temps depuis mon départ d'Amiens, Manon m'avait aimé environ douze jours: car, ajouta-t-il, je sais que tu partis d'Amiens le 28 de l'autre mois[1]; nous sommes au 29 du présent; il y en a onze que Monsieur B… m'a écrit; je suppose qu'il lui en ait fallu huit pour lier une parfaite connaissance avec ta maîtresse; ainsi, qui ôte onze et huit de trente-un jours qu'il y a depuis le 28 d'un mois jusqu'au 29 de l'autre, reste douze, un peu plus ou moins. Là dessus, les éclats de rire recommencèrent. J'écoutais tout avec un saisissement de cœur auquel j'appréhendais de ne pouvoir résister jusqu'à la fin de cette triste comédie. Tu sauras donc, reprit mon père, puisque tu l'ignores, que Monsieur B… a gagné le cœur de ta princesse, car il se moque de moi, de prétendre me persuader que c'est par un zèle désintéressé pour mon service qu'il a voulu te l'enlever. C'est bien d'un homme tel que lui, de qui, d'ailleurs, je ne suis pas connu, qu'il faut attendre des sentiments si nobles! Il a su d'elle que tu es mon fils, et pour se délivrer de tes importunités, il m'a écrit le lieu de ta demeure et le désordre où tu vivais, en me faisant entendre qu'il fallait main-forte pour s'assurer de toi. Il s'est offert de me faciliter les moyens de te saisir au collet, et c'est par sa direction et celle de ta maîtresse même que ton frère a trouvé le moment de te prendre sans vert. Félicite-toi maintenant de la durée de ton triomphe. Tu sais vaincre assez rapidement, Chevalier; mais tu ne sais pas conserver tes conquêtes[1].

Je n'eus pas la force de soutenir plus longtemps un discours dont chaque mot m'avait percé le cœur. Je me levai de table, et je n'avais pas fait quatre pas pour sortir de la salle, que je tombai sur le plancher, sans sentiment et sans connaissance. On me les rappela par de prompts secours. J'ouvris les yeux pour verser un torrent de pleurs, et la bouche pour proférer les plaintes les plus tristes et les plus touchantes. Mon père, qui m'a toujours aimé tendrement, s'employa avec toute son affection pour me consoler. Je l'écoutais, mais sans l'entendre. Je me jetai à ses genoux, je le conjurai, en joignant les mains, de me laisser retourner à Paris pour aller poignarder B… Non, disais-je, il n'a pas gagné le cœur de Manon, il lui a fait violence; il l'a séduite par un charme ou par un poison[2]; il l'a peut-être forcée brutalement. Manon m'aime. Ne le sais-je pas bien? Il l'aura menacée, le poignard à la main, pour la contraindre de m'abandonner. Que n'aura-t-il pas fait pour me ravir une si charmante maîtresse! Ô dieux! dieux! serait-il possible que Manon m'eût trahi, et qu'elle eût cessé de m'aimer[3]!

Comme je parlais toujours de retourner promptement à Paris, et que je me levais même à tous moments pour cela, mon père vit bien que, dans le transport où j'étais, rien ne serait capable de m'arrêter. Il me conduisit dans une chambre haute, où il laissa deux domestiques avec moi pour me garder à vue. Je ne me possédais point. J'aurais donné mille vies pour être seulement un quart d'heure à Paris. Je compris que, m'étant déclaré si ouvertement, on ne me permettrait pas aisément de sortir de ma chambre. Je mesurai des yeux la hauteur des fenêtres ; ne voyant nulle possibilité de m'échapper par cette voie, je m'adressai doucement à mes deux domestiques. Je m'engageai, par mille serments, à faire un jour leur fortune, s'ils voulaient consentir à mon évasion. Je les pressai, je les caressai, je les menaçai ; mais cette tentative fut encore inutile[1]. Je perdis alors toute espérance. Je résolus de mourir, et je me jetai sur un lit, avec le dessein de ne le quitter qu'avec la vie. Je passai la nuit et le jour suivant dans cette situation. Je refusai la nourriture qu'on m'apporta le lendemain. Mon père vint me voir l'après-midi. Il eut la bonté de flatter mes peines par les plus douces consolations. Il m'ordonna si absolument de manger quelque chose, que je le fis par respect pour ses ordres. Quelques jours se passèrent, pendant lesquels je ne pris rien qu'en sa présence et pour lui obéir. Il continuait toujours de m'apporter les raisons qui pouvaient me ramener au bon sens et m'inspirer du mépris pour l'infidèle Manon. Il est certain que je ne l'estimais plus ; comment aurais-je estimé la plus volage et la plus perfide de toutes les créatures ? Mais son image, ses traits charmants que je portais au fond du cœur, y subsistaient toujours. Je me sentais[2] bien. Je puis mourir, disais-je ; je le devrais même, après tant de honte et de douleur ; mais je souffrirais mille morts sans pouvoir oublier l'ingrate Manon.

Mon père était surpris de me voir toujours si fortement touché. Il me connaissait des principes d'honneur, et ne pouvant douter que sa trahison ne me la fît mépriser, il s'imagina que ma constance venait moins de cette passion en particulier que d'un penchant général pour les femmes. Il s'attacha tellement à cette pensée que, ne consultant que sa tendre affection, il vint un jour m'en faire l'ouverture. Chevalier, me dit-il, j'ai eu dessein, jusqu'à présent, de te faire porter la croix de Malte ; mais je vois que tes inclinations ne sont point tournées de ce côté-là. Tu aimes les jolies femmes. Je suis d'avis de t'en chercher une qui te plaise. Explique-moi naturellement ce que tu penses là-dessus. Je lui répondis que je ne mettais plus de distinction entre les femmes, et qu'après le malheur qui venait de m'arriver je les détestais toutes également. Je t'en chercherai une, reprit mon père en souriant, qui ressemblera à Manon, et qui sera plus fidèle. Ah ! si vous avez quelque bonté pour moi, lui dis-je, c'est elle qu'il faut me rendre. Soyez sûr, mon cher père, qu'elle ne m'a point trahi ; elle n'est pas capable d'une si noire et si cruelle lâcheté. C'est le perfide B... qui nous trompe, vous, elle et moi. Si vous saviez combien elle est tendre et sincère, si vous la connaissiez, vous l'aimeriez vous-même. Vous êtes un enfant, repartit mon père. Comment pouvez-vous vous aveugler jusqu'à ce point, après ce que je vous ai raconté d'elle ? C'est elle-même qui vous a livré à votre frère. Vous devriez oublier jusqu'à son nom, et profiter, si vous êtes sage, de l'indulgence que j'ai pour vous. Je reconnaissais trop clairement qu'il avait raison. C'était un mouvement involontaire qui me faisait prendre ainsi le parti de mon infidèle. Hélas ! repris-je, après un moment de silence, il n'est que trop vrai que je suis le malheureux objet de la plus lâche de toutes les perfidies. Oui, continuai-je, en versant des larmes de dépit, je vois bien que je ne suis qu'un enfant. Ma crédulité ne leur coûtait guère à tromper. Mais je sais bien ce que j'ai à faire pour me venger. Mon père voulut savoir quel était mon dessein. J'irai à Paris, lui dis-je, je mettrai le feu à la maison de B..., et je le brûlerai tout vif avec la perfide Manon. Cet emportement fit rire mon père et ne servit qu'à me faire garder plus étroitement dans ma prison.

J'y passai six mois entiers, pendant le premier desquels il y eut peu de changement dans mes dispositions. Tous mes sentiments n'étaient qu'une alternative perpétuelle de haine et d'amour, d'espérance ou de désespoir, selon l'idée sous laquelle Manon s'offrait à mon esprit. Tantôt je ne considérais en elle que la plus aimable de toutes les filles, et je languissais du désir de la revoir ; tantôt je n'y apercevais qu'une lâche et perfide maîtresse, et je faisais mille serments de ne la chercher que pour la punir. On me donna des livres, qui servirent à rendre un peu de tranquillité à mon âme. Je relus tous mes auteurs ; j'acquis de nouvelles connaissances ; je repris un goût infini pour l'étude[1]. Vous verrez de quelle utilité il me fut dans la suite. Les lumières que je devais à l'amour me firent trouver de la clarté dans quantité d'endroits d'Horace et de Virgile, qui m'avaient paru obscurs auparavant. Je fis un commentaire amoureux sur le quatrième livre de l'*Énéide* ; je le destine à voir le jour, et je me flatte que le public en sera satisfait[2]. Hélas ! disais-je en le faisant, c'était un cœur tel que le mien qu'il fallait à la fidèle Didon.

Tiberge vint me voir un jour dans ma prison. Je fus surpris du transport avec lequel il m'embrassa. Je n'avais point encore eu de preuves de son affection qui pussent me la faire regarder autrement que comme une simple amitié de collège, telle qu'elle se forme entre de jeunes gens qui sont à peu près du même âge. Je le trouvai si changé et si formé, depuis cinq ou six mois que j'avais passés sans le voir, que sa figure et le ton de son discours m'inspirèrent du respect. Il me parla en conseiller sage, plutôt qu'en ami d'école. Il plaignit l'égarement où j'étais tombé. Il me félicita de ma guérison, qu'il croyait avancée; enfin il m'exhorta à profiter de cette erreur de jeunesse pour ouvrir les yeux sur la vanité des plaisirs. Je le regardai avec étonnement. Il s'en aperçut. Mon cher Chevalier, me dit-il, je ne vous dis rien qui ne soit solidement vrai, et dont je ne me sois convaincu par un sérieux examen. J'avais autant de penchant que vous vers la volupté, mais le Ciel m'avait donné, en même temps, du goût pour la vertu. Je me suis servi de ma raison pour comparer les fruits de l'une et de l'autre et je n'ai pas tardé longtemps à découvrir leurs différences. Le secours du Ciel s'est joint à mes réflexions. J'ai conçu pour le monde un mépris auquel il n'y a rien d'égal. Devineriez-vous ce qui m'y retient, ajouta-t-il, et ce qui m'empêche de courir à la solitude[1]? C'est uniquement la tendre amitié que j'ai pour vous. Je connais l'excellence de votre cœur et de votre esprit; il n'y a rien de bon dont vous ne puissiez vous rendre capable. Le poison du plaisir vous a fait écarter du chemin. Quelle perte pour la vertu! Votre fuite d'Amiens m'a causé tant de douleur, que je n'ai pas goûté, depuis, un seul moment de satisfaction. Jugez-en par les démarches qu'elle m'a fait faire. Il me raconta qu'après s'être aperçu que je l'avais trompé et que j'étais parti avec ma maîtresse, il était monté à cheval pour me suivre; mais qu'ayant sur lui quatre ou cinq heures d'avance, il lui avait été impossible de me joindre; qu'il était arrivé néanmoins à Saint-

Denis une demi-heure après mon départ ; qu'étant bien certain que je me serais arrêté à Paris, il y avait passé six semaines à me chercher inutilement ; qu'il allait dans tous les lieux où il se flattait de pouvoir me trouver, et qu'un jour enfin il avait reconnu ma maîtresse à la Comédie ; qu'elle y était dans une parure si éclatante qu'il s'était imaginé qu'elle devait cette fortune à un nouvel amant ; qu'il avait suivi son carrosse jusqu'à sa maison, et qu'il avait appris d'un domestique qu'elle était entretenue par les libéralités de Monsieur B... Je ne m'arrêtai point là, continua-t-il. J'y retournai le lendemain, pour apprendre d'elle-même ce que vous étiez devenu ; elle me quitta brusquement, lorsqu'elle m'entendit parler de vous, et je fus obligé de revenir en province sans aucun autre éclaircissement. J'y appris votre aventure et la consternation extrême qu'elle vous a causée ; mais je n'ai pas voulu vous voir, sans être assuré de vous trouver plus tranquille.

Vous avez donc vu Manon, lui répondis-je en soupirant. Hélas ! vous êtes plus heureux que moi, qui suis condamné à ne la revoir jamais. Il me fit des reproches de ce soupir, qui marquait encore de la faiblesse pour elle. Il me flatta si adroitement sur la bonté de mon caractère et sur mes inclinations, qu'il me fit naître dès cette première visite, une forte envie de renoncer comme lui à tous les plaisirs du siècle pour entrer dans l'état ecclésiastique.

Je goûtai tellement cette idée que, lorsque je me trouvai seul, je ne m'occupai plus d'autre chose. Je me rappelai les discours de M. l'Évêque d'Amiens, qui m'avait donné le même conseil, et les présages heureux qu'il avait formés en ma faveur, s'il m'arrivait d'embrasser ce parti. La piété se mêla aussi dans mes considérations. Je mènerai une vie sage et chrétienne, disais-je ; je m'occuperai de l'étude et de la religion, qui ne me permettront point de penser aux dangereux plaisirs de l'amour. Je mépriserai ce que le commun des hommes admire ; et comme je sens assez que mon cœur ne désirera que ce qu'il estime, j'aurai aussi peu d'inquiétudes que de désirs. Je formai là-dessus, d'avance, un système de vie paisible et solitaire. J'y faisais entrer une maison écartée, avec un petit bois et un ruisseau d'eau douce au bout du jardin, une bibliothèque composée de livres choisis, un petit nombre d'amis vertueux et de bon sens, une table propre, mais frugale et modérée. J'y joignais un commerce de lettres avec un ami qui ferait son séjour à Paris, et qui m'informerait des nouvelles publiques, moins pour satisfaire ma curiosité que pour me faire un divertissement des folles agitations des hommes. Ne serai-je pas heureux ? ajoutais-je ; toutes mes prétentions ne seront-elles point remplies ? Il est certain que ce projet flattait extrêmement mes inclinations[1]. Mais, à la fin d'un si sage arrangement, je sentais que mon cœur attendait encore quelque chose, et que, pour n'avoir rien à désirer dans la plus charmante solitude, il y fallait être avec Manon.

Cependant, Tiberge continuant de me rendre de fréquentes visites, dans le dessein qu'il m'avait inspiré, je pris l'occasion d'en faire l'ouverture à mon père. Il me déclara que son intention était de laisser ses enfants libres dans le choix de leur condition et que, de quelque manière que je voulusse disposer de moi, il ne se réserverait que le droit de m'aider de ses conseils. Il m'en donna de fort sages, qui tendaient moins à me dégoûter de mon projet, qu'à me le faire embrasser avec connaissance. Le renouvellement de l'année scolastique[2] approchait. Je convins avec Tiberge de nous mettre ensemble au séminaire de Saint-Sulpice[1], lui pour achever ses études de théologie, et moi pour commencer les miennes[2]. Son mérite, qui était connu de l'évêque du diocèse, lui fit obtenir de ce prélat un bénéfice considérable avant notre départ.

Mon père, me croyant tout à fait revenu de ma passion, ne fit aucune difficulté de me laisser partir. Nous arrivâmes à Paris. L'habit ecclésiastique[3] prit la place de la croix de Malte, et le nom d'abbé des Grieux celle de chevalier. Je m'attachai à l'étude avec tant d'application, que je fis des progrès extraordinaires en peu de mois. J'y employais une partie de la nuit, et je ne perdais pas un moment du jour. Ma réputation eut tant d'éclat, qu'on me félicitait déjà sur les dignités que je ne pouvais manquer d'obtenir, et sans l'avoir sollicité, mon nom fut couché sur la feuille des bénéfices[4]. La piété n'était pas plus négligée ; j'avais de la ferveur pour tous les exercices. Tiberge était charmé de ce qu'il regardait comme son ouvrage, et je l'ai vu plusieurs fois répandre des larmes, en s'applaudissant de ce qu'il nommait ma conversion. Que les résolutions humaines soient sujettes à changer, c'est ce qui ne m'a jamais causé d'étonnement ; une passion les fait naître, une autre passion peut les détruire ; mais quand je pense à la sainteté de celles qui m'avaient conduit à Saint-Sulpice et à la joie intérieure que le Ciel m'y faisait goûter en les exécutant, je suis effrayé de la facilité avec laquelle j'ai pu les rompre. S'il est vrai que les secours célestes sont à tous moments d'une force égale à celle des passions, qu'on m'explique donc par quel funeste ascendant on se trouve emporté tout d'un coup loin de son devoir, sans se trouver capable de la moindre résistance, et sans ressentir le moindre remords[5]. Je me croyais absolument délivré des faiblesses de l'amour. Il me semblait que j'aurais préféré la lecture d'une page de saint Augustin, ou un quart d'heure de méditation chrétienne, à tous les plaisirs des sens, sans excepter ceux qui m'auraient été offerts par Manon. Cependant, un instant malheureux me fit retomber dans le précipice, et ma chute fut d'autant plus irréparable, que me trouvant tout d'un coup au même degré de profondeur d'où j'étais sorti, les nouveaux désordres où je tombai me portèrent bien plus loin vers le fond de l'abîme.

J'avais passé près d'un an à Paris, sans m'informer des affaires de Manon. Il m'en avait d'abord coûté beaucoup pour me faire cette violence ; mais les conseils toujours présents de Tiberge, et mes propres réflexions, m'avaient fait obtenir la victoire. Les derniers mois s'étaient écoulés si tranquillement que je me croyais sur le point d'oublier éternellement cette charmante et perfide créature. Le temps arriva auquel je devais soutenir un exercice public dans l'École de théologie[1]. Je fis prier plusieurs personnes de considération de m'honorer de leur présence. Mon nom fut ainsi répandu dans tous les quartiers de Paris : il alla jusqu'aux oreilles de mon infidèle. Elle ne le reconnut pas avec certitude sous le titre d'abbé ; mais un reste de curiosité, ou peut-être quelque repentir de m'avoir trahi (je n'ai jamais pu démêler lequel de ces deux sentiments) lui fit prendre intérêt à un nom si semblable au mien ; elle vint en Sorbonne avec quelques autres dames. Elle fut présente à mon exercice, et sans doute qu'elle eut peu de peine à me remettre.

Je n'eus pas la moindre connaissance de cette visite. On sait qu'il y a, dans ces lieux, des cabinets particuliers pour les dames, où elles sont cachées derrière une jalousie. Je retournai à Saint-Sulpice, couvert de gloire et chargé de compliments. Il était six heures du soir. On vint m'avertir, un moment après mon retour, qu'une dame demandait à me voir. J'allai au parloir sur-le-champ. Dieux! quelle apparition surprenante! j'y trouvai Manon. C'était elle, mais plus aimable et plus brillante que je ne l'avais jamais vue. Elle était dans sa dix-huitième année. Ses charmes surpassaient tout ce qu'on peut décrire. C'était un air si fin, si doux, si engageant, l'air de l'Amour même. Toute sa figure me parut un enchantement.

Je demeurai interdit à sa vue, et ne pouvant conjecturer quel était le dessein de cette visite, j'attendais, les yeux baissés et avec tremblement, qu'elle s'expliquât. Son embarras fut, pendant quelque temps, égal au mien, mais, voyant que mon silence continuait, elle mit la main devant ses yeux, pour cacher quelques larmes. Elle me dit, d'un ton timide, qu'elle confessait que son infidélité méritait ma haine; mais que, s'il était vrai que j'eusse jamais eu quelque tendresse pour elle, il y avait eu, aussi, bien de la dureté à laisser passer deux ans sans prendre soin de m'informer de son sort, et qu'il y en avait beaucoup encore à la voir dans l'état où elle était en ma présence, sans lui dire une parole. Le désordre de mon âme, en l'écoutant, ne saurait être exprimé.

Elle s'assit. Je demeurai debout, le corps à demi tourné, n'osant l'envisager directement[1]. Je commençai plusieurs fois une réponse, que je n'eus pas la force d'achever. Enfin, je fis un effort pour m'écrier douloureusement: Perfide Manon! Ah! perfide! perfide! Elle me répéta, en pleurant à chaudes larmes, qu'elle ne prétendait point justifier sa perfidie. Que prétendez-vous donc? m'écriai-je encore. Je prétends mourir, répondit-elle, si vous ne me rendez votre cœur, sans lequel il est impossible que je vive. Demande donc ma vie, infidèle! repris-je en versant moi-même des pleurs, que je m'efforçai en vain de retenir. Demande ma vie, qui est l'unique chose qui me reste à te sacrifier; car mon cœur n'a jamais cessé d'être à toi. À peine eus-je achevé ces derniers mots, qu'elle se leva avec transport pour venir m'embrasser. Elle m'accabla de mille caresses passionnées. Elle m'appela par tous les noms que l'amour invente pour exprimer ses plus vives tendresses. Je n'y répondais encore qu'avec langueur. Quel passage, en effet, de la situation tranquille où j'avais été, aux mouvements tumultueux que je sentais renaître! J'en étais épouvanté. Je frémissais, comme il arrive lorsqu'on se trouve la nuit dans une campagne écartée : on se croit transporté dans un nouvel ordre de choses; on y est saisi d'une horreur secrète, dont on ne se remet qu'après avoir considéré longtemps tous les environs.

Nous nous assîmes l'un près de l'autre. Je pris ses mains dans les miennes. Ah! Manon, lui dis-je en la regardant d'un œil triste, je ne m'étais pas attendu à la noire trahison dont vous avez payé mon amour. Il vous était bien facile de tromper un cœur dont vous étiez la souveraine absolue, et qui mettait toute sa félicité à vous plaire et à vous obéir. Dites-moi maintenant si vous en avez trouvé d'aussi tendres et d'aussi soumis. Non, non, la Nature n'en fait guère de la même trempe que le mien. Dites-moi, du moins, si vous l'avez quelquefois regretté. Quel fond dois-je faire sur ce retour de bonté qui vous ramène aujourd'hui pour le consoler? Je ne vois que trop que vous êtes plus charmante que jamais; mais au nom de toutes les peines que j'ai souffertes pour vous, belle Manon, dites-moi si vous serez plus fidèle.

Elle me répondit des choses si touchantes sur son repentir, et elle s'engagea à la fidélité par tant de protestations et de serments, qu'elle m'attendrit à un degré inexprimable. Chère Manon! lui dis-je, avec un mélange profane d'expressions amoureuses et théologiques, tu es trop adorable pour une créature. Je me sens le cœur emporté par une délectation victorieuse. Tout ce qu'on dit de la liberté à Saint-Sulpice est une chimère[1]. Je vais perdre ma fortune et ma réputation pour toi, je le prévois bien; je lis ma destinée dans tes beaux yeux; mais de quelles pertes ne serai-je pas consolé par ton amour! Les faveurs de la fortune ne me touchent point; la gloire me paraît une fumée; tous mes projets de vie ecclésiastique étaient de folles imaginations; enfin tous les biens différents de ceux que j'espère avec toi sont des biens méprisables, puisqu'ils ne sauraient tenir un moment, dans mon cœur, contre un seul de tes regards.

En lui promettant néanmoins un oubli général de ses fautes, je voulus être informé de quelle manière elle s'était laissée séduire par B... Elle m'apprit que, l'ayant vue à sa fenêtre, il était devenu passionné pour elle; qu'il avait fait sa déclaration en fermier général[2], c'est-à-dire en lui marquant dans une lettre que le payement serait proportionné aux faveurs; qu'elle avait capitulé d'abord, mais sans autre dessein que de tirer de lui quelque somme considérable qui pût servir à nous faire vivre commodément; qu'il l'avait éblouie par de si magnifiques promesses, qu'elle s'était laissée ébranler par degrés; que je devais juger pourtant de ses remords par la douleur dont elle m'avait laissé voir des témoignages, la veille de notre séparation; que, malgré l'opulence dans laquelle il l'avait entretenue, elle n'avait jamais goûté de bonheur avec lui, non seulement parce qu'elle n'y trouvait point, me dit-elle, la délicatesse de mes sentiments et l'agrément de mes manières, mais parce qu'au milieu même des plaisirs qu'il lui procurait sans cesse, elle portait, au fond du cœur, le souvenir de mon amour, et le remords de son infidélité. Elle me parla de Tiberge et de la confusion extrême que sa visite lui avait causée. Un coup d'épée dans le cœur, ajouta-t-elle, m'aurait moins ému le sang. Je lui tournai le dos, sans pouvoir soutenir un moment sa présence. Elle continua de me raconter par quels moyens elle avait été instruite de mon séjour à Paris, du changement de ma condition, et de mes exercices de Sorbonne. Elle m'assura qu'elle avait été si agitée, pendant la dispute[1], qu'elle avait eu beaucoup de peine, non seulement à retenir ses larmes, mais ses gémissements mêmes et ses cris, qui avaient été plus d'une fois sur le point d'éclater. Enfin, elle me dit qu'elle était sortie de ce lieu la dernière, pour cacher son désordre, et que, ne suivant que le mouvement de son cœur et l'impétuosité de ses désirs, elle était venue droit au séminaire, avec la résolution d'y mourir si elle ne me trouvait pas disposé à lui pardonner.

Où trouver un barbare qu'un repentir si vif et si tendre n'eût pas touché ? Pour moi, je sentis, dans ce moment, que j'aurais sacrifié pour Manon tous les évêchés du monde chrétien. Je lui demandai quel nouvel ordre elle jugeait à propos de mettre dans nos affaires. Elle me dit qu'il fallait sur-le-champ sortir du séminaire, et remettre à nous arranger dans un lieu plus sûr. Je consentis à toutes ses volontés sans réplique. Elle entra dans son carrosse, pour aller m'attendre au coin de la rue. Je m'échappai un moment après, sans être aperçu du portier. Je montai avec elle. Nous passâmes à la friperie¹. Je repris les galons et l'épée. Manon fournit aux frais, car j'étais sans un sou ; et dans la crainte que je ne trouvasse de l'obstacle à ma sortie de Saint-Sulpice, elle n'avait pas voulu que je retournasse un moment à ma chambre pour y prendre mon argent. Mon trésor, d'ailleurs, était médiocre, et elle assez riche des libéralités de B... pour mépriser ce qu'elle me faisait abandonner. Nous conférâmes, chez le fripier même, sur le parti que nous allions prendre. Pour me faire valoir davantage le sacrifice qu'elle me faisait de B..., elle résolut de ne pas garder avec lui le moindre ménagement. Je veux lui laisser ses meubles, me dit-elle, ils sont à lui ; mais j'emporterai, comme de justice, les bijoux et près de soixante mille francs que j'ai tirés de lui depuis deux ans. Je ne lui ai donné nul pouvoir sur moi, ajouta-t-elle ; ainsi nous pouvons demeurer sans crainte à Paris, en prenant une maison commode où nous vivrons heureusement. Je lui représentai que, s'il n'y avait point de péril pour elle, il y en avait beaucoup pour moi, qui ne manquerais point tôt ou tard d'être reconnu, et qui serais continuellement exposé au malheur que j'avais déjà essuyé. Elle me fit entendre qu'elle aurait du regret à quitter Paris. Je craignais tant de la chagriner, qu'il n'y avait point de hasards que je ne méprisasse pour lui plaire ; cependant, nous trouvâmes un tempérament raisonnable, qui fut de louer une maison dans quelque village voisin de Paris, d'où il nous serait aisé d'aller à la ville lorsque le plaisir ou le besoin nous y appellerait. Nous choisîmes Chaillot², qui n'en est pas éloigné. Manon retourna sur-le-champ chez elle. J'allai l'attendre à la petite porte du jardin des Tuileries³. Elle revint une heure après, dans un carrosse de louage, avec une fille qui la servait, et quelques malles où ses habits et tout ce qu'elle avait de précieux était renfermé.

Nous ne tardâmes point à gagner Chaillot. Nous logeâmes la première nuit à l'auberge, pour nous donner le temps de chercher une maison, ou du moins un appartement commode. Nous en trouvâmes, dès le lendemain, un de notre goût.

Mon bonheur me parut d'abord établi d'une manière inébranlable. Manon était la douceur et la complaisance même. Elle avait pour moi des attentions si délicates, que je me crus trop parfaitement dédommagé de toutes mes peines. Comme nous avions acquis tous deux un peu d'expérience, nous raisonnâmes sur la solidité de notre fortune[1]. Soixante mille francs, qui faisaient le fond de nos richesses, n'étaient pas une somme qui pût s'étendre autant que le cours d'une longue vie. Nous n'étions pas disposés d'ailleurs à resserrer trop notre dépense. La première vertu de Manon, non plus que la mienne, n'était pas l'économie. Voici le plan que je me proposai : Soixante mille francs, lui dis-je, peuvent nous soutenir pendant dix ans. Deux mille écus nous suffiront chaque année, si nous continuons de vivre à Chaillot. Nous y mènerons une vie honnête mais simple. Notre unique dépense sera pour l'entretien d'un carrosse, et pour les spectacles. Nous nous réglerons. Vous aimez l'Opéra : nous irons deux fois la semaine. Pour le jeu, nous nous bornerons tellement que nos pertes ne passeront jamais deux pistoles[2]. Il est impossible que, dans l'espace de dix ans, il n'arrive point de changement dans ma famille ; mon père est âgé, il peut mourir. Je me trouverai du bien, et nous serons alors au-dessus de toutes nos autres craintes.

Cet arrangement n'eût pas été la plus folle action de

ma vie, si nous eussions été assez sages pour nous y assujettir constamment. Mais nos résolutions ne durèrent guère plus d'un mois. Manon était passionnée pour le plaisir ; je l'étais pour elle. Il nous naissait, à tous moments, de nouvelles occasions de dépense ; et loin de regretter les sommes qu'elle employait quelquefois avec profusion, je fus le premier à lui procurer tout ce que je croyais propre à lui plaire. Notre demeure de Chaillot commença même à lui devenir à charge. L'hiver approchait ; tout le monde retournait à la ville, et la campagne devenait déserte. Elle me proposa de reprendre une maison à Paris. Je n'y consentis point ; mais, pour la satisfaire en quelque chose, je lui dis que nous pouvions y louer un appartement meublé, et que nous y passerions la nuit lorsqu'il nous arriverait de quitter trop tard l'assemblée[1] où nous allions plusieurs fois la semaine ; car l'incommodité de revenir si tard à Chaillot était le prétexte qu'elle apportait pour le vouloir quitter. Nous nous donnâmes ainsi deux logements, l'un à la ville, et l'autre à la campagne. Ce changement mit bientôt le dernier désordre dans nos affaires, en faisant naître deux aventures qui causèrent notre ruine.

Manon avait un frère, qui était garde du corps[2]. Il se trouva malheureusement logé, à Paris, dans la même rue que nous. Il reconnut sa sœur, en la voyant le matin à sa fenêtre[3]. Il accourut aussitôt chez nous. C'était un homme brutal et sans principes d'honneur. Il entra dans notre chambre en jurant horriblement, et comme il savait une partie des aventures de sa sœur, il l'accabla d'injures et de reproches. J'étais sorti un moment auparavant, ce qui fut sans doute un bonheur pour lui ou pour moi, qui n'étais rien moins que disposé à souffrir une insulte. Je ne retournai au logis qu'après son départ.

La tristesse de Manon me fit juger qu'il s'était passé quelque chose d'extraordinaire. Elle me raconta la scène fâcheuse qu'elle venait d'essuyer, et les menaces brutales de son frère. J'en eus tant de ressentiment, que j'eusse couru sur-le-champ à la vengeance si elle ne m'eût arrêté par ses larmes. Pendant que je m'entretenais avec elle de cette aventure, le garde du corps rentra dans la chambre où nous étions, sans s'être fait annoncer. Je ne l'aurais pas reçu aussi civilement que je fis si je l'eusse connu ; mais, nous ayant salués d'un air riant, il eut le temps de dire à Manon qu'il venait lui faire des excuses de son emportement ; qu'il l'avait crue dans le désordre, et que cette opinion avait allumé sa colère ; mais que, s'étant informé qui j'étais, d'un de nos domestiques, il avait appris de moi des choses si avantageuses, qu'elles lui faisaient désirer de bien vivre avec nous. Quoique cette information, qui lui venait d'un de mes laquais, eût quelque chose de bizarre et de choquant, je reçus son compliment avec honnêteté. Je crus faire plaisir à Manon. Elle paraissait charmée de le voir porté à se réconcilier. Nous le retînmes à dîner. Il se rendit, en peu de moments, si familier, que nous ayant entendus parler de notre retour à Chaillot, il voulut absolument nous tenir compagnie. Il fallut lui donner une place dans notre carrosse. Ce fut une prise de possession, car il s'accoutuma bientôt à nous voir avec tant de plaisir, qu'il fit sa maison de la nôtre et qu'il se rendit le maître, en quelque sorte, de tout ce qui nous appartenait. Il m'appelait son frère, et sous prétexte de la liberté fraternelle, il se mit sur le pied d'amener tous ses amis dans notre maison de Chaillot, et de les y traiter à nos dépens. Il se fit habiller magnifiquement à nos frais. Il nous engagea même à payer toutes ses dettes. Je fermais les yeux sur cette tyrannie, pour ne pas déplaire à Manon, jusqu'à feindre de ne pas m'apercevoir qu'il tirait d'elle, de temps en temps, des sommes considérables. Il est vrai, qu'étant grand joueur, il avait la fidélité de lui en remettre une partie lorsque la fortune le favorisait; mais la nôtre était trop médiocre pour fournir longtemps à des dépenses si peu modérées. J'étais sur le point de m'expliquer fortement avec lui, pour nous délivrer de ses importunités, lorsqu'un funeste accident m'épargna cette peine, en nous en causant une autre qui nous abîma sans ressource.

Nous étions demeurés un jour à Paris, pour y coucher, comme il nous arrivait fort souvent. La servante, qui restait seule à Chaillot dans ces occasions, vint m'avertir, le matin, que le feu avait pris, pendant la nuit, dans ma maison, et qu'on avait eu beaucoup de difficulté à l'éteindre. Je lui demandai si nos meubles avaient souffert quelque dommage; elle me répondit qu'il y avait eu une si grande confusion, causée par la multitude d'étrangers qui étaient venus au secours, qu'elle ne pouvait être assurée de rien. Je tremblai pour notre argent, qui était renfermé dans une petite caisse. Je me rendis promptement à Chaillot. Diligence inutile; la caisse avait déjà disparu. J'éprouvai alors qu'on peut aimer l'argent sans être avare. Cette perte me pénétra d'une si vive douleur que j'en pensai perdre la raison. Je compris tout d'un coup à quels nouveaux malheurs j'allais me trouver exposé; l'indigence était le moindre. Je connaissais Manon; je n'avais déjà que trop éprouvé que, quelque fidèle et quelque attachée qu'elle me fût dans la bonne fortune, il ne fallait pas compter sur elle dans la misère. Elle aimait trop l'abondance et les plaisirs pour me les sacrifier : Je la perdrai, m'écriai-je. Malheureux Chevalier, tu vas donc perdre encore tout ce que tu aimes!

Cette pensée me jeta dans un trouble si affreux, que je balançai, pendant quelques moments, si je ne ferais pas mieux de finir tous mes maux par la mort. Cependant, je conservai assez de présence d'esprit pour vouloir examiner auparavant s'il ne me restait nulle ressource. Le Ciel me fit naître une idée, qui arrêta mon désespoir. Je crus qu'il ne me serait pas impossible de cacher notre perte à Manon, et que, par industrie ou par quelque faveur du hasard, je pourrais fournir assez honnêtement à son entretien pour l'empêcher de sentir la nécessité. J'ai compté, disais-je pour me consoler, que vingt mille écus nous suffiraient pendant dix ans. Supposons que les dix ans soient écoulés, et que nul des changements que j'espérais ne soit arrivé dans ma famille. Quel parti prendrais-je ? Je ne le sais pas trop bien, mais, ce que je ferais alors, qui m'empêche de le faire aujourd'hui ? Combien de personnes vivent à Paris, qui n'ont ni mon esprit, ni mes qualités naturelles, et qui doivent néanmoins leur entretien à leurs talents, tels qu'ils les ont ! La Providence, ajoutais-je, en réfléchissant sur les différents états de la vie, n'a-t-elle pas arrangé les choses fort sagement ? La plupart des grands et des riches sont des sots[1] : cela est clair à qui connaît un peu le monde. Or il y a là-dedans une justice admirable : s'ils joignaient l'esprit aux richesses, ils seraient trop heureux, et le reste des hommes trop misérable. Les qualités du corps et de l'âme sont accordées à ceux-ci, comme des moyens pour se tirer de la misère et de la pauvreté. Les uns prennent part aux richesses des grands en servant à leurs plaisirs : ils en font des dupes ; d'autres servent à leur instruction : ils tâchent d'en faire d'honnêtes gens ; il est rare, à la vérité, qu'ils y réussissent, mais ce n'est pas là le but de la divine Sagesse : ils tirent toujours un fruit de leurs soins, qui est de vivre aux dépens de ceux qu'ils instruisent ; et de quelque façon qu'on le prenne, c'est un fond excellent de revenu pour les petits, que la sottise des riches et des grands.

Ces pensées me remirent un peu le cœur et la tête. Je résolus d'abord d'aller consulter M. Lescaut, frère de Manon. Il connaissait parfaitement Paris, et je n'avais eu que trop d'occasions de reconnaître que ce n'était ni de son bien ni de la paye du roi qu'il tirait son plus clair revenu[1]. Il me restait à peine vingt pistoles qui s'étaient trouvées heureusement dans ma poche. Je lui montrai ma bourse, en lui expliquant mon malheur et mes craintes, et je lui demandai s'il y avait pour moi un parti à choisir entre celui de mourir de faim, ou de me casser la tête de désespoir. Il me répondit que se casser la tête était la ressource des sots ; pour mourir de faim, qu'il y avait quantité de gens d'esprit qui s'y voyaient réduits, quand ils ne voulaient pas faire usage de leurs talents ; que c'était à moi d'examiner de quoi j'étais capable ; qu'il m'assurait de son secours et de ses conseils dans toutes mes entreprises.

Cela est bien vague, monsieur Lescaut, lui dis-je ; mes besoins demanderaient un remède plus présent, car que voulez-vous que je dise à Manon ? À propos de Manon, reprit-il, qu'est-ce qui vous embarrasse ? N'avez-vous pas toujours, avec elle, de quoi finir vos inquiétudes quand vous le voudrez ? Une fille comme elle devrait nous entretenir, vous, elle et moi. Il me coupa la réponse que cette impertinence méritait, pour continuer de me dire qu'il me garantissait avant le soir mille écus à partager entre nous, si je voulais suivre son conseil ; qu'il connaissait un seigneur, si libéral sur le chapitre des plaisirs, qu'il était sûr que mille écus ne lui coûteraient rien pour obtenir les faveurs d'une fille telle que Manon. Je l'arrêtai. J'avais meilleure opinion de vous, lui répondis-je ; je m'étais figuré que le motif que vous aviez eu, pour m'accorder votre amitié, était un sentiment tout opposé à celui où vous êtes maintenant. Il me confessa impudemment qu'il avait toujours pensé de même, et que, sa sœur ayant une fois violé les lois de son sexe[1], quoique en faveur de l'homme qu'il aimait le plus, il ne s'était réconcilié avec elle que dans l'espérance de tirer parti de sa mauvaise conduite. Il me fut aisé de juger que jusqu'alors nous avions été ses dupes. Quelque émotion néanmoins que ce discours m'eût causée, le besoin que j'avais de lui m'obligea de répondre, en riant, que son conseil était une dernière ressource qu'il fallait remettre à l'extrémité. Je le priai de m'ouvrir quelque autre voie. Il me proposa de profiter de ma jeunesse et de la figure avantageuse que j'avais reçue de la nature, pour me mettre en liaison avec quelque dame vieille et libérale. Je ne goûtai pas non plus ce parti, qui m'aurait rendu infidèle à Manon. Je lui parlai du jeu, comme du moyen le plus facile, et le plus convenable à ma situation. Il me dit que le jeu, à la vérité, était une ressource, mais que cela demandait d'être expliqué ; qu'entreprendre de jouer simplement, avec les espérances communes, c'était le vrai moyen d'achever ma perte ; que de prétendre exercer seul, et sans être soutenu, les petits moyens qu'un habile homme emploie pour corriger la fortune, était un métier trop dangereux ; qu'il y avait une troisième voie, qui était celle de l'association, mais que ma jeunesse lui faisait craindre que messieurs les Confédérés ne me jugeassent point encore les qualités propres à la Ligue[2]. Il me promit néanmoins ses bons offices auprès d'eux ; et ce que je n'aurais pas attendu de lui, il m'offrit quelque argent, lorsque je me trouverais pressé du besoin. L'unique grâce que je lui demandai, dans les circonstances, fut de ne rien apprendre à Manon de la perte que j'avais faite, et du sujet de notre conversation.

Je sortis de chez lui moins satisfait encore que je n'y étais entré ; je me repentis même de lui avoir confié mon secret. Il n'avait rien fait, pour moi, que je n'eusse pu obtenir de même sans cette ouverture, et je craignais mortellement qu'il ne manquât à la promesse qu'il m'avait faite de ne rien découvrir à Manon. J'avais lieu d'appréhender aussi, par la déclaration de ses sentiments, qu'il ne formât le dessein de tirer parti d'elle, suivant ses propres termes, en l'enlevant de mes mains, ou, du moins, en lui conseillant de me quitter pour s'attacher à quelque amant plus riche et plus heureux. Je fis là-dessus mille réflexions, qui n'aboutirent qu'à me tourmenter et à renouveler le désespoir où j'avais été le matin. Il me vint plusieurs fois à l'esprit d'écrire à mon père, et de feindre une nouvelle conversion, pour obtenir de lui quelque secours d'argent ; mais je me rappelai aussitôt que, malgré toute sa bonté, il m'avait resserré six mois dans une étroite prison, pour ma première faute ; j'étais bien sûr qu'après un éclat tel que l'avait dû causer ma fuite de Saint-Sulpice, il me traiterait beaucoup plus rigoureusement. Enfin, cette confusion de pensées en produisit une qui remit le calme tout d'un coup dans mon esprit, et que je m'étonnai de n'avoir pas eue plus tôt, ce fut de recourir à mon ami Tiberge, dans lequel j'étais bien certain de retrouver toujours le même fond de zèle et d'amitié. Rien n'est plus admirable, et ne fait plus d'honneur à la vertu, que la confiance avec laquelle on s'adresse aux personnes dont on connaît parfaitement la probité. On sent qu'il n'y a point de risque à courir. Si elles ne sont pas toujours en état d'offrir du secours, on est sûr qu'on en obtiendra du moins de la bonté et de la compassion. Le cœur, qui se ferme avec tant de soin au reste des hommes, s'ouvre naturellement en leur présence, comme une fleur s'épanouit à la lumière du soleil, dont elle n'attend qu'une douce influence[1].

Je regardai comme un effet de la protection du Ciel de m'être souvenu si à propos de Tiberge, et je résolus de chercher les moyens de le voir avant la fin du jour. Je retournai sur-le-champ au logis, pour lui écrire un mot, et lui marquer un lieu propre à notre entretien. Je lui recommandais le silence et la discrétion, comme un des plus importants services qu'il pût me rendre dans la situation de mes affaires. La joie que l'espérance de le voir m'inspirait effaça les traces du chagrin que Manon n'aurait pas manqué d'apercevoir sur mon visage. Je lui parlai de notre malheur de Chaillot comme d'une bagatelle qui ne devait pas l'alarmer ; et Paris étant le lieu du monde où elle se voyait avec le plus de plaisir, elle ne fut pas fâchée de m'entendre dire qu'il était à propos d'y demeurer, jusqu'à ce qu'on eût réparé à Chaillot quelques légers effets de l'incendie. Une heure après, je reçus la réponse de Tiberge, qui me promettait de se rendre au lieu de l'assignation. J'y courus avec impatience. Je sentais néanmoins quelque honte d'aller paraître aux yeux d'un ami, dont la seule présence devait être un reproche de mes désordres, mais l'opinion que j'avais de la bonté de son cœur et l'intérêt de Manon soutinrent ma hardiesse.

Je l'avais prié de se trouver au jardin du Palais-Royal[2]. Il y était avant moi. Il vint m'embrasser, aussitôt qu'il m'eut aperçu. Il me tint serré longtemps entre ses bras, et je sentis mon visage mouillé de ses larmes. Je lui dis que je ne me présentais à lui qu'avec confusion, et que je portais dans le cœur un vif sentiment de mon ingratitude ; que la première chose dont je le conjurais était de m'apprendre s'il m'était encore permis de le regarder comme mon ami, après avoir mérité si justement de perdre son estime et son affection. Il me répondit, du ton le plus tendre, que rien n'était capable de le faire renoncer à cette qualité ; que mes malheurs mêmes, et si je lui permettais de le dire, mes fautes et mes désordres, avaient redoublé sa tendresse pour moi ; mais que c'était une tendresse mêlée de la plus vive douleur, telle qu'on la sent pour une personne chère, qu'on voit toucher à sa perte sans pouvoir la secourir.

Nous nous assîmes sur un banc. Hélas ! lui dis-je, avec un soupir parti du fond du cœur, votre compassion doit être excessive, mon cher Tiberge, si vous m'assurez qu'elle est égale à mes peines. J'ai honte de vous les laisser voir, car je confesse que la cause n'en est pas glorieuse, mais l'effet en est si triste qu'il n'est pas besoin de m'aimer autant que vous faites pour en être attendri. Il me demanda, comme une marque d'amitié, de lui raconter sans déguisement ce qui m'était arrivé depuis mon départ de Saint-Sulpice. Je le satisfis ; et loin d'altérer quelque chose à la vérité, ou de diminuer mes fautes pour les faire trouver plus excusables, je lui parlai de ma passion avec toute la force qu'elle m'inspirait. Je la lui représentai comme un de ces coups particuliers du destin qui s'attache à la ruine d'un misérable, et dont il est aussi impossible à la vertu de se défendre qu'il l'a été à la sagesse de les prévoir. Je lui fis une vive peinture de mes agitations, de mes craintes, du désespoir où j'étais deux heures avant que de le voir, et de celui dans lequel j'allais retomber, si j'étais abandonné par mes amis aussi impitoyablement que par la fortune ; enfin, j'attendris tellement le bon Tiberge, que je le vis aussi affligé par la compassion que je l'étais par le sentiment de mes peines. Il ne se lassait point de m'embrasser, et de m'exhorter à prendre du courage et de la consolation, mais, comme il supposait toujours qu'il fallait me séparer de Manon, je lui fis entendre nettement que c'était cette séparation même que je regardais comme la plus grande de mes infortunes, et que j'étais disposé à souffrir, non seulement le dernier excès de la misère, mais la mort la plus cruelle, avant que de recevoir un remède plus insupportable que tous mes maux ensemble.

Expliquez-vous donc, me dit-il : quelle espèce de secours suis-je capable de vous donner, si vous vous révoltez contre toutes mes propositions ? Je n'osais lui déclarer que c'était de sa bourse que j'avais besoin. Il le comprit pourtant à la fin, et m'ayant confessé qu'il croyait m'entendre, il demeura quelque temps suspendu, avec l'air d'une personne qui balance. Ne croyez pas, reprit-il bientôt, que ma rêverie vienne d'un refroidissement de zèle et d'amitié. Mais à quelle alternative me réduisez-vous, s'il faut que je vous refuse le seul secours que vous voulez accepter, ou que je blesse mon devoir en vous l'accordant ? car n'est-ce pas prendre part à votre désordre, que de vous y faire persévérer ? Cependant, continua-t-il après avoir réfléchi un moment, je m'imagine que c'est peut-être l'état violent où l'indigence vous jette, qui ne vous laisse pas assez de liberté pour choisir le meilleur parti ; il faut un esprit tranquille pour goûter la sagesse et la vérité[1]. Je trouverai le moyen de vous faire avoir quelque argent. Permettez-moi, mon cher Chevalier, ajouta-t-il en m'embrassant, d'y mettre seulement une condition : c'est que vous m'apprendrez le lieu de votre demeure, et que vous souffrirez que je fasse du moins mes efforts pour vous ramener à la vertu, que je sais que vous aimez, et dont il n'y a que la violence de vos passions qui vous écarte. Je lui accordai sincèrement tout ce qu'il souhaitait, et je le priai de plaindre la malignité de mon sort, qui me faisait profiter si mal des conseils d'un ami si vertueux. Il me mena aussitôt chez un banquier de sa connaissance, qui m'avança cent pistoles sur son billet[1], car il n'était rien moins qu'en argent comptant. J'ai déjà dit qu'il n'était pas riche. Son bénéfice[2] valait mille écus, mais, comme c'était la première année qu'il le possédait, il n'avait encore rien touché du revenu : c'était sur les fruits futurs qu'il me faisait cette avance.

Je sentis tout le prix de sa générosité. J'en fus touché, jusqu'au point de déplorer l'aveuglement d'un amour fatal, qui me faisait violer tous les devoirs. La vertu eut assez de force pendant quelques moments pour s'élever dans mon cœur contre ma passion, et j'aperçus du moins, dans cet instant de lumière, la honte et l'indignité de mes chaînes. Mais ce combat fut léger et dura peu. La vue de Manon m'aurait fait précipiter du ciel, et je m'étonnai, en me retrouvant près d'elle, que j'eusse pu traiter un moment de honteuse une tendresse si juste pour un objet si charmant[3].

Manon était une créature d'un caractère extraordinaire. Jamais fille n'eut moins d'attachement qu'elle pour l'argent, mais elle ne pouvait être tranquille un moment, avec la crainte d'en manquer. C'était du plaisir et des passe-temps qu'il lui fallait. Elle n'eût jamais voulu toucher un sou, si l'on pouvait se divertir sans qu'il en coûte. Elle ne s'informait pas même quel était le fonds de nos richesses, pourvu qu'elle pût passer agréablement la journée, de sorte que, n'étant ni excessivement livrée au jeu ni capable d'être éblouie par le faste des grandes dépenses, rien n'était plus facile que de la satisfaire, en lui faisant naître tous les jours des amusements de son goût. Mais c'était une chose si nécessaire pour elle, d'être ainsi occupée par le plaisir, qu'il n'y avait pas le moindre fond à faire, sans cela, sur son humeur et sur ses inclinations. Quoiqu'elle m'aimât tendrement, et que je fusse le seul, comme elle en convenait volontiers, qui pût lui faire goûter parfaitement les douceurs de l'amour, j'étais presque certain que sa tendresse ne tiendrait point contre de certaines craintes. Elle m'aurait préféré à toute la terre avec une fortune médiocre ; mais je ne doutais nullement qu'elle ne m'abandonnât pour quelque nouveau B... lorsqu'il ne me resterait que de la constance et de la fidélité à lui offrir[1]. Je résolus donc de régler si bien ma dépense particulière que je fusse toujours en état de fournir aux siennes, et de me priver plutôt de mille choses nécessaires que de la borner même pour le superflu. Le carrosse m'effrayait plus que tout le reste ; car il n'y avait point d'apparence de pouvoir entretenir des chevaux et un cocher[2]. Je découvris ma peine à M. Lescaut. Je ne lui avais point caché que j'eusse reçu cent pistoles d'un ami. Il me répéta que, si je voulais tenter le hasard du jeu, il ne désespérait point qu'en sacrifiant de bonne grâce une centaine de francs pour traiter ses associés, je ne pusse être admis, à sa recommandation, dans la Ligue de l'Industrie[3]. Quelque répugnance que j'eusse à tromper, je me laissai entraîner par une cruelle nécessité.

M. Lescaut me présenta, le soir même, comme un de ses parents ; il ajouta que j'étais d'autant mieux disposé à réussir, que j'avais besoin des plus grandes faveurs de la fortune. Cependant, pour faire connaître que ma misère n'était pas celle d'un homme de néant, il leur dit que j'étais dans le dessein de leur donner à souper. L'offre fut acceptée. Je les traitai magnifiquement. On s'entretint longtemps de la gentillesse de ma figure et de mes heureuses dispositions. On prétendit qu'il y avait beaucoup à espérer de moi, parce qu'ayant quelque chose dans la physionomie qui sentait l'honnête homme, personne ne se défierait de mes artifices[1]. Enfin, on rendit grâces à M. Lescaut d'avoir procuré à l'Ordre un novice de mon mérite, et l'on chargea un des chevaliers[2] de me donner, pendant quelques jours, les instructions nécessaires. Le principal théâtre de mes exploits devait être l'hôtel de Transylvanie[3] où il y avait une table de pharaon[4] dans une salle et divers autres jeux de cartes et de dés dans la galerie. Cette académie se tenait au profit de M. le prince de R..., qui demeurait alors à Clagny[5], et la plupart de ses officiers étaient de notre société. Le dirai-je à ma honte? Je profitai en peu de temps des leçons de mon maître. J'acquis surtout beaucoup d'habileté à faire une volte-face, à filer la carte[6], et m'aidant fort bien d'une longue paire de manchettes, j'escamotais[7] assez légèrement pour tromper les yeux des plus habiles, et ruiner sans affectation quantité d'honnêtes joueurs. Cette adresse extraordinaire hâta si fort les progrès de ma fortune, que je me trouvai en peu de semaines des sommes considérables, outre celles que je partageais de bonne foi avec mes associés. Je ne craignis plus, alors, de découvrir à Manon notre perte de Chaillot, et, pour la consoler, en lui apprenant cette fâcheuse nouvelle, je louai une maison garnie, où nous nous établîmes avec un air d'opulence et de sécurité.

Tiberge n'avait pas manqué, pendant ce temps-là, de me rendre de fréquentes visites. Sa morale ne finissait point. Il recommençait sans cesse à me représenter le tort que je faisais à ma conscience, à mon honneur et à ma fortune. Je recevais ses avis avec amitié, et quoique je n'eusse pas la moindre disposition à les suivre, je lui savais bon gré de son zèle, parce que j'en connaissais la source. Quelquefois je le raillais agréablement, dans la présence même de Manon, et je l'exhortais à n'être pas plus scrupuleux qu'un grand nombre d'évêques et d'autres prêtres, qui savent accorder fort bien une maîtresse avec un bénéfice[1]. Voyez, lui disais-je, en lui montrant les yeux de la mienne, et dites-moi s'il y a des fautes qui ne soient pas justifiées par une si belle cause. Il prenait patience. Il la poussa même assez loin ; mais lorsqu'il vit que mes richesses augmentaient, et que non seulement je lui avais restitué ses cent pistoles, mais qu'ayant loué une nouvelle maison et doublé ma dépense, j'allais me replonger plus que jamais dans les plaisirs, il changea entièrement de ton et de manières. Il se plaignit de mon endurcissement ; il me menaça des châtiments du Ciel, et il me prédit une partie des malheurs qui ne tardèrent guère à m'arriver. Il est impossible, me dit-il, que les richesses qui servent à l'entretien de vos désordres vous soient venues par des voies légitimes. Vous les avez acquises injustement ; elles vous seront ravies de même. La plus terrible punition de Dieu serait de vous en laisser jouir tranquillement. Tous mes conseils, ajouta-t-il, vous ont été inutiles ; je ne prévois que trop qu'ils vous seraient bientôt importuns. Adieu, ingrat et faible ami. Puissent vos criminels plaisirs s'évanouir comme une ombre ! Puissent votre fortune et votre argent périr sans ressource, et vous rester seul et nu, pour sentir la vanité des biens qui vous ont follement enivré ! C'est alors que vous me trouverez disposé à vous aimer et à vous servir, mais je romps aujourd'hui tout commerce avec vous, et je déteste la vie que vous menez. Ce fut dans ma chambre, aux yeux de Manon, qu'il me fit cette harangue apostolique[1]. Il se leva pour se retirer. Je voulus le retenir, mais je fus arrêté par Manon, qui me dit que c'était un fou qu'il fallait laisser sortir.

Son discours ne laissa pas de faire quelque impression sur moi. Je remarque ainsi les diverses occasions où mon cœur sentit un retour vers le bien, parce que c'est à ce souvenir que j'ai dû ensuite une partie de ma force dans les plus malheureuses circonstances de ma vie. Les caresses de Manon dissipèrent, en un moment, le chagrin que cette scène m'avait causé. Nous continuâmes de mener une vie toute composée de plaisir et d'amour. L'augmentation de nos richesses redoubla notre affection; Vénus et la Fortune n'avaient point d'esclaves plus heureux et plus tendres. Dieux! pourquoi nommer le monde un lieu de misères, puisqu'on y peut goûter de si charmantes délices? Mais, hélas! leur faible est de passer trop vite. Quelle autre félicité voudrait-on se proposer, si elles étaient de nature à durer toujours? Les nôtres eurent le sort commun, c'est-à-dire de durer peu, et d'être suivies par des regrets amers. J'avais fait, au jeu, des gains si considérables, que je pensais à placer une partie de mon argent. Mes domestiques n'ignoraient pas mes succès, surtout mon valet de chambre et la suivante de Manon, devant lesquels nous nous entretenions souvent sans défiance. Cette fille était jolie; mon valet en était amoureux. Ils avaient affaire à des maîtres jeunes et faciles, qu'ils s'imaginèrent pouvoir tromper aisément. Ils en conçurent le dessein, et ils l'exécutèrent si malheureusement pour nous, qu'ils nous mirent dans un état dont il ne nous a jamais été possible de nous relever.

M. Lescaut nous ayant un jour donné à souper, il

était environ minuit lorsque nous retournâmes au logis. J'appelai mon valet, et Manon sa femme de chambre ; ni l'un ni l'autre ne parurent. On nous dit qu'ils n'avaient point été vus dans la maison depuis huit heures, et qu'ils étaient sortis après avoir fait transporter quelques caisses, suivant les ordres qu'ils disaient avoir reçus de moi. Je pressentis une partie de la vérité, mais je ne formai point de soupçons qui ne fussent surpassés par ce que j'aperçus en entrant dans ma chambre. La serrure de mon cabinet avait été forcée, et mon argent enlevé, avec tous mes habits. Dans le temps que je réfléchissais, seul, sur cet accident, Manon vint, tout effrayée, m'apprendre qu'on avait fait le même ravage dans son appartement. Le coup me parut si cruel qu'il n'y eut qu'un effort extraordinaire de raison qui m'empêcha de me livrer aux cris et aux pleurs. La crainte de communiquer mon désespoir à Manon me fit affecter de prendre un visage tranquille. Je lui dis, en badinant, que je me vengerais sur quelque dupe à l'hôtel de Transylvanie. Cependant, elle me sembla si sensible à notre malheur, que sa tristesse eut bien plus de force pour m'affliger, que ma joie feinte n'en avait eu pour l'empêcher d'être trop abattue. Nous sommes perdus ! me dit-elle, les larmes aux yeux. Je m'efforçai en vain de la consoler par mes caresses ; mes propres pleurs trahissaient mon désespoir et ma consternation. En effet, nous étions ruinés si absolument, qu'il ne nous restait pas une chemise.

Je pris le parti d'envoyer chercher sur-le-champ M. Lescaut. Il me conseilla d'aller, à l'heure même, chez M. le Lieutenant de Police et M. le Grand Prévôt de Paris[1]. J'y allai, mais ce fut pour mon plus grand malheur ; car outre que cette démarche et celles que je fis faire à ces deux officiers de justice ne produisirent rien, je donnai le temps à Lescaut d'entretenir sa sœur, et de lui inspirer, pendant mon absence, une horrible résolution. Il lui parla de M. de G… M…, vieux voluptueux, qui payait prodiguement les plaisirs, et il lui fit envisager tant d'avantages à se mettre à sa solde, que, troublée comme elle était par notre disgrâce, elle entra dans tout ce qu'il entreprit de lui persuader[1]. Cet honorable marché fut conclu avant mon retour, et l'exécution remise au lendemain, après que Lescaut aurait prévenu M. de G… M… Je le trouvai qui m'attendait au logis ; mais Manon s'était couchée dans son appartement, et elle avait donné ordre à son laquais de me dire qu'ayant besoin d'un peu de repos, elle me priait de la laisser seule pendant cette nuit. Lescaut me quitta, après m'avoir offert quelques pistoles que j'acceptai. Il était près de quatre heures, lorsque je me mis au lit, et m'y étant encore occupé longtemps des moyens de rétablir ma fortune, je m'endormis si tard, que je ne pus me réveiller que vers onze heures ou midi. Je me levai promptement pour aller m'informer de la santé de Manon ; on me dit qu'elle était sortie, une heure auparavant, avec son frère, qui l'était venu prendre dans un carrosse de louage[2]. Quoiqu'une telle partie, faite avec Lescaut, me parût mystérieuse, je me fis violence pour suspendre mes soupçons. Je laissai couler quelques heures, que je passai à lire. Enfin, n'étant plus le maître de mon inquiétude, je me promenai à grands pas dans nos appartements. J'aperçus, dans celui de Manon, une lettre cachetée qui était sur sa table. L'adresse était à moi, et l'écriture de sa main. Je l'ouvris avec un frisson mortel ; elle était dans ces termes :

Je te jure, mon cher Chevalier, que tu es l'idole de mon cœur, et qu'il n'y a que toi au monde que je puisse aimer de la façon dont je t'aime; mais ne vois-tu pas, ma pauvre chère âme, que, dans l'état où nous sommes réduits, c'est une sotte vertu que la fidélité? Crois-tu qu'on puisse être bien tendre lorsqu'on manque de pain? La faim me causerait quelque méprise fatale; je rendrais quelque jour le dernier soupir, en croyant en pousser un d'amour[1]. Je t'adore, compte là-dessus; mais laisse-moi, pour quelque temps, le ménagement de notre fortune. Malheur à qui va tomber dans mes filets! Je travaille pour rendre mon Chevalier riche et heureux[2]. Mon frère t'apprendra des nouvelles de ta Manon, et qu'elle a pleuré de la nécessité de te quitter.

Je demeurai, après cette lecture, dans un état qui me serait difficile à décrire car j'ignore encore aujourd'hui par quelle espèce de sentiments je fus alors agité. Ce fut une de ces situations uniques auxquelles on n'a rien éprouvé qui soit semblable. On ne saurait les expliquer aux autres, parce qu'ils n'en ont pas l'idée; et l'on a peine à se les bien démêler à soi-même, parce qu'étant seules de leur espèce, cela ne se lie à rien dans la mémoire, et ne peut même être rapproché d'aucun sentiment connu. Cependant, de quelque nature que fussent les miens, il est certain qu'il devait y entrer de la douleur, du dépit, de la jalousie et de la honte. Heureux s'il n'y fût pas entré encore plus d'amour! Elle m'aime, je le veux croire; mais ne faudrait-il pas, m'écriai-je, qu'elle fût un monstre pour me haïr? Quels droits eut-on jamais sur un cœur que je n'aie pas sur le sien? Que me reste-t-il à faire pour elle, après tout ce que je lui ai sacrifié? Cependant elle m'abandonne! et l'ingrate se croit à couvert de mes reproches en me disant qu'elle ne cesse pas de m'aimer! Elle appréhende la faim. Dieu d'amour! quelle grossièreté de sentiments! et que c'est répondre mal à ma délicatesse ! Je ne l'ai pas appréhendée, moi qui m'y expose si volontiers pour elle en renonçant à ma fortune et aux douceurs de la maison de mon père ; moi qui me suis retranché jusqu'au nécessaire pour satisfaire ses petites humeurs et ses caprices[1]. Elle m'adore, dit-elle. Si tu m'adorais, ingrate, je sais bien de qui tu aurais pris des conseils ; tu ne m'aurais pas quitté, du moins, sans me dire adieu. C'est à moi qu'il faut demander quelles peines cruelles on sent à se séparer de ce qu'on adore. Il faudrait avoir perdu l'esprit pour s'y exposer volontairement.

Mes plaintes furent interrompues par une visite à laquelle je ne m'attendais pas. Ce fut celle de Lescaut. Bourreau ! lui dis-je en mettant l'épée à la main, où est Manon ? qu'en as-tu fait ? Ce mouvement l'effraya ; il me répondit que, si c'était ainsi que je le recevais lorsqu'il venait me rendre compte du service le plus considérable qu'il eût pu me rendre, il allait se retirer, et ne remettrait jamais le pied chez moi. Je courus à la porte de la chambre, que je fermai soigneusement. Ne t'imagine pas, lui dis-je en me tournant vers lui, que tu puisses me prendre encore une fois pour dupe et me tromper par des fables. Il faut défendre ta vie, ou me faire retrouver Manon. Là ! que vous êtes vif ! repartit-il ; c'est l'unique sujet qui m'amène. Je viens vous annoncer un bonheur auquel vous ne pensez pas, et pour lequel vous reconnaîtrez peut-être que vous m'avez quelque obligation. Je voulus être éclairci sur-le-champ.

Il me raconta que Manon, ne pouvant soutenir la crainte de la misère, et surtout l'idée d'être obligée tout d'un coup à la réforme de notre équipage[2], l'avait prié de lui procurer la connaissance de M. de G... M..., qui passait pour un homme généreux. Il n'eut garde de me dire que le conseil était venu de lui, ni qu'il eût préparé les voies, avant que de l'y conduire. Je l'y ai menée ce matin, continua-t-il, et cet honnête homme a été si charmé de son mérite, qu'il l'a invitée d'abord à lui tenir compagnie à sa maison de campagne, où il est allé passer quelques jours. Moi, ajouta Lescaut, qui ai pénétré tout d'un coup de quel avantage cela pouvait être pour vous, je lui ai fait entendre adroitement que Manon avait essuyé des pertes considérables, et j'ai tellement piqué sa générosité, qu'il a commencé par lui faire un présent de deux cents pistoles. Je lui ai dit que cela était honnête pour le présent, mais que l'avenir amènerait à ma sœur de grands besoins ; qu'elle s'était chargée, d'ailleurs, du soin d'un jeune frère, qui nous était resté sur les bras après la mort de nos père et mère, et que, s'il la croyait digne de son estime, il ne la laisserait pas souffrir dans ce pauvre enfant qu'elle regardait comme la moitié d'elle-même. Ce récit n'a pas manqué de l'attendrir. Il s'est engagé à louer une maison commode, pour vous et pour Manon, car c'est vous-même qui êtes ce pauvre petit frère orphelin. Il a promis de vous meubler proprement, et de vous fournir tous les mois quatre cents bonnes livres, qui en feront, si je compte bien, quatre mille huit cents à la fin de chaque année. Il a laissé ordre à son intendant, avant que de partir pour sa campagne, de chercher une maison, et de la tenir prête pour son retour. Vous reverrez alors Manon, qui m'a chargé de vous embrasser mille fois pour elle, et de vous assurer qu'elle vous aime plus que jamais[1].

Je m'assis, en rêvant à cette bizarre disposition de mon sort. Je me trouvai dans un partage de sentiments, et par conséquent dans une incertitude si difficile à terminer, que je demeurai longtemps sans répondre à quantité de questions que Lescaut me faisait l'une sur l'autre. Ce fut, dans ce moment, que l'honneur et la vertu me firent sentir encore les pointes du remords, et que je jetai les yeux, en soupirant, vers Amiens, vers la maison de mon père, vers Saint-Sulpice et vers tous les lieux où j'avais vécu dans l'innocence. Par quel immense espace n'étais-je pas séparé de cet heureux état! Je ne le voyais plus que de loin, comme une ombre qui s'attirait encore mes regrets et mes désirs, mais trop faible pour exciter mes efforts. Par quelle fatalité, disais-je, suis-je devenu si criminel? L'amour est une passion innocente; comment s'est-il changé, pour moi, en une source de misères et de désordres[1]? Qui m'empêchait de vivre tranquille et vertueux avec Manon? Pourquoi ne l'épousais-je point, avant que d'obtenir rien de son amour? Mon père, qui m'aimait si tendrement, n'y aurait-il pas consenti si je l'en eusse pressé avec des instances légitimes? Ah! mon père l'aurait chérie lui-même, comme une fille charmante, trop digne d'être la femme de son fils; je serais heureux avec l'amour de Manon, avec l'affection de mon père, avec l'estime des honnêtes gens, avec les biens de la fortune et la tranquillité de la vertu. Revers funeste! Quel est l'infâme personnage qu'on vient ici me proposer? Quoi! j'irai partager... Mais y a-t-il à balancer, si c'est Manon qui l'a réglé, et si je la perds sans cette complaisance? Monsieur Lescaut, m'écriai-je en fermant les yeux, comme pour écarter de si chagrinantes réflexions, si vous avez eu dessein de me servir, je vous rends grâces. Vous auriez pu prendre une voie plus honnête; mais c'est une chose finie, n'est-ce pas? Ne pensons donc plus qu'à profiter de vos soins et à remplir votre projet. Lescaut, à qui ma colère, suivie d'un fort long silence, avait causé de l'embarras, fut ravi de me voir prendre un parti tout différent de celui qu'il avait appréhendé sans doute; il n'était rien moins que brave, et j'en eus de meilleures preuves dans la suite. Oui, oui, se hâta-t-il de me répondre, c'est un fort bon service que je vous ai rendu, et vous verrez que nous en tirerons plus d'avantage que vous ne vous y attendez. Nous concertâmes de quelle manière nous pourrions prévenir les défiances que M. de G… M… pouvait concevoir de notre fraternité, en me voyant plus grand et un peu plus âgé peut-être qu'il ne se l'imaginait. Nous ne trouvâmes point d'autre moyen, que de prendre devant lui un air simple et provincial, et de lui faire croire que j'étais dans le dessein d'entrer dans l'état ecclésiastique, et que j'allais pour cela tous les jours au collège. Nous résolûmes aussi que je me mettrais fort mal, la première fois que je serais admis à l'honneur de le saluer. Il revint à la ville trois ou quatre jours après; il conduisit lui-même Manon dans la maison que son intendant avait eu soin de préparer. Elle fit avertir aussitôt Lescaut de son retour; et celui-ci m'en ayant donné avis, nous nous rendîmes tous deux chez elle. Le vieil amant en était déjà sorti.

Malgré la résignation avec laquelle je m'étais soumis à ses volontés, je ne pus réprimer le murmure de mon cœur en la revoyant. Je lui parus triste et languissant. La joie de la retrouver ne l'emportait pas tout à fait sur le chagrin de son infidélité. Elle, au contraire, paraissait transportée du plaisir de me revoir. Elle me fit des reproches de ma froideur. Je ne pus m'empêcher de laisser échapper les noms de perfide et d'infidèle, que j'accompagnai d'autant de soupirs. Elle me railla d'abord de ma simplicité; mais, lorsqu'elle vit mes regards s'attacher toujours tristement sur elle, et la peine que j'avais à digérer un changement si contraire à mon humeur et à mes désirs, elle passa seule dans son cabinet. Je la suivis un moment après. Je l'y trouvai tout en pleurs ; je lui demandai ce qui les causait. Il t'est bien aisé de le voir, me dit-elle, comment veux-tu que je vive, si ma vue n'est plus propre qu'à te causer un air sombre et chagrin ? Tu ne m'as pas fait une seule caresse, depuis une heure que tu es ici, et tu as reçu les miennes avec la majesté du Grand Turc au Sérail.

Écoutez, Manon, lui répondis-je en l'embrassant, je ne puis vous cacher que j'ai le cœur mortellement affligé. Je ne parle point à présent des alarmes où votre fuite imprévue m'a jeté, ni de la cruauté que vous avez eue de m'abandonner sans un mot de consolation, après avoir passé la nuit dans un autre lit que moi. Le charme de votre présence m'en ferait bien oublier davantage. Mais croyez-vous que je puisse penser sans soupirs, et même sans larmes, continuai-je en en versant quelques-unes, à la triste et malheureuse vie que vous voulez que je mène dans cette maison ? Laissons ma naissance et mon honneur à part ; ce ne sont plus des raisons si faibles qui doivent entrer en concurrence avec un amour tel que le mien ; mais cet amour même, ne vous imaginez-vous pas qu'il gémit de se voir si mal récompensé, ou plutôt traité si cruellement par une ingrate et dure maîtresse ?... Elle m'interrompit : tenez, dit-elle, mon Chevalier, il est inutile de me tourmenter par des reproches qui me percent le cœur, lorsqu'ils viennent de vous. Je vois ce qui vous blesse. J'avais espéré que vous consentiriez au projet que j'avais fait pour rétablir un peu notre fortune, et c'était pour ménager votre délicatesse que j'avais commencé à l'exécuter sans votre participation ; mais j'y renonce, puisque vous ne l'approuvez pas. Elle ajouta qu'elle ne me demandait qu'un peu de complaisance, pour le reste du jour ; qu'elle avait déjà reçu deux cents pistoles de son vieil amant, et qu'il lui avait promis de lui apporter le soir un beau collier de perles, avec d'autres bijoux, et par-dessus cela, la moitié de la pension annuelle qu'il lui avait promise. Laissez-moi seulement le temps, me dit-elle, de recevoir ses présents ; je vous jure qu'il ne pourra se vanter des avantages que je lui ai donnés sur moi, car je l'ai remis jusqu'à présent à la ville[1]. Il est vrai qu'il m'a baisé plus d'un million de fois les mains ; il est juste qu'il paye ce plaisir, et ce ne sera point trop que cinq ou six mille francs, en proportionnant le prix à ses richesses et à son âge.

Sa résolution me fut beaucoup plus agréable que l'espérance des cinq mille livres. J'eus lieu de reconnaître que mon cœur n'avait point encore perdu tout sentiment d'honneur, puisqu'il était si satisfait d'échapper à l'infamie. Mais j'étais né pour les courtes joies et les longues douleurs[2]. La Fortune ne me délivra d'un précipice que pour me faire tomber dans un autre. Lorsque j'eus marqué à Manon, par mille caresses, combien je me croyais heureux de son changement, je lui dis qu'il fallait en instruire M. Lescaut, afin que nos mesures se prissent de concert. Il en murmura d'abord ; mais les quatre ou cinq mille livres d'argent comptant le firent entrer gaîment dans nos vues. Il fut donc réglé que nous nous trouverions tous à souper avec M. de G… M…, et cela pour deux raisons : l'une, pour nous donner le plaisir d'une scène agréable en me faisant passer pour un écolier, frère de Manon ; l'autre, pour empêcher ce vieux libertin et s'émanciper trop avec ma maîtresse, par le droit qu'il croirait s'être acquis en payant si libéralement d'avance. Nous devions nous retirer, Lescaut et moi, lorsqu'il monterait à la chambre où il comptait de passer la nuit ; et Manon, au lieu de le suivre, nous promit de sortir, et de la venir passer avec moi. Lescaut se chargea du soin d'avoir exactement un carrosse à la porte.

L'heure du souper étant venue, M. de G... M... ne se fit pas attendre longtemps. Lescaut était avec sa sœur, dans la salle. Le premier compliment du vieillard fut d'offrir à sa belle un collier, des bracelets et des pendants de perles, qui valaient au moins mille écus. Il lui compta ensuite, en beaux louis d'or, la somme de deux mille quatre cents livres, qui faisaient la moitié de la pension. Il assaisonna son présent de quantité de douceurs dans le goût de la vieille Cour[1]. Manon ne put lui refuser quelques baisers ; c'était autant de droits qu'elle acquérait sur l'argent qu'il lui mettait entre les mains. J'étais à la porte, où je prêtais l'oreille, en attendant que Lescaut m'avertît d'entrer.

Il vint me prendre par la main, lorsque Manon eut serré l'argent et les bijoux, et me conduisant vers M. de G... M..., il m'ordonna de lui faire la révérence. J'en fis deux ou trois des plus profondes. Excusez, monsieur, lui dit Lescaut, c'est un enfant fort neuf. Il est bien éloigné, comme vous voyez, d'avoir les airs de Paris ; mais nous espérons qu'un peu d'usage le façonnera. Vous aurez l'honneur de voir ici souvent monsieur, ajouta-t-il, en se tournant vers moi ; faites bien votre profit d'un si bon modèle. Le vieil amant parut prendre plaisir à me voir. Il me donna deux ou trois petits coups sur la joue, en me disant que j'étais un joli garçon, mais qu'il fallait être sur mes gardes à Paris, où les jeunes gens se laissent aller facilement à la débauche. Lescaut l'assura que j'étais naturellement si sage, que je ne parlais que de me faire prêtre, et que tout mon plaisir était de faire de petites chapelles[1]. Je lui trouve de l'air de Manon, reprit le vieillard en me haussant le menton avec la main. Je répondis d'un air niais : Monsieur, c'est que nos deux chairs se touchent de bien proche ; aussi, j'aime ma sœur Manon comme un autre moi-même. L'entendez-vous ? dit-il à Lescaut, il a de l'esprit. C'est dommage que cet enfant-là n'ait pas un peu plus de monde. Oh ! monsieur, repris-je, j'en ai vu beaucoup chez nous dans les églises, et je crois bien que j'en trouverai, à Paris, de plus sots que moi. Voyez, ajouta-t-il, cela est admirable pour un enfant de province. Toute notre conversation fut à peu près du même goût, pendant le souper. Manon, qui était badine, fut sur le point, plusieurs fois, de gâter tout par ses éclats de rire. Je trouvai l'occasion, en soupant, de lui raconter sa propre histoire, et le mauvais sort qui le menaçait. Lescaut et Manon tremblaient pendant mon récit, surtout lorsque je faisais son portrait au naturel ; mais l'amour-propre l'empêcha de s'y reconnaître, et je l'achevai si adroitement, qu'il fut le premier à le trouver fort risible. Vous verrez que ce n'est pas sans raison que je me suis étendu sur cette ridicule scène[2]. Enfin, l'heure du sommeil étant arrivée, il parla d'amour et d'impatience. Nous nous retirâmes, Lescaut et moi ; on le conduisit à sa chambre, et Manon, étant sortie sous prétexte d'un besoin, nous vint joindre à la porte. Le carrosse, qui nous attendait trois ou quatre maisons plus bas, s'avança pour nous recevoir. Nous nous éloignâmes en un instant du quartier.

Quoiqu'à mes propres yeux cette action fût une véritable friponnerie, ce n'était pas la plus injuste que je crusse avoir à me reprocher. J'avais plus de scrupule sur l'argent que j'avais acquis au jeu[3]. Cependant nous profitâmes aussi peu de l'un que de l'autre, et le Ciel permit que la plus légère de ces deux injustices fût la plus rigoureusement punie.

M. de G… M… ne tarda pas longtemps à s'apercevoir qu'il était dupé. Je ne sais s'il fit, dès le soir même, quelques démarches pour nous découvrir, mais il eut assez de crédit pour n'en pas faire longtemps d'inutiles, et nous assez d'imprudence pour compter trop sur la grandeur de Paris et sur l'éloignement qu'il y avait de notre quartier au sien. Non seulement il fut informé de notre demeure et de nos affaires présentes, mais il apprit aussi qui j'étais, la vie que j'avais menée à Paris, l'ancienne liaison de Manon avec B…, la tromperie qu'elle lui avait faite, en un mot, toutes les parties scandaleuses de notre histoire. Il prit là-dessus la résolution de nous faire arrêter, et de nous traiter moins comme des criminels que comme de fieffés libertins. Nous étions encore au lit, lorsqu'un exempt de police entra dans notre chambre avec une demi-douzaine de gardes. Ils se saisirent d'abord de notre argent, ou plutôt de celui de M. de G… M…, et nous ayant fait lever brusquement, ils nous conduisirent à la porte, où nous trouvâmes deux carrosses, dans l'un desquels la pauvre Manon fut enlevée sans explication, et moi traîné dans l'autre à Saint-Lazare[1]. Il faut avoir éprouvé de tels revers, pour juger du désespoir qu'ils peuvent causer. Nos gardes eurent la dureté de ne me pas permettre d'embrasser Manon, ni de lui dire une parole. J'ignorai longtemps ce qu'elle était devenue[2]. Ce fut sans doute un bonheur pour moi de ne l'avoir pas su d'abord, car une catastrophe si terrible m'aurait fait perdre le sens et, peut-être, la vie.

Ma malheureuse maîtresse fut donc enlevée, à mes yeux, et menée dans une retraite[3] que j'ai horreur de nommer. Quel sort pour une créature toute charmante, qui eût occupé le premier trône du monde, si tous les hommes eussent eu mes yeux et mon cœur! On ne l'y traita pas barbarement; mais elle fut resserrée dans une étroite prison, seule, et condamnée à remplir tous les jours une certaine tâche de travail, comme une condition nécessaire pour obtenir quelque dégoûtante nourriture[1]. Je n'appris ce triste détail que longtemps après, lorsque j'eus essuyé moi-même plusieurs mois d'une rude et ennuyeuse pénitence. Mes gardes ne m'ayant point averti non plus du lieu où ils avaient ordre de me conduire, je ne connus mon destin qu'à la porte de Saint-Lazare. J'aurais préféré la mort, dans ce moment, à l'état où je me crus près de tomber. J'avais de terribles idées de cette maison. Ma frayeur augmenta lorsqu'en entrant les gardes visitèrent une seconde fois mes poches, pour s'assurer qu'il ne me restait ni armes, ni moyen de défense. Le supérieur parut à l'instant; il était prévenu sur mon arrivée; il me salua avec beaucoup de douceur. Mon Père, lui dis-je, point d'indignités[2]. Je perdrai mille vies avant que d'en souffrir une. Non, non, monsieur, me répondit-il; vous prendrez une conduite sage, et nous serons contents l'un de l'autre. Il me pria de monter dans une chambre haute. Je le suivis sans résistance. Les archers nous accompagnèrent jusqu'à la porte, et le supérieur, y étant entré avec moi, leur fit signe de se retirer.

Je suis donc votre prisonnier! lui dis-je. Eh bien, mon Père, que prétendez-vous faire de moi? Il me dit qu'il était charmé de me voir prendre un ton raisonnable; que son devoir serait de travailler à m'inspirer le goût de la vertu et de la religion, et le mien, de profiter de ses exhortations et de ses conseils; que, pour peu que je voulusse répondre aux attentions qu'il aurait pour moi, je ne trouverais que du plaisir dans ma solitude. Ah! du plaisir! repris-je; vous ne savez pas, mon Père, l'unique chose qui est capable de m'en faire goûter! Je le sais, reprit-il; mais j'espère que votre inclination changera. Sa réponse me fit comprendre qu'il était instruit de mes aventures, et peut-être de mon nom. Je le priai de m'éclaircir. Il me dit naturellement qu'on l'avait informé de tout.

 Cette connaissance fut le plus rude de tous mes châtiments. Je me mis à verser un ruisseau de larmes, avec toutes les marques d'un affreux désespoir. Je ne pouvais me consoler d'une humiliation qui allait me rendre la fable de toutes les personnes de ma connaissance, et la honte de ma famille. Je passai ainsi huit jours dans le plus profond abattement sans être capable de rien entendre, ni de m'occuper d'autre chose que de mon opprobre. Le souvenir même de Manon n'ajoutait rien à ma douleur. Il n'y entrait, du moins, que comme un sentiment qui avait précédé cette nouvelle peine, et la passion dominante de mon âme était la honte et la confusion. Il y a peu de personnes qui connaissent la force de ces mouvements particuliers du cœur. Le commun des hommes n'est sensible qu'à cinq ou six passions, dans le cercle desquelles leur vie se passe, et où toutes leurs agitations se réduisent. Ôtez-leur l'amour et la haine, le plaisir et la douleur, l'espérance et la crainte, ils ne sentent plus rien. Mais les personnes d'un caractère plus noble peuvent être remuées de mille façons différentes; il semble qu'elles aient plus de cinq sens, et qu'elles puissent recevoir des idées et des sensations qui passent les bornes ordinaires de la nature; et comme elles ont un sentiment de cette grandeur qui les élève au-dessus du vulgaire, il n'y a rien dont elles soient plus jalouses[1]. De là vient qu'elles souffrent si impatiemment le mépris et la risée, et que la honte est une de leurs plus violentes passions.

J'avais ce triste avantage à Saint-Lazare. Ma tristesse parut si excessive au supérieur, qu'en appréhendant les suites, il crut devoir me traiter avec beaucoup de douceur et d'indulgence. Il me visitait deux ou trois fois le jour. Il me prenait souvent avec lui, pour faire un tour de jardin, et son zèle s'épuisait en exhortations et en avis salutaires[2]. Je les recevais avec douceur ; je lui marquais même de la reconnaissance. Il en tirait l'espoir de ma conversion. Vous êtes d'un naturel si doux et si aimable, me dit-il un jour, que je ne puis comprendre les désordres dont on vous accuse. Deux choses m'étonnent : l'une, comment, avec de si bonnes qualités, vous avez pu vous livrer à l'excès du libertinage ; et l'autre que j'admire encore plus, comment vous recevez si volontiers mes conseils et mes instructions, après avoir vécu plusieurs années dans l'habitude du désordre[3]. Si c'est repentir, vous êtes un exemple signalé des miséricordes du Ciel ; si c'est bonté naturelle, vous avez du moins un excellent fond de caractère, qui me fait espérer que nous n'aurons pas besoin de vous retenir ici longtemps, pour vous ramener à une vie honnête et réglée. Je fus ravi de lui voir cette opinion de moi. Je résolus de l'augmenter par une conduite qui pût le satisfaire entièrement, persuadé que c'était le plus sûr moyen d'abréger ma prison. Je lui demandai des livres. Il fut surpris que, m'ayant laissé le choix de ceux que je voulais lire, je me déterminai pour quelques auteurs sérieux. Je feignis de m'appliquer à l'étude avec le dernier attachement, et je lui donnai ainsi, dans toutes les occasions, des preuves du changement qu'il désirait.

Cependant il n'était qu'extérieur. Je dois le confesser à ma honte, je jouai, à Saint-Lazare, un personnage d'hypocrite[1]. Au lieu d'étudier, quand j'étais seul, je ne m'occupais qu'à gémir de ma destinée ; je maudissais ma prison et la tyrannie qui m'y retenait. Je n'eus pas plutôt quelque relâche du côté de cet accablement où m'avait jeté la confusion, que je retombai dans les tourments de l'amour. L'absence de Manon, l'incertitude de son sort, la crainte de ne la revoir jamais étaient l'unique objet de mes tristes méditations. Je me la figurais dans les bras de G... M..., car c'était la pensée que j'avais eue d'abord ; et, loin de m'imaginer qu'il lui eût fait le même traitement qu'à moi, j'étais persuadé qu'il ne m'avait fait éloigner que pour la posséder tranquillement. Je passais ainsi des jours et des nuits dont la longueur me paraissait éternelle. Je n'avais d'espérance que dans le succès de mon hypocrisie. J'observais soigneusement le visage et les discours du supérieur, pour m'assurer de ce qu'il pensait de moi, et je me faisais une étude de lui plaire, comme à l'arbitre de ma destinée. Il me fut aisé de reconnaître que j'étais parfaitement dans ses bonnes grâces. Je ne doutai plus qu'il ne fût disposé à me rendre service. Je pris un jour la hardiesse de lui demander si c'était de lui que mon élargissement dépendait. Il me dit qu'il n'en était pas absolument le maître, mais que, sur son témoignage, il espérait que M. de G... M..., à la sollicitation duquel M. le Lieutenant général de Police m'avait fait renfermer[2], consentirait à me rendre la liberté. Puis-je me flatter, repris-je doucement, que deux mois de prison, que j'ai déjà essuyés, lui paraîtront une expiation suffisante ? Il me promit de lui en parler, si je le souhaitais. Je le priai instamment de me rendre ce bon office. Il m'apprit, deux jours après, que G... M... avait été si touché du bien qu'il avait entendu de moi, que non seulement il paraissait être dans le dessein de me laisser voir le jour, mais qu'il avait même marqué beaucoup d'envie de me connaître plus particulièrement, et qu'il se proposait de me rendre une visite dans ma prison. Quoique sa présence ne pût m'être agréable, je la regardai comme un acheminement prochain à ma liberté.

Il vint effectivement à Saint-Lazare. Je lui trouvai l'air plus grave et moins sot qu'il ne l'avait eu dans la maison de Manon. Il me tint quelques discours de bon sens sur ma mauvaise conduite. Il ajouta, pour justifier apparemment ses propres désordres, qu'il était permis à la faiblesse des hommes de se procurer certains plaisirs que la nature exige, mais que la friponnerie et les artifices honteux méritaient d'être punis. Je l'écoutai avec un air de soumission dont il parut satisfait. Je ne m'offensai pas même de lui entendre lâcher quelques railleries sur ma fraternité avec Lescaut et Manon, et sur les petites chapelles dont il supposait, me dit-il, que j'avais dû faire un grand nombre à Saint-Lazare, puisque je trouvais tant de plaisir à cette pieuse occupation. Mais il lui échappa, malheureusement pour lui et pour moi-même, de me dire que Manon en aurait fait aussi, sans doute, de fort jolies à l'Hôpital. Malgré le frémissement que le nom d'Hôpital me causa, j'eus encore le pouvoir de le prier, avec douceur, de s'expliquer. Hé oui! reprit-il, il y a deux mois qu'elle apprend la sagesse à l'Hôpital général, et je souhaite qu'elle en ait tiré autant de profit que vous à Saint-Lazare.

Quand j'aurais eu une prison éternelle, ou la mort même présente à mes yeux, je n'aurais pas été le maître de mon transport, à cette affreuse nouvelle. Je me jetai sur lui avec une si furieuse rage que j'en perdis la moitié de mes forces. J'en eus assez néanmoins pour le renverser par terre, et pour le prendre à la gorge. Je l'étranglais, lorsque le bruit de sa chute, et quelques cris aigus, que je lui laissais à peine la liberté de pousser, attirèrent le supérieur et plusieurs religieux dans ma chambre. On le délivra de mes mains. J'avais presque perdu moi-même la force et la respiration. Ô Dieu! m'écriai-je, en poussant mille soupirs; justice du Ciel! faut-il que je vive un moment, après une telle infamie? Je voulus me jeter encore sur le barbare qui venait de m'assassiner. On m'arrêta. Mon désespoir, mes cris et mes larmes passaient toute imagination. Je fis des choses si étonnantes, que tous les assistants, qui en ignoraient la cause, se regardaient les uns les autres avec autant de frayeur que de surprise. M. de G... M... rajustait pendant ce temps-là sa perruque et sa cravate, et dans le dépit d'avoir été si maltraité, il ordonnait au supérieur de me resserrer plus étroitement que jamais, et de me punir par tous les châtiments qu'on sait être propres à Saint-Lazare[1]. Non, monsieur, lui dit le supérieur; ce n'est point avec une personne de la naissance de M. le Chevalier que nous en usons de cette manière. Il est si doux, d'ailleurs, et si honnête, que j'ai peine à comprendre qu'il se soit porté à cet excès sans de fortes raisons[2]. Cette réponse acheva de déconcerter M. de G... M... Il sortit en disant qu'il saurait faire plier et le supérieur, et moi, et tous ceux qui oseraient lui résister.

Le supérieur, ayant ordonné à ses religieux de le conduire, demeura seul avec moi. Il me conjura de lui apprendre promptement d'où venait ce désordre. Ô mon Père, lui dis-je, en continuant de pleurer comme un enfant, figurez-vous la plus horrible cruauté, imaginez-vous la plus détestable de toutes les barbaries, c'est l'action que l'indigne G... M... a eu la lâcheté de commettre. Oh! il m'a percé le cœur. Je n'en reviendrai jamais. Je veux vous raconter tout, ajoutai-je en sanglotant. Vous êtes bon, vous aurez pitié de moi. Je lui fis un récit abrégé de la longue et insurmontable passion que j'avais pour Manon, de la situation florissante de notre fortune avant que nous eussions été dépouillés par nos propres domestiques, des offres que G... M... avait faites à ma maîtresse, de la conclusion de leur marché, et de la manière dont il avait été rompu. Je lui représentai les choses, à la vérité, du côté le plus favorable pour nous : Voilà, continuai-je, de quelle source est venu le zèle de M. de G... M... pour ma conversion. Il a eu le crédit de me faire ici renfermer, par un pur motif de vengeance. Je lui pardonne, mais, mon Père, ce n'est pas tout : il a fait enlever cruellement la plus chère moitié de moi-même, il l'a fait mettre honteusement à l'Hôpital, il a eu l'impudence de me l'annoncer aujourd'hui de sa propre bouche. À l'Hôpital, mon Père! Ô Ciel! ma charmante maîtresse, ma chère reine à l'Hôpital, comme la plus infâme de toutes les créatures! Où trouverai-je assez de force pour ne pas mourir de douleur et de honte? Le bon Père, me voyant dans cet excès d'affliction, entreprit de me consoler. Il me dit qu'il n'avait jamais compris mon aventure de la manière dont je la racontais; qu'il avait su, à la vérité, que je vivais dans le désordre, mais qu'il s'était figuré que ce qui avait obligé M. de G... M... d'y prendre intérêt, était quelque liaison d'estime et d'amitié avec ma famille[1]; qu'il ne s'en était expliqué à lui-même que sur ce pied; que ce que je venais de lui apprendre mettrait beaucoup de changement dans mes affaires, et qu'il ne doutait point que le récit fidèle qu'il avait dessein d'en faire à M. le Lieutenant général de Police ne pût contribuer à ma liberté. Il me demanda ensuite pourquoi je n'avais pas encore pensé à donner de mes nouvelles à ma famille, puisqu'elle n'avait point eu de part à ma captivité. Je satisfis à cette objection par quelques raisons prises de la douleur que j'avais appréhendé de causer à mon père, et de la honte que j'en aurais ressentie moi-même. Enfin il me promit d'aller de ce pas chez le Lieutenant de Police, ne fût-ce, ajouta-t-il, que pour prévenir quelque chose de pis, de la part de M. de G... M..., qui est sorti de cette maison fort mal satisfait, et qui est assez considéré pour se faire redouter.

J'attendis le retour du Père avec toutes les agitations d'un malheureux qui touche au moment de sa sentence. C'était pour moi un supplice inexprimable de me représenter Manon à l'Hôpital. Outre l'infamie de cette demeure, j'ignorais de quelle manière elle y était traitée, et le souvenir de quelques particularités que j'avais entendues de cette maison d'horreur renouvelait à tous moments mes transports[1]. J'étais tellement résolu de la secourir, à quelque prix et par quelque moyen que ce pût être, que j'aurais mis le feu à Saint-Lazare, s'il m'eût été impossible d'en sortir autrement. Je réfléchis donc sur les voies que j'avais à prendre, s'il arrivait que le Lieutenant général de Police continuât de m'y retenir malgré moi. Je mis mon industrie à toutes les épreuves ; je parcourus toutes les possibilités. Je ne vis rien qui pût m'assurer d'une évasion certaine, et je craignis d'être renfermé plus étroitement si je faisais une tentative malheureuse. Je me rappelai le nom de quelques amis, de qui je pouvais espérer du secours ; mais quel moyen de leur faire savoir ma situation ? Enfin, je crus avoir formé un plan si adroit qu'il pourrait réussir, et je remis à l'arranger encore mieux après le retour du Père supérieur, si l'inutilité de sa démarche me le rendait nécessaire. Il ne tarda point à revenir. Je ne vis pas, sur son visage, les marques de joie qui accompagnent une bonne nouvelle. J'ai parlé, me dit-il, à M. le Lieutenant général de Police, mais je lui ai parlé trop tard. M. de G… M… l'est allé voir en sortant d'ici, et l'a si fort prévenu contre vous, qu'il était sur le point de m'envoyer de nouveaux ordres pour vous resserrer davantage.

Cependant, lorsque je lui ai appris le fond de vos affaires, il a paru s'adoucir beaucoup, et riant un peu de l'incontinence du vieux M. de G… M…, il m'a dit qu'il fallait vous laisser ici six mois pour le satisfaire ; d'autant mieux, a-t-il dit, que cette demeure ne saurait vous être inutile. Il m'a recommandé de vous traiter honnêtement, et je vous réponds que vous ne vous plaindrez point de mes manières.

Cette explication du bon supérieur fut assez longue pour me donner le temps de faire une sage réflexion. Je conçus que je m'exposerais à renverser mes desseins si je lui marquais trop d'empressement pour ma liberté. Je lui témoignai, au contraire, que dans la nécessité de demeurer, c'était une douce consolation pour moi d'avoir quelque part à son estime. Je le priai ensuite, sans affectation, de m'accorder une grâce, qui n'était de nulle importance pour personne, et qui servirait beaucoup à ma tranquillité ; c'était de faire avertir un de mes amis, un saint ecclésiastique qui demeurait à Saint-Sulpice, que j'étais à Saint-Lazare, et de permettre que je reçusse quelquefois sa visite. Cette faveur me fut accordée sans délibérer. C'était mon ami Tiberge dont il était question ; non que j'espérasse de lui les secours nécessaires pour ma liberté, mais je voulais l'y faire servir comme un instrument éloigné, sans qu'il en eût même connaissance. En un mot, voici mon projet : je voulais écrire à Lescaut et le charger, lui et nos amis communs, du soin de me délivrer. La première difficulté était de lui faire tenir ma lettre ; ce devait être l'office de Tiberge. Cependant, comme il le connaissait pour le frère de ma maîtresse, je craignais qu'il n'eût peine à se charger de cette commission. Mon dessein était de renfermer ma lettre à Lescaut dans une autre lettre que je devais adresser à un honnête homme de ma connaissance, en le priant de rendre promptement la première à son adresse, et comme il était nécessaire que je visse Lescaut pour nous accorder dans nos mesures, je voulais lui marquer de venir à Saint-Lazare, et de demander à me voir sous le nom de mon frère aîné, qui était venu exprès à Paris pour prendre connaissance de mes affaires. Je remettais à convenir avec lui des moyens qui nous paraîtraient les plus expéditifs et les plus sûrs. Le Père supérieur fit avertir Tiberge du désir que j'avais de l'entretenir. Ce fidèle ami ne m'avait pas tellement perdu de vue qu'il ignorât mon aventure : il savait que j'étais à Saint-Lazare, et peut-être n'avait-il pas été fâché de cette disgrâce qu'il croyait capable de me ramener au devoir. Il accourut aussitôt à ma chambre.

Notre entretien fut plein d'amitié. Il voulut être informé de mes dispositions. Je lui ouvris mon cœur sans réserve, excepté sur le dessein de ma fuite. Ce n'est pas à vos yeux, cher ami, lui dis-je, que je veux paraître ce que je ne suis point. Si vous avez cru trouver ici un ami sage et réglé dans ses désirs, un libertin réveillé par les châtiments du Ciel, en un mot un cœur dégagé de l'amour et revenu des charmes de sa Manon, vous avez jugé trop favorablement de moi. Vous me revoyez tel que vous me laissâtes il y a quatre mois : toujours tendre, et toujours malheureux par cette fatale tendresse dans laquelle je ne me lasse point de chercher mon bonheur.

Il me répondit que l'aveu que je faisais me rendait inexcusable ; qu'on voyait bien des pécheurs qui s'enivraient du faux bonheur du vice jusqu'à le préférer hautement à celui de la vertu ; mais que c'était, du moins, à des images de bonheur qu'ils s'attachaient, et qu'ils étaient les dupes de l'apparence ; mais que, de reconnaître, comme je le faisais, que l'objet de mes attachements n'était propre qu'à me rendre coupable et malheureux, et de continuer à me précipiter volontairement dans l'infortune et dans le crime, c'était une contradiction d'idées et de conduite qui ne faisait pas honneur à ma raison.

Tiberge, repris-je, qu'il vous est aisé de vaincre, lorsqu'on n'oppose rien à vos armes ! Laissez-moi raisonner à mon tour[1]. Pouvez-vous prétendre que ce que vous appelez le bonheur de la vertu soit exempt de peines, de traverses et d'inquiétudes ? Quel nom donnerez-vous à la prison, aux croix, aux supplices et aux tortures des tyrans ? Direz-vous, comme font les mystiques, que ce qui tourmente le corps est un bonheur pour l'âme ? Vous n'oseriez le dire ; c'est un paradoxe insoutenable. Ce bonheur, que vous relevez tant, est donc mêlé de mille peines, ou pour parler plus juste, ce n'est qu'un tissu de malheurs au travers desquels on tend à la félicité. Or si la force de l'imagination fait trouver du plaisir dans ces maux mêmes, parce qu'ils peuvent conduire à un terme heureux qu'on espère, pourquoi traitez-vous de contradictoire et d'insensée, dans ma conduite, une disposition toute semblable ? J'aime Manon ; je tends au travers de mille douleurs à vivre heureux et tranquille auprès d'elle. La voie par où je marche est malheureuse ; mais l'espérance d'arriver à mon terme y répand toujours de la douceur, et je me croirai trop bien payé, par un moment passé avec elle, de tous les chagrins que j'essuie pour l'obtenir. Toutes choses me paraissent donc égales de votre côté et du mien ; ou s'il y a quelque différence, elle est encore à mon avantage, car le bonheur que j'espère est proche, et l'autre est éloigné ; le mien est de la nature des peines, c'est-à-dire sensible au corps, et l'autre est d'une nature inconnue, qui n'est certaine que par la foi.

Tiberge parut effrayé de ce raisonnement. Il recula de deux pas, en me disant, de l'air le plus sérieux, que, non seulement ce que je venais de dire blessait le bon sens, mais que c'était un malheureux sophisme d'impiété et d'irréligion : car cette comparaison, ajouta-t-il, du terme de vos peines avec celui qui est proposé par la religion, est une idée des plus libertines et des plus monstrueuses.

J'avoue, repris-je, qu'elle n'est pas juste ; mais prenez-y garde, ce n'est pas sur elle que porte mon raisonnement. J'ai eu dessein d'expliquer ce que vous regardez comme une contradiction, dans la persévérance d'un amour malheureux, et je crois avoir fort bien prouvé que, si c'en est une, vous ne sauriez vous en sauver plus que moi. C'est à cet égard seulement que j'ai traité les choses d'égales, et je soutiens encore qu'elles le sont. Répondrez-vous que le terme de la vertu est infiniment supérieur à celui de l'amour ? Qui refuse d'en convenir ? Mais est-ce de quoi il est question ? Ne s'agit-il pas de la force qu'ils ont l'un et l'autre, pour faire supporter les peines ? Jugeons-en par l'effet. Combien trouve-t-on de déserteurs de la sévère vertu, et combien en trouverez-vous peu de l'amour ? Répondrez-vous encore que, s'il y a des peines dans l'exercice du bien, elles ne sont pas infaillibles et nécessaires ; qu'on ne trouve plus de tyrans ni de croix, et qu'on voit quantité de personnes vertueuses mener une vie douce et tranquille ? Je vous dirai de même qu'il y a des amours paisibles et fortunés, et, ce qui fait encore une différence qui m'est extrêmement avantageuse, j'ajouterai que l'amour, quoiqu'il trompe assez souvent, ne promet du moins que des satisfactions et des joies, au lieu que la religion veut qu'on s'attende à une pratique triste et mortifiante[1]. Ne vous alarmez pas, ajoutai-je en voyant son zèle prêt à se chagriner. L'unique chose que je veux conclure ici, c'est qu'il n'y a point de plus mauvaise méthode pour dégoûter un cœur de l'amour, que de lui en décrier les douceurs et de lui promettre plus de bonheur dans l'exercice de la vertu. De la manière dont nous sommes faits, il est certain que notre félicité consiste dans le plaisir ; je défie qu'on s'en forme une autre idée ; or le cœur n'a pas besoin de se consulter longtemps pour sentir que, de tous les plaisirs, les plus doux sont ceux de l'amour. Il s'aperçoit bientôt qu'on le trompe lorsqu'on lui en promet ailleurs de plus charmants, et cette tromperie le dispose à se défier des promesses les plus solides. Prédicateurs, qui voulez me ramener à la vertu, dites-moi qu'elle est indispensablement nécessaire, mais ne me déguisez pas qu'elle est sévère et pénible[2]. Établissez bien que les délices de l'amour sont passagères, qu'elles sont défendues, qu'elles seront suivies par d'éternelles peines, et ce qui fera peut-être encore plus d'impression sur moi, que, plus elles sont douces et charmantes, plus le Ciel sera magnifique à récompenser un si grand sacrifice, mais confessez qu'avec des cœurs tels que nous les avons, elles sont ici-bas nos plus parfaites félicités.

Cette fin de mon discours rendit sa bonne humeur à Tiberge. Il convint qu'il y avait quelque chose de raisonnable dans mes pensées. La seule objection qu'il ajouta fut de me demander pourquoi je n'entrais pas du moins dans mes propres principes, en sacrifiant mon amour à l'espérance de cette rémunération dont je me faisais une si grande idée. Ô cher ami ! lui répondis-je, c'est ici que je reconnais ma misère et ma faiblesse. Hélas ! oui, c'est mon devoir d'agir comme je raisonne ! mais l'action est-elle en mon pouvoir ? De quels secours n'aurais-je pas besoin pour oublier les charmes de Manon[1] ? Dieu me pardonne, reprit Tiberge, je pense que voici encore un de nos jansénistes. Je ne sais ce que je suis, répliquai-je, et je ne vois pas trop clairement ce qu'il faut être ; mais je n'éprouve que trop la vérité de ce qu'ils disent.

Cette conversation servit du moins à renouveler la pitié de mon ami. Il comprit qu'il y avait plus de faiblesse que de malignité dans mes désordres. Son amitié en fut plus disposée, dans la suite, à me donner des secours, sans lesquels j'aurais péri infailliblement de misère. Cependant, je ne lui fis pas la moindre ouverture du dessein que j'avais de m'échapper de Saint-Lazare. Je le priai seulement de se charger de ma lettre. Je l'avais préparée, avant qu'il fût venu, et je ne manquai point de prétextes pour colorer la nécessité où j'étais d'écrire. Il eut la fidélité de la porter exactement, et Lescaut reçut, avant la fin du jour, celle qui était pour lui.

Il me vint voir le lendemain, et il passa heureusement sous le nom de mon frère. Ma joie fut extrême en l'apercevant dans ma chambre. J'en fermai la porte avec soin.

Ne perdons pas un seul moment, lui dis-je ; apprenez-moi d'abord des nouvelles de Manon, et donnez-moi ensuite un bon conseil pour rompre mes fers. Il m'assura qu'il n'avait pas vu sa sœur depuis le jour qui avait précédé mon emprisonnement, qu'il n'avait appris son sort et le mien qu'à force d'informations et de soins ; que, s'étant présenté deux ou trois fois à l'Hôpital, on lui avait refusé la liberté de lui parler. Malheureux G... M...! m'écriai-je, que tu me le paieras cher !

Pour ce qui regarde votre délivrance, continua Lescaut, c'est une entreprise moins facile que vous ne pensez. Nous passâmes hier la soirée, deux de mes amis et moi, à observer toutes les parties extérieures de cette maison, et nous jugeâmes que, vos fenêtres étant sur une cour entourée de bâtiments, comme vous nous l'aviez marqué, il y aurait bien de la difficulté à vous tirer de là. Vous êtes d'ailleurs au troisième étage, et nous ne pouvons introduire ici ni cordes ni échelles. Je ne vois donc nulle ressource du côté du dehors. C'est dans la maison même qu'il faudrait imaginer quelque artifice. Non, repris-je ; j'ai tout examiné, surtout depuis que ma clôture est un peu moins rigoureuse, par l'indulgence du supérieur. La porte de ma chambre ne se ferme plus avec la clef, j'ai la liberté de me promener dans les galeries des religieux ; mais tous les escaliers sont bouchés par des portes épaisses, qu'on a soin de tenir fermées la nuit et le jour, de sorte qu'il est impossible que la seule adresse puisse me sauver. Attendez, repris-je, après avoir un peu réfléchi sur une idée qui me parut excellente, pourriez-vous m'apporter un pistolet ? Aisément, me dit Lescaut ; mais voulez-vous tuer quelqu'un ? Je l'assurai que j'avais si peu dessein de tuer qu'il n'était pas même nécessaire que le pistolet fût chargé[1]. Apportez-le-moi demain, ajoutai-je, et ne manquez pas de vous trouver le soir, à onze heures, vis-à-vis de la porte de cette maison, avec deux ou trois de nos amis. J'espère que je pourrai vous y rejoindre. Il me pressa en vain de lui en apprendre davantage. Je lui dis qu'une entreprise, telle que je la méditais, ne pouvait paraître raisonnable qu'après avoir réussi. Je le priai d'abréger sa visite, afin qu'il trouvât plus de facilité à me revoir le lendemain. Il fut admis avec aussi peu de peine que la première fois. Son air était grave, il n'y a personne qui ne l'eût pris pour un homme d'honneur.

Lorsque je me trouvai muni de l'instrument de ma liberté, je ne doutai presque plus du succès de mon projet. Il était bizarre et hardi; mais de quoi n'étais-je pas capable, avec les motifs qui m'animaient? J'avais remarqué, depuis qu'il m'était permis de sortir de ma chambre et de me promener dans les galeries, que le portier apportait chaque jour au soir les clefs de toutes les portes au supérieur, et qu'il régnait ensuite un profond silence dans la maison, qui marquait que tout le monde était retiré. Je pouvais aller sans obstacle, par une galerie de communication, de ma chambre à celle de ce Père. Ma résolution était de lui prendre ses clefs, en l'épouvantant avec mon pistolet s'il faisait difficulté de me les donner, et de m'en servir pour gagner la rue. J'en attendis le temps avec impatience. Le portier vint à l'heure ordinaire, c'est-à-dire un peu après neuf heures. J'en laissai passer encore une, pour m'assurer que tous les religieux et les domestiques étaient endormis. Je partis enfin, avec mon arme et une chandelle allumée. Je frappai d'abord doucement à la porte du Père, pour l'éveiller sans bruit. Il m'entendit au second coup, et s'imaginant, sans doute, que c'était quelque religieux qui se trouvait mal et qui avait besoin de secours, il se leva pour m'ouvrir. Il eut, néanmoins, la précaution de demander, au travers de la porte, qui c'était et ce qu'on voulait de lui. Je fus obligé de me nommer; mais j'affectai un ton plaintif, pour lui faire comprendre que je ne me trouvais pas bien. Ah! c'est vous, mon cher fils, me dit-il, en ouvrant la porte; qu'est-ce donc qui vous amène si tard? J'entrai dans sa chambre, et l'ayant tiré à l'autre bout opposé à la porte, je lui déclarai qu'il m'était impossible de demeurer plus longtemps à Saint-Lazare; que la nuit était un temps commode pour sortir sans être aperçu, et que j'attendais de son amitié qu'il consentirait à m'ouvrir les portes, ou à me prêter ses clefs pour les ouvrir moi-même.

Ce compliment devait le surprendre. Il demeura quelque temps à me considérer, sans me répondre. Comme je n'en avais pas à perdre, je repris la parole pour lui dire que j'étais fort touché de toutes ses bontés, mais que, la liberté étant le plus cher de tous les biens, surtout pour moi à qui on la ravissait injustement, j'étais résolu de me la procurer cette nuit même, à quelque prix que ce fût; et de peur qu'il ne lui prît envie d'élever la voix pour appeler du secours, je lui fis voir une honnête raison de silence, que je tenais sous mon juste-au-corps. Un pistolet! me dit-il. Quoi! mon fils, vous voulez m'ôter la vie, pour reconnaître la considération que j'ai eue pour vous? À Dieu ne plaise, lui répondis-je. Vous avez trop d'esprit et de raison pour me mettre dans cette nécessité; mais je veux être libre, et j'y suis si résolu que, si mon projet manque par votre faute, c'est fait de vous absolument. Mais, mon cher fils, reprit-il d'un air pâle et effrayé, que vous ai-je fait? quelle raison avez-vous de vouloir ma mort? Eh non! répliquai-je avec impatience. Je n'ai pas dessein de vous tuer, si vous voulez vivre.

Ouvrez-moi la porte, et je suis le meilleur de vos amis. J'aperçus les clefs qui étaient sur sa table. Je les pris et je le priai de me suivre, en faisant le moins de bruit qu'il pourrait. Il fut obligé de s'y résoudre. À mesure que nous avancions et qu'il ouvrait une porte, il me répétait avec un soupir : Ah! mon fils, ah! qui l'aurait cru? Point de bruit, mon Père, répétais-je de mon côté à tout moment. Enfin nous arrivâmes à une espèce de barrière, qui est avant la grande porte de la rue. Je me croyais déjà libre, et j'étais derrière le Père, avec ma chandelle dans une main et mon pistolet dans l'autre. Pendant qu'il s'empressait d'ouvrir, un domestique, qui couchait dans une petite chambre voisine, entendant le bruit de quelques verrous, se lève et met la tête à sa porte. Le bon Père le crut apparemment capable de m'arrêter. Il lui ordonna, avec beaucoup d'imprudence, de venir à son secours. C'était un puissant coquin, qui s'élança sur moi sans balancer. Je ne le marchandai point[1]; je lui lâchai le coup au milieu de la poitrine. Voilà de quoi vous êtes cause, mon Père, dis-je assez fièrement à mon guide. Mais que cela ne vous empêche point d'achever, ajoutai-je en le poussant vers la dernière porte. Il n'osa refuser de l'ouvrir. Je sortis heureusement et je trouvai, à quatre pas, Lescaut qui m'attendait avec deux amis, suivant sa promesse.

Nous nous éloignâmes. Lescaut me demanda s'il n'avait pas entendu tirer un pistolet. C'est votre faute[2], lui dis-je; pourquoi me l'apportiez-vous chargé? Cependant je le remerciai d'avoir eu cette précaution, sans laquelle j'étais sans doute à Saint-Lazare pour longtemps. Nous allâmes passer la nuit chez un traiteur[3], où je me remis un peu de la mauvaise chère que j'avais faite depuis près de trois mois. Je ne pus néanmoins m'y livrer au plaisir. Je souffrais mortellement dans Manon[1]. Il faut la délivrer, dis-je à mes trois amis. Je n'ai souhaité la liberté que dans cette vue. Je vous demande le secours de votre adresse ; pour moi, j'y emploierai jusqu'à ma vie. Lescaut, qui ne manquait pas d'esprit et de prudence, me représenta qu'il fallait aller bride en main[2] ; que mon évasion de Saint-Lazare, et le malheur qui m'était arrivé en sortant, causeraient infailliblement du bruit ; que le Lieutenant général de Police me ferait chercher, et qu'il avait les bras longs ; enfin, que si je ne voulais pas être exposé à quelque chose de pis que S[aint]-Lazare, il était à propos de me tenir couvert et renfermé pendant quelques jours, pour laisser au premier feu de mes ennemis le temps de s'éteindre. Son conseil était sage, mais il aurait fallu l'être aussi pour le suivre. Tant de lenteur et de ménagement ne s'accordait pas avec ma passion. Toute ma complaisance se réduisit à lui promettre que je passerais le jour suivant à dormir. Il m'enferma dans sa chambre, où je demeurai jusqu'au soir.

J'employai une partie de ce temps à former des projets et des expédients pour secourir Manon. J'étais bien persuadé que sa prison était encore plus impénétrable que n'avait été la mienne. Il n'était pas question de force et de violence, il fallait de l'artifice ; mais la déesse même de l'invention n'aurait pas su par où commencer. J'y vis si peu de jour, que je remis à considérer mieux les choses lorsque j'aurais pris quelques informations sur l'arrangement intérieur de l'Hôpital.

Aussitôt que la nuit m'eut rendu la liberté, je priai Lescaut de m'accompagner. Nous liâmes conversation avec un des portiers, qui nous parut homme de bon sens. Je feignis d'être un étranger qui avait entendu parler avec admiration de l'Hôpital général[3], et de l'ordre qui s'y observe. Je l'interrogeai sur les plus minces détails, et de circonstances en circonstances, nous tombâmes sur les administrateurs, dont je le priai de m'apprendre les noms et les qualités[1]. Les réponses qu'il me fit sur ce dernier article me firent naître une pensée dont je m'applaudis aussitôt, et que je ne tardai point à mettre en œuvre. Je lui demandai, comme une chose essentielle à mon dessein, si ces messieurs avaient des enfants. Il me dit qu'il ne pouvait pas m'en rendre un compte certain, mais que, pour M. de T…, qui était un des principaux[2], il lui connaissait un fils en âge d'être marié, qui était venu plusieurs fois à l'Hôpital avec son père. Cette assurance me suffisait. Je rompis presque aussitôt notre entretien, et je fis part à Lescaut, en retournant chez lui, du dessein que j'avais conçu. Je m'imagine, lui dis-je, que M. de T… le fils, qui est riche et de bonne famille, est dans un certain goût de plaisirs, comme la plupart des jeunes gens de son âge. Il ne saurait être ennemi des femmes, ni ridicule au point de refuser ses services pour une affaire d'amour. J'ai formé le dessein de l'intéresser à la liberté de Manon. S'il est honnête homme, et qu'il ait des sentiments, il nous accordera son secours par générosité. S'il n'est point capable d'être conduit par ce motif, il fera du moins quelque chose pour une fille aimable, ne fût-ce que par l'espérance d'avoir part à ses faveurs. Je ne veux pas différer de le voir, ajoutai-je, plus longtemps que jusqu'à demain. Je me sens si consolé par ce projet, que j'en tire un bon augure. Lescaut convint lui-même qu'il y avait de la vraisemblance dans mes idées, et que nous pouvions espérer quelque chose par cette voie. J'en passai la nuit moins tristement.

Le matin étant venu, je m'habillai le plus proprement qu'il me fut possible, dans l'état d'indigence où j'étais, et je me fis conduire dans un fiacre à la maison de M. de T... Il fut surpris de recevoir la visite d'un inconnu. J'augurai bien de sa physionomie et de ses civilités. Je m'expliquai naturellement avec lui, et pour échauffer ses sentiments naturels, je lui parlai de ma passion et du mérite de ma maîtresse comme de deux choses qui ne pouvaient être égalées que l'une par l'autre. Il me dit que, quoiqu'il n'eût jamais vu Manon, il avait entendu parler d'elle, du moins s'il s'agissait de celle qui avait été la maîtresse du vieux G... M... Je ne doutai point qu'il ne fût informé de la part que j'avais eue à cette aventure, et pour le gagner de plus en plus, en me faisant un mérite de ma confiance, je lui racontai le détail de tout ce qui était arrivé à Manon et à moi. Vous voyez, monsieur, continuai-je, que l'intérêt de ma vie et celui de mon cœur sont maintenant entre vos mains. L'un ne m'est pas plus cher que l'autre. Je n'ai point de réserve avec vous, parce que je suis informé de votre générosité, et que la ressemblance de nos âges me fait espérer qu'il s'en trouvera quelqu'une dans nos inclinations. Il parut fort sensible à cette marque d'ouverture et de candeur. Sa réponse fut celle d'un homme qui a du monde et des sentiments ; ce que le monde ne donne pas toujours et qu'il fait perdre souvent. Il me dit qu'il mettait ma visite au rang de ses bonnes fortunes, qu'il regarderait mon amitié comme une de ses plus heureuses acquisitions, et qu'il s'efforcerait de la mériter par l'ardeur de ses services. Il ne promit pas de me rendre Manon, parce qu'il n'avait, me dit-il, qu'un crédit médiocre et mal assuré ; mais il m'offrit de me procurer le plaisir de la voir, et de faire tout ce qui serait en sa puissance pour la remettre entre mes bras. Je fus plus satisfait de cette incertitude de son crédit que je ne l'aurais été d'une pleine assurance de remplir tous mes désirs. Je trouvai, dans la modération de ses offres, une marque de franchise dont je fus charmé. En un mot, je me promis tout de ses bons offices. La seule promesse de me faire voir Manon m'aurait fait tout entreprendre pour lui. Je lui marquai quelque chose de ces sentiments, d'une manière qui le persuada aussi que je n'étais pas d'un mauvais naturel. Nous nous embrassâmes avec tendresse, et nous devînmes amis, sans autre raison que la bonté de nos cœurs et une simple disposition qui porte un homme tendre et généreux à aimer un autre homme qui lui ressemble. Il poussa les marques de son estime bien plus loin, car, ayant combiné mes aventures[1], et jugeant qu'en sortant de S[aint]-Lazare je ne devais pas me trouver à mon aise, il m'offrit sa bourse, et il me pressa de l'accepter. Je ne l'acceptai point; mais je lui dis : C'est trop, mon cher Monsieur. Si, avec tant de bonté et d'amitié, vous me faites revoir ma chère Manon, je vous suis attaché pour toute ma vie. Si vous me rendez tout à fait cette chère créature, je ne croirai pas être quitte en versant tout mon sang pour vous servir.

Nous ne nous séparâmes qu'après être convenus du temps et du lieu où nous devions nous retrouver. Il eut la complaisance de ne pas me remettre plus loin que l'après-midi du même jour. Je l'attendis dans un café, où il vint me rejoindre vers les quatre heures, et nous prîmes ensemble le chemin de l'Hôpital. Mes genoux étaient tremblants en traversant les cours. Puissance d'amour ! disais-je, je reverrai donc l'idole de mon cœur, l'objet de tant de pleurs et d'inquiétudes ! Ciel ! conservez-moi assez de vie pour aller jusqu'à elle, et disposez après cela de ma fortune et de mes jours ; je n'ai plus d'autre grâce à vous demander.

M. de T... parla à quelques concierges[2] de la maison

qui s'empressèrent de lui offrir tout ce qui dépendait
d'eux pour sa satisfaction. Il se fit montrer le quartier où
Manon avait sa chambre, et l'on nous y conduisit avec
une clef d'une grandeur effroyable, qui servit à ouvrir sa
porte. Je demandai au valet qui nous menait, et qui était
celui qu'on avait chargé du soin de la servir, de quelle
manière elle avait passé le temps dans cette demeure. Il
nous dit que c'était une douceur angélique[1]; qu'il n'avait
jamais reçu d'elle un mot de dureté; qu'elle avait versé
continuellement des larmes pendant les six premières
semaines après son arrivée, mais que, depuis quelque
temps, elle paraissait prendre son malheur avec plus de
patience, et qu'elle était occupée à coudre du matin
jusqu'au soir, à la réserve de quelques heures qu'elle
employait à la lecture. Je lui demandai encore si elle avait
été entretenue proprement. Il m'assura que le nécessaire,
du moins, ne lui avait jamais manqué[2].

Nous approchâmes de sa porte. Mon cœur battait
violemment. Je dis à M. de T... : Entrez seul et préve-
nez-la sur ma visite, car j'appréhende qu'elle ne soit trop
saisie en me voyant tout d'un coup. La porte nous fut
ouverte. Je demeurai dans la galerie. J'entendis néanmoins leurs discours. Il lui dit qu'il venait lui apporter
un peu de consolation, qu'il était de mes amis, et qu'il
prenait beaucoup d'intérêt à notre bonheur. Elle lui
demanda, avec le plus vif empressement, si elle appren-
drait de lui ce que j'étais devenu. Il lui promit de
m'amener à ses pieds, aussi tendre, aussi fidèle qu'elle
pouvait le désirer. Quand? reprit-elle. Aujourd'hui même,
lui dit-il; ce bienheureux moment ne tardera point; il
va paraître à l'instant si vous le souhaitez. Elle comprit
que j'étais à la porte. J'entrai, lorsqu'elle y accourait avec
précipitation. Nous nous embrassâmes avec cette effu-

sion de tendresse qu'une absence de trois mois fait trouver si charmante à de parfaits amants[1]. Nos soupirs, nos exclamations interrompues, mille noms d'amour répétés languissamment de part et d'autre, formèrent, pendant un quart d'heure, une scène qui attendrissait M. de T... Je vous porte envie, me dit-il, en nous faisant asseoir; il n'y a point de sort glorieux auquel je ne préférasse une maîtresse si belle et si passionnée. Aussi mépriserais-je tous les empires du monde, lui répondis-je, pour m'assurer le bonheur d'être aimé d'elle.

Tout le reste d'une conversation si désirée ne pouvait manquer d'être infiniment tendre. La pauvre Manon me raconta ses aventures, et je lui appris les miennes. Nous pleurâmes amèrement en nous entretenant de l'état où elle était, et de celui d'où je ne faisais que sortir. M. de T... nous consola par de nouvelles promesses de s'employer ardemment pour finir nos misères. Il nous conseilla de ne pas rendre cette première entrevue trop longue, pour lui donner plus de facilité à nous en procurer d'autres. Il eut beaucoup de peine à nous faire goûter ce conseil; Manon, surtout, ne pouvait se résoudre à me laisser partir. Elle me fit remettre cent fois sur ma chaise; elle me retenait par les habits et par les mains. Hélas! dans quel lieu me laissez-vous! disait-elle. Qui peut m'assurer de vous revoir? M. de T... lui promit de la venir voir souvent avec moi. Pour le lieu, ajouta-t-il agréablement, il ne faut plus l'appeler l'Hôpital; c'est Versailles, depuis qu'une personne qui mérite l'empire de tous les cœurs y est renfermée.

Je fis, en sortant, quelques libéralités au valet qui la servait, pour l'engager à lui rendre ses soins avec zèle. Ce garçon avait l'âme moins basse et moins dure que ses pareils. Il avait été témoin de notre entrevue; ce tendre spectacle l'avait touché. Un louis d'or, dont je lui fis présent, acheva de me l'attacher. Il me prit à l'écart, en descendant dans les cours. Monsieur, me dit-il, si vous me voulez prendre à votre service, ou me donner une honnête récompense pour me dédommager de la perte de l'emploi que j'occupe ici, je crois qu'il me sera facile de délivrer Mademoiselle Manon. J'ouvris l'oreille à cette proposition, et quoique je fusse dépourvu de tout, je lui fis des promesses fort au-dessus de ses désirs. Je comptais bien qu'il me serait toujours aisé de récompenser un homme de cette étoffe. Sois persuadé, lui dis-je, mon ami, qu'il n'y a rien que je ne fasse pour toi, et que ta fortune est aussi assurée que la mienne. Je voulus savoir quels moyens il avait dessein d'employer. Nul autre, me dit-il, que de lui ouvrir le soir la porte de sa chambre, et de vous la conduire jusqu'à celle de la rue, où il faudra que vous soyez prêt à la recevoir. Je lui demandai s'il n'était point à craindre qu'elle ne fût reconnue en traversant les galeries et les cours. Il confessa qu'il y avait quelque danger, mais il me dit qu'il fallait bien risquer quelque chose. Quoique je fusse ravi de le voir si résolu, j'appelai M. de T... pour lui communiquer ce projet, et la seule raison qui semblait pouvoir le rendre douteux. Il y trouva plus de difficulté que moi. Il convint qu'elle pouvait absolument s'échapper de cette manière ; mais, si elle est reconnue, continua-t-il, si elle est arrêtée en fuyant, c'est peut-être fait d'elle pour toujours. D'ailleurs, il vous faudrait donc quitter Paris sur-le-champ, car vous ne seriez jamais assez caché aux recherches. On les redoublerait, autant par rapport à vous qu'à elle. Un homme s'échappe aisément, quand il est seul, mais il est presque impossible de demeurer inconnu avec une jolie femme. Quelque solide que me parût ce raisonnement, il ne put l'emporter, dans mon esprit, sur un espoir si proche de mettre Manon en liberté. Je le dis à M. de T..., et je le priai de pardonner un peu d'imprudence et de témérité à l'amour. J'ajoutai que mon dessein était, en effet, de quitter Paris, pour m'arrêter, comme j'avais déjà fait, dans quelque village voisin. Nous convînmes donc, avec le valet, de ne pas remettre son entreprise plus loin qu'au jour suivant, et pour la rendre aussi certaine qu'il était en notre pouvoir, nous résolûmes d'apporter des habits d'homme, dans la vue de faciliter notre sortie. Il n'était pas aisé de les faire entrer, mais je ne manquai pas d'invention pour en trouver le moyen. Je priai seulement M. de T... de mettre le lendemain deux vestes légères l'une sur l'autre, et je me chargeai de tout le reste.

Nous retournâmes le matin à l'Hôpital. J'avais avec moi, pour Manon, du linge, des bas, etc., et par-dessus mon juste-au-corps, un surtout[1] qui ne laissait rien voir de trop enflé dans mes poches. Nous ne fûmes qu'un moment dans sa chambre. M. de T... lui laissa une de ses deux vestes; je lui donnai mon juste-au-corps, le surtout me suffisant pour sortir. Il ne se trouva rien de manque à son ajustement, excepté la culotte que j'avais malheureusement oubliée. L'oubli de cette pièce nécessaire nous eût, sans doute, apprêté à rire si l'embarras où il nous mettait eût été moins sérieux. J'étais au désespoir qu'une bagatelle de cette nature fût capable de nous arrêter. Cependant, je pris mon parti, qui fut de sortir moi-même sans culotte. Je laissai la mienne à Manon. Mon surtout était long, et je me mis, à l'aide de quelques épingles, en état de passer décemment à la porte. Le reste du jour me parut d'une longueur insupportable. Enfin, la nuit étant venue, nous nous rendîmes un peu au-dessous de la porte de l'Hôpital[1], dans un carrosse. Nous n'y fûmes pas longtemps sans voir Manon paraître avec son conducteur. Notre portière étant ouverte, ils montèrent tous deux à l'instant. Je reçus ma chère maîtresse dans mes bras. Elle tremblait comme une feuille. Le cocher me demanda où il fallait toucher. Touche au bout du monde, lui dis-je, et mène-moi quelque part où je ne puisse jamais être séparé de Manon[2].

Ce transport, dont je ne fus pas le maître, faillit de m'attirer un fâcheux embarras. Le cocher fit réflexion à mon langage, et lorsque je lui dis ensuite le nom de la rue où nous voulions être conduits, il me répondit qu'il craignait que je ne l'engageasse dans une mauvaise affaire, qu'il voyait bien que ce beau jeune homme, qui s'appelait Manon, était une fille que j'enlevais de l'Hôpital, et qu'il n'était pas d'humeur à se perdre pour l'amour de moi. La délicatesse de ce coquin n'était qu'une envie de me faire payer la voiture plus cher. Nous étions trop près de l'Hôpital pour ne pas filer doux. Tais-toi, lui dis-je, il y a un louis d'or à gagner pour toi. Il m'aurait aidé, après cela, à brûler l'Hôpital même. Nous gagnâmes la maison où demeurait Lescaut. Comme il était tard, M. de T... nous quitta en chemin, avec promesse de nous revoir le lendemain. Le valet demeura seul avec nous.

Je tenais Manon si étroitement serrée entre mes bras que nous n'occupions qu'une place dans le carrosse. Elle pleurait de joie, et je sentais ses larmes qui mouillaient mon visage mais, lorsqu'il fallut descendre pour entrer chez Lescaut, j'eus avec le cocher un nouveau démêlé, dont les suites furent funestes. Je me repentis de lui avoir promis un louis, non seulement parce que le présent était excessif, mais par une autre raison bien plus forte, qui était l'impuissance de le payer. Je fis appeler Lescaut. Il descendit de sa chambre pour venir à la porte. Je lui dis à l'oreille dans quel embarras je me trouvais. Comme il était d'une humeur brusque, et nullement accoutumé à ménager un fiacre[1], il me répondit que je me moquais. Un louis d'or! ajouta-t-il. Vingt coups de canne à ce coquin-là! J'eus beau lui représenter doucement qu'il allait nous perdre, il m'arracha ma canne, avec l'air d'en vouloir maltraiter le cocher. Celui-ci, à qui il était peut-être arrivé de tomber quelquefois sous la main d'un garde du corps ou d'un mousquetaire[2], s'enfuit de peur, avec son carrosse, en criant que je l'avais trompé, mais que j'aurais de ses nouvelles. Je lui répétai inutilement d'arrêter. Sa fuite me causa une extrême inquiétude. Je ne doutai point qu'il n'avertît le commissaire. Vous me perdez, dis-je à Lescaut. Je ne serais pas en sûreté chez vous ; il faut nous éloigner dans le moment. Je prêtai le bras à Manon pour marcher, et nous sortîmes promptement de cette dangereuse rue. Lescaut nous tint compagnie. C'est quelque chose d'admirable que la manière dont la Providence enchaîne les événements[3]. À peine avions-nous marché cinq ou six minutes, qu'un homme, dont je ne découvris point le visage, reconnut Lescaut. Il le cherchait sans doute aux environs de chez lui, avec le malheureux dessein qu'il exécuta. C'est Lescaut, dit-il, en lui lâchant un coup de pistolet ; il ira souper ce soir avec les anges. Il se déroba aussitôt. Lescaut tomba, sans le moindre mouvement de vie. Je pressai Manon de fuir, car nos secours étaient inutiles à un cadavre, et je craignais d'être arrêté par le guet, qui ne pouvait tarder à paraître. J'enfilai, avec elle et le valet, la première petite rue qui croisait. Elle était si éperdue que j'avais de la peine à la soutenir. Enfin j'aperçus un fiacre au bout de la rue. Nous y montâmes, mais lorsque le cocher me demanda où il fallait nous conduire, je fus embarrassé à lui répondre. Je n'avais point d'asile assuré ni d'ami de confiance à qui j'osasse avoir recours. J'étais sans argent, n'ayant guère plus d'une demi-pistole dans ma bourse. La frayeur et la fatigue avaient tellement incommodé Manon qu'elle était à demi pâmée près de moi. J'avais, d'ailleurs, l'imagination remplie du meurtre de Lescaut, et je n'étais pas encore sans appréhension de la part du guet. Quel parti prendre ? Je me souvins heureusement de l'auberge de Chaillot, où j'avais passé quelques jours avec Manon, lorsque nous étions allés dans ce village pour y demeurer. J'espérai non seulement d'y être en sûreté, mais d'y pouvoir vivre quelque temps sans être pressé de payer. Mène-nous à Chaillot, dis-je au cocher. Il refusa d'y aller si tard, à moins d'une pistole : autre sujet d'embarras. Enfin nous convînmes de six francs ; c'était toute la somme qui restait dans ma bourse.

Je consolais Manon, en avançant ; mais, au fond, j'avais le désespoir dans le cœur. Je me serais donné mille fois la mort, si je n'eusse pas eu, dans mes bras, le seul bien qui m'attachait à la vie. Cette seule pensée me remettait. Je la tiens du moins, disais-je ; elle m'aime, elle est à moi. Tiberge a beau dire, ce n'est pas là un fantôme de bonheur. Je verrais périr tout l'univers sans y prendre intérêt. Pourquoi ? Parce que je n'ai plus d'affection de reste. Ce sentiment était vrai ; cependant, dans le temps que je faisais si peu de cas des biens du monde, je sentais que j'aurais eu besoin d'en avoir du moins une petite partie, pour mépriser encore plus souverainement tout le reste. L'amour est plus fort que l'abondance, plus fort que les trésors et les richesses, mais il a besoin de leur secours ; et rien n'est plus désespérant, pour un amant délicat, que de se voir ramené par là, malgré lui, à la grossièreté des âmes les plus basses[1].

Il était onze heures quand nous arrivâmes à Chaillot. Nous fûmes reçus à l'auberge comme des personnes de connaissance ; on ne fut pas surpris de voir Manon en habit d'homme, parce qu'on est accoutumé, à Paris et aux environs, de voir prendre aux femmes toutes sortes de formes. Je la fis servir aussi proprement que si j'eusse été dans la meilleure fortune. Elle ignorait que je fusse mal en argent ; je me gardai bien de lui en rien apprendre, étant résolu de retourner seul à Paris, le lendemain, pour chercher quelque remède à cette fâcheuse espèce de maladie.

Elle me parut pâle et maigrie, en soupant. Je ne m'en étais point aperçu à l'Hôpital, parce que la chambre où je l'avais vue n'était pas des plus claires. Je lui demandai si ce n'était point encore un effet de la frayeur qu'elle avait eue en voyant assassiner son frère. Elle m'assura que, quelque touchée qu'elle fût de cet accident, sa pâleur ne venait que d'avoir essuyé pendant trois mois mon absence. Tu m'aimes donc extrêmement ? lui répondis-je. Mille fois plus que je ne puis dire, reprit-elle. Tu ne me quitteras donc plus jamais ? ajoutai-je. Non, jamais, répliqua-t-elle ; et cette assurance fut confirmée par tant de caresses et de serments, qu'il me parut impossible, en effet, qu'elle pût jamais les oublier. J'ai toujours été persuadé qu'elle était sincère ; quelle raison aurait-elle eue de se contrefaire jusqu'à ce point ? Mais elle était encore plus volage, ou plutôt elle n'était plus rien, et elle ne se reconnaissait pas elle-même, lorsque, ayant devant les yeux des femmes qui vivaient dans l'abondance, elle se trouvait dans la pauvreté et dans le besoin[1]. J'étais à la veille d'en avoir une dernière preuve qui a surpassé toutes les autres, et qui a produit la plus étrange aventure qui soit jamais arrivée à un homme de ma naissance et de ma fortune.

Comme je la connaissais de cette humeur, je me hâtai le lendemain d'aller à Paris. La mort de son frère et la nécessité d'avoir du linge et des habits pour elle et pour moi étaient de si bonnes raisons que je n'eus pas besoin de prétextes. Je sortis de l'auberge, avec le dessein, dis-je à Manon et à mon hôte, de prendre un carrosse de louage; mais c'était une gasconnade. La nécessité m'obligeant d'aller à pied, je marchai fort vite jusqu'au Cours-la-Reine[2], où j'avais dessein de m'arrêter. Il fallait bien prendre un moment de solitude et de tranquillité pour m'arranger et prévoir ce que j'allais faire à Paris.

Je m'assis sur l'herbe. J'entrai dans une mer de raisonnements et de réflexions, qui se réduisirent peu à peu à trois principaux articles. J'avais besoin d'un secours présent, pour un nombre infini de nécessités présentes. J'avais à chercher quelque voie qui pût, du moins, m'ouvrir des espérances pour l'avenir, et ce qui n'était pas de moindre importance, j'avais des informations et des mesures à prendre pour la sûreté de Manon et pour la mienne. Après m'être épuisé en projets et en combinaisons sur ces trois chefs, je jugeai encore à propos d'en retrancher les deux derniers. Nous n'étions pas mal à couvert, dans une chambre de Chaillot, et pour les besoins futurs, je crus qu'il serait temps d'y penser lorsque j'aurais satisfait aux présents.

Il était donc question de remplir actuellement ma bourse. M. de T... m'avait offert généreusement la sienne, mais j'avais une extrême répugnance à le remettre moi-même sur cette matière. Quel personnage, que d'aller exposer sa misère à un étranger, et de le prier de nous faire part de son bien ! Il n'y a qu'une âme lâche qui en soit capable, par une bassesse qui l'empêche d'en sentir l'indignité, ou un chrétien humble, par un excès de générosité qui le rend supérieur à cette honte. Je n'étais ni un homme lâche, ni un bon chrétien ; j'aurais donné la moitié de mon sang pour éviter cette humiliation[1]. Tiberge, disais-je, le bon Tiberge, me refusera-t-il ce qu'il aura le pouvoir de me donner ? Non, il sera touché de ma misère ; mais il m'assassinera par sa morale. Il faudra essuyer ses reproches, ses exhortations, ses menaces ; il me fera acheter ses secours si cher, que je donnerais encore une partie de mon sang plutôt que de m'exposer à cette scène fâcheuse qui me laissera du trouble et des remords. Bon ! reprenais-je, il faut donc renoncer à tout espoir, puisqu'il ne me reste point d'autre voie, et que je suis si éloigné de m'arrêter à ces deux-là, que je verserais plus volontiers la moitié de mon sang que d'en prendre une, c'est-à-dire tout mon sang plutôt que de les prendre toutes deux ? Oui, mon sang tout entier, ajoutai-je, après une réflexion d'un moment ; je le donnerais plus volontiers, sans doute, que de me réduire à de basses supplications. Mais il s'agit bien ici de mon sang ! Il s'agit de la vie et de l'entretien de Manon, il s'agit de son amour et de sa fidélité. Qu'ai-je à mettre en balance avec elle ? Je n'y ai rien mis jusqu'à présent. Elle me tient lieu de gloire, de bonheur et de fortune. Il y a bien des choses, sans doute, que je donnerais ma vie pour obtenir ou pour éviter, mais estimer une chose plus que ma vie n'est pas une raison pour l'estimer autant que Manon. Je ne fus pas longtemps à me déterminer, après ce raisonnement. Je continuai mon chemin, résolu d'aller d'abord chez Tiberge, et de là chez M. de T...

En entrant à Paris, je pris un fiacre, quoique je n'eusse pas de quoi le payer ; je comptais sur les secours que j'allais solliciter. Je me fis conduire au Luxembourg, d'où j'envoyai avertir Tiberge que j'étais à l'attendre[1]. Il satisfit mon impatience par sa promptitude. Je lui appris l'extrémité de mes besoins, sans nul détour. Il me demanda si les cent pistoles que je lui avais rendues[2] me suffiraient, et, sans m'opposer un seul mot de difficulté, il me les alla chercher dans le moment, avec cet air ouvert et ce plaisir à donner qui n'est connu que de l'amour et de la véritable amitié. Quoique je n'eusse pas eu le moindre doute du succès de ma demande, je fus surpris de l'avoir obtenue à si bon marché, c'est-à-dire sans qu'il m'eût querellé sur mon impénitence. Mais je me trompais, en me croyant tout à fait quitte de ses reproches, car lorsqu'il eut achevé de me compter son argent et que je me préparais à le quitter, il me pria de faire avec lui un tour d'allée. Je ne lui avais point parlé de Manon ; il ignorait qu'elle fût en liberté ; ainsi sa morale ne tomba que sur la fuite téméraire de Saint-Lazare et sur la crainte où il était qu'au lieu de profiter des leçons de sagesse que j'y avais reçues, je ne reprisse le train du désordre. Il me dit qu'étant allé pour me visiter à Saint-Lazare, le lendemain de mon évasion, il avait été frappé au-delà de toute expression en apprenant la manière dont j'en étais sorti ; qu'il avait eu là-dessus un entretien avec le supérieur ; que ce bon père n'était pas encore remis de son effroi ; qu'il avait eu néanmoins la générosité de déguiser à M. le Lieutenant général de Police les circonstances de mon départ, et qu'il avait empêché que la mort du portier ne fût connue au-dehors[1]; que je n'avais donc, de ce côté-là, nul sujet d'alarme, mais que, s'il me restait le moindre sentiment de sagesse, je profiterais de cet heureux tour que le Ciel donnait à mes affaires; que je devais commencer par écrire à mon père, et me remettre bien avec lui; et que, si je voulais suivre une fois son conseil, il était d'avis que je quittasse Paris, pour retourner dans le sein de ma famille.

J'écoutai son discours jusqu'à la fin. Il y avait là bien des choses satisfaisantes. Je fus ravi, premièrement, de n'avoir rien à craindre du côté de Saint-Lazare. Les rues de Paris me redevenaient un pays libre. En second lieu, je m'applaudis de ce que Tiberge n'avait pas la moindre idée de la délivrance de Manon et de son retour avec moi. Je remarquais même qu'il avait évité de me parler d'elle, dans l'opinion, apparemment, qu'elle me tenait moins au cœur, puisque je paraissais si tranquille sur son sujet. Je résolus, sinon de retourner dans ma famille, du moins d'écrire à mon père, comme il me le conseillait, et de lui témoigner que j'étais disposé à rentrer dans l'ordre de mes devoirs et de ses volontés. Mon espérance était de l'engager à m'envoyer de l'argent, sous prétexte de faire mes exercices à l'académie[2], car j'aurais eu peine à lui persuader que je fusse dans la disposition de retourner à l'état ecclésiastique. Et dans le fond, je n'avais nul éloignement pour ce que je voulais lui promettre. J'étais bien aise, au contraire, de m'appliquer à quelque chose d'honnête et de raisonnable, autant que ce dessein pourrait s'accorder avec mon amour. Je faisais mon compte de vivre avec ma maîtresse, et de faire en même temps mes exercices; cela était fort compatible. Je fus si satisfait de toutes ces idées que je promis à Tiberge de faire partir, le jour même, une lettre pour mon père. J'entrai effectivement dans un bureau d'écriture[1], en le quittant, et j'écrivis d'une manière si tendre et si soumise, qu'en relisant ma lettre, je me flattai d'obtenir quelque chose du cœur paternel.

Quoique je fusse en état de prendre et de payer un fiacre après avoir quitté Tiberge, je me fis un plaisir de marcher fièrement à pied en allant chez M. de T... Je trouvais de la joie dans cet exercice de ma liberté, pour laquelle mon ami m'avait assuré qu'il ne me restait rien à craindre. Cependant il me revint tout d'un coup à l'esprit que ses assurances ne regardaient que Saint-Lazare, et que j'avais, outre cela, l'affaire de l'Hôpital sur les bras, sans compter la mort de Lescaut, dans laquelle j'étais mêlé, du moins comme témoin. Ce souvenir m'effraya si vivement que je me retirai dans la première allée, d'où je fis appeler un carrosse. J'allai droit chez M. de T..., que je fis rire de ma frayeur. Elle me parut risible à moi-même, lorsqu'il m'eut appris que je n'avais rien à craindre du côté de l'Hôpital, ni de celui de Lescaut. Il me dit que, dans la pensée qu'on pourrait le soupçonner d'avoir eu part à l'enlèvement de Manon, il était allé le matin à l'Hôpital, et qu'il avait demandé à la voir en feignant d'ignorer ce qui était arrivé ; qu'on était si éloigné de nous accuser, ou lui, ou moi, qu'on s'était empressé, au contraire, de lui apprendre cette aventure comme une étrange nouvelle, et qu'on admirait qu'une fille aussi jolie que Manon eût pris le parti de fuir avec un valet : qu'il s'était contenté de répondre froidement qu'il n'en était pas surpris, et qu'on fait tout pour la liberté. Il continua de me raconter qu'il était allé de là chez Lescaut, dans l'espérance de m'y trouver avec ma charmante maîtresse ; que l'hôte de la maison, qui était un carrossier, lui avait protesté qu'il n'avait vu ni elle ni moi ; mais qu'il n'était pas étonnant que nous n'eussions point paru chez lui, si c'était pour Lescaut que nous devions y venir, parce que nous aurions sans doute appris qu'il venait d'être tué à peu près dans le même temps. Sur quoi, il n'avait pas refusé d'expliquer ce qu'il savait de la cause et des circonstances de cette mort. Environ deux heures auparavant[1], un garde du corps, des amis de Lescaut, l'était venu voir et lui avait proposé de jouer. Lescaut avait gagné si rapidement que l'autre s'était trouvé cent écus de moins en une heure, c'est-à-dire tout son argent. Ce malheureux, qui se voyait sans un sou, avait prié Lescaut de lui prêter la moitié de la somme qu'il avait perdue ; et sur quelques difficultés nées à cette occasion, ils s'étaient querellés avec une animosité extrême. Lescaut avait refusé de sortir pour mettre l'épée à la main, et l'autre avait juré, en le quittant, de lui casser la tête : ce qu'il avait exécuté le soir même[2]. M. de T... eut l'honnêteté d'ajouter qu'il avait été fort inquiet par rapport à nous et qu'il continuait de m'offrir ses services. Je ne balançai point à lui apprendre le lieu de notre retraite. Il me pria de trouver bon qu'il allât souper avec nous.

Comme il ne me restait qu'à prendre du linge et des habits pour Manon, je lui dis que nous pouvions partir à l'heure même, s'il voulait avoir la complaisance de s'arrêter un moment avec moi chez quelques marchands. Je ne sais s'il crut que je lui faisais cette proposition dans la vue d'intéresser sa générosité, ou si ce fut par le simple mouvement d'une belle âme, mais ayant consenti à partir aussitôt, il me mena chez les marchands qui fournissaient sa maison ; il me fit choisir plusieurs étoffes d'un prix plus considérable que je ne me l'étais proposé, et lorsque je me disposais à les payer, il défendit absolument aux marchands de recevoir un sou de moi. Cette galanterie se fit de si bonne grâce que je crus pouvoir en profiter sans honte[1]. Nous prîmes ensemble le chemin de Chaillot, où j'arrivai avec moins d'inquiétude que je n'en étais parti.

Le chevalier des Grieux ayant employé plus d'une heure à ce récit, je le priai de prendre un peu de relâche, et de nous tenir compagnie à souper. Notre attention lui fit juger que nous l'avions écouté avec plaisir. Il nous assura que nous trouverions quelque chose encore de plus intéressant dans la suite de son histoire, et lorsque nous eûmes fini de souper, il continua dans ces termes.

FIN DE LA PREMIÈRE PARTIE.

DEUXIÈME PARTIE

Ma présence et les politesses de M. de T... dissipèrent tout ce qui pouvait rester de chagrin à Manon. Oublions nos terreurs passées, ma chère âme, lui dis-je en arrivant, et recommençons à vivre plus heureux que jamais. Après tout, l'amour est un bon maître ; la fortune ne saurait nous causer autant de peines qu'il nous fait goûter de plaisirs. Notre souper fut une vraie scène de joie. J'étais plus fier et plus content, avec Manon et mes cent pistoles, que le plus riche partisan[1] de Paris avec ses trésors entassés. Il faut compter ses richesses par les moyens qu'on a de satisfaire ses désirs. Je n'en avais pas un seul à remplir ; l'avenir même me causait peu d'embarras. J'étais presque sûr que mon père ne ferait pas difficulté de me donner de quoi vivre honorablement à Paris, parce qu'étant dans ma vingtième année, j'entrais en droit d'exiger ma part du bien de ma mère. Je ne cachai point à Manon que le fond de mes richesses n'était que de cent pistoles. C'était assez pour attendre tranquillement une meilleure fortune, qui semblait ne me pouvoir manquer, soit par mes droits naturels[2] ou par les ressources du jeu.

Ainsi[3], pendant les premières semaines, je ne pensai

qu'à jouir de ma situation ; et la force de l'honneur, autant qu'un reste de ménagement pour la police, me faisant remettre de jour en jour à renouer avec les associés de l'hôtel de T...[1], je me réduisis à jouer dans quelques assemblées moins décriées, où la faveur du sort m'épargna l'humiliation d'avoir recours à l'industrie. J'allais passer à la ville une partie de l'après-midi, et je revenais souper à Chaillot, accompagné fort souvent de M. de T..., dont l'amitié croissait de jour en jour pour nous. Manon trouva des ressources contre l'ennui. Elle se lia, dans le voisinage, avec quelques jeunes personnes que le printemps y avait ramenées. La promenade et les petits exercices de leur sexe faisaient alternativement leur occupation. Une partie de jeu, dont elles avaient réglé les bornes, fournissait aux frais de la voiture[2]. Elles allaient prendre l'air au bois de Boulogne[3], et le soir, à mon retour, je retrouvais Manon plus belle, plus contente, et plus passionnée que jamais.

Il s'éleva néanmoins quelques nuages, qui semblèrent menacer l'édifice de mon bonheur. Mais ils furent nettement dissipés, et l'humeur folâtre de Manon rendit le dénouement si comique, que je trouve encore de la douceur dans un souvenir qui me représente sa tendresse et les agréments de son esprit.

Le seul valet qui composait notre domestique me prit un jour à l'écart pour me dire, avec beaucoup d'embarras, qu'il avait un secret d'importance à me communiquer. Je l'encourageai à parler librement. Après quelques détours, il me fit entendre qu'un seigneur étranger semblait avoir pris beaucoup d'amour pour Mademoiselle Manon. Le trouble de mon sang se fit sentir dans toutes mes veines[4]. En a-t-elle pour lui ? interrompis-je plus brusquement que la prudence ne permettait pour m'éclaircir. Ma vivacité l'effraya[1]. Il me répondit, d'un air inquiet, que sa pénétration n'avait pas été si loin, mais qu'ayant observé, depuis plusieurs jours, que cet étranger venait assidûment au bois de Boulogne, qu'il y descendait de son carrosse, et que, s'engageant seul dans les contre-allées, il paraissait chercher l'occasion de voir ou de rencontrer mademoiselle, il lui était venu à l'esprit de faire quelque liaison avec ses gens, pour apprendre le nom de leur maître; qu'ils le traitaient de prince italien, et qu'ils le soupçonnaient eux-mêmes de quelque aventure galante; qu'il n'avait pu se procurer d'autres lumières, ajouta-t-il en tremblant, parce que le Prince, étant alors sorti du bois, s'était approché familièrement de lui, et lui avait demandé son nom; après quoi, comme s'il eût deviné qu'il était à notre service, il l'avait félicité d'appartenir à la plus charmante personne du monde.

J'attendais impatiemment la suite de ce récit. Il le finit par des excuses timides, que je n'attribuai qu'à mes imprudentes agitations. Je le pressai en vain de continuer sans déguisement. Il me protesta qu'il ne savait rien de plus, et que, ce qu'il venait de me raconter étant arrivé le jour précédent, il n'avait pas revu les gens du prince. Je le rassurai, non seulement par des éloges, mais par une honnête récompense, et sans lui marquer la moindre défiance de Manon, je lui recommandai, d'un ton plus tranquille, de veiller sur toutes les démarches de l'étranger.

Au fond, sa frayeur me laissa de cruels doutes. Elle pouvait lui avoir fait supprimer une partie de la vérité. Cependant, après quelques réflexions, je revins de mes alarmes, jusqu'à regretter d'avoir donné cette marque de faiblesse. Je ne pouvais faire un crime à Manon d'être aimée. Il y avait beaucoup d'apparence qu'elle ignorait sa conquête[1] ; et quelle vie allais-je mener si j'étais capable d'ouvrir si facilement l'entrée de mon cœur à la jalousie ? Je retournai à Paris le jour suivant, sans avoir formé d'autre dessein que de hâter le progrès de ma fortune en jouant plus gros jeu, pour me mettre en état de quitter Chaillot au premier sujet d'inquiétude. Le soir, je n'appris rien de nuisible à mon repos. L'étranger avait reparu au bois de Boulogne, et prenant droit de ce qui s'y était passé la veille pour se rapprocher de mon confident, il lui avait parlé de son amour, mais dans des termes qui ne supposaient aucune intelligence avec Manon. Il l'avait interrogé sur mille détails. Enfin, il avait tenté de le mettre dans ses intérêts par des promesses considérables, et tirant une lettre qu'il tenait prête, il lui avait offert inutilement quelques louis d'or pour la rendre à sa maîtresse.

Deux jours se passèrent sans aucun autre incident. Le troisième fut plus orageux. J'appris, en arrivant de la ville assez tard, que Manon, pendant sa promenade, s'était écartée un moment de ses compagnes, et que l'étranger, qui la suivait à peu de distance, s'étant approché d'elle au signe qu'elle lui en avait fait, elle lui avait remis une lettre qu'il avait reçue avec des transports de joie. Il n'avait eu le temps de les exprimer qu'en baisant amoureusement les caractères, parce qu'elle s'était aussitôt dérobée. Mais elle avait paru d'une gaieté extraordinaire pendant le reste du jour, et depuis qu'elle était rentrée au logis, cette humeur ne l'avait pas abandonnée. Je frémis, sans doute, à chaque mot. Es-tu bien sûr, dis-je tristement à mon valet, que tes yeux ne t'aient pas trompé ? Il prit le Ciel à témoin de sa bonne foi. Je ne sais à quoi les tourments de mon cœur m'auraient porté si Manon, qui m'avait entendu rentrer, ne fût venue au-devant de moi avec un air d'impatience et des plaintes de ma lenteur. Elle n'attendit point ma réponse pour m'accabler de caresses, et lorsqu'elle se vit seule avec moi, elle me fit des reproches fort vifs de l'habitude que je prenais de revenir si tard. Mon silence lui laissant la liberté de continuer, elle me dit que, depuis trois semaines, je n'avais pas passé une journée entière avec elle ; qu'elle ne pouvait soutenir de si longues absences ; qu'elle me demandait du moins un jour, par intervalles ; et que, dès le lendemain, elle voulait me voir près d'elle du matin au soir. J'y serai, n'en doutez pas, lui répondis-je d'un ton assez brusque. Elle marqua peu d'attention pour mon chagrin, et dans le mouvement de sa joie, qui me parut en effet d'une vivacité singulière, elle me fit mille peintures plaisantes de la manière dont elle avait passé le jour. Étrange fille ! me disais-je à moi-même ; que dois-je attendre de ce prélude ? L'aventure de notre première séparation me revint à l'esprit[1]. Cependant je croyais voir, dans le fond de sa joie et de ses caresses, un air de vérité qui s'accordait avec les apparences.

Il ne me fut pas difficile de rejeter la tristesse, dont je ne pus me défendre pendant notre souper, sur une perte que je me plaignis d'avoir faite au jeu. J'avais regardé comme un extrême avantage que l'idée de ne pas quitter Chaillot le jour suivant fût venue d'elle-même. C'était gagner du temps pour mes délibérations. Ma présence éloignait toutes sortes de craintes pour le lendemain, et si je ne remarquais rien qui m'obligeât de faire éclater mes découvertes, j'étais déjà résolu de transporter, le jour d'après, mon établissement à la ville, dans un quartier où je n'eusse rien à démêler avec les princes. Cet arrangement me fit passer une nuit plus tranquille, mais il ne m'ôtait pas la douleur d'avoir à trembler pour une nouvelle infidélité.

À mon réveil, Manon me déclara que, pour passer le jour dans notre appartement, elle ne prétendait pas que j'en eusse l'air plus négligé, et qu'elle voulait que mes cheveux fussent accommodés de ses propres mains. Je les avais fort beaux. C'était un amusement qu'elle s'était donné plusieurs fois; mais elle y apporta plus de soins que je ne lui en avais jamais vu prendre. Je fus obligé, pour la satisfaire, de m'asseoir devant sa toilette, et d'essuyer toutes les petites recherches qu'elle imagina pour ma parure. Dans le cours de son travail, elle me faisait tourner souvent le visage vers elle, et s'appuyant des deux mains sur mes épaules, elle me regardait avec une curiosité avide. Ensuite, exprimant sa satisfaction par un ou deux baisers, elle me faisait reprendre ma situation pour continuer son ouvrage. Ce badinage nous occupa jusqu'à l'heure du dîner. Le goût qu'elle y avait pris m'avait paru si naturel, et sa gaieté sentait si peu l'artifice, que ne pouvant concilier des apparences si constantes avec le projet d'une noire trahison, je fus tenté plusieurs fois de lui ouvrir mon cœur, et de me décharger d'un fardeau qui commençait à me peser. Mais je me flattais, à chaque instant, que l'ouverture viendrait d'elle, et je m'en faisais d'avance un délicieux triomphe.

Nous rentrâmes dans son cabinet. Elle se mit à rajuster mes cheveux, et ma complaisance me faisait céder à toutes ses volontés, lorsqu'on vint l'avertir que le prince de… demandait à la voir. Ce nom m'échauffa jusqu'au transport. Quoi donc? m'écriai-je en la repoussant. Qui? Quel prince? Elle ne répondit point à mes questions. Faites-le monter, dit-elle froidement au valet; et se tournant vers moi : Cher amant, toi que j'adore, reprit-elle d'un ton enchanteur, je te demande un moment de complaisance, un moment, un seul moment. Je t'en aimerai mille fois plus. Je t'en saurai gré toute ma vie.

L'indignation et la surprise me lièrent la langue. Elle répétait ses instances, et je cherchais des expressions pour les rejeter avec mépris. Mais, entendant ouvrir la porte de l'antichambre, elle empoigna d'une main mes cheveux, qui étaient flottants sur mes épaules, elle prit de l'autre son miroir de toilette ; elle employa toute sa force pour me traîner dans cet état jusqu'à la porte du cabinet, et l'ouvrant du genou, elle offrit à l'étranger, que le bruit semblait avoir arrêté au milieu de la chambre, un spectacle qui ne dut pas lui causer peu d'étonnement. Je vis un homme fort bien mis, mais d'assez mauvaise mine. Dans l'embarras où le jetait cette scène, il ne laissa pas de faire une profonde révérence. Manon ne lui donna pas le temps d'ouvrir la bouche. Elle lui présenta son miroir : Voyez, monsieur, lui dit-elle, regardez-vous bien[1], et rendez-moi justice. Vous me demandez de l'amour. Voici l'homme que j'aime, et que j'ai juré d'aimer toute ma vie. Faites la comparaison vous-même. Si vous croyez lui pouvoir disputer mon cœur, apprenez-moi donc sur quel fondement, car je vous déclare qu'aux yeux de votre servante très humble, tous les princes d'Italie ne valent pas un des cheveux que je tiens.

Pendant cette folle harangue, qu'elle avait apparemment méditée, je faisais des efforts inutiles pour me dégager, et prenant pitié d'un homme de considération, je me sentais porté à réparer ce petit outrage par mes politesses. Mais, s'étant remis assez facilement, sa réponse, que je trouvai un peu grossière, me fit perdre cette disposition. Mademoiselle, mademoiselle, lui dit-il avec un sourire forcé, j'ouvre en effet les yeux, et je vous trouve bien moins novice que je ne me l'étais figuré. Il se retira aussitôt sans jeter les yeux sur elle, en ajoutant, d'une voix plus basse, que les femmes de France ne valaient pas mieux que celles d'Italie. Rien ne m'invitait, dans cette occasion, à lui faire prendre une meilleure idée du beau sexe.

Manon quitta mes cheveux, se jeta dans un fauteuil, et fit retentir la chambre de longs éclats de rire. Je ne dissimulerai pas que je fus touché, jusqu'au fond du cœur, d'un sacrifice que je ne pouvais attribuer qu'à l'amour. Cependant la plaisanterie me parut excessive. Je lui en fis des reproches. Elle me raconta que mon rival, après l'avoir obsédée pendant plusieurs jours au bois de Boulogne, et lui avoir fait deviner ses sentiments par des grimaces, avait pris le parti de lui en faire une déclaration ouverte, accompagnée de son nom et de tous ses titres, dans une lettre qu'il lui avait fait remettre par le cocher qui la conduisait avec ses compagnes; qu'il lui promettait, au-delà des monts, une brillante fortune et des adorations éternelles; qu'elle était revenue à Chaillot dans la résolution de me communiquer cette aventure, mais qu'ayant conçu que nous en pouvions tirer de l'amusement, elle n'avait pu résister à son imagination; qu'elle avait offert au Prince italien, par une réponse flatteuse, la liberté de la voir chez elle, et qu'elle s'était fait un second plaisir de me faire entrer dans son plan, sans m'en avoir fait naître le moindre soupçon. Je ne lui dis pas un mot des lumières qui m'étaient venues par une autre voie, et l'ivresse de l'amour triomphant me fit tout approuver.

J'ai remarqué, dans toute ma vie, que le Ciel a toujours choisi, pour me frapper de ses plus rudes châtiments, le temps où ma fortune me semblait le mieux établie. Je me croyais si heureux, avec l'amitié de M. de T... et la tendresse[1] de Manon, qu'on n'aurait pu me faire comprendre que j'eusse à craindre quelque nouveau malheur. Cependant, il s'en préparait un si funeste, qu'il m'a réduit à l'état où vous m'avez vu à Pacy, et par degrés à des extrémités si déplorables que vous aurez peine à croire mon récit fidèle.

Un jour que nous avions M. de T... à souper, nous entendîmes le bruit d'un carrosse qui s'arrêtait à la porte de l'hôtellerie. La curiosité nous fit désirer de savoir qui pouvait arriver à cette heure. On nous dit que c'était le jeune G... M..., c'est-à-dire le fils de notre plus cruel ennemi, de ce vieux débauché qui m'avait mis à Saint-Lazare et Manon à l'Hôpital. Son nom me fit monter la rougeur au visage. C'est le Ciel qui me l'amène, dis-je à M. de T..., pour le punir de la lâcheté de son père. Il ne m'échappera pas que nous n'ayons mesuré nos épées. M. de T..., qui le connaissait et qui était même de ses meilleurs amis, s'efforça de me faire prendre d'autres sentiments pour lui. Il m'assura que c'était un jeune homme très aimable, et si peu capable d'avoir eu part à l'action de son père que je ne le verrais pas moi-même un moment sans lui accorder mon estime et sans désirer la sienne. Après avoir ajouté mille choses à son avantage, il me pria de consentir qu'il allât lui proposer de venir prendre place avec nous, et de s'accommoder du reste de notre souper. Il prévint l'objection du péril où c'était exposer Manon que de découvrir sa demeure au fils de notre ennemi, en protestant, sur son honneur et sur sa foi, que, lorsqu'il nous connaîtrait, nous n'aurions point de plus zélé défenseur. Je ne fis difficulté de rien, après de telles assurances. M. de T... ne nous l'amena point sans avoir pris un moment pour l'informer qui nous étions. Il entra d'un air qui nous prévint effectivement en sa faveur. Il m'embrassa. Nous nous assîmes. Il admira Manon, moi, tout ce qui nous appartenait, et il mangea d'un appétit qui fit honneur à notre souper. Lorsqu'on eut desservi, la conversation devint plus sérieuse. Il baissa les yeux pour nous parler de l'excès où son père s'était porté contre nous. Il nous fit les excuses les plus soumises. Je les abrège, nous dit-il, pour ne pas renouveler un souvenir qui me cause trop de honte. Si elles étaient sincères dès le commencement, elles le devinrent bien plus dans la suite, car il n'eut pas passé une demi-heure dans cet entretien, que je m'aperçus de l'impression que les charmes de Manon faisaient sur lui. Ses regards et ses manières s'attendrirent par degrés. Il ne laissa rien échapper néanmoins dans ses discours, mais, sans être aidé de la jalousie, j'avais trop d'expérience en amour pour ne pas discerner ce qui venait de cette source. Il nous tint compagnie pendant une partie de la nuit, et il ne nous quitta qu'après s'être félicité de notre connaissance, et nous avoir demandé la permission de venir nous renouveler quelquefois l'offre de ses services. Il partit le matin avec M. de T..., qui se mit avec lui dans son carrosse.

Je ne me sentais, comme j'ai dit, aucun penchant à la jalousie. J'avais plus de crédulité que jamais pour les serments de Manon. Cette charmante créature était si absolument maîtresse de mon âme que je n'avais pas un seul petit sentiment qui ne fût de l'estime et de l'amour. Loin de lui faire un crime d'avoir plu au jeune G... M..., j'étais ravi de l'effet de ses charmes, et je m'applaudissais d'être aimé d'une fille que tout le monde trouvait aimable. Je ne jugeai pas même à propos de lui communiquer mes soupçons. Nous fûmes occupés, pendant quelques jours, du soin de faire ajuster ses habits, et à délibérer si nous pouvions aller à la comédie sans appréhender d'être reconnus. M. de T... revint nous voir avant la fin de la semaine. Nous le consultâmes là-dessus. Il vit bien qu'il fallait dire oui, pour faire plaisir à Manon. Nous résolûmes d'y aller le même soir avec lui.

Cependant cette résolution ne put s'exécuter, car m'ayant tiré aussitôt en particulier : Je suis, me dit-il, dans le dernier embarras depuis que je ne vous ai vu, et la visite que je vous fais aujourd'hui en est une suite. G... M... aime votre maîtresse. Il m'en a fait confidence. Je suis son intime ami, et disposé en tout à le servir ; mais je ne suis pas moins le vôtre. J'ai considéré que ses intentions sont injustes et je les ai condamnées. J'aurais gardé son secret s'il n'avait dessein d'employer, pour plaire, que les voies communes, mais il est bien informé de l'humeur de Manon. Il a su, je ne sais d'où, qu'elle aime l'abondance et les plaisirs, et comme il jouit déjà d'un bien considérable, il m'a déclaré qu'il veut la tenter d'abord par un très gros présent et par l'offre de dix mille livres de pension. Toutes choses égales, j'aurais peut-être eu beaucoup plus de violence à me faire pour le trahir, mais la justice s'est jointe en votre faveur à l'amitié ; d'autant plus qu'ayant été la cause imprudente de sa passion, en l'introduisant ici, je suis obligé de prévenir les effets du mal que j'ai causé.

Je remerciai M. de T... d'un service de cette importance, et je lui avouai, avec un parfait retour de confiance, que le caractère de Manon était tel que G... M... se le figurait, c'est-à-dire qu'elle ne pouvait supporter le nom de la pauvreté. Cependant, lui dis-je, lorsqu'il n'est question que du plus ou du moins, je ne la crois pas capable de m'abandonner pour un autre. Je suis en état de ne la laisser manquer de rien, et je compte que ma fortune va croître de jour en jour. Je ne crains qu'une chose, ajoutai-je, c'est que G... M... ne se serve de la connaissance qu'il a de notre demeure pour nous rendre quelque mauvais office. M. de T... m'assura que je devais être sans appréhension de ce côté-là; que G... M... était capable d'une folie amoureuse, mais qu'il ne l'était point d'une bassesse; que s'il avait la lâcheté d'en commettre une, il serait le premier, lui qui parlait, à l'en punir et à réparer par là le malheur qu'il avait eu d'y donner occasion. Je vous suis obligé de ce sentiment, repris-je, mais le mal serait fait et le remède fort incertain. Ainsi le parti le plus sage est de le prévenir, en quittant Chaillot pour prendre une autre demeure. Oui, reprit M. de T... Mais vous aurez peine à le faire aussi promptement qu'il faudrait, car G... M... doit être ici à midi; il me le dit hier, et c'est ce qui m'a porté à venir si matin, pour vous informer de ses vues. Il peut arriver à tout moment.

 Un avis si pressant me fit regarder cette affaire d'un œil plus sérieux. Comme il me semblait impossible d'éviter la visite de G... M..., et qu'il me le serait aussi, sans doute, d'empêcher qu'il ne s'ouvrît à Manon, je pris le parti de la prévenir moi-même sur le dessein de ce nouveau rival. Je m'imaginai que, me sachant instruit des propositions qu'il lui ferait, et les recevant à mes yeux, elle aurait assez de force pour les rejeter. Je découvris ma pensée à M. de T..., qui me répondit que cela était extrêmement délicat. Je l'avoue, lui dis-je, mais toutes les raisons qu'on peut avoir d'être sûr d'une maîtresse, je les ai de compter sur l'affection de la mienne. Il n'y aurait que la grandeur des offres qui pût l'éblouir[1], et je vous ai dit qu'elle ne connaît point l'intérêt. Elle aime ses aises, mais elle m'aime aussi, et, dans la situation où sont mes affaires, je ne saurais croire qu'elle me préfère le fils d'un homme qui l'a mise à l'Hôpital. En un mot, je persistai dans mon dessein, et m'étant retiré à l'écart avec Manon, je lui déclarai naturellement tout ce que je venais d'apprendre.

Elle me remercia de la bonne opinion que j'avais d'elle, et elle me promit de recevoir les offres de G... M... d'une manière qui lui ôterait l'envie de les renouveler. Non, lui dis-je, il ne faut pas l'irriter par une brusquerie. Il peut nous nuire. Mais tu sais assez, toi, friponne, ajoutai-je en riant, comment te défaire d'un amant désagréable ou incommode[1]. Elle reprit, après avoir un peu rêvé : Il me vient un dessein admirable, s'écria-t-elle, et je suis toute glorieuse de l'invention. G... M... est le fils de notre plus cruel ennemi ; il faut nous venger du père, non pas sur le fils, mais sur sa bourse. Je veux l'écouter, accepter ses présents, et me moquer de lui. Le projet est joli, lui dis-je, mais tu ne songes pas, mon pauvre enfant, que c'est le chemin qui nous a conduits droit à l'Hôpital. J'eus beau lui représenter le péril de cette entreprise, elle me dit qu'il ne s'agissait que de bien prendre nos mesures, et elle répondit à toutes mes objections. Donnez-moi un amant qui n'entre point aveuglément dans tous les caprices d'une maîtresse adorée, et je conviendrai que j'eus tort de céder si facilement[2]. La résolution fut prise de faire une dupe de G... M..., et par un tour bizarre de mon sort, il arriva que je devins la sienne.

Nous vîmes paraître son carrosse vers les onze heures. Il nous fit des compliments fort recherchés sur la liberté qu'il prenait de venir dîner avec nous. Il ne fut pas surpris de trouver M. de T..., qui lui avait promis la veille de s'y rendre aussi, et qui avait feint quelques affaires pour se dispenser de venir dans la même voiture. Quoiqu'il n'y eût pas un seul de nous qui ne portât la trahison dans le cœur, nous nous mîmes à table avec un air de confiance et d'amitié. G... M... trouva aisément l'occasion de déclarer ses sentiments à Manon. Je ne dus pas lui paraître gênant, car je m'absentai exprès pendant quelques minutes. Je m'aperçus, à mon retour, qu'on ne l'avait pas désespéré par un excès de rigueur. Il était de la meilleure humeur du monde. J'affectai de le paraître aussi. Il riait intérieurement de ma simplicité, et moi de la sienne. Pendant tout l'après-midi, nous fûmes l'un pour l'autre une scène fort agréable. Je lui ménageai encore, avant son départ, un moment d'entretien particulier avec Manon, de sorte qu'il eut lieu de s'applaudir de ma complaisance autant que de la bonne chère.

Aussitôt qu'il fut monté en carrosse avec M. de T..., Manon accourut à moi, les bras ouverts, et m'embrassa en éclatant de rire. Elle me répéta ses discours et ses propositions, sans y changer un mot. Ils se réduisaient à ceci : il l'adorait. Il voulait partager avec elle quarante mille livres de rente dont il jouissait déjà, sans compter ce qu'il attendait après la mort de son père. Elle allait être maîtresse de son cœur et de sa fortune, et, pour gage de ses bienfaits, il était prêt à lui donner un carrosse, un hôtel meublé, une femme de chambre, trois laquais et un cuisinier. Voilà un fils, dis-je à Manon, bien autrement généreux que son père. Parlons de bonne foi, ajoutai-je; cette offre ne vous tente-t-elle point? Moi? répondit-elle, en ajustant à sa pensée deux vers de Racine :

Moi! vous me soupçonnez de cette perfidie?
Moi! je pourrais souffrir un visage odieux,
Qui rappelle toujours l'Hôpital à mes yeux?

Non, repris-je, en continuant la parodie :

J'aurais peine à penser que l'Hôpital, Madame,
Fût un trait dont l'Amour l'eût gravé dans votre âme[1].

Mais c'en est un bien séduisant qu'un hôtel meublé avec un carrosse et trois laquais; et l'amour en a peu d'aussi forts. Elle me protesta que son cœur était à moi pour toujours, et qu'il ne recevrait jamais d'autres traits que les miens. Les promesses qu'il m'a faites, me dit-elle, sont un aiguillon de vengeance, plutôt qu'un trait d'amour. Je lui demandai si elle était dans le dessein d'accepter l'hôtel et le carrosse. Elle me répondit qu'elle n'en voulait qu'à son argent. La difficulté était d'obtenir l'un sans l'autre. Nous résolûmes d'attendre l'entière explication du projet de G... M..., dans une lettre qu'il avait promis de lui écrire. Elle la reçut en effet le lendemain, par un laquais sans livrée, qui se procura fort adroitement l'occasion de lui parler sans témoins. Elle lui dit d'attendre sa réponse et elle vint m'apporter aussitôt sa lettre. Nous l'ouvrîmes ensemble. Outre les lieux communs de tendresse, elle contenait le détail des promesses de mon rival. Il ne bornait point sa dépense. Il s'engageait à lui compter dix mille francs, en prenant possession de l'hôtel[2], et à réparer tellement les diminutions de cette somme, qu'elle l'eût toujours devant elle en argent comptant. Le jour de l'inauguration n'était pas reculé trop loin : il ne lui en demandait que deux pour les préparatifs, et il lui marquait le nom de la rue et de l'hôtel, où il lui promettait de l'attendre l'après-midi du second jour, si elle pouvait se dérober de mes mains. C'était l'unique point sur lequel il la conjurait de le tirer d'inquiétude ; il paraissait sûr de tout le reste, mais il ajoutait que, si elle prévoyait de la difficulté à m'échapper, il trouverait le moyen de rendre sa fuite aisée.

G... M... était plus fin que son père ; il voulait tenir sa proie avant que de compter ses espèces. Nous délibérâmes sur la conduite que Manon avait à tenir. Je fis encore des efforts pour lui ôter cette entreprise de la tête et je lui en représentai tous les dangers. Rien ne fut capable d'ébranler sa résolution.

Elle fit une courte réponse à G... M..., pour l'assurer qu'elle ne trouverait pas de difficulté à se rendre à Paris le jour marqué, et qu'il pouvait l'attendre avec certitude. Nous réglâmes ensuite que je partirais sur le champ pour aller louer un nouveau logement dans quelque village, de l'autre côté de Paris, et que je transporterais avec moi notre petit équipage ; que le lendemain après-midi, qui était le temps de son assignation, elle se rendrait de bonne heure à Paris ; qu'après avoir reçu les présents de G... M..., elle le prierait instamment de la conduire à la Comédie ; qu'elle prendrait avec elle tout ce qu'elle pourrait porter de la somme, et qu'elle chargerait du reste mon valet, qu'elle voulait mener avec elle. C'était toujours le même qui l'avait délivrée de l'Hôpital, et qui nous était infiniment attaché. Je devais me trouver, avec un fiacre, à l'entrée de la rue Saint-André-des-Arcs, et l'y laisser vers les sept heures, pour m'avancer dans l'obscurité à la porte de la Comédie[1]. Manon me promettait d'inventer des prétextes pour sortir un instant de sa loge, et de l'employer à descendre pour me rejoindre. L'exécution du reste était facile. Nous aurions regagné mon fiacre en un moment, et nous serions sortis de Paris par le faubourg Saint-Antoine, qui était le chemin de notre nouvelle demeure[1].

Ce dessein, tout extravagant qu'il était, nous parut assez bien arrangé. Mais il y avait, dans le fond, une folle imprudence à s'imaginer que, quand il eût réussi le plus heureusement du monde, nous eussions jamais pu nous mettre à couvert des suites. Cependant, nous nous exposâmes avec la plus téméraire confiance. Manon partit avec Marcel : c'est ainsi que se nommait notre valet. Je la vis partir avec douleur. Je lui dis en l'embrassant : Manon, ne me trompez point ; me serez-vous fidèle ? Elle se plaignit tendrement de ma défiance, et elle me renouvela tous ses serments.

Son compte était d'arriver à Paris sur les trois heures. Je partis après elle. J'allais me morfondre, le reste de l'après-midi, dans le café de Féré, au pont Saint-Michel[2] ; j'y demeurai jusqu'à la nuit. J'en sortis alors pour prendre un fiacre[3], que je postai, suivant notre projet, à l'entrée de la rue Saint-André-des-Arcs ; ensuite je gagnai à pied la porte de la Comédie. Je fus surpris de n'y pas trouver Marcel, qui devait être à m'attendre. Je pris patience pendant une heure, confondu dans une foule de laquais[4], et l'œil ouvert sur tous les passants. Enfin, sept heures étant sonnées, sans que j'eusse rien aperçu qui eût rapport à nos desseins[5], je pris un billet de parterre pour aller voir si je découvrirais Manon et G… M… dans les loges. Ils n'y étaient ni l'un ni l'autre. Je retournai à la porte, où je passai encore un quart d'heure, transporté d'impatience et d'inquiétude. N'ayant rien vu paraître, je rejoignis mon fiacre, sans pouvoir m'arrêter à la moindre résolution. Le cocher, m'ayant aperçu, vint quelques pas au-devant de moi pour me dire, d'un air mystérieux, qu'une jolie demoiselle m'attendait depuis une heure dans le carrosse; qu'elle m'avait demandé, à des signes qu'il avait bien reconnus, et qu'ayant appris que je devais revenir, elle avait dit qu'elle ne s'impatienterait point à m'attendre. Je me figurai aussitôt que c'était Manon. J'approchai; mais je vis un joli petit visage, qui n'était pas le sien. C'était une étrangère, qui me demanda d'abord si elle n'avait pas l'honneur de parler à M. le chevalier des Grieux. Je lui dis que c'était mon nom. J'ai une lettre à vous rendre, reprit-elle, qui vous instruira du sujet qui m'amène, et par quel rapport j'ai l'avantage de connaître votre nom[1]. Je la priai de me donner le temps de la lire dans un cabaret voisin. Elle voulut me suivre, et elle me conseilla de demander une chambre à part. De qui vient cette lettre? lui dis-je en montant: elle me remit à la lecture.

Je reconnus la main de Manon. Voici à peu près ce qu'elle me marquait: G... M... l'avait reçue avec une politesse et une magnificence au-delà de toutes ses idées. Il l'avait comblée de présents; il lui faisait envisager un sort de reine. Elle m'assurait néanmoins qu'elle ne m'oubliait pas dans cette nouvelle splendeur; mais que, n'ayant pu faire consentir G... M... à la mener ce soir à la Comédie, elle remettait à un autre jour le plaisir de me voir; et que, pour me consoler un peu de la peine qu'elle prévoyait que cette nouvelle pouvait me causer, elle avait trouvé le moyen de me procurer une des plus jolies filles de Paris, qui serait la porteuse de son billet. *Signé*, votre fidèle amante, MANON LESCAUT.

Il y avait quelque chose de si cruel et de si insultant pour moi dans cette lettre, que demeurant suspendu quelque temps entre la colère et la douleur, j'entrepris de faire un effort pour oublier éternellement mon ingrate et parjure maîtresse. Je jetai les yeux sur la fille qui était devant moi : elle était extrêmement jolie, et j'aurais souhaité qu'elle l'eût été assez pour me rendre parjure et infidèle à mon tour. Mais je n'y trouvai point ces yeux fins et languissants, ce port divin, ce teint de la composition de l'Amour, enfin ce fonds inépuisable de charmes que la nature avait prodigués à la perfide Manon[1]. Non, non, lui dis-je en cessant de la regarder, l'ingrate qui vous envoie savait fort bien qu'elle vous faisait faire une démarche inutile. Retournez à elle, et dites-lui de ma part qu'elle jouisse de son crime, et qu'elle en jouisse, s'il se peut, sans remords. Je l'abandonne sans retour, et je renonce en même temps à toutes les femmes, qui ne sauraient être aussi aimables qu'elle, et qui sont, sans doute, aussi lâches et d'aussi mauvaise foi. Je fus alors sur le point de descendre et de me retirer, sans prétendre davantage à Manon, et la jalousie mortelle qui me déchirait le cœur se déguisant en une morne et sombre tranquillité, je me crus d'autant plus proche de ma guérison que je ne sentais nul de ces mouvements violents dont j'avais été agité dans les mêmes occasions[2]. Hélas ! j'étais la dupe de l'amour autant que je croyais l'être de G... M... et de Manon.

Cette fille qui m'avait apporté la lettre, me voyant prêt à descendre l'escalier, me demanda ce que je voulais donc qu'elle rapportât à M. de G... M... et à la dame qui était avec lui. Je rentrai dans la chambre à cette question, et par un changement incroyable à ceux qui n'ont jamais senti de passions violentes, je me trouvai, tout d'un coup, de la tranquillité où je croyais être, dans un transport terrible de fureur. Va, lui dis-je, rapporte au traître G... M... et à sa perfide maîtresse le désespoir où ta maudite lettre m'a jeté, mais apprends-leur qu'ils n'en riront pas longtemps, et que je les poignarderai tous deux de ma propre main. Je me jetai sur une chaise. Mon chapeau tomba d'un côté, et ma canne de l'autre. Deux ruisseaux de larmes amères commencèrent à couler de mes yeux. L'accès de rage que je venais de sentir se changea dans une profonde douleur; je ne fis plus que pleurer, en poussant des gémissements et des soupirs. Approche, mon enfant, approche, m'écriai-je en parlant à la jeune fille; approche, puisque c'est toi qu'on envoie pour me consoler. Dis-moi si tu sais des consolations contre la rage et de désespoir, contre l'envie de se donner la mort à soi-même, après avoir tué deux perfides qui ne méritent pas de vivre. Oui, approche, continuai-je, en voyant qu'elle faisait vers moi quelques pas timides et incertains. Viens essuyer mes larmes, viens rendre la paix à mon cœur, viens me dire que tu m'aimes, afin que je m'accoutume à l'être d'une autre que de mon infidèle. Tu es jolie, je pourrai peut-être t'aimer à mon tour. Cette pauvre enfant, qui n'avait pas seize ou dix-sept ans, et qui paraissait avoir plus de pudeur que ses pareilles, était extraordinairement surprise d'une si étrange scène. Elle s'approcha néanmoins pour me faire quelques caresses, mais je l'écartai aussitôt, en la repoussant de mes mains. Que veux-tu de moi ? lui dis-je. Ah! tu es une femme, tu es d'un sexe que je déteste et que je ne puis plus souffrir. La douceur de ton visage me menace encore de quelque trahison[1]. Va-t'en et laisse-moi seul ici. Elle me fit une révérence, sans oser rien dire, et elle se tourna pour sortir. Je lui criai de s'arrêter. Mais apprends-moi du moins, repris-je, pourquoi, comment, à quel dessein tu as été envoyée ici. Comment as-tu découvert mon nom et le lieu où tu pouvais me trouver ?

Elle me dit qu'elle connaissait de longue main M. de G... M...; qu'il l'avait envoyé chercher à cinq heures, et qu'ayant suivi le laquais qui l'avait avertie, elle était allée dans une grande maison, où elle l'avait trouvé qui jouait au piquet[1] avec une jolie dame, et qu'ils l'avaient chargée tous deux de me rendre la lettre qu'elle m'avait apportée, après lui avoir appris qu'elle me trouverait dans un carrosse au bout de la rue Saint-André. Je lui demandai s'ils ne lui avaient rien dit de plus. Elle me répondit, en rougissant, qu'ils lui avaient fait espérer que je la prendrais pour me tenir compagnie. On t'a trompée, lui dis-je ; ma pauvre fille, on t'a trompée. Tu es une femme, il te faut un homme ; mais il t'en faut un qui soit riche et heureux, et ce n'est pas ici que tu le peux trouver. Retourne, retourne à M. de G... M... Il a tout ce qu'il faut pour être aimé des belles ; il a des hôtels meublés et des équipages à donner. Pour moi, qui n'ai que de l'amour et de la constance à offrir[2], les femmes méprisent ma misère et font leur jouet de ma simplicité.

J'ajoutai mille choses, ou tristes ou violentes, suivant que les passions qui m'agitaient tour à tour cédaient ou emportaient le dessus. Cependant, à force de me tourmenter, mes transports diminuèrent assez pour faire place à quelques réflexions. Je comparai cette dernière infortune à celles que j'avais déjà essuyées dans le même genre, et je ne trouvai pas qu'il y eût plus à désespérer que dans les premières. Je connaissais Manon ; pourquoi m'affliger tant d'un malheur que j'avais dû prévoir ? Pourquoi ne pas m'employer plutôt à chercher du remède ? Il était encore temps. Je devais du moins n'y pas épargner mes soins, si je ne voulais avoir à me reprocher d'avoir contribué, par ma négligence, à mes propres peines. Je me mis là-dessus à considérer tous les moyens qui pouvaient m'ouvrir un chemin à l'espérance.

Entreprendre de l'arracher avec violence des mains de G... M..., c'était un parti désespéré, qui n'était propre qu'à me perdre, et qui n'avait pas la moindre apparence de succès. Mais il me semblait que si j'eusse pu me procurer le moindre entretien avec elle, j'aurais gagné infailliblement quelque chose sur son cœur. J'en connaissais si bien tous les endroits sensibles ! J'étais si sûr d'être aimé d'elle[1] ! Cette bizarrerie même de m'avoir envoyé une jolie fille pour me consoler, j'aurais parié qu'elle venait de son invention, et que c'était un effet de sa compassion pour mes peines. Je résolus d'employer toute mon industrie pour la voir. Parmi quantité de voies que j'examinai l'une après l'autre, je m'arrêtai à celle-ci. M. de T... avait commencé à me rendre service avec trop d'affection pour me laisser le moindre doute de sa sincérité et de son zèle. Je me proposai d'aller chez lui sur-le-champ, et de l'engager à faire appeler G... M..., sous le prétexte d'une affaire importante. Il ne me fallait qu'une demi-heure pour parler à Manon. Mon dessein était de me faire introduire dans sa chambre même, et je crus que cela me serait aisé dans l'absence de G... M... Cette résolution m'ayant rendu plus tranquille, je payai libéralement la jeune fille, qui était encore avec moi, et pour lui ôter l'envie de retourner chez ceux qui me l'avaient envoyée, je pris son adresse, en lui faisant espérer que j'irais passer la nuit avec elle. Je montai dans mon fiacre, et je me fis conduire à grand train chez M. de T... Je fus assez heureux pour l'y trouver. J'avais eu, là-dessus, de l'inquiétude en chemin. Un mot le mit au fait de mes peines et du service que je venais lui demander. Il fut si étonné d'apprendre que G... M...

avait pu séduire Manon, qu'ignorant que j'avais eu part moi-même à mon malheur, il m'offrit généreusement de rassembler tous ses amis, pour employer leurs bras et leurs épées à la délivrance de ma maîtresse. Je lui fis comprendre que cet éclat pouvait être pernicieux à Manon et à moi. Réservons notre sang, lui dis-je, pour l'extrémité. Je médite une voie plus douce et dont je n'espère pas moins de succès. Il s'engagea, sans exception, à faire tout ce que je demanderais de lui ; et lui ayant répété qu'il ne s'agissait que de faire avertir G... M... qu'il avait à lui parler, et de le tenir dehors une heure ou deux, il partit aussitôt avec moi pour me satisfaire.

Nous cherchâmes de quel expédient il pourrait se servir pour l'arrêter si longtemps. Je lui conseillai de lui écrire d'abord un billet simple, daté d'un cabaret, par lequel il le prierait de s'y rendre aussitôt, pour une affaire si importante qu'elle ne pouvait souffrir de délai. J'observerai, ajoutai-je, le moment de sa sortie, et je m'introduirai sans peine dans la maison, n'y étant connu que de Manon et de Marcel, qui est mon valet. Pour vous, qui serez pendant ce temps-là avec G... M..., vous pourrez lui dire que cette affaire importante, pour laquelle vous souhaitez de lui parler, est un besoin d'argent, que vous venez de perdre le vôtre au jeu, et que vous avez joué beaucoup plus sur votre parole, avec le même malheur. Il lui faudra du temps pour vous mener à son coffre-fort, et j'en aurai suffisamment pour exécuter mon dessein.

M. de T... suivit cet arrangement de point en point. Je le laissai dans un cabaret, où il écrivit promptement sa lettre. J'allai me placer à quelques pas de la maison de Manon. Je vis arriver le porteur du message, et G...

M... sortir à pied, un moment après, suivi d'un laquais. Lui ayant laissé le temps de s'éloigner de la rue, je m'avançai à la porte de mon infidèle, et malgré toute ma colère, je frappai avec le respect qu'on a pour un temple. Heureusement, ce fut Marcel qui vint m'ouvrir. Je lui fis signe de se taire. Quoique je n'eusse rien à craindre des autres domestiques, je lui demandai tout bas s'il pouvait me conduire dans la chambre où était Manon, sans que je fusse aperçu. Il me dit que cela était aisé en montant doucement par le grand escalier. Allons donc promptement, lui dis-je, et tâche d'empêcher, pendant que j'y serai, qu'il n'y monte personne. Je pénétrai sans obstacle jusqu'à l'appartement.

Manon était occupée à lire. Ce fut là que j'eus lieu d'admirer le caractère de cette étrange fille. Loin d'être effrayée et de paraître timide en m'apercevant, elle ne donna que ces marques légères de surprise dont on n'est pas le maître à la vue d'une personne qu'on croit éloignée. Ah! c'est vous, mon amour, me dit-elle en venant m'embrasser avec sa tendresse ordinaire. Bon Dieu! que vous êtes hardi! Qui vous aurait attendu aujourd'hui dans ce lieu? Je me dégageai de ses bras, et loin de répondre à ses caresses, je la repoussai avec dédain, et je fis deux ou trois pas en arrière pour m'éloigner d'elle. Ce mouvement ne laissa pas de la déconcerter. Elle demeura dans la situation où elle était et elle jeta les yeux sur moi et changeant de couleur. J'étais, dans le fond, si charmé de la revoir, qu'avec tant de justes sujets de colère, j'avais à peine la force d'ouvrir la bouche pour la quereller. Cependant mon cœur saignait du cruel outrage qu'elle m'avait fait. Je le rappelais vivement à ma mémoire, pour exciter mon dépit, et je tâchais de faire briller dans mes yeux un autre feu que celui de l'amour. Comme je demeurai quelque temps en silence, et qu'elle remarqua mon agitation, je la vis trembler, apparemment par un effet de sa crainte.

Je ne pus soutenir ce spectacle. Ah! Manon, lui dis-je d'un ton tendre, infidèle et parjure Manon! par où commencerai-je à me plaindre? Je vous vois pâle et tremblante, et je suis encore si sensible à vos moindres peines, que je crains de vous affliger trop par mes reproches. Mais, Manon, je vous le dis, j'ai le cœur percé de la douleur de votre trahison. Ce sont là des coups qu'on ne porte point à un amant, quand on n'a pas résolu sa mort. Voici la troisième fois, Manon, je les ai bien comptées; il est impossible que cela s'oublie. C'est à vous de considérer, à l'heure même, quel parti vous voulez prendre, car mon triste cœur n'est plus à l'épreuve d'un si cruel traitement. Je sens qu'il succombe et qu'il est prêt à se fendre de douleur. Je n'en puis plus, ajoutai-je en m'asseyant sur une chaise; j'ai à peine la force de parler et de me soutenir.

Elle ne me répondit point, mais, lorsque je fus assis, elle se laissa tomber à genoux et elle appuya sa tête sur les miens, en cachant son visage de mes mains. Je sentis en un instant qu'elle les mouillait de ses larmes. Dieux! de quels mouvements n'étais-je point agité! Ah! Manon, Manon, repris-je avec un soupir, il est bien tard de me donner des larmes, lorsque vous avez causé ma mort. Vous affectez une tristesse que vous ne sauriez sentir. Le plus grand de vos maux est sans doute ma présence, qui a toujours été importune à vos plaisirs. Ouvrez les yeux, voyez qui je suis; on ne verse pas des pleurs si tendres pour un malheureux qu'on a trahi, et qu'on abandonne cruellement. Elle baisait mes mains sans changer de posture. Inconstante Manon, repris-je encore, fille ingrate et sans foi, où sont vos promesses et vos serments ? Amante mille fois volage et cruelle, qu'as-tu fait de cet amour que tu me jurais encore aujourd'hui ? Juste Ciel, ajoutai-je, est-ce ainsi qu'une infidèle se rit de vous, après vous avoir attesté si saintement[1] ? C'est donc le parjure qui est récompensé ! Le désespoir et l'abandon sont pour la constance et la fidélité.

Ces paroles furent accompagnées d'une réflexion si amère, que j'en laissai échapper malgré moi quelques larmes. Manon s'en aperçut au changement de ma voix. Elle rompit enfin le silence. Il faut bien que je sois coupable, me dit-elle tristement, puisque j'ai pu vous causer tant de douleur et d'émotion ; mais que le Ciel me punisse si j'ai cru l'être, ou si j'ai eu la pensée de le devenir[2] ! Ce discours me parut si dépourvu de sens et de bonne foi, que je ne pus me défendre d'un vif mouvement de colère. Horrible dissimulation ! m'écriai-je. Je vois mieux que jamais que tu n'es qu'une coquine et une perfide. C'est à présent que je connais ton misérable caractère. Adieu, lâche créature, continuai-je en me levant ; j'aime mieux mourir mille fois que d'avoir désormais le moindre commerce avec toi. Que le Ciel me punisse moi-même si je t'honore jamais du moindre regard ! Demeure avec ton nouvel amant, aime-le, déteste-moi, renonce à l'honneur, au bon sens ; je m'en ris, tout m'est égal.

Elle fut si épouvantée de ce transport, que, demeurant à genoux près de la chaise d'où je m'étais levé, elle me regardait en tremblant et sans oser respirer. Je fis encore quelques pas vers la porte, en tournant la tête, et tenant les yeux fixés sur elle. Mais il aurait fallu que j'eusse perdu tous sentiments d'humanité pour m'endurcir contre tant de charmes[3]. J'étais si éloigné d'avoir cette force barbare que, passant tout d'un coup à l'extrémité opposée, je retournai vers elle, ou plutôt, je m'y précipitai sans réflexion. Je la pris entre mes bras, je lui donnai mille tendres baisers. Je lui demandai pardon de mon emportement. Je confessai que j'étais un brutal, et que je ne méritais pas le bonheur d'être aimé d'une fille comme elle. Je la fis asseoir, et, m'étant mis à genoux à mon tour, je la conjurai de m'écouter en cet état. Là, tout ce qu'un amant soumis et passionné peut imaginer de plus respectueux et de plus tendre, je le renfermai en peu de mots dans mes excuses. Je lui demandai en grâce de prononcer qu'elle me pardonnait[1]. Elle laissa tomber ses bras sur mon cou, en disant que c'était elle-même qui avait besoin de ma bonté pour me faire oublier les chagrins qu'elle me causait, et qu'elle commençait à craindre avec raison que je ne goûtasse point ce qu'elle avait à me dire pour se justifier. Moi ! interrompis-je aussitôt, ah ! je ne vous demande point de justification. J'approuve tout ce que vous avez fait. Ce n'est point à moi d'exiger des raisons de votre conduite ; trop content, trop heureux, si ma chère Manon ne m'ôte point la tendresse de son cœur ! Mais, continuai-je, en réfléchissant sur l'état de mon sort, toute-puissante Manon ! vous qui faites à votre gré mes joies et mes douleurs, après vous avoir satisfaite par mes humiliations et par les marques de mon repentir, ne me sera-t-il point permis de vous parler de ma tristesse et de mes peines ? Apprendrai-je de vous ce qu'il faut que je devienne aujourd'hui, et si c'est sans retour que vous allez signer ma mort, en passant la nuit avec mon rival ?

Elle fut quelque temps à méditer sa réponse : Mon Chevalier, me dit-elle, en reprenant un air tranquille, si vous vous étiez d'abord expliqué si nettement, vous vous seriez épargné bien du trouble et à moi une scène bien affligeante. Puisque votre peine ne vient que de votre jalousie, je l'aurais guérie en m'offrant à vous suivre sur-le-champ au bout du monde. Mais je me suis figuré que c'était la lettre que je vous ai écrite sous les yeux de M. de G... M... et la fille que nous vous avons envoyée qui causaient votre chagrin. J'ai cru que vous auriez pu regarder ma lettre comme une raillerie et cette fille, en vous imaginant qu'elle était allée vous trouver de ma part, comme une déclaration que je renonçais à vous pour m'attacher à G... M... C'est cette pensée qui m'a jetée tout d'un coup dans la consternation, car, quelque innocente que je fusse, je trouvais, en y pensant, que les apparences ne m'étaient pas favorables. Cependant, continua-t-elle, je veux que vous soyez mon juge, après que je vous aurai expliqué la vérité du fait.

Elle m'apprit alors tout ce qui lui était arrivé depuis qu'elle avait trouvé G... M..., qui l'attendait dans le lieu où nous étions. Il l'avait reçue effectivement comme la première princesse du monde. Il lui avait montré tous les appartements, qui étaient d'un goût et d'une propreté admirables. Il lui avait compté dix mille livres dans son cabinet, et il y avait ajouté quelques bijoux, parmi lesquels étaient le collier et les bracelets de perles qu'elle avait déjà eus de son père. Il l'avait menée de là dans un salon qu'elle n'avait pas encore vu, où elle avait trouvé une collation exquise. Il l'avait fait servir par les nouveaux domestiques qu'il avait pris pour elle, en leur ordonnant de la regarder désormais comme leur maîtresse. Enfin, il lui avait fait voir le carrosse, les chevaux et tout le reste de ses présents ; après quoi, il lui avait proposé une partie de jeu, pour attendre le souper. Je vous avoue, continua-t-elle, que j'ai été frappée de cette magnificence. J'ai fait réflexion que ce serait dommage de nous priver[1] tout d'un coup de tant de biens, en me contentant d'emporter les dix mille francs et les bijoux, que c'était une fortune toute faite pour vous et pour moi, et que nous pourrions vivre agréablement aux dépens de G... M... Au lieu de lui proposer la Comédie, je me suis mis dans la tête de le sonder sur votre sujet, pour pressentir quelles facilités nous aurions à nous voir, en supposant l'exécution de mon système. Je l'ai trouvé d'un caractère fort traitable. Il m'a demandé ce que je pensais de vous, et si je n'avais pas eu quelque regret à vous quitter. Je lui ai dit que vous étiez si aimable et que vous en aviez toujours usé si honnêtement avec moi, qu'il n'était pas naturel que je pusse vous haïr. Il a confessé que vous aviez du mérite, et qu'il s'était senti porté à désirer votre amitié. Il a voulu savoir de quelle manière je croyais que vous prendriez mon départ, surtout lorsque vous viendriez à savoir que j'étais entre ses mains. Je lui ai répondu que la date de notre amour était déjà si ancienne qu'il avait eu le temps de se refroidir un peu, que vous n'étiez pas d'ailleurs fort à votre aise, et que vous ne regarderiez peut-être pas ma perte comme un grand malheur, parce qu'elle vous déchargerait d'un fardeau qui vous pesait sur les bras. J'ai ajouté qu'étant tout à fait convaincue que vous agiriez pacifiquement, je n'avais pas fait difficulté de vous dire que je venais à Paris pour quelques affaires, que vous y aviez consenti et qu'y étant venu vous-même, vous n'aviez pas paru extrêmement inquiet, lorsque je vous avais quitté. Si je croyais, m'a-t-il dit, qu'il fût d'humeur à bien vivre avec moi, je serais le premier à lui offrir mes services et mes civilités. Je l'ai assuré que, du caractère dont je vous connaissais, je ne doutais point que vous n'y répondissiez honnêtement, surtout, lui ai-je dit, s'il pouvait vous servir dans vos affaires, qui étaient fort dérangées depuis que vous étiez mal avec votre famille. Il m'a interrompue, pour me protester qu'il vous rendrait tous les services qui dépendraient de lui, et que, si vous vouliez même vous embarquer dans un autre amour, il vous procurerait une jolie maîtresse, qu'il avait quittée pour s'attacher à moi. J'ai applaudi à son idée, ajouta-t-elle, pour prévenir plus parfaitement tous ses soupçons, et me confirmant de plus en plus dans mon projet, je ne souhaitais que de pouvoir trouver le moyen de vous en informer, de peur que vous ne fussiez trop alarmé lorsque vous me verriez manquer à notre assignation. C'est dans cette vue que je lui ai proposé de vous envoyer cette nouvelle maîtresse dès le soir même, afin d'avoir une occasion de vous écrire ; j'étais obligée d'avoir recours à cette adresse, parce que je ne pouvais espérer qu'il me laissât libre un moment. Il a ri de ma proposition. Il a appelé son laquais et lui ayant demandé s'il pourrait retrouver sur-le-champ son ancienne maîtresse, il l'a envoyé de côté et d'autre pour la chercher. Il s'imaginait que c'était à Chaillot qu'il fallait qu'elle allât vous trouver, mais je lui ai appris qu'en vous quittant je vous avais promis de vous rejoindre à la Comédie, ou que, si quelque raison m'empêchait d'y aller, vous vous étiez engagé à m'attendre dans un carrosse au bout de la rue S[aint]-André ; qu'il valait mieux, par conséquent, vous envoyer là votre nouvelle amante, ne fût-ce que pour vous empêcher de vous y morfondre pendant toute la nuit. Je lui ai dit encore qu'il était à propos de vous écrire un mot pour vous avertir de cet échange, que vous auriez peine à comprendre sans cela. Il y a consenti, mais j'ai été obligée d'écrire en sa présence, et je me suis bien gardée de m'expliquer trop ouvertement dans ma lettre. Voilà, ajouta Manon, de quelle manière les choses se sont passées. Je ne vous déguise rien, ni de ma conduite, ni de mes desseins. La jeune fille est venue, je l'ai trouvée jolie, et comme je ne doutais point que mon absence ne vous causât de la peine, c'était sincèrement que je souhaitais qu'elle pût servir à vous désennuyer quelques moments, car la fidélité que je souhaite de vous est celle du cœur[1]. J'aurais été ravie de pouvoir vous envoyer Marcel, mais je n'ai pu me procurer un moment pour l'instruire de ce que j'avais à vous faire savoir. Elle conclut enfin son récit, en m'apprenant l'embarras où G... M... s'était trouvé en recevant le billet de M. de T... Il a balancé, me dit-elle, s'il devait me quitter, et il m'a assuré que son retour ne tarderait point. C'est ce qui fait que je ne vous vois point ici sans inquiétude, et que j'ai marqué de la surprise à votre arrivée.

J'écoutai ce discours avec beaucoup de patience. J'y trouvais assurément quantité de traits cruels et mortifiants pour moi, car le dessein de son infidélité était si clair qu'elle n'avait pas même eu le soin de me le déguiser. Elle ne pouvait espérer que G... M... la laissât, toute la nuit, comme une vestale. C'était donc avec lui qu'elle comptait de la passer. Quel aveu pour un amant ! Cependant, je considérai que j'étais cause en partie de sa faute, par la connaissance que je lui avais donnée d'abord des sentiments que G... M... avait pour elle, et par la complaisance que j'avais eue d'entrer aveuglément dans le plan téméraire de son aventure. D'ailleurs, par un tour naturel de génie qui m'est particulier, je fus touché de l'ingénuité de son récit, et de cette manière bonne et ouverte avec laquelle elle me racontait jusqu'aux circonstances dont j'étais le plus offensé. Elle pêche sans malice, disais-je en moi-même ; elle est légère et imprudente, mais elle est droite et sincère[1]. Ajoutez que l'amour suffisait seul pour me fermer les yeux sur toutes ses fautes. J'étais trop satisfait de l'espérance de l'enlever le soir même à mon rival. Je lui dis néanmoins : Et la nuit, avec qui l'auriez-vous passée ? Cette question, que je lui fis tristement, l'embarrassa. Elle ne me répondit que par des mais et des si interrompus. J'eus pitié de sa peine, et rompant ce discours, je lui déclarai naturellement que j'attendais d'elle qu'elle me suivît à l'heure même. Je le veux bien, me dit-elle ; mais vous n'approuvez donc pas mon projet ? Ah ! n'est-ce pas assez, repartis-je, que j'approuve tout ce que vous avez fait jusqu'à présent ? Quoi ! nous n'emporterons pas même les dix mille francs ? répliqua-t-elle. Il me les a donnés. Ils sont à moi[2]. Je lui conseillai d'abandonner tout, et de ne penser qu'à nous éloigner promptement, car, quoiqu'il y eût à peine une demi-heure que j'étais avec elle, je craignais le retour de G... M... Cependant, elle me fit de si pressantes instances pour me faire consentir à ne pas sortir les mains vides, que je crus lui devoir accorder quelque chose après avoir tant obtenu d'elle[3].

Dans le temps que nous nous préparions au départ, j'entendis frapper à la porte de la rue. Je ne doutai nullement que ce ne fût G... M..., et dans le trouble où cette pensée me jeta, je dis à Manon que c'était un homme mort s'il paraissait. Effectivement, je n'étais pas assez revenu de mes transports pour me modérer à sa vue. Marcel finit ma peine en m'apportant un billet qu'il avait reçu pour moi à la porte. Il était de M. de T... Il me marquait que, G... M... étant allé lui chercher de l'argent à sa maison, il profitait de son absence pour me communiquer une pensée fort plaisante : qu'il lui semblait que je ne pouvais me venger plus agréablement de mon rival qu'en mangeant son souper et en couchant, cette nuit même, dans le lit qu'il espérait d'occuper avec ma maîtresse ; que cela lui paraissait assez facile, si je pouvais m'assurer de trois ou quatre hommes qui eussent assez de résolution pour l'arrêter dans la rue, et de fidélité pour le garder à vue jusqu'au lendemain ; que, pour lui, il promettait de l'amuser encore une heure pour le moins, par des raisons qu'il tenait prêtes pour son retour. Je montrai ce billet à Manon, et je lui appris de quelle ruse je m'étais servi pour m'introduire librement chez elle. Mon invention et celle de M. de T... lui parurent admirables. Nous en rîmes à notre aise pendant quelques moments. Mais, lorsque je lui parlai de la dernière comme d'un badinage, je fus surpris qu'elle insistât sérieusement à me la proposer comme une chose dont l'idée la ravissait. En vain lui demandai-je où elle voulait que je trouvasse, tout d'un coup, des gens propres à arrêter G... M... et à le garder fidèlement. Elle me dit qu'il fallait du moins tenter, puisque M. de T... nous garantissait encore une heure, et pour réponse à mes autres objections, elle me dit que je faisais le tyran et que je n'avais pas de complaisance pour elle. Elle ne trouvait rien de si joli que ce projet[1]. Vous aurez son couvert à souper, me répétait-elle, vous coucherez dans ses draps, et, demain, de grand matin, vous enlèverez sa maîtresse et son argent. Vous serez bien vengé du père et du fils.

Je cédai à ses instances, malgré les mouvements secrets de mon cœur qui semblaient me présager une catastrophe malheureuse. Je sortis, dans le dessein de prier deux ou trois gardes du corps, avec lesquels Lescaut m'avait mis en liaison, de se charger du soin d'arrêter G... M... Je n'en trouvai qu'un au logis, mais c'était un homme entreprenant, qui n'eut pas plutôt su de quoi il était question qu'il m'assura du succès. Il me demanda seulement dix pistoles, pour récompenser trois soldats aux gardes, qu'il prit la résolution d'employer, en se mettant à leur tête. Je le priai de ne pas perdre de temps. Il les assembla en moins d'un quart d'heure. Je l'attendais à sa maison, et lorsqu'il fut de retour avec ses associés, je le conduisis moi-même au coin d'une rue par laquelle G... M... devait nécessairement rentrer dans celle de Manon. Je lui recommandai de ne le pas maltraiter, mais de le garder si étroitement jusqu'à sept heures du matin, que je pusse être assuré qu'il ne lui échapperait pas. Il me dit que son dessein était de le conduire à sa chambre et de l'obliger à se déshabiller, ou même à se coucher dans son lit, tandis que lui et ses trois braves passeraient la nuit à boire et à jouer. Je demeurai avec eux jusqu'au moment où je vis paraître G... M..., et je me retirai alors quelques pas au-dessous, dans un endroit obscur, pour être témoin d'une scène si extraordinaire. Le garde du corps l'aborda, le pistolet au poing, et lui expliqua civilement qu'il n'en voulait ni à sa vie ni à son argent, mais que, s'il faisait la moindre difficulté de le suivre, ou s'il jetait le moindre cri, il allait lui brûler la cervelle. G... M..., le voyant soutenu par trois soldats, et craignant sans doute la bourre du pistolet[1], ne fit pas de résistance. Je le vis emmener comme un mouton.

Je retournai aussitôt chez Manon, et pour ôter tout soupçon aux domestiques, je lui dis, en entrant, qu'il ne fallait pas attendre M. de G... M... pour souper, qu'il lui était survenu des affaires qui le retenaient malgré lui, et qu'il m'avait prié de venir lui en faire ses excuses et souper avec elle, ce que je regardais comme une grande faveur auprès d'une si belle dame. Elle seconda fort adroitement mon dessein. Nous nous mîmes à table. Nous y prîmes un air grave, pendant que les laquais demeurèrent à nous servir. Enfin, les ayant congédiés, nous passâmes une des plus charmantes soirées de notre vie. J'ordonnai en secret à Marcel de chercher un fiacre et de l'avertir de se trouver le lendemain à la porte, avant six heures du matin. Je feignis de quitter Manon vers minuit ; mais étant rentré doucement, par le secours de Marcel, je me préparai à occuper le lit de G… M…, comme j'avais rempli sa place à table. Pendant ce temps-là, notre mauvais génie travaillait à nous perdre. Nous étions dans le délire du plaisir, et le glaive était suspendu sur nos têtes[1]. Le fil qui le soutenait allait se rompre. Mais, pour faire mieux entendre toutes les circonstances de notre ruine, il faut en éclaircir la cause.

G… M… était suivi d'un laquais, lorsqu'il avait été arrêté par le garde du corps. Ce garçon, effrayé de l'aventure de son maître, retourna en fuyant sur ses pas, et la première démarche qu'il fit, pour le secourir, fut d'aller avertir le vieux G… M… de ce qui venait d'arriver. Une si fâcheuse nouvelle ne pouvait manquer de l'alarmer beaucoup : il n'avait que ce fils, et sa vivacité était extrême pour son âge. Il voulut savoir d'abord du laquais tout ce que son fils avait fait l'après-midi, s'il s'était querellé avec quelqu'un, s'il avait pris part au démêlé d'un autre, s'il s'était trouvé dans quelque maison suspecte. Celui-ci, qui croyait son maître dans le dernier danger et qui s'imaginait ne devoir plus rien ménager pour lui procurer du secours, découvrit tout ce qu'il savait de son amour pour Manon et la dépense qu'il avait faite pour elle, la manière dont il avait passé l'après-midi dans sa maison jusqu'aux environs de neuf heures, sa sortie et le malheur de son retour. C'en fut assez pour faire soupçonner au vieillard que l'affaire de son fils était une querelle d'amour. Quoiqu'il fût au moins dix heures et demie du soir, il ne balança point à se rendre aussitôt chez M. le Lieutenant de Police. Il le pria de faire donner des ordres particuliers à toutes les escouades du guet, et lui en ayant demandé une pour se faire accompagner, il courut lui-même vers la rue où son fils avait été arrêté. Il visita tous les endroits de la ville où il espérait de le pouvoir trouver, et n'ayant pu découvrir ses traces, il se fit conduire enfin à la maison de sa maîtresse, où il se figura qu'il pouvait être retourné.

J'allais me mettre au lit, lorsqu'il arriva. La porte de la chambre étant fermée, je n'entendis point frapper à celle de la rue ; mais il entra suivi de deux archers, et s'étant informé inutilement de ce qu'était devenu son fils, il lui prit envie de voir sa maîtresse, pour tirer d'elle quelque lumière. Il monte à l'appartement, toujours accompagné de ses archers. Nous étions prêts à nous mettre au lit. Il ouvre la porte, et il nous glace le sang par sa vue. Ô Dieu ! c'est le vieux G... M..., dis-je à Manon. Je saute sur mon épée ; elle était malheureusement embarrassée dans mon ceinturon. Les archers, qui virent mon mouvement, s'approchèrent aussitôt pour me la saisir. Un homme en chemise est sans résistance. Ils m'ôtèrent tous les moyens de me défendre.

G... M..., quoique troublé par ce spectacle, ne tarda point à me reconnaître. Il remit encore plus aisément Manon. Est-ce une illusion ? nous dit-il gravement ; ne vois-je point le chevalier des Grieux et Manon Lescaut ? J'étais si enragé de honte et de douleur, que je ne lui fis pas de réponse. Il parut rouler, pendant quelque temps, diverses pensées dans sa tête, et comme si elles eussent allumé tout d'un coup sa colère, il s'écria en s'adressant à moi : Ah! malheureux, je suis sûr que tu as tué mon fils! Cette injure me piqua vivement. Vieux scélérat, lui répondis-je avec fierté, si j'avais eu à tuer quelqu'un de ta famille, c'est par toi que j'aurais commencé. Tenez-le bien, dit-il aux archers. Il faut qu'il me dise des nouvelles de mon fils; je le ferai pendre demain, s'il ne m'apprend tout à l'heure ce qu'il en a fait. Tu me feras pendre? repris-je. Infâme! ce sont tes pareils qu'il faut chercher au gibet. Apprends que je suis d'un sang plus noble et plus pur que le tien[1]. Oui, ajoutai-je, je sais ce qui est arrivé à ton fils, et si tu m'irrites davantage, je le ferai étrangler avant qu'il soit demain, et je te promets le même sort après lui.

Je commis une imprudence en lui confessant que je savais où était son fils; mais l'excès de ma colère me fit faire cette indiscrétion. Il appela aussitôt cinq ou six autres archers, qui l'attendaient à la porte, et il leur ordonna de s'assurer de tous les domestiques de la maison. Ah! monsieur le chevalier, reprit-il d'un ton railleur, vous savez où est mon fils et vous le ferez étrangler, dites-vous? Comptez que nous y mettrons bon ordre. Je sentis aussitôt la faute que j'avais commise. Il s'approcha de Manon, qui était assise sur le lit en pleurant; il lui dit quelques galanteries ironiques sur l'empire qu'elle avait sur le père et sur le fils, et sur le bon usage qu'elle en faisait. Ce vieux monstre d'incontinence voulut prendre quelques familiarités avec elle. Garde-toi de la toucher! m'écriai-je, il n'y aurait rien de sacré qui te pût sauver de mes mains. Il sortit en laissant trois archers dans la chambre, auxquels il ordonna de nous faire prendre promptement nos habits.

Je ne sais quels étaient alors ses desseins sur nous. Peut-être eussions-nous obtenu la liberté en lui apprenant où était son fils. Je méditais, en m'habillant, si ce n'était pas le meilleur parti. Mais, s'il était dans cette disposition en quittant notre chambre, elle était bien changée lorsqu'il y revint. Il était allé interroger les domestiques de Manon, que les archers avaient arrêtés. Il ne put rien apprendre de ceux qu'elle avait reçus de son fils, mais, lorsqu'il sut que Marcel nous avait servis auparavant, il résolut de le faire parler en l'intimidant par des menaces.

C'était un garçon fidèle, mais simple et grossier. Le souvenir de ce qu'il avait fait à l'Hôpital, pour délivrer Manon, joint à la terreur que G... M... lui inspirait, fit tant d'impression sur son esprit faible qu'il s'imagina qu'on allait le conduire à la potence ou sur la roue. Il promit de découvrir tout ce qui était venu à sa connaissance, si l'on voulait lui sauver la vie. G... M... se persuada là-dessus qu'il y avait quelque chose, dans nos affaires, de plus sérieux et de plus criminel qu'il n'avait eu lieu jusque-là de se le figurer. Il offrit à Marcel, non seulement la vie, mais des récompenses pour sa confession. Ce malheureux lui apprit une partie de notre dessein, sur lequel nous n'avions pas fait difficulté de nous entretenir devant lui, parce qu'il devait y entrer pour quelque chose. Il est vrai qu'il ignorait entièrement les changements que nous y avions faits à Paris ; mais il avait été informé, en partant de Chaillot, du plan de l'entreprise et du rôle qu'il y devait jouer. Il lui déclara donc que notre vue était de duper son fils, et que Manon devait recevoir, ou avait déjà reçu, dix mille francs, qui, selon notre projet, ne retourneraient jamais aux héritiers de la maison de G... M...

Après cette découverte, le vieillard emporté remonta brusquement dans notre chambre. Il passa, sans parler, dans le cabinet, où il n'eut pas de peine à trouver la somme et les bijoux. Il revint à nous avec un visage enflammé, et, nous montrant ce qu'il lui plut de nommer notre larcin[1], il nous accabla de reproches outrageants. Il fit voir de près, à Manon, le collier de perles et les bracelets. Les reconnaissez-vous ? lui dit-il avec un sourire moqueur. Ce n'était pas la première fois que vous les eussiez vus. Les mêmes, sur ma foi. Ils étaient de votre goût, ma belle ; je me le persuade aisément. Les pauvres enfants ! ajouta-t-il. Ils sont bien aimables, en effet, l'un et l'autre ; mais ils sont un peu fripons. Mon cœur crevait de rage à ce discours insultant. J'aurais donné, pour être libre un moment… Juste Ciel ! que n'aurais-je pas donné ! Enfin, je me fis violence pour lui dire, avec une modération qui n'était qu'un raffinement de fureur : Finissons, monsieur, ces insolentes railleries. De quoi est-il question ? Voyons, que prétendez-vous faire de nous ? Il est question, monsieur le chevalier, me répondit-il, d'aller de ce pas au Châtelet. Il fera jour demain ; nous verrons plus clair dans nos affaires, et j'espère que vous me ferez la grâce, à la fin, de m'apprendre où est mon fils.

Je compris, sans beaucoup de réflexions, que c'était une chose d'une terrible conséquence pour nous d'être une fois renfermés au Châtelet. J'en prévis, en tremblant, tous les dangers. Malgré toute ma fierté, je reconnus qu'il fallait plier sous le poids de ma fortune et flatter mon plus cruel ennemi, pour en obtenir quelque chose par la soumission. Je le priai, d'un ton honnête, de m'écouter un moment. Je me rends justice, monsieur, lui dis-je. Je confesse que la jeunesse m'a fait commettre de grandes fautes, et que vous en êtes assez blessé pour vous plaindre. Mais, si vous connaissez la force de l'amour, si vous pouvez juger de ce que souffre un malheureux jeune homme à qui l'on enlève tout ce qu'il aime[1], vous me trouverez peut-être pardonnable d'avoir cherché le plaisir d'une petite vengeance, ou du moins, vous me croirez assez puni par l'affront que je viens de recevoir. Il n'est besoin ni de prison ni de supplice pour me forcer de vous découvrir où est Monsieur votre fils. Il est en sûreté. Mon dessein n'a pas été de lui nuire ni de vous offenser. Je suis prêt à vous nommer le lieu où il passe tranquillement la nuit, si vous me faites la grâce de nous accorder la liberté. Ce vieux tigre, loin d'être touché de ma prière, me tourna le dos en riant. Il lâcha seulement quelques mots, pour me faire comprendre qu'il savait notre dessein jusqu'à l'origine. Pour ce qui regardait son fils, il ajouta brutalement qu'il se retrouverait assez, puisque je ne l'avais pas assassiné. Conduisez-les au Petit-Châtelet[2], dit-il aux archers, et prenez garde que le Chevalier ne vous échappe. C'est un rusé, qui s'est déjà sauvé de Saint-Lazare.

Il sortit, et me laissa dans l'état que vous pouvez vous imaginer. Ô Ciel ! m'écriai-je, je recevrai avec soumission tous les coups qui viennent de ta main, mais qu'un malheureux coquin ait le pouvoir de me traiter avec cette tyrannie, c'est ce qui me réduit au dernier désespoir[3]. Les archers nous prièrent de ne pas les faire attendre plus longtemps. Ils avaient un carrosse à la porte. Je tendis la main à Manon pour descendre. Venez, ma chère reine, lui dis-je, venez vous soumettre à toute la rigueur de notre sort. Il plaira peut-être au Ciel de nous rendre quelque jour plus heureux[4].

Nous partîmes dans le même carrosse. Elle se mit dans mes bras. Je ne lui avais pas entendu prononcer un mot depuis le premier moment de l'arrivée de G...

M...; mais, se trouvant seule alors avec moi, elle me dit mille tendresses en se reprochant d'être la cause de mon malheur. Je l'assurai que je ne me plaindrais jamais de mon sort, tant qu'elle ne cesserait pas de m'aimer. Ce n'est pas moi qui suis à plaindre, continuai-je. Quelques mois de prison ne m'effraient nullement, et je préférerai toujours le Châtelet à Saint-Lazare. Mais c'est pour toi, ma chère âme, que mon cœur s'intéresse. Quel sort pour une créature si charmante! Ciel, comment traitez-vous avec tant de rigueur le plus parfait de vos ouvrages[1]? Pourquoi ne sommes-nous pas nés, l'un et l'autre, avec des qualités conformes à notre misère? Nous avons reçu de l'esprit, du goût, des sentiments. Hélas! quel triste usage en faisons-nous, tandis que tant d'âmes basses et dignes de notre sort jouissent de toutes les faveurs de la fortune! Ces réflexions me pénétraient de douleur; mais ce n'était rien en comparaison de celles qui regardaient l'avenir, car je séchais de crainte pour Manon. Elle avait déjà été à l'Hôpital, et, quand elle en fût sortie par la bonne porte, je savais que les rechutes en ce genre étaient d'une conséquence extrêmement dangereuse. J'aurais voulu lui exprimer mes frayeurs; j'appréhendais de lui en causer trop. Je tremblais pour elle, sans oser l'avertir du danger, et je l'embrassais en soupirant, pour l'assurer, du moins, de mon amour, qui était presque le seul sentiment que j'osasse exprimer. Manon, lui dis-je, parlez sincèrement; m'aimerez-vous toujours? Elle me répondit qu'elle était bien malheureuse que j'en pusse douter. Hé bien, repris-je, je n'en doute point, et je veux braver tous nos ennemis avec cette assurance. J'emploierai ma famille pour sortir du Châtelet; et tout mon sang ne sera utile à rien si je ne vous en tire pas aussitôt que je serai libre.

Nous arrivâmes à la prison. On nous mit chacun dans un lieu séparé. Ce coup me fut moins rude, parce que je l'avais prévu. Je recommandai Manon au concierge, en lui apprenant que j'étais un homme de quelque distinction, et lui promettant une récompense considérable. J'embrassai ma chère maîtresse, avant que de la quitter. Je la conjurai de ne pas s'affliger excessivement et de ne rien craindre tant que je serais au monde. Je n'étais pas sans argent ; je lui en donnai une partie et je payai au concierge, sur ce qui me restait, un mois de grosse pension d'avance pour elle et pour moi[1].

Mon argent eut un fort bon effet. On me mit dans une chambre proprement meublée, et l'on m'assura que Manon en avait une pareille[2]. Je m'occupai aussitôt des moyens de hâter ma liberté. Il était clair qu'il n'y avait rien d'absolument criminel dans mon affaire, et supposant même que le dessein de notre vol fût prouvé par la déposition de Marcel, je savais fort bien qu'on ne punit point les simples volontés. Je résolus d'écrire promptement à mon père, pour le prier de venir en personne à Paris. J'avais bien moins de honte, comme je l'ai dit, d'être au Châtelet qu'à Saint-Lazare ; d'ailleurs, quoique je conservasse tout le respect dû à l'autorité paternelle, l'âge et l'expérience avaient diminué beaucoup ma timidité. J'écrivis donc, et l'on ne fit pas difficulté, au Châtelet, de laisser sortir ma lettre[3] ; mais c'était une peine que j'aurais pu m'épargner, si j'avais su que mon père devait arriver le lendemain à Paris.

Il avait reçu celle que je lui avais écrite huit jours auparavant[4]. Il en avait ressenti une joie extrême ; mais, de quelque espérance que je l'eusse flatté au sujet de ma conversion, il n'avait pas cru devoir s'arrêter tout à fait à mes promesses. Il avait pris le parti de venir s'assurer de mon changement par ses yeux, et de régler sa conduite sur la sincérité de mon repentir. Il arriva le lendemain de mon emprisonnement. Sa première visite fut celle qu'il rendit à Tiberge, à qui je l'avais prié d'adresser sa réponse. Il ne put savoir de lui ni ma demeure ni ma condition présente ; il en apprit seulement mes principales aventures, depuis que je m'étais échappé de Saint-Sulpice. Tiberge lui parla fort avantageusement des dispositions que je lui avais marquées pour le bien, dans notre dernière entrevue. Il ajouta qu'il me croyait entièrement dégagé de Manon, mais qu'il était surpris, néanmoins, que je ne lui eusse pas donné de mes nouvelles depuis huit jours. Mon père n'était pas dupe ; il comprit qu'il y avait quelque chose qui échappait à la pénétration de Tiberge, dans le silence dont il se plaignait, et il employa tant de soins pour découvrir mes traces que, deux jours après son arrivée, il apprit que j'étais au Châtelet.

Avant que de recevoir sa visite, à laquelle j'étais fort éloigné de m'attendre sitôt, je reçus celle de M. le Lieutenant général de Police, ou pour expliquer les choses par leur nom, je subis l'interrogatoire[1]. Il me fit quelques reproches, mais ils n'étaient ni durs ni désobligeants. Il me dit, avec douceur, qu'il plaignait ma mauvaise conduite ; que j'avais manqué de sagesse en me faisant un ennemi tel que M. de G… M… ; qu'à la vérité il était aisé de remarquer qu'il y avait, dans mon affaire, plus d'imprudence et de légèreté que de malice ; mais que c'était néanmoins la seconde fois que je me trouvais sujet à son tribunal, et qu'il avait espéré que je fusse devenu plus sage, après avoir pris deux ou trois mois de leçons à Saint-Lazare. Charmé d'avoir affaire à un juge raisonnable, je m'expliquai avec lui d'une manière si respectueuse et si modérée, qu'il parut extrêmement satisfait de mes réponses. Il me dit que je ne devais pas me livrer trop au chagrin, et qu'il se sentait disposé à me rendre service, en faveur de ma naissance et de ma jeunesse[1]. Je me hasardai à lui recommander Manon, et à lui faire l'éloge de sa douceur et de son bon naturel. Il me répondit, en riant, qu'il ne l'avait point encore vue, mais qu'on la représentait comme une dangereuse personne. Ce mot excita tellement ma tendresse que je lui dis mille choses passionnées pour la défense de ma pauvre maîtresse, et je ne pus m'empêcher de répandre quelques larmes. Il ordonna qu'on me reconduisît à ma chambre. Amour, amour ! s'écria ce grave magistrat en me voyant sortir, ne te réconcilieras-tu jamais avec la sagesse ?

J'étais à m'entretenir tristement de mes idées, et à réfléchir sur la conversation que j'avais eue avec M. le Lieutenant général de Police, lorsque j'entendis ouvrir la porte de ma chambre : c'était mon père. Quoique je dusse être à demi préparé à cette vue, puisque je m'y attendais quelques jours plus tard, je ne laissai pas d'en être frappé si vivement que je me serais précipité au fond de la terre, si elle s'était entr'ouverte à mes pieds. J'allai l'embrasser, avec toutes les marques d'une extrême confusion. Il s'assit sans que ni lui ni moi eussions encore ouvert la bouche.

Comme je demeurais debout, les yeux baissés et la tête découverte : Asseyez-vous, monsieur, me dit-il gravement, asseyez-vous. Grâce au scandale de votre libertinage et de vos friponneries, j'ai découvert le lieu de votre demeure. C'est l'avantage d'un mérite tel que le vôtre de ne pouvoir demeurer caché. Vous allez à la renommée par un chemin infaillible. J'espère que le terme en sera bientôt la Grève, et que vous aurez, effectivement, la gloire d'y être exposé à l'admiration de tout le monde[1].

Je ne répondis rien. Il continua : Qu'un père est malheureux, lorsque, après avoir aimé tendrement un fils et n'avoir rien épargné pour en faire un honnête homme, il n'y trouve, à la fin, qu'un fripon qui le déshonore! On se console d'un malheur de fortune : le temps l'efface, et le chagrin diminue ; mais quel remède contre un mal qui augmente tous les jours, tel que les désordres d'un fils vicieux qui a perdu tous sentiments d'honneur? Tu ne dis rien, malheureux, ajouta-t-il ; voyez cette modestie contrefaite et cet air de douceur hypocrite ; ne le prendrait-on pas pour le plus honnête homme de sa race?

Quoique je fusse obligé de reconnaître que je méritais une partie de ces outrages, il me parut néanmoins que c'était les porter à l'excès. Je crus qu'il m'était permis d'expliquer naturellement ma pensée. Je vous assure, monsieur, lui dis-je, que la modestie où vous me voyez devant vous n'est nullement affectée ; c'est la situation naturelle d'un fils bien né, qui respecte infiniment son père, et surtout un père irrité. Je ne prétends pas non plus passer pour l'homme le plus réglé de notre race. Je me connais digne de vos reproches, mais je vous conjure d'y mettre un peu plus de bonté et de ne pas me traiter comme le plus infâme de tous les hommes. Je ne mérite pas des noms si durs. C'est l'amour, vous le savez, qui a causé toutes mes fautes. Fatale passion[2]! Hélas! n'en connaissez-vous pas la force, et se peut-il que votre sang, qui est la source du mien, n'ait jamais ressenti les mêmes ardeurs? L'amour m'a rendu trop tendre, trop passionné, trop fidèle et, peut-être, trop complaisant pour les désirs d'une maîtresse toute charmante ; voilà mes crimes. En voyez-vous là quelqu'un qui vous déshonore ? Allons, mon cher père, ajoutai-je tendrement, un peu de pitié pour un fils qui a toujours été plein de respect et d'affection pour vous, qui n'a pas renoncé, comme vous pensez, à l'honneur et au devoir, et qui est mille fois plus à plaindre que vous ne sauriez vous l'imaginer. Je laissai tomber quelques larmes en finissant ces paroles.

Un cœur de père est le chef-d'œuvre de la nature ; elle y règne, pour ainsi parler, avec complaisance, et elle en règle elle-même tous les ressorts. Le mien, qui était avec cela homme d'esprit et de goût, fut si touché du tour que j'avais donné à mes excuses qu'il ne fut pas le maître de me cacher ce changement. Viens, mon pauvre chevalier, me dit-il, viens m'embrasser ; tu me fais pitié. Je l'embrassai ; il me serra d'une manière qui me fit juger de ce qui se passait dans son cœur. Mais quel moyen prendrons-nous donc, reprit-il, pour te tirer d'ici ? Explique-moi toutes tes affaires sans déguisement. Comme il n'y avait rien, après tout, dans le gros de ma conduite, qui pût me déshonorer absolument, du moins en la mesurant sur celle des jeunes gens d'un certain monde, et qu'une maîtresse ne passe point pour une infamie dans le siècle où nous sommes, non plus qu'un peu d'adresse à s'attirer la fortune du jeu[1], je fis sincèrement à mon père le détail de la vie que j'avais menée. À chaque faute dont je lui faisais l'aveu, j'avais soin de joindre des exemples célèbres, pour en diminuer la honte. Je vis avec une maîtresse, lui disais-je, sans être lié par les cérémonies du mariage : M. le duc de... en entretient deux, aux yeux de tout Paris ; M. de... en a une depuis dix ans, qu'il aime avec une fidélité qu'il n'a jamais eue pour sa femme ; les deux tiers des honnêtes gens de France se font honneur d'en avoir. J'ai usé de quelque supercherie au jeu : M. le marquis de... et le comte de... n'ont point d'autres revenus ; M. le prince de... et M. le duc de... sont les chefs d'une bande de chevaliers du même Ordre[1]. Pour ce qui regardait mes desseins sur la bourse des deux G... M..., j'aurais pu prouver aussi facilement que je n'étais pas sans modèles ; mais il me restait trop d'honneur pour ne pas me condamner moi-même, avec tous ceux dont j'aurais pu me proposer l'exemple, de sorte que je priai mon père de pardonner cette faiblesse aux deux violentes passions qui m'avaient agité, la vengeance et l'amour. Il me demanda si je pouvais lui donner quelques ouvertures sur les plus courts moyens d'obtenir ma liberté, et d'une manière qui pût lui faire éviter l'éclat. Je lui appris les sentiments de bonté que le Lieutenant général de Police avait pour moi. Si vous trouvez quelques difficultés, lui dis-je, elles ne peuvent venir que de la part des G... M... ; ainsi, je crois qu'il serait à propos que vous prissiez la peine de les voir. Il me le promit. Je n'osai le prier de solliciter pour Manon. Ce ne fut point un défaut de hardiesse, mais un effet de la crainte où j'étais de le révolter par cette proposition, et de lui faire naître quelque dessein funeste à elle et à moi. Je suis encore à savoir si cette crainte n'a pas causé mes plus grandes infortunes en m'empêchant de tenter les dispositions de mon père, et de faire des efforts pour lui en inspirer de favorables à ma malheureuse maîtresse. J'aurais peut-être excité encore une fois sa pitié. Je l'aurais mis en garde contre les impressions qu'il allait recevoir trop facilement du vieux G... M... Que sais-je ? Ma mauvaise destinée l'aurait peut-être emporté sur tous mes efforts, mais je n'aurais eu qu'elle, du moins, et la cruauté de mes ennemis, à accuser de mon malheur.

En me quittant, mon père alla faire une visite à M. de G... M... Il le trouva avec son fils à qui le garde du corps avait honnêtement rendu la liberté. Je n'ai jamais su les particularités de leur conversation, mais il ne m'a été que trop facile d'en juger par ses mortels effets. Ils allèrent ensemble, je dis les deux pères, chez M. le Lieutenant général de Police, auquel ils demandèrent deux grâces : l'une, de me faire sortir sur-le-champ du Châtelet ; l'autre, d'enfermer Manon pour le reste de ses jours, ou de l'envoyer en Amérique[1]. On commençait, dans le même temps, à embarquer quantité de gens sans aveu pour le Mississippi[2]. M. le Lieutenant général de Police leur donna sa parole de faire partir Manon par le premier vaisseau. M. de G... M... et mon père vinrent aussitôt m'apporter ensemble la nouvelle de ma liberté. M. de G... M... me fit un compliment civil sur le passé, et m'ayant félicité sur le bonheur que j'avais d'avoir un tel père, il m'exhorta à profiter désormais de ses leçons et de ses exemples. Mon père m'ordonna de lui faire des excuses de l'injure prétendue que j'avais faite à sa famille, et de le remercier de s'être employé avec lui pour mon élargissement. Nous sortîmes ensemble, sans avoir dit un mot de ma maîtresse. Je n'osai même parler d'elle aux guichetiers en leur présence. Hélas ! mes tristes recommandations eussent été bien inutiles ! L'ordre cruel était venu en même temps que celui de ma délivrance. Cette fille infortunée fut conduite, une heure après, à l'Hôpital, pour y être associée à quelques malheureuses qui étaient condamnées à subir le même sort. Mon père m'ayant obligé de le suivre à la maison où il avait pris sa demeure, il était presque six heures du soir lorsque je trouvai le moment de me dérober de ses yeux pour retourner au Châtelet. Je n'avais dessein que de faire tenir quelques rafraîchissements à Manon, et de la recommander au concierge, car je ne me promettais pas que la liberté de la voir me fût accordée. Je n'avais point encore eu le temps, non plus, de réfléchir aux moyens de la délivrer.

Je demandai à parler au concierge. Il avait été content de ma libéralité et de ma douceur, de sorte qu'ayant quelque disposition à me rendre service, il me parla du sort de Manon comme d'un malheur dont il avait beaucoup de regret parce qu'il pouvait m'affliger. Je ne compris point ce langage. Nous nous entretînmes quelques moments sans nous entendre. À la fin, s'apercevant que j'avais besoin d'une explication, il me la donna, telle que j'ai déjà eu horreur de vous la dire, et que j'ai encore de la répéter. Jamais apoplexie violente ne causa d'effet plus subit et plus terrible. Je tombai, avec une palpitation de cœur si douloureuse, qu'à l'instant que je perdis la connaissance, je me crus délivré de la vie pour toujours[1]. Il me resta même quelque chose de cette pensée lorsque je revins à moi. Je tournai mes regards vers toutes les parties de la chambre et sur moi même, pour m'assurer si je portais encore la malheureuse qualité d'homme vivant. Il est certain qu'en ne suivant que le mouvement naturel qui fait chercher à se délivrer de ses peines, rien ne pouvait me paraître plus doux que la mort, dans ce moment de désespoir et de consternation. La religion même ne pouvait me faire envisager rien de plus insupportable, après la vie, que les convulsions cruelles dont j'étais tourmenté. Cependant, par un miracle propre à l'amour, je retrouvai bientôt assez de force pour remercier le Ciel de m'avoir rendu la connaissance et la raison. Ma mort n'eût été utile qu'à moi. Manon avait besoin de ma vie pour la délivrer, pour la secourir, pour la venger. Je jurai de m'y employer sans ménagement.

Le concierge me donna toute l'assistance que j'eusse pu attendre du meilleur de mes amis. Je reçus ses services avec une vive reconnaissance. Hélas! lui dis-je, vous êtes donc touché de mes peines? Tout le monde m'abandonne. Mon père même est sans doute un de mes plus cruels persécuteurs. Personne n'a pitié de moi. Vous seul, dans le séjour de la dureté et de la barbarie, vous marquez de la compassion pour le plus misérable de tous les hommes! Il me conseillait de ne point paraître dans la rue sans être un peu remis du trouble où j'étais. Laissez, laissez, répondis-je en sortant; je vous reverrai plus tôt que vous ne pensez. Préparez-moi le plus noir de vos cachots; je vais travailler à le mériter[1]. En effet, mes premières résolutions n'allaient à rien moins qu'à me défaire des deux G… M… et du Lieutenant général de Police, et fondre ensuite à main armée sur l'Hôpital, avec tous ceux que je pourrais engager dans ma querelle. Mon père lui-même eût à peine été respecté, dans une vengeance qui me paraissait si juste, car le concierge ne m'avait pas caché que lui et G… M… étaient les auteurs de ma perte. Mais, lorsque j'eus fait quelques pas dans les rues, et que l'air eut un peu rafraîchi mon sang et mes humeurs, ma fureur fit place peu à peu à des sentiments plus raisonnables. La mort de nos ennemis eût été d'une faible utilité pour Manon, et elle m'eût exposé sans doute à me voir ôter tous les moyens de la secourir. D'ailleurs, aurais-je eu recours à un lâche assassinat? Quelle autre voie pouvais-je m'ouvrir à la vengeance? Je recueillis toutes mes forces et tous mes esprits pour travailler d'abord à la délivrance de Manon, remettant tout le reste après le succès de cette importante entreprise. Il me restait peu d'argent. C'était, néanmoins, un fondement nécessaire, par lequel il fallait commencer. Je ne voyais que trois personnes de qui j'en pusse attendre : M. de T..., mon père et Tiberge. Il y avait peu d'apparence d'obtenir quelque chose des deux derniers, et j'avais honte de fatiguer l'autre par mes importunités. Mais ce n'est point dans le désespoir qu'on garde des ménagements. J'allai sur-le-champ au Séminaire de Saint-Sulpice, sans m'embarrasser si j'y serais reconnu. Je fis appeler Tiberge. Ses premières paroles me firent comprendre qu'il ignorait encore mes dernières aventures. Cette idée me fit changer le dessein que j'avais, de l'attendrir par la compassion. Je lui parlai, en général, du plaisir que j'avais eu de revoir mon père, et je le priai ensuite de me prêter quelque argent, sous prétexte de payer, avant mon départ de Paris, quelques dettes que je souhaitais de tenir inconnues. Il me présenta aussitôt sa bourse. Je pris cinq cents francs sur six cents que j'y trouvai. Je lui offris mon billet[1] ; il était trop généreux pour l'accepter.

Je tournai de là chez M. de T... Je n'eus point de réserve avec lui. Je lui fis l'exposition de mes malheurs et de mes peines : il en savait déjà jusqu'aux moindres circonstances[2], par le soin qu'il avait eu de suivre l'aventure du jeune G... M...; il m'écouta néanmoins, et il me plaignit beaucoup. Lorsque je lui demandai ses conseils sur les moyens de délivrer Manon, il me répondit tristement qu'il y voyait si peu de jour, qu'à moins d'un secours extraordinaire du Ciel, il fallait renoncer à l'espérance, qu'il avait passé exprès à l'Hôpital, depuis qu'elle y était renfermée, qu'il n'avait pu obtenir lui-même la liberté de la voir ; que les ordres du Lieutenant général de Police étaient de la dernière rigueur, et que, pour comble d'infortune, la malheureuse bande où elle devait entrer était destinée à partir le surlendemain du jour où nous étions[1]. J'étais si consterné de son discours qu'il eût pu parler une heure sans que j'eusse pensé à l'interrompre. Il continua de me dire qu'il ne m'était point allé voir au Châtelet, pour se donner plus de facilité à me servir lorsqu'on le croirait sans liaison avec moi; que, depuis quelques heures que j'en étais sorti, il avait eu le chagrin d'ignorer où je m'étais retiré, et qu'il avait souhaité de me voir promptement pour me donner le seul conseil dont il semblait que je pusse espérer du changement dans le sort de Manon, mais un conseil dangereux, auquel il me priait de cacher éternellement qu'il eût part : c'était de choisir quelques braves qui eussent le courage d'attaquer les gardes de Manon lorsqu'ils seraient sortis de Paris avec elle. Il n'attendit point que je lui parlasse de mon indigence. Voilà cent pistoles, me dit-il, en me présentant une bourse, qui pourront vous être de quelque usage. Vous me les remettrez, lorsque la fortune aura rétabli vos affaires. Il ajouta que, si le soin de sa réputation lui eût permis d'entreprendre lui-même la délivrance de ma maîtresse, il m'eût offert son bras et son épée.

Cette excessive générosité me toucha jusqu'aux larmes. J'employai, pour lui marquer ma reconnaissance, toute la vivacité que mon affliction me laissait de reste. Je lui demandai s'il n'y avait rien à espérer, par la voie des intercessions, auprès du Lieutenant général de Police. Il me dit qu'il y avait pensé, mais qu'il croyait cette ressource inutile, parce qu'une grâce de cette nature ne pouvait se demander sans motif, et qu'il ne voyait pas bien quel motif on pouvait employer pour se faire un intercesseur d'une personne grave et puissante; que, si l'on pouvait se flatter de quelque chose de ce côté-là, ce ne pouvait être qu'en faisant changer de sentiment à M. de G... M... et à mon père, et en les engageant à prier eux-mêmes M. le Lieutenant général de Police de révoquer sa sentence. Il m'offrit de faire tous ses efforts pour gagner le jeune G... M..., quoiqu'il le crût un peu refroidi à son égard par quelques soupçons qu'il avait conçus de lui à l'occasion de notre affaire, et il m'exhorta à ne rien omettre, de mon côté, pour fléchir l'esprit de mon père.

Ce n'était pas une légère entreprise pour moi, je ne dis pas seulement par la difficulté que je devais naturellement trouver à le vaincre, mais par une autre raison qui me faisait même redouter ses approches : je m'étais dérobé de son logement contre ses ordres, et j'étais fort résolu de n'y pas retourner depuis que j'avais appris la triste destinée de Manon. J'appréhendais avec sujet qu'il ne me fît retenir malgré moi, et qu'il ne me reconduisît de même en province. Mon frère aîné avait usé autrefois de cette méthode. Il est vrai que j'étais devenu plus âgé, mais l'âge était une faible raison contre la force. Cependant je trouvai une voie qui me sauvait du danger ; c'était de le faire appeler dans un endroit public, et de m'annoncer à lui sous un autre nom. Je pris aussitôt ce parti. M. de T... s'en alla chez G... M... et moi au Luxembourg[1], d'où j'envoyai avertir mon père qu'un gentilhomme de ses serviteurs était à l'attendre. Je craignais qu'il n'eût quelque peine à venir, parce que la nuit approchait. Il parut néanmoins peu après, suivi de son laquais. Je le priai de prendre une allée où nous puissions être seuls. Nous fîmes cent pas, pour le moins, sans parler. Il s'imaginait bien, sans doute, que tant de préparations ne s'étaient pas faites sans un dessein d'importance. Il attendait ma harangue, et je la méditais.

Enfin, j'ouvris la bouche. Monsieur, lui dis-je en tremblant, vous êtes un bon père. Vous m'avez comblé de grâces et vous m'avez pardonné un nombre infini de fautes. Aussi le Ciel m'est-il témoin que j'ai pour vous tous les sentiments du fils le plus tendre et le plus respectueux. Mais il me semble... que votre rigueur... Hé bien! ma rigueur? interrompit mon père, qui trouvait sans doute que je parlais lentement pour son impatience. Ah! monsieur, repris-je, il me semble que votre rigueur est extrême, dans le traitement que vous avez fait à la malheureuse Manon. Vous vous en êtes rapporté à M. de G... M... Sa haine vous l'a représentée sous les plus noires couleurs. Vous vous êtes formé d'elle une affreuse idée. Cependant, c'est la plus douce et la plus aimable créature qui fût jamais. Que n'a-t-il plu au Ciel de vous inspirer l'envie de la voir un moment! Je ne suis pas plus sûr qu'elle est charmante, que je le suis qu'elle vous l'aurait paru. Vous auriez pris parti pour elle; vous auriez détesté les noirs artifices de G... M...; vous auriez eu compassion d'elle et de moi. Hélas! j'en suis sûr. Votre cœur n'est pas insensible; vous vous seriez laissé attendrir. Il m'interrompit encore, voyant que je parlais avec une ardeur qui ne m'aurait pas permis de finir sitôt. Il voulut savoir à quoi j'avais dessein d'en venir par un discours si passionné. À vous demander la vie, répondis-je, que je ne puis conserver un moment si Manon part une fois pour l'Amérique. Non, non, me dit-il d'un ton sévère; j'aime mieux te voir sans vie que sans sagesse et sans honneur. N'allons donc pas plus loin! m'écriai-je en l'arrêtant par le bras. Ôtez-la moi, cette vie odieuse et insupportable, car, dans le désespoir où vous me jetez, la mort sera une faveur pour moi. C'est un présent digne de la main d'un père.

Je ne te donnerais que ce que tu mérites, répliqua-t-il. Je connais bien des pères qui n'auraient pas attendu si longtemps pour être eux-mêmes tes bourreaux, mais c'est ma bonté excessive qui t'a perdu.

Je me jetai à ses genoux. Ah! s'il vous en reste encore, lui dis-je en les embrassant, ne vous endurcissez donc pas contre mes pleurs. Songez que je suis votre fils... Hélas! souvenez-vous de ma mère. Vous l'aimiez si tendrement[1]! Auriez-vous souffert qu'on l'eût arrachée de vos bras? Vous l'auriez défendue jusqu'à la mort. Les autres n'ont-ils pas un cœur comme vous? Peut-on être barbare, après avoir une fois éprouvé ce que c'est que la tendresse et la douleur?

Ne me parle pas davantage de ta mère, reprit-il d'une voix irritée; ce souvenir échauffe mon indignation. Tes désordres la feraient mourir de douleur, si elle eût assez vécu pour les voir. Finissons cet entretien, ajouta-t-il; il m'importune, et ne me fera point changer de résolution. Je retourne au logis; je t'ordonne de me suivre. Le ton sec et dur avec lequel il m'intima cet ordre me fit trop comprendre que son cœur était inflexible. Je m'éloignai de quelques pas, dans la crainte qu'il ne lui prît envie de m'arrêter de ses propres mains. N'augmentez pas mon désespoir, lui dis-je, en me forçant de vous désobéir. Il est impossible que je vous suive. Il ne l'est pas moins que je vive, après la dureté avec laquelle vous me traitez. Ainsi je vous dis un éternel adieu. Ma mort, que vous apprendrez bientôt, ajoutai-je tristement, vous fera peut-être reprendre pour moi des sentiments de père. Comme je me tournais pour le quitter: Tu refuses donc de me suivre? s'écria-t-il avec une vive colère. Va, cours à ta perte. Adieu, fils ingrat et rebelle. Adieu, lui dis-je dans mon transport, adieu, père barbare et dénaturé.

Je sortis aussitôt du Luxembourg. Je marchai dans les rues comme un furieux jusqu'à la maison de M. de T... Je levais, en marchant, les yeux et les mains pour invoquer toutes les puissances célestes. Ô Ciel ! disais-je, serez-vous aussi impitoyable que les hommes ? Je n'ai plus de secours à attendre que de vous. M. de T... n'était point encore retourné chez lui, mais il revint après que je l'y eus attendu quelques moments. Sa négociation n'avait pas réussi mieux que la mienne. Il me le dit d'un visage abattu. Le jeune G... M..., quoique moins irrité que son père contre Manon et contre moi, n'avait pas voulu entreprendre de le solliciter en notre faveur. Il s'en était défendu par la crainte qu'il avait lui-même de ce vieillard vindicatif, qui s'était déjà fort emporté contre lui en lui reprochant ses desseins de commerce avec Manon. Il ne me restait donc que la voie de la violence, telle que M. de T... m'en avait tracé le plan ; j'y réduisis toutes mes espérances. Elles sont bien incertaines, lui dis-je, mais la plus solide et la plus consolante pour moi est celle de périr du moins dans l'entreprise. Je le quittai en le priant de me secourir par ses vœux, et je ne pensai plus qu'à m'associer des camarades à qui je pusse communiquer une étincelle de mon courage et de ma résolution.

Le premier qui s'offrit à mon esprit, fut le même garde du corps que j'avais employé pour arrêter G... M... J'avais dessein aussi d'aller passer la nuit dans sa chambre, n'ayant pas eu l'esprit assez libre, pendant l'après-midi, pour me procurer un logement. Je le trouvai seul. Il eut de la joie de me voir sorti du Châtelet. Il m'offrit affectueusement ses services. Je lui expliquai ceux qu'il pouvait me rendre. Il avait assez de bon sens pour en apercevoir toutes les difficultés, mais il fut assez généreux pour entreprendre de les surmonter. Nous employâmes une partie de la nuit à raisonner sur mon dessein. Il me parla des trois soldats aux gardes, dont il s'était servi dans la dernière occasion, comme de trois braves à l'épreuve[1]. M. de T... m'avait informé exactement du nombre des archers qui devaient conduire Manon ; ils n'étaient que six. Cinq hommes hardis et résolus suffisaient pour donner l'épouvante à ces misérables, qui ne sont point capables de se défendre honorablement lorsqu'ils peuvent éviter le péril du combat par une lâcheté[2]. Comme je ne manquais point d'argent, le garde du corps me conseilla de ne rien épargner pour assurer le succès de notre attaque. Il nous faut des chevaux, me dit-il, avec des pistolets, et chacun notre mousqueton. Je me charge de prendre demain le soin de ces préparatifs. Il faudra aussi trois habits communs pour nos soldats, qui n'oseraient paraître dans une affaire de cette nature avec l'uniforme du régiment. Je lui mis entre les mains les cent pistoles que j'avais reçues de M. de T... Elles furent employées, le lendemain, jusqu'au dernier sol. Les trois soldats passèrent en revue devant moi. Je les animai par de grandes promesses, et pour leur ôter toute défiance, je commençai par leur faire présent, à chacun, de dix pistoles. Le jour de l'exécution étant venu, j'en envoyai un de grand matin à l'Hôpital, pour s'instruire, par ses propres yeux, du moment auquel les archers partiraient avec leur proie. Quoique je n'eusse pris cette précaution que par un excès d'inquiétude et de prévoyance, il se trouva qu'elle avait été absolument nécessaire. J'avais compté sur quelques fausses informations qu'on m'avait données de leur route, et, m'étant persuadé que c'était à La Rochelle que cette déplorable troupe devait être embarquée, j'aurais perdu mes peines à l'attendre sur le chemin d'Orléans[1]. Cependant, je fus informé, par le rapport du soldat aux gardes, qu'elle prenait le chemin de Normandie, et que c'était du Havre-de-Grâce qu'elle devait partir pour l'Amérique.

Nous nous rendîmes aussitôt à la Porte Saint-Honoré, observant de marcher par des rues différentes. Nous nous réunîmes au bout du faubourg. Nos chevaux étaient frais. Nous ne tardâmes point[2] à découvrir les six gardes et les deux misérables voitures que vous vîtes à Pacy, il y a deux ans. Ce spectacle faillit de m'ôter la force et la connaissance. Ô fortune, m'écriai-je, fortune cruelle! accorde-moi ici, du moins, la mort ou la victoire. Nous tînmes conseil un moment sur la manière dont nous ferions notre attaque. Les archers n'étaient guère plus de quatre cents pas devant nous, et nous pouvions les couper en passant au travers d'un petit champ, autour duquel le grand chemin tournait. Le garde du corps fut d'avis de prendre cette voie, pour les surprendre en fondant tout d'un coup sur eux. J'approuvai sa pensée et je fus le premier à piquer mon cheval. Mais la fortune avait rejeté impitoyablement mes vœux. Les archers, voyant cinq cavaliers accourir vers eux, ne doutèrent point que ce ne fût pour les attaquer. Ils se mirent en défense, en préparant leurs baïonnettes et leurs fusils d'un air assez résolu. Cette vue, qui ne fit que nous animer, le garde du corps et moi, ôta tout d'un coup le courage à nos trois lâches compagnons. Ils s'arrêtèrent comme de concert, et, s'étant dit entre eux quelques mots que je n'entendis point, ils tournèrent la tête de leurs chevaux, pour reprendre le chemin de Paris à bride abattue.

Dieux! me dit le garde du corps, qui paraissait aussi éperdu que moi de cette infâme désertion, qu'allons-nous faire? Nous ne sommes que deux. J'avais perdu la voix, de fureur et d'étonnement. Je m'arrêtai, incertain si ma première vengeance ne devait pas s'employer à la poursuite et au châtiment des lâches qui m'abandonnaient. Je les regardais fuir et je jetais les yeux, de l'autre côté, sur les archers. S'il m'eût été possible de me partager, j'aurais fondu tout à la fois sur ces deux objets de ma rage; je les dévorais tous ensemble. Le garde du corps, qui jugeait de mon incertitude par le mouvement égaré de mes yeux, me pria d'écouter son conseil. N'étant que deux, me dit-il, il y aurait de la folie à attaquer six hommes aussi bien armés que nous et qui paraissent nous attendre de pied ferme. Il faut retourner à Paris et tâcher de réussir mieux dans le choix de nos braves. Les archers ne sauraient faire de grandes journées avec deux pesantes voitures; nous les rejoindrons demain sans peine.

Je fis un moment de réflexion sur ce parti, mais, ne voyant de tous côtés que des sujets de désespoir, je pris une résolution véritablement désespérée. Ce fut de remercier mon compagnon de ses services, et, loin d'attaquer les archers, je résolus d'aller, avec soumission, les prier de me recevoir dans leur troupe pour accompagner Manon avec eux jusqu'au Havre-de-Grâce et passer ensuite au-delà des mers avec elle. Tout le monde me persécute ou me trahit, dis-je au garde du corps. Je n'ai plus de fond à faire sur personne. Je n'attends plus rien, ni de la fortune, ni du secours des hommes. Mes malheurs sont au comble; il ne me reste plus que de m'y soumettre. Ainsi, je ferme les yeux à toute espérance. Puisse le Ciel récompenser votre générosité! Adieu, je vais aider mon mauvais sort à consommer ma ruine, en y courant moi-même volontairement. Il fit inutilement ses efforts pour m'engager à retourner à Paris. Je le priai de me laisser suivre mes résolutions et de me quitter sur-le-champ, de peur que les archers ne continuassent de croire que notre dessein était de les attaquer.

J'allai seul vers eux, d'un pas lent et le visage si consterné qu'ils ne durent rien trouver d'effrayant dans mes approches. Ils se tenaient néanmoins en défense. Rassurez-vous, messieurs, leur dis-je, en les abordant ; je ne vous apporte point la guerre, je viens vous demander des grâces. Je les priai de continuer leur chemin sans défiance et je leur appris, en marchant, les faveurs que j'attendais d'eux. Ils consultèrent ensemble de quelle manière ils devaient recevoir cette ouverture. Le chef de la bande prit la parole pour les autres. Il me répondit que les ordres qu'ils avaient de veiller sur leurs captives étaient d'une extrême rigueur ; que je lui paraissais néanmoins si joli homme que lui et ses compagnons se relâcheraient un peu de leur devoir ; mais que je devais comprendre qu'il fallait qu'il m'en coûtât quelque chose. Il me restait environ quinze pistoles ; je leur dis naturellement en quoi consistait le fond de ma bourse. Hé bien ! me dit l'archer, nous en userons généreusement. Il ne vous coûtera qu'un écu par heure pour entretenir celle de nos filles qui vous plaira le plus ; c'est le prix courant de Paris[1]. Je ne leur avais pas parlé de Manon en particulier, parce que je n'avais pas dessein qu'ils connussent ma passion. Ils s'imaginèrent d'abord que ce n'était qu'une fantaisie de jeune homme qui me faisait chercher un peu de passe-temps avec ces créatures ; mais lorsqu'ils crurent s'être aperçus que j'étais amoureux, ils augmentèrent tellement le tribut, que ma bourse se trouva épuisée en partant de Mantes, où nous avions couché, le jour que nous arrivâmes à Pacy.

Vous dirai-je quel fut le déplorable sujet de mes entretiens avec Manon pendant cette route, ou quelle impression sa vue fit sur moi lorsque j'eus obtenu des gardes la liberté d'approcher de son chariot ? Ah ! les expressions ne rendent jamais qu'à demi les sentiments du cœur. Mais figurez-vous ma pauvre maîtresse enchaînée par le milieu du corps[1], assise sur quelques poignées de paille, la tête appuyée languissamment sur un côté de la voiture, le visage pâle et mouillé d'un ruisseau de larmes qui se faisaient un passage au travers de ses paupières, quoiqu'elle eût continuellement les yeux fermés. Elle n'avait pas même eu la curiosité de les ouvrir lorsqu'elle avait entendu le bruit de ses gardes, qui craignaient d'être attaqués. Son linge était sale et dérangé, ses mains délicates exposées à l'injure de l'air ; enfin, tout ce composé charmant, cette figure capable de ramener l'univers à l'idolâtrie[2], paraissait dans un désordre et un abattement inexprimables. J'employai quelque temps à la considérer, en allant à cheval à côté du chariot. J'étais si peu à moi-même que je fus sur le point, plusieurs fois, de tomber dangereusement. Mes soupirs et mes exclamations fréquentes m'attirèrent d'elle quelques regards. Elle me reconnut, et je remarquai que, dans le premier mouvement, elle tenta de se précipiter hors de la voiture pour venir à moi : mais, étant retenue par sa chaîne, elle retomba dans sa première attitude. Je priai les archers d'arrêter un moment par compassion ; ils y consentirent par avarice. Je quittai mon cheval pour m'asseoir auprès d'elle. Elle était si languissante et si affaiblie qu'elle fut longtemps sans pouvoir se servir de sa langue ni remuer ses mains. Je les mouillais pendant ce temps-là de mes pleurs, et, ne pouvant proférer moi-même une seule parole, nous étions l'un et l'autre dans une des plus tristes situations dont il y ait jamais eu d'exemple. Nos expressions ne le furent pas moins, lorsque nous eûmes retrouvé la liberté de parler. Manon parla peu. Il semblait que la honte et la douleur eussent altéré les organes de sa voix ; le son en était faible et tremblant. Elle me remercia de ne l'avoir pas oubliée, et de la satisfaction que je lui accordais, dit-elle en soupirant, de me voir du moins encore une fois et de me dire le dernier adieu. Mais, lorsque je l'eus assurée que rien n'était capable de me séparer d'elle et que j'étais disposé à la suivre jusqu'à l'extrémité du monde pour prendre soin d'elle, pour la servir, pour l'aimer et pour attacher inséparablement ma misérable destinée à la sienne, cette pauvre fille se livra à des sentiments si tendres et si douloureux, que j'appréhendai quelque chose pour sa vie d'une si violente émotion. Tous les mouvements de son âme semblaient se réunir dans ses yeux. Elle les tenait fixés sur moi. Quelquefois elle ouvrait la bouche, sans avoir la force d'achever quelques mots qu'elle commençait. Il lui en échappait néanmoins quelques-uns. C'étaient des marques d'admiration sur mon amour, de tendres plaintes de son excès, des doutes qu'elle pût être assez heureuse pour m'avoir inspiré une passion si parfaite, des instances pour me faire renoncer au dessein de la suivre et chercher ailleurs un bonheur digne de moi, qu'elle me disait que je ne pouvais espérer avec elle[1].

En dépit du plus cruel de tous les sorts, je trouvais ma félicité dans ses regards et dans la certitude que j'avais de son affection. J'avais perdu, à la vérité, tout ce que le reste des hommes estime ; mais j'étais maître du cœur de

Manon, le seul bien que j'estimais. Vivre en Europe, vivre en Amérique, que m'importait-il en quel endroit vivre, si j'étais sûr d'y être heureux en y vivant avec ma maîtresse ? Tout l'univers n'est-il pas la patrie de deux amants fidèles ? Ne trouvent-ils pas l'un dans l'autre, père, mère, parents, amis, richesses et félicité ? Si quelque chose me causait de l'inquiétude, c'était la crainte de voir Manon exposée aux besoins de l'indigence. Je me supposais déjà, avec elle, dans une région inculte et habitée par des sauvages. Je suis bien sûr, disais-je, qu'il ne saurait y en avoir d'aussi cruels que G... M... et mon père. Ils nous laisseront du moins vivre en paix. Si les relations qu'on en fait sont fidèles[1], ils suivent les lois de la nature. Ils ne connaissent ni les fureurs de l'avarice, qui possèdent G... M..., ni les idées fantastiques de l'honneur, qui m'ont fait un ennemi de mon père. Ils ne troubleront point deux amants qu'ils verront vivre avec autant de simplicité qu'eux[2]. J'étais donc tranquille de ce côté-là. Mais je ne me formais point des idées romanesques par rapport aux besoins communs de la vie. J'avais éprouvé trop souvent qu'il y a des nécessités insupportables, surtout pour une fille délicate qui est accoutumée à une vie commode et abondante. J'étais au désespoir d'avoir épuisé inutilement ma bourse et que le peu d'argent qui me restait fût encore sur le point de m'être ravi par la friponnerie des archers. Je concevais qu'avec une petite somme j'aurais pu espérer, non seulement de me soutenir quelque temps contre la misère en Amérique, où l'argent était rare, mais d'y former même quelque entreprise pour un établissement durable. Cette considération me fit naître la pensée d'écrire à Tiberge, que j'avais toujours trouvé si prompt à m'offrir les secours de l'amitié. J'écrivis, dès la première ville où nous passâmes. Je ne lui apportai point d'autre motif que le pressant besoin dans lequel je prévoyais que je me trouverais au Havre-de-Grâce, où je lui confessais que j'étais allé conduire Manon. Je lui demandais cent pistoles. Faites-les moi tenir au Havre, lui disais-je, par le maître de la poste. Vous voyez bien que c'est la dernière fois que j'importune votre affection et que, ma malheureuse maîtresse m'étant enlevée pour toujours, je ne puis la laisser partir sans quelques soulagements qui adoucissent son sort et mes mortels regrets.

Les archers devinrent si intraitables, lorsqu'ils eurent découvert la violence de ma passion, que, redoublant continuellement le prix de leurs moindres faveurs, ils me réduisirent bientôt à la dernière indigence. L'amour, d'ailleurs, ne me permettait guère de ménager ma bourse. Je m'oubliais du matin au soir près de Manon, et ce n'était plus par heure que le temps m'était mesuré, c'était par la longueur entière des jours. Enfin, ma bourse étant tout à fait vide, je me trouvai exposé aux caprices et à la brutalité de six misérables, qui me traitaient avec une hauteur insupportable. Vous en fûtes témoin à Pacy. Votre rencontre fut un heureux moment de relâche, qui me fut accordé par la fortune. Votre pitié, à la vue de mes peines, fut ma seule recommandation auprès de votre cœur généreux. Le secours, que vous m'accordâtes libéralement, servit à me faire gagner le Havre, et les archers tinrent leur promesse avec plus de fidélité que je ne l'espérais[1].

Nous arrivâmes au Havre. J'allai d'abord à la poste. Tiberge n'avait point encore eu le temps de me répondre. Je m'informai exactement quel jour je pouvais attendre sa lettre. Elle ne pouvait arriver que deux jours après[2], et par une étrange disposition de mon mauvais sort, il se trouva que notre vaisseau devait partir le matin de celui auquel j'attendais l'ordinaire. Je ne puis vous représenter mon désespoir. Quoi ! m'écriai-je, dans le malheur même, il faudra toujours que je sois distingué par des excès ! Manon répondit : Hélas ! une vie si malheureuse mérite-t-elle le soin que nous en prenons ? Mourons au Havre, mon cher Chevalier. Que la mort finisse tout d'un coup nos misères ! Irons-nous les traîner dans un pays inconnu, où nous devons nous attendre, sans doute, à d'horribles extrémités, puisqu'on a voulu m'en faire un supplice ? Mourons, me répéta-t-elle ; ou du moins, donne-moi la mort, et va chercher un autre sort dans les bras d'une amante plus heureuse. Non, non, lui dis-je, c'est pour moi un sort digne d'envie que d'être malheureux avec vous. Son discours me fit trembler. Je jugeai qu'elle était accablée de ses maux. Je m'efforçai de prendre un air plus tranquille, pour lui ôter ces funestes pensées de mort et de désespoir. Je résolus de tenir la même conduite à l'avenir ; et j'ai éprouvé, dans la suite, que rien n'est plus capable d'inspirer du courage à une femme que l'intrépidité d'un homme qu'elle aime.

Lorsque j'eus perdu l'espérance de recevoir du secours de Tiberge, je vendis mon cheval. L'argent que j'en tirai, joint à ce qui me restait encore de vos libéralités, me composa la petite somme de dix-sept pistoles. J'en employai sept à l'achat de quelques soulagements nécessaires à Manon, et je serrai les dix autres avec soin, comme le fondement de notre fortune et de nos espérances en Amérique. Je n'eus point de peine à me faire recevoir dans le vaisseau. On cherchait alors des jeunes gens qui fussent disposés à se joindre volontairement à la colonie. Le passage et la nourriture me furent accordés gratis[1]. La poste de Paris devant partir le lendemain, j'y laissai une lettre pour Tiberge. Elle était touchante et capable de l'attendrir, sans doute, au dernier point, puisqu'elle lui fit prendre une résolution qui ne pouvait venir que d'un fonds infini de tendresse et de générosité pour un ami malheureux[1].

Nous mîmes à la voile. Le vent ne cessa point de nous être favorable. J'obtins du capitaine un lieu à part pour Manon et pour moi. Il eut la bonté de nous regarder d'un autre œil que le commun de nos misérables associés. Je l'avais pris en particulier dès le premier jour, et, pour m'attirer de lui quelque considération, je lui avais découvert une partie de mes infortunes. Je ne crus pas me rendre coupable d'un mensonge honteux en lui disant que j'étais marié à Manon. Il feignit de le croire, et il m'accorda sa protection. Nous en reçûmes des marques pendant toute la navigation. Il eut soin de nous faire nourrir honnêtement, et les égards qu'il eut pour nous servirent à nous faire respecter des compagnons de notre misère. J'avais une attention continuelle à ne pas laisser souffrir la moindre incommodité à Manon. Elle le remarquait bien, et cette vue, jointe au vif ressentiment[2] de l'étrange extrémité où je m'étais réduit pour elle, la rendait si tendre et si passionnée, si attentive aussi à mes plus légers besoins, que c'était, entre elle et moi, une perpétuelle émulation de services et d'amour. Je ne regrettais point l'Europe. Au contraire, plus nous avancions vers l'Amérique, plus je sentais mon cœur s'élargir et devenir tranquille. Si j'eusse pu m'assurer de n'y pas manquer des nécessités absolues de la vie, j'aurais remercié la fortune d'avoir donné un tour si favorable à nos malheurs.

Après une navigation de deux mois, nous abordâmes enfin au rivage désiré. Le pays ne nous offrit rien d'agréable à la première vue. C'étaient des campagnes stériles et inhabitées, où l'on voyait à peine quelques roseaux et quelques arbres dépouillés par le vent. Nulle trace d'hommes ni d'animaux[1]. Cependant, le capitaine ayant fait tirer quelques pièces de notre artillerie, nous ne fûmes pas longtemps sans apercevoir une troupe de citoyens du Nouvel Orléans[2], qui s'approchèrent de nous avec de vives marques de joie. Nous n'avions pas découvert la ville. Elle est cachée, de ce côté-là, par une petite colline[3]. Nous fûmes reçus comme des gens descendus du Ciel. Ces pauvres habitants s'empressaient pour nous faire mille questions sur l'état de la France et sur les différentes provinces où ils étaient nés. Ils nous embrassaient comme leurs frères et comme de chers compagnons qui venaient partager leur misère et leur solitude. Nous prîmes le chemin de la ville avec eux, mais nous fûmes surpris de découvrir, en avançant, que, ce qu'on nous avait vanté jusqu'alors comme une bonne ville, n'était qu'un assemblage de quelques pauvres cabanes. Elles étaient habitées par cinq ou six cents personnes[4]. La maison du Gouverneur nous parut un peu distinguée par sa hauteur et par sa situation. Elle est défendue par quelques ouvrages de terre, autour desquels règne un large fossé.

Nous fûmes d'abord présentés à lui. Il s'entretint longtemps en secret avec le capitaine, et, revenant ensuite à nous, il considéra, l'une après l'autre, toutes les filles qui étaient arrivées par le vaisseau. Elles étaient au nombre de trente, car nous en avions trouvé au Havre une autre bande, qui s'était jointe à la nôtre. Le Gouverneur, les ayant longtemps examinées, fit appeler divers jeunes gens de la ville qui languissaient dans l'attente d'une épouse. Il donna les plus jolies aux principaux et le reste fut tiré au sort[1]. Il n'avait point encore parlé à Manon, mais, lorsqu'il eut ordonné aux autres de se retirer, il nous fit demeurer, elle et moi. J'apprends du capitaine, nous dit-il, que vous êtes mariés et qu'il vous a reconnus sur la route pour deux personnes d'esprit et de mérite. Je n'entre point dans les raisons qui ont causé votre malheur, mais, s'il est vrai que vous ayez autant de savoir-vivre que votre figure me le promet, je n'épargnerai rien pour adoucir votre sort, et vous contribuerez vous-mêmes à me faire trouver quelque agrément dans ce lieu sauvage et désert. Je lui répondis de la manière que je crus la plus propre à confirmer l'idée qu'il avait de nous. Il donna quelques ordres pour nous faire préparer un logement dans la ville, et il nous retint à souper avec lui. Je lui trouvai beaucoup de politesse, pour un chef de malheureux bannis. Il ne nous fit point de questions, en public, sur le fond de nos aventures. La conversation fut générale, et, malgré notre tristesse, nous nous efforçâmes, Manon et moi, de contribuer à la rendre agréable.

Le soir, il nous fit conduire au logement qu'on nous avait préparé. Nous trouvâmes une misérable cabane, composée de planches et de boue[2], qui consistait en deux ou trois chambres de plain-pied, avec un grenier au-dessus. Il y avait fait mettre cinq ou six chaises et quelques commodités nécessaires à la vie. Manon parut effrayée à la vue d'une si triste demeure. C'était pour moi qu'elle s'affligeait, beaucoup plus que pour elle-même. Elle s'assit, lorsque nous fûmes seuls, et elle se mit à pleurer amèrement. J'entrepris d'abord de la consoler, mais lorsqu'elle m'eut fait entendre que c'était moi seul qu'elle plaignait, et qu'elle ne considérait, dans nos malheurs communs, que ce que j'avais à souffrir, j'affectai de montrer assez de courage, et même assez de joie pour lui en inspirer. De quoi me plaindrai-je ? lui dis-je. Je possède tout ce que je désire. Vous m'aimez, n'est-ce pas ? Quel autre bonheur me suis-je jamais proposé ? Laissons au Ciel le soin de notre fortune. Je ne la trouve pas si désespérée. Le Gouverneur est un homme civil ; il nous a marqué de la considération ; il ne permettra pas que nous manquions du nécessaire. Pour ce qui regarde la pauvreté de notre cabane et la grossièreté de nos meubles, vous avez pu remarquer qu'il y a peu de personnes ici qui paraissent mieux logées et mieux meublées que nous. Et puis, tu es une chimiste admirable, ajoutai-je en l'embrassant, tu transformes tout en or.

Vous serez[1] donc la plus riche personne de l'univers, me répondit-elle, car, s'il n'y eut jamais d'amour tel que le vôtre, il est impossible aussi d'être aimé plus tendrement que vous l'êtes. Je me rends justice, continua-t-elle. Je sens bien que je n'ai jamais mérité ce prodigieux attachement que vous avez pour moi. Je vous ai causé des chagrins, que vous n'avez pu me pardonner sans une bonté extrême. J'ai été légère et volage, et même en vous aimant éperdument, comme j'ai toujours fait, je n'étais qu'une ingrate[2]. Mais vous ne sauriez croire combien je suis changée. Mes larmes, que vous avez vues couler si souvent depuis notre départ de France, n'ont pas eu une seule fois mes malheurs pour objet. J'ai cessé de les sentir aussitôt que vous avez commencé à les partager. Je n'ai pleuré que de tendresse et de compassion pour vous. Je ne me console point d'avoir pu vous chagriner un moment dans ma vie. Je ne cesse point de me reprocher mes inconstances et de m'attendrir, en admirant de quoi l'amour vous a rendu capable pour une malheureuse qui n'en était pas digne, et qui ne payerait pas bien de tout son sang, ajouta-t-elle avec une abondance de larmes, la moitié des peines qu'elle vous a causées.

Ses pleurs, son discours et le ton dont elle le prononça firent sur moi une impression si étonnante, que je crus sentir une espèce de division dans mon âme[1]. Prends garde, lui dis-je, prends garde, ma chère Manon. Je n'ai point assez de force pour supporter des marques si vives de ton affection ; je ne suis point accoutumé à ces excès de joie. Ô Dieu ! m'écriai-je, je ne vous demande plus rien. Je suis assuré du cœur de Manon. Il est tel que je l'ai souhaité pour être heureux ; je ne puis plus cesser de l'être à présent. Voilà ma félicité bien établie. Elle l'est, reprit-elle, si vous la faites dépendre de moi, et je sais où je puis compter aussi de trouver toujours la mienne. Je me couchai avec ces charmantes idées, qui changèrent ma cabane en un palais digne du premier roi du monde. L'Amérique me parut un lieu de délices après cela. C'est au nouvel Orléans qu'il faut venir, disais-je souvent à Manon, quand on veut goûter les vraies douceurs de l'amour. C'est ici qu'on s'aime sans intérêt, sans jalousie, sans inconstance. Nos compatriotes y viennent chercher de l'or ; ils ne s'imaginent pas que nous y avons trouvé des trésors bien plus estimables[2].

Nous cultivâmes soigneusement l'amitié du Gouverneur. Il eut la bonté, quelques semaines après notre arrivée, de me donner un petit emploi qui vint à vaquer dans le fort. Quoiqu'il ne fût pas bien distingué, je l'acceptai comme une faveur du Ciel. Il me mettait en état de vivre sans être à charge à personne. Je pris un valet pour moi et une servante pour Manon[3]. Notre petite fortune s'arrangea. J'étais réglé dans ma conduite ; Manon ne l'était pas moins. Nous ne laissions point échapper l'occasion de rendre service et de faire du bien à nos voisins. Cette disposition officieuse et la douceur de nos manières nous attirèrent la confiance et l'affection de toute la colonie. Nous fûmes en peu de temps si considérés, que nous passions pour les premières personnes de la ville après le Gouverneur.

L'innocence de nos occupations, et la tranquillité où nous étions continuellement, servirent à nous faire rappeler insensiblement des idées de religion[1]. Manon n'avait jamais été une fille impie. Je n'étais pas non plus de ces libertins outrés, qui font gloire d'ajouter l'irréligion à la dépravation des mœurs. L'amour et la jeunesse avaient causé tous nos désordres. L'expérience commençait à nous tenir lieu d'âge ; elle fit sur nous le même effet que les années. Nos conversations, qui étaient toujours réfléchies, nous mirent insensiblement dans le goût d'un amour vertueux. Je fus le premier qui proposai ce changement à Manon. Je connaissais les principes de son cœur. Elle était droite et naturelle dans tous ses sentiments, qualité qui dispose toujours à la vertu[2]. Je lui fis comprendre qu'il manquait une chose à notre bonheur. C'est, lui dis-je, de le faire approuver du Ciel. Nous avons l'âme trop belle, et le cœur trop bien fait, l'un et l'autre, pour vivre volontairement dans l'oubli du devoir. Passe d'y avoir vécu en France, où il nous était également impossible de cesser de nous aimer et de nous satisfaire par une voie légitime ; mais en Amérique, où nous ne dépendons que de nous-mêmes, où nous n'avons plus à ménager les lois arbitraires du rang et de la bienséance, où l'on nous croit même mariés, qui empêche que nous ne le soyons bientôt effectivement et que nous n'anoblissions notre amour par des serments que la religion autorise ? Pour moi, ajoutai-je, je ne vous offre rien de nouveau en vous offrant mon cœur et ma main, mais je suis prêt à vous en renouveler le don au pied d'un autel. Il me parut que ce discours la pénétrait de joie. Croiriez-vous, me répondit-elle, que j'y ai pensé mille fois, depuis que nous sommes en Amérique ? La crainte de vous déplaire m'a fait renfermer ce désir dans mon cœur. Je n'ai point la présomption d'aspirer à la qualité de votre épouse. Ah ! Manon, répliquai-je, tu serais bientôt celle d'un roi, si le Ciel m'avait fait naître avec une couronne. Ne balançons plus. Nous n'avons nul obstacle à redouter. J'en veux parler dès aujourd'hui au Gouverneur et lui avouer que nous l'avons trompé jusqu'à ce jour. Laissons craindre aux amants vulgaires, ajoutai-je, les chaînes indissolubles du mariage. Ils ne les craindraient pas s'ils étaient sûrs, comme nous, de porter toujours celles de l'amour. Je laissai Manon au comble de la joie, après cette résolution.

Je suis persuadé qu'il n'y a point d'honnête homme au monde qui n'eût approuvé mes vues dans les circonstances où j'étais, c'est-à-dire asservi fatalement à une passion que je ne pouvais vaincre et combattu par des remords que je ne devais point étouffer. Mais se trouvera-t-il quelqu'un qui accuse mes plaintes d'injustice, si je gémis de la rigueur du Ciel à rejeter un dessein que je n'avais formé que pour lui plaire ? Hélas ! que dis-je, à le rejeter ? Il l'a puni comme un crime. Il m'avait souffert avec patience tandis que je marchais aveuglément dans la route du vice, et ses plus rudes châtiments m'étaient réservés lorsque je commençais à retourner à la vertu. Je crains de manquer de force pour achever le récit du plus funeste événement qui fût jamais[1].

J'allai chez le Gouverneur, comme j'en étais convenu avec Manon, pour le prier de consentir à la cérémonie de notre mariage. Je me serais bien gardé d'en parler, à lui ni à personne, si j'eusse pu me promettre que son aumônier, qui était alors le seul prêtre de la ville, m'eût rendu ce service sans sa participation; mais, n'osant espérer qu'il voulût s'engager au silence, j'avais pris le parti d'agir ouvertement. Le Gouverneur avait un neveu, nommé Synnelet, qui lui était extrêmement cher. C'était un homme de trente ans, brave, mais emporté et violent. Il n'était point marié. La beauté de Manon l'avait touché dès le jour de notre arrivée; et les occasions sans nombre qu'il avait eues de la voir, pendant neuf ou dix mois, avaient tellement enflammé sa passion, qu'il se consumait en secret pour elle. Cependant, comme il était persuadé, avec son oncle et toute la ville, que j'étais réellement marié, il s'était rendu maître de son amour jusqu'au point de n'en laisser rien éclater et son zèle s'était même déclaré pour moi, dans plusieurs occasions de me rendre service. Je le trouvai avec son oncle, lorsque j'arrivai au fort. Je n'avais nulle raison qui m'obligeât de lui faire un secret de mon dessein, de sorte que je ne fis point difficulté de m'expliquer en sa présence. Le Gouverneur m'écouta avec sa bonté ordinaire. Je lui racontai une partie de mon histoire, qu'il entendit avec plaisir, et, lorsque je le priai d'assister à la cérémonie que je méditais, il eut la générosité de s'engager à faire toute la dépense de la fête. Je me retirai fort content.

Une heure après, je vis entrer l'aumônier chez moi. Je m'imaginai qu'il venait me donner quelques instructions sur mon mariage; mais, après m'avoir salué froidement, il me déclara, en deux mots, que M. le Gouverneur me défendait d'y penser, et qu'il avait d'autres vues sur Manon. D'autres vues sur Manon! lui dis-je avec un mortel saisissement de cœur, et quelles vues donc, Monsieur l'aumônier? Il me répondit que je n'ignorais pas que M. le Gouverneur était le maître ; que Manon ayant été envoyée de France pour la colonie, c'était à lui à disposer d'elle[1] ; qu'il ne l'avait pas fait jusqu'alors, parce qu'il la croyait mariée, mais, qu'ayant appris de moi-même qu'elle ne l'était point, il jugeait à propos de la donner à M. Synnelet, qui en était amoureux. Ma vivacité l'emporta sur ma prudence. J'ordonnai fièrement à l'aumônier de sortir de ma maison, en jurant que le Gouverneur, Synnelet et toute la ville ensemble n'oseraient porter la main sur ma femme, ou ma maîtresse, comme ils voudraient l'appeler.

Je fis part aussitôt à Manon du funeste message que je venais de recevoir. Nous jugeâmes que Synnelet avait séduit l'esprit de son oncle depuis mon retour et que c'était l'effet de quelque dessein médité depuis longtemps. Ils étaient les plus forts. Nous nous trouvions dans le nouvel Orléans comme au milieu de la mer, c'est-à-dire séparés du reste du monde par des espaces immenses. Où fuir ? dans un pays inconnu, désert, ou habité par des bêtes féroces, et par des sauvages aussi barbares[2] qu'elles ? J'étais estimé dans la ville, mais je ne pouvais espérer d'émouvoir assez le peuple en ma faveur, pour en espérer un secours proportionné au mal. Il eût fallu de l'argent ; j'étais pauvre. D'ailleurs, le succès d'une émotion populaire était incertain, et, si la fortune nous eût manqué, notre malheur serait devenu sans remède. Je roulais toutes ces pensées dans ma tête. J'en communiquais une partie à Manon. J'en formais de nouvelles sans écouter sa réponse. Je prenais un parti ; je le rejetais pour en prendre un autre. Je parlais seul, je répondais tout haut à mes pensées ; enfin j'étais dans une agitation que je ne saurais comparer à rien parce qu'il n'y en eut jamais d'égale. Manon avait les yeux sur moi. Elle jugeait, par mon trouble, de la grandeur du péril, et, tremblant pour moi plus que pour elle-même, cette tendre fille n'osait pas même ouvrir la bouche pour m'exprimer ses craintes. Après une infinité de réflexions, je m'arrêtai à la résolution d'aller trouver le Gouverneur, pour m'efforcer de le toucher par des considérations d'honneur et par le souvenir de mon respect et de son affection. Manon voulut s'opposer à ma sortie. Elle me disait, les larmes aux yeux : Vous allez à la mort. Ils vont vous tuer. Je ne vous reverrai plus. Je veux mourir avant vous. Il fallut beaucoup d'efforts pour la persuader de la nécessité où j'étais de sortir et de celle qu'il y avait pour elle de demeurer au logis. Je lui promis qu'elle me reverrait dans un instant. Elle ignorait, et moi aussi, que c'était sur elle-même que devait tomber toute la colère du Ciel et la rage de nos ennemis.

Je me rendis au fort. Le Gouverneur était avec son aumônier. Je m'abaissai, pour le toucher, à des soumissions qui m'auraient fait mourir de honte si je les eusse faites pour toute autre cause. Je le pris par tous les motifs qui doivent faire une impression certaine sur un cœur qui n'est pas celui d'un tigre féroce et cruel. Ce barbare ne fit à mes plaintes que deux réponses, qu'il répéta cent fois : Manon, me dit-il, dépendait de lui ; il avait donné sa parole à son neveu. J'étais résolu de me modérer jusqu'à l'extrémité. Je me contentai de lui dire que je le croyais trop de mes amis pour vouloir ma mort, à laquelle je consentirais plutôt qu'à la perte de ma maîtresse.

Je fus trop persuadé, en sortant, que je n'avais rien à espérer de cet opiniâtre vieillard, qui se serait damné mille fois pour son neveu. Cependant, je persistai dans le dessein de conserver jusqu'à la fin un air de modération, résolu, si l'on en venait aux excès d'injustice, de donner à l'Amérique une des plus sanglantes et des plus horribles scènes que l'amour ait jamais produites[1]. Je retournais chez moi, en méditant sur ce projet, lorsque le sort, qui voulait hâter ma ruine, me fit rencontrer Synnelet. Il lut dans mes yeux une partie de mes pensées. J'ai dit qu'il était brave; il vint à moi. Ne me cherchez-vous pas? me dit-il. Je connais que mes desseins vous offensent, et j'ai bien prévu qu'il faudrait se couper la gorge avec vous. Allons voir qui sera le plus heureux. Je lui répondis qu'il avait raison, et qu'il n'y avait que ma mort qui pût finir nos différends. Nous nous écartâmes d'une centaine de pas hors de la ville. Nos épées se croisèrent; je le blessai et je le désarmai presque en même temps. Il fut si enragé de son malheur, qu'il refusa de me demander la vie et de renoncer à Manon. J'avais peut-être le droit de lui ôter tout d'un coup l'un et l'autre, mais un sang généreux ne se dément jamais. Je lui jetai son épée. Recommençons, lui dis-je, et songez que c'est sans quartier. Il m'attaqua avec une furie inexprimable. Je dois confesser que je n'étais pas fort dans les armes, n'ayant eu que trois mois de salle à Paris. L'amour conduisait mon épée. Synnelet ne laissa pas de me percer le bras d'outre en outre, mais je le pris sur le temps[2] et je lui fournis un coup si vigoureux qu'il tomba à mes pieds sans mouvement.

Malgré la joie que donne la victoire après un combat mortel[3], je réfléchis aussitôt sur les conséquences de cette mort. Il n'y avait, pour moi, ni grâce ni délai de supplice à espérer. Connaissant, comme je faisais, la passion du Gouverneur pour son neveu, j'étais certain que ma mort ne serait pas différée d'une heure après la connaissance de la sienne. Quelque pressante que fût cette crainte, elle n'était pas la plus forte cause de mon inquiétude. Manon, l'intérêt de Manon, son péril et la nécessité de la perdre, me troublaient jusqu'à répandre de l'obscurité sur mes yeux et à m'empêcher de reconnaître le lieu où j'étais. Je regrettai le sort de Synnelet. Une prompte mort me semblait le seul remède de mes peines. Cependant, ce fut cette pensée même qui me fit rappeler vivement mes esprits et qui me rendit capable de prendre une résolution. Quoi! je veux mourir, m'écriai-je, pour finir mes peines? Il y en a donc que j'appréhende plus que la perte de ce que j'aime? Ah! souffrons jusqu'aux plus cruelles extrémités pour secourir ma maîtresse, et remettons à mourir après les avoir souffertes inutilement. Je repris le chemin de la ville. J'entrai chez moi. J'y trouvai Manon à demi morte de frayeur et d'inquiétude. Ma présence la ranima. Je ne pouvais lui déguiser le terrible accident qui venait de m'arriver. Elle tomba sans connaissance entre mes bras, au récit de la mort de Synnelet et de ma blessure. J'employai plus d'un quart d'heure à lui faire retrouver le sentiment[1].

J'étais à demi-mort moi-même. Je ne voyais pas le moindre jour à sa sûreté, ni à la mienne. Manon, que ferons-nous? lui dis-je lorsqu'elle eut repris un peu de force. Hélas! qu'allons-nous faire? Il faut nécessairement que je m'éloigne. Voulez-vous demeurer dans la ville? Oui, demeurez-y. Vous pouvez encore y être heureuse; et moi, je vais, loin de vous, chercher la mort parmi les sauvages ou entre les griffes des bêtes féroces. Elle se leva malgré sa faiblesse; elle me prit par la main, pour me conduire vers la porte. Fuyons ensemble, me dit-elle, ne perdons pas un instant. Le corps de Synnelet peut avoir été trouvé par hasard, et nous n'aurions pas le temps de nous éloigner. Mais, chère Manon! repris-je tout éperdu, dites-moi donc où nous pouvons aller. Voyez-vous quelque ressource? Ne vaut-il pas mieux que vous tâchiez de vivre ici sans moi, et que je porte volontairement ma tête au Gouverneur? Cette proposition ne fit qu'augmenter son ardeur à partir. Il fallut la suivre. J'eus encore assez de présence d'esprit, en sortant, pour prendre quelques liqueurs fortes que j'avais dans ma chambre et toutes les provisions que je pus faire entrer dans mes poches. Nous dîmes à nos domestiques, qui étaient dans la chambre voisine, que nous partions pour la promenade du soir, nous avions cette coutume tous les jours, et nous nous éloignâmes de la ville, plus promptement que la délicatesse de Manon ne semblait le permettre.

Quoique je ne fusse pas sorti de mon irrésolution sur le lieu de notre retraite, je ne laissais pas d'avoir deux espérances, sans lesquelles j'aurais préféré la mort à l'incertitude de ce qui pouvait arriver à Manon. J'avais acquis assez de connaissance du pays, depuis près de dix mois que j'étais en Amérique, pour ne pas ignorer de quelle manière on apprivoisait les sauvages. On pouvait se mettre entre leurs mains, sans courir à une mort certaine. J'avais même appris quelques mots de leur langue et quelques-unes de leur coutumes dans les diverses occasions que j'avais eues de les voir[1]. Avec cette triste ressource, j'en avais une autre du côté des Anglais qui ont, comme nous, des établissements dans cette partie du Nouveau Monde. Mais j'étais effrayé de l'éloignement. Nous avions à traverser, jusqu'à leurs colonies, de stériles campagnes de plusieurs journées de largeur, et quelques montagnes si hautes et si escarpées que le chemin en paraissait difficile aux hommes les plus grossiers et les plus vigoureux[1]. Je me flattais, néanmoins, que nous pourrions tirer parti de ces deux ressources : des sauvages pour aider à nous conduire, et des Anglais pour nous recevoir dans leurs habitations.

Nous marchâmes aussi longtemps que le courage de Manon put la soutenir, c'est-à-dire environ deux lieues, car cette amante incomparable refusa constamment de s'arrêter plus tôt[2]. Accablée enfin de lassitude, elle me confessa qu'il lui était impossible d'avancer davantage. Il était déjà nuit. Nous nous assîmes au milieu d'une vaste plaine, sans avoir pu trouver un arbre pour nous mettre à couvert[3]. Son premier soin fut de changer le linge de ma blessure, qu'elle avait pansée elle-même avant notre départ. Je m'opposai en vain à ses volontés. J'aurais achevé de l'accabler mortellement, si je lui eusse refusé la satisfaction de me croire à mon aise et sans danger, avant que de penser à sa propre conservation. Je me soumis durant quelques moments à ses désirs. Je reçus ses soins en silence et avec honte. Mais, lorsqu'elle eut satisfait sa tendresse, avec quelle ardeur la mienne ne prit-elle pas son tour ! Je me dépouillai de tous mes habits, pour lui faire trouver la terre moins dure en les étendant sous elle. Je la fis consentir, malgré elle, à me voir employer à son usage tout ce que je pus imaginer de moins incommode. J'échauffai ses mains par mes baisers ardents et par la chaleur de mes soupirs. Je passai la nuit entière à veiller près d'elle, et à prier le Ciel de lui accorder un sommeil doux et paisible. Ô Dieu ! que mes vœux étaient vifs et sincères ! et par quel rigoureux jugement aviez-vous résolu de ne les pas exaucer !

Pardonnez, si j'achève en peu de mots un récit qui me tue. Je vous raconte un malheur qui n'eut jamais d'exemple. Toute ma vie est destinée à le pleurer. Mais, quoique je le porte sans cesse dans ma mémoire, mon âme semble reculer d'horreur, chaque fois que j'entreprends de l'exprimer.

Nous avions passé tranquillement une partie de la nuit. Je croyais ma chère maîtresse endormie et je n'osais pousser le moindre souffle, dans la crainte de troubler son sommeil. Je m'aperçus dès le point du jour, en touchant ses mains, qu'elle les avait froides et tremblantes. Je les approchai de mon sein, pour les échauffer. Elle sentit ce mouvement, et, faisant un effort pour saisir les miennes, elle me dit, d'une voix faible, qu'elle se croyait à sa dernière heure. Je ne pris d'abord ce discours que pour un langage ordinaire dans l'infortune, et je n'y répondis que par les tendres consolations de l'amour. Mais, ses soupirs fréquents, son silence à mes interrogations, le serrement de ses mains, dans lesquelles elle continuait de tenir les miennes me firent connaître que la fin de ses malheurs approchait. N'exigez point de moi que je vous décrive mes sentiments, ni que je vous rapporte ses dernières expressions. Je la perdis ; je reçus d'elle des marques d'amour, au moment même qu'elle expirait. C'est tout ce que j'ai la force de vous apprendre de ce fatal et déplorable événement.

Mon âme ne suivit pas la sienne. Le Ciel ne me trouva point, sans doute, assez rigoureusement puni. Il a voulu que j'aie traîné, depuis, une vie languissante et misérable. Je renonce volontairement à la mener jamais plus heureuse.

Je demeurai plus de vingt-quatre heures la bouche attachée sur le visage et sur les mains de ma chère Manon. Mon dessein était d'y mourir ; mais je fis réflexion au commencement du second jour, que son corps serait exposé, après mon trépas, à devenir la pâture des bêtes sauvages. Je formai la résolution de l'enterrer et d'attendre la mort sur sa fosse. J'étais déjà si proche de ma fin, par l'affaiblissement que le jeûne et la douleur m'avaient causé, que j'eus besoin de quantité d'efforts pour me tenir debout. Je fus obligé de recourir aux liqueurs que j'avais apportées. Elles me rendirent autant de force qu'il en fallait pour le triste office que j'allais exécuter. Il ne m'était pas difficile d'ouvrir la terre, dans le lieu où je me trouvais. C'était une campagne couverte de sable. Je rompis mon épée, pour m'en servir à creuser, mais j'en tirai moins de secours que de mes mains[1]. J'ouvris une large fosse. J'y plaçai l'idole de mon cœur, après avoir pris soin de l'envelopper de tous mes habits pour empêcher le sable de la toucher. Je ne la mis dans cet état qu'après l'avoir embrassée mille fois, avec toute l'ardeur du plus parfait amour. Je m'assis encore près d'elle. Je la considérai longtemps. Je ne pouvais me résoudre à fermer la fosse. Enfin, mes forces recommençant à s'affaiblir, et craignant d'en manquer tout à fait avant la fin de mon entreprise, j'ensevelis pour toujours dans le sein de la terre ce qu'elle avait porté de plus parfait et de plus aimable. Je me couchai ensuite sur la fosse, le visage tourné vers le sable, et fermant les yeux avec le dessein de ne les ouvrir jamais, j'invoquai le secours du Ciel et j'attendis la mort avec impatience. Ce qui vous paraîtra difficile à croire, c'est que, pendant tout l'exercice de ce lugubre ministère, il ne sortit point une larme de mes yeux ni un soupir de ma bouche. La consternation profonde où j'étais et le dessein déterminé de mourir avaient coupé le cours à toutes les expressions du désespoir et de la douleur. Aussi, ne demeurai-je pas longtemps dans la posture où j'étais sur la fosse, sans perdre le peu de connaissance et de sentiment qui me restait.

Après ce que vous venez d'entendre, la conclusion de mon histoire est de si peu d'importance, qu'elle ne mérite pas la peine que vous voulez bien prendre à l'écouter. Le corps de Synnelet ayant été rapporté à la ville et ses plaies visitées avec soin, il se trouva, non seulement qu'il n'était pas mort, mais qu'il n'avait pas même reçu de blessure dangereuse. Il apprit à son oncle de quelle manière les choses s'étaient passées entre nous, et sa générosité le porta sur-le-champ à publier les effets de la mienne. On me fit chercher, et mon absence, avec Manon, me fit soupçonner d'avoir pris le parti de la fuite. Il était trop tard pour envoyer sur mes traces ; mais le lendemain et le jour suivant furent employés à me poursuivre. On me trouva, sans apparence de vie, sur la fosse de Manon, et ceux qui me découvrirent en cet état, me voyant presque nu et sanglant de ma blessure, ne doutèrent point que je n'eusse été volé et assassiné. Ils me portèrent à la ville. Le mouvement du transport réveilla mes sens. Les soupirs que je poussai, en ouvrant les yeux et en gémissant de me retrouver parmi les vivants, firent connaître que j'étais encore en état de recevoir du secours. On m'en donna de trop heureux. Je ne laissai pas d'être renfermé dans une étroite prison. Mon procès fut instruit, et, comme Manon ne paraissait point, on m'accusa de m'être défait d'elle par un mouvement de rage et de jalousie. Je racontai naturellement ma pitoyable aventure. Synnelet, malgré les transports de douleur où ce récit le jeta, eut la générosité de solliciter ma grâce. Il l'obtint. J'étais si faible qu'on fut obligé de me transporter de la prison dans mon lit, où je fus retenu pendant trois mois par une violente maladie. Ma haine pour la vie ne diminuait point. J'invoquais continuellement la mort et je m'obstinai longtemps à rejeter tous les remèdes[1]. Mais le Ciel, après m'avoir puni avec tant de rigueur, avait dessein de me rendre utiles mes malheurs et ses châtiments. Il m'éclaira de ses lumières, qui me firent rappeler des idées dignes de ma naissance et de mon éducation[2]. La tranquillité ayant commencé de renaître un peu dans mon âme, ce changement fut suivi de près par ma guérison. Je me livrai entièrement aux inspirations de l'honneur, et je continuai de remplir mon petit emploi, en attendant les vaisseaux de France qui vont, une fois chaque année, dans cette partie de l'Amérique. J'étais résolu de retourner dans ma patrie pour y réparer, par une vie sage et réglée, le scandale de ma conduite. Synnelet avait pris soin de faire transporter le corps de ma chère maîtresse dans un lieu honorable.

Ce fut environ six semaines après mon rétablissement que, me promenant seul, un jour, sur le rivage, je vis arriver un vaisseau que des affaires de commerce amenaient au Nouvel Orléans. J'étais attentif au débarquement de l'équipage. Je fus frappé d'une surprise extrême en reconnaissant Tiberge parmi ceux qui s'avançaient vers la ville. Ce fidèle ami me remit de loin, malgré les changements que la tristesse avait faits sur mon visage. Il m'apprit que l'unique motif de son voyage avait été le désir de me voir et de m'engager à retourner en France; qu'ayant reçu la lettre que je lui avais écrite du Havre, il s'y était rendu en personne pour me porter les secours que je lui demandais; qu'il avait ressenti la plus vive douleur en apprenant mon départ et qu'il serait parti sur-le-champ pour me suivre, s'il eût trouvé un vaisseau prêt à faire voile; qu'il en avait cherché pendant plusieurs mois dans divers ports et qu'en ayant enfin rencontré un, à Saint-Malo, qui levait l'ancre pour la Martinique, il s'y était embarqué, dans l'espérance de se procurer de là un passage facile au Nouvel Orléans; que, le vaisseau malouin ayant été pris en chemin par des corsaires espagnols et conduit dans une de leurs îles, il s'était échappé par adresse; et qu'après diverses courses, il avait trouvé l'occasion du petit bâtiment qui venait d'arriver, pour se rendre heureusement près de moi[1].

Je ne pouvais marquer trop de reconnaissance pour un ami si généreux et si constant. Je le conduisis chez moi. Je le rendis le maître de tout ce que je possédais. Je lui appris tout ce qui m'était arrivé depuis mon départ de France, et pour lui causer une joie à laquelle il ne s'attendait pas, je lui déclarai que les semences de vertu qu'il avait jetées autrefois dans mon cœur commençaient à produire des fruits dont il allait être satisfait. Il me protesta qu'une si douce assurance le dédommageait de toutes les fatigues de son voyage.

Nous avons passé deux mois ensemble au Nouvel Orléans, pour attendre l'arrivée des vaisseaux de France, et nous étant enfin mis en mer, nous prîmes terre, il y a quinze jours, au Havre-de-Grâce. J'écrivis à ma famille en arrivant. J'ai appris, par la réponse de mon frère aîné, la triste nouvelle de la mort de mon père, à laquelle je tremble, avec trop de raison, que mes égarements n'aient contribué. Le vent étant favorable pour Calais, je me suis embarqué aussitôt, dans le dessein de me rendre à quelques lieues de cette ville, chez un gentilhomme de mes parents, où mon frère m'écrit qu'il doit attendre mon arrivée.

FIN DE LA DEUXIÈME PARTIE.

DOSSIER

NOTE SUR LE TEXTE

Toutes les éditions de *Manon Lescaut* remontent à l'un ou l'autre des deux prototypes suivants : l'édition originale, de 1731, l'édition revue et corrigée de 1753. C'est donc entre ces deux éditions qu'il faut procéder à un choix. La plupart des éditeurs modernes ont suivi le texte définitif, mais d'autres ont préféré reproduire le texte original, ou qu'ils croyaient tel.

Les raisons de ces derniers sont diverses, et plus ou moins plausibles. Considérant le roman comme un document autobiographique, composé dès 1722, immédiatement après que Prévost eut vécu les événements qu'il rapporte, Joseph Aynard reproduit, assez logiquement, le plus ancien texte connu, qu'il tient pour le plus authentique. Georges Matoré arrive au même choix par des considérations d'un autre ordre. Pour lui, c'est surtout le style de l'édition originale, jugé moins littéraire, et par conséquent plus « spontané », qui doit la faire préférer à celle de 1753. On peut répondre, et l'on a déjà répondu à la première de ces deux argumentations, que la thèse de l'autobiographie est loin d'être démontrée, et que, le fût-elle un jour, on ne pourrait y réduire l'explication du chef-d'œuvre ; à la seconde, on objectera qu'il est impossible de négliger le remarquable effort de révision de l'auteur, qui, par près de six cents corrections de tout ordre, cherche à la fois à tenir compte de l'évolution de la langue, à donner à son style plus d'élégance et de propriété, enfin à rendre plus vraisemblables les sentiments de ses personnages[1].

---

1. On trouvera toutes les variantes entre les éditions de 1731 et de 1753 dans la « Note sur l'établissement du texte » des diverses éditions Garnier (1965, 1990, 1995). Quelques variantes spécialement intéressantes figurent néanmoins en note dans le présent ouvrage pour donner une idée de l'esprit dans lequel Prévost a corrigé son roman.

La façon même dont parut l'édition de 1753 en soulignait l'importance. Malgré la proscription plus ou moins stricte dont les romans étaient alors victimes en France, le *Mercure* l'annonçait, à titre exceptionnel, dans les termes suivants :

L'auteur de Manon Lescaut, *ouvrage si original, si bien écrit et si intéressant, sollicité depuis longtemps de donner une édition correcte de ce roman, s'est déterminé à ne rien négliger pour la rendre telle qu'on la désire : papier, caractère, figures, tout y est digne de l'attention du public. Elle a paru dans le courant d'avril avec des additions considérables. On en a tiré peu d'exemplaires afin que la beauté des caractères ne reçût aucune diminution. Ce livre se vend chez Didot, qui des Augustins, à la Bible d'Or.*

On remarque en effet qu'un feuillet est réimprimé pour permettre une correction légère à la page 150 du premier tome[1], qu'un errata est ajouté pour rectifier des erreurs minimes, et que des gravures déjà très belles sont retouchées. Surtout, l'addition de l'épisode du Prince italien, présentée par Prévost lui-même comme *nécessaire à la plénitude d'un des principaux caractères*, ne peut être négligée, même si elle gêne les commentateurs. La diversité des interprétations qu'ils en donnent est significative : elle répond à l'ambiguïté foncière, non seulement de l'épisode, mais du personnage même de Manon.

Compte tenu de ces considérations, on a adopté dans la présente édition le texte de 1753. On a respecté, en particulier, la disposition des alinéas, car elle répond à des habitudes de composition de l'abbé Prévost[2].

Enfin, l'orthographe de la présente édition a été modernisée[3].

---

1. Voyez p. 195 : *j'escamotais assez promptement* devient *j'escamotais assez légèrement*.
2. Ainsi qu'on le verra dans nombre de passages, Prévost réunit dans un même paragraphe la phrase ou les phrases introduisant une réplique au style direct, cette réplique et la phrase de conclusion. Introduire, comme le font la plupart des éditeurs, chaque réplique au style direct sous forme d'un nouvel alinéa aboutit à morceler des ensembles et à trahir délibérément les intentions de l'écrivain.
3. Conformément aux usages de son temps, Prévost ne distingue pas *fond* et *fonds*. Dans plusieurs cas, la différenciation serait impossible à établir. On maintient donc la forme *fond*. Inversement, à la différence de ses contemporains, Prévost respecte les règles des grammairiens concernant l'accord des participes passés. Son usage est donc le nôtre sur ce point.

TEXTES ET DOCUMENTS CONTEMPORAINS SUR PRÉVOST ET SON ŒUVRE

Les pièces qui suivent mettent sous les yeux du lecteur, dans un texte scrupuleusement conforme aux originaux et dans l'ordre chronologique, quelques documents qui nous ont paru indispensables à des titres divers.

La première pièce est la lettre que Prévost adresse au supérieur de la congrégation de Saint-Maur, en quittant Saint-Germain. On y relève une ironie mordante à l'égard de Dom Thibauld, accusé d'avoir accepté trop facilement la bulle *Unigenitus*, et les menaces de représailles au cas où on l'empêcherait d'exécuter son dessein.

La deuxième pièce est la plus ancienne biographie de Prévost, en même temps que l'une des mieux informées. Elle présente en outre l'intérêt d'être exactement datée (du 1er mai 1732) et de figurer en tête d'une traduction de la fin des *Mémoires d'un homme de qualité* comprenant précisément *Manon Lescaut*.

La troisième pièce est le fameux article du *Pour et contre* rédigé vers octobre 1734, c'est-à-dire à un moment où l'exilé préparait son retour en France. En réponse aux violentes attaques de Lenglet-Dufresnoy, Prévost rédige une défense d'une habileté consommée, insistant sur les points sur lesquels il se trouve à l'aise, glissant sur les autres, se donnant le rôle de la victime innocente en butte à d'odieuses persécutions. On voit par cette pièce, comme par la première, quel polémiste redoutable il aurait pu faire si son tempérament l'avait poussé dans cette voie.

I

PRÉVOST À DOM THIBAULT,
SUPÉRIEUR DE LA CONGRÉGATION DE SAINT-MAUR
(18 OCTOBRE 1728)

Mon Révérend Père,

Je ferai demain ce que je devrais avoir fait il y a plusieurs années, ou plutôt ce que je devrais ne m'être jamais mis dans la nécessité de faire; je quitterai la congrégation pour passer dans le grand ordre. De quoi m'avisais-je, il y a huit ans, d'entrer parmi vous? Et vous, Mon Révérend Père, ou vos prédécesseurs, de quoi vous avisiez-vous de me recevoir? Ne deviez-vous pas prévoir, et moi aussi, les peines que nous ne manquerions pas de nous causer tôt ou tard, et les extrémités fâcheuses où elles pourraient aboutir? J'ai eu chez vous de justes sujets de chagrins. La démarche que je vais faire vous chagrinera peut-être aussi : voyons de quel côté est l'injustice.

Il est certain, mon Révérend Père, que je me suis conduit dans la congrégation d'une manière irréprochable; si j'ai des ennemis parmi vous, je ne crains pas de les prendre eux-mêmes à témoins. Mon caractère est naturellement plein d'honneur. J'aimais un corps auquel j'étais attaché par mes promesses; je souhaitais d'y être aimé, et fait comme je suis, j'aurais perdu la vie plutôt que de commettre quelque chose d'opposé à ces deux sentiments. J'ai d'ailleurs les manières honnêtes et l'humeur assez douce; je rends volontiers service; je hais les murmures et les détractions; je suis porté d'inclination au travail, et je ne crois pas vous avoir déshonoré dans les petits emplois dont j'ai été chargé. Par quel malheur est-il donc arrivé qu'on n'a jamais cessé de me regarder avec défiance dans la congrégation, qu'on m'a soupçonné plus d'une fois des trahisons les plus noires, et qu'on m'en a toujours cru capable, lors même que l'évidence n'a pas permis qu'on m'en accusât? J'ai des preuves à donner là-dessus qui passeraient les bornes d'une lettre, et pour peu que chacun veuille s'expliquer sincèrement, l'on conviendra que telle est à mon égard la disposition de presque tous vos Religieux. J'avais espéré, Mon R. Père, que la grâce que vous m'aviez faite de m'appeler à Paris pourrait effacer des préventions si injustes, ou qu'elle les empêcherait du moins d'éclater. Cependant on m'écrit de Province qu'un visiteur se vantant à table d'avoir contribué à m'y faire venir, en a donné pour raison que j'y serais moins dangereux qu'autre part, et qu'il fallait d'ailleurs tirer de moi tout ce qu'on peut du côté des sciences, puisqu'il serait contre la prudence de me confier des emplois. Un séculier, homme d'honneur et de distinction, m'a assuré par un billet écrit exprès, qu'il avait entendu dire à peu près la même chose à votre révérence. Vous conviendrez, mon Révérend Père, que cela est piquant[1] pour un honnête homme. Tout autre que moi se croirait peut-être autorisé à vous marquer son ressentiment par des injures; mais je vous l'ai déjà dit, ce n'est pas mon caractère. Trouvez bon seulement que j'évite, par ma retraite, une persécution que je mérite si peu. Quittons-nous sans aigreur et sans violence. J'ai perdu chez vous, dans l'espace de huit ans, ma santé, mes yeux, mon repos; personne ne l'ignore, c'est être assez puni d'y avoir demeuré si longtemps. N'ajoutez point à ces peines celles que j'aurais à souffrir si j'apprenais que vous voulussiez vous opposer aux démarches que je fais pour m'en délivrer. Je vous déclare que vos oppositions seraient inutiles, par les sages mesures que j'ai su prendre; je vous respecte beaucoup, mais[2] je ne vous crains nullement, et peut-être pourrais-je me faire craindre si vous en usiez mal; car autant que je suis [*sic*] disposé à rendre justice à la congrégation sur ce qu'elle a de bon, autant devez-vous compter que je relèverais vivement ses endroits faibles si vous me poussiez à bout, ou si j'apprenais seulement que vous en eussiez le dessein. Ne me forcez point à vous donner en spectacle au public. On pourrait faire revivre les Provinciales. Il est injuste que les Jésuites en fournissent toujours la matière, et vous jugeriez si je réussis dans ce style-là. Je compte, mon Révérend Père, que sans venir à ces extrémités qui ne feraient plaisir ni à vous ni à moi, vous vou-

---

1. C'est-à-dire : que cela a de quoi piquer...
2. Les mots *je vous respecte beaucoup, mais* sont une addition par-dessus la ligne.

drez bien consentir au changement de ma condition. Vous avez reçu si respectueusement la Constitution[1] que je ne saurais douter que vous ne receviez de même un bref qui vient de la même source[2]. Faites-moi la grâce de m'écrire un mot à Amiens sous cette simple adresse : *À M. Prévost pour prendre à la poste*; ou si vous aimez mieux, prenez la peine d'adresser votre lettre à M. d'Ergny[3], Grand Pénitencier et chanoine, mon parent, qui voudra bien me la remettre. Vous n'ignorez pas d'ailleurs la *petita et non obtenta*[4]. J'ai l'honneur d'être avec bien du respect,

Mon Révérend Père,
Votre très humble et très obéissant serviteur
PRÉVOST B.

Lundi 18ᵉ octobre.

Je ne crois pas qu'on se plaigne de la manière dont je suis sorti de Saint-Germain. Je n'ai pas même emporté mes habits. Un honnête homme doit l'être jusque dans les bagatelles. Vous m'avez entretenu pendant huit ans, je vous ai bien servi : ainsi *autant tenu, autant payé*[5].

---

1. La Constitution ou bulle *Unigenisus* (1713). La querelle relative à l'acceptation de la bulle durait toujours en 1728, et avait touché gravement l'ordre des Bénédictins.
2. C'est-à-dire du pape.
3. Louis-Michel Dargnies, né le 30 juin 1683, docteur en Sorbonne, chanoine d'Amiens le 29 décembre 1724, pénitencier le 27 août 1725 et encore au 18 avril 1730 (*Bénéfices de l'Église d'Amiens*, Amiens, 1869, p. 19); auteur anonyme de la *Lettre contenant un récit de la vie de Monseigneur Pierre de Sabatier*, Amiens, 1733, in-8°; mort le 14 mars 1756. Nous ne savons quel était son degré de parenté avec l'abbé Prévost (note de Harrisse).
4. Nous ne pouvons préciser d'où vient cette citation, sans doute empruntée au droit canon, mais le sens en est clair : si une grâce demandée (*petita*) n'a pas été obtenue (*et non obtenta*), on s'en passe.
5. Lettre autographe, conservée dans les papiers de Dom Grenier, publiée par Sainte-Beuve et par Harrisse, avec quelques erreurs de transcription corrigées ici.

II
NOTICE EN TÊTE DE LA TRADUCTION ALLEMANDE DES *MÉMOIRES D'UN HOMME DE QUALITÉ* ET DE *MANON LESCAUT*

Cette traduction, signalée par Hugo Friedrich, parut en deux fois. En 1730, ce fut d'abord la traduction des quatre premiers tomes. La seconde livraison, la seule qui nous intéresse ici, parut en 1732. Elle comportait 653 pages pour les trois parties. Nous en traduisons le titre[1] :

Miraculoso Florisonti[2], *ou Suite et fin des aventures d'un homme de qualité. Traduit du français par Holtzbecher. Avec un discours préliminaire sur le genre des Mémoires en général et sur les circonstances de la vie de l'auteur des présentes. Hambourg, chez König et Richter. 1732.*

La préface, datée du 1er mai 1732, retrace d'abord l'histoire du genre des Mémoires, Mémoires authentiques, comme ceux de Commines, Mémoires apocryphes, parmi lesquels le préfacier range les romans de Defoe. Puis vient le passage suivant que nous traduisons *in extenso* :

Mais il est grand temps de parler de l'ingénieux Français auquel nous devons aussi la présente livraison d'un ouvrage justement apprécié. Le triste sort des écrits dont nous avons parlé ne semble pas menacer celui-ci. Pour ne rien dire de l'accueil très empressé qu'a reçu cet ouvrage, on y remarque tant de pénétration, une liaison des faits si naturelle, tant de mouvement et tant de grâces, qu'on le lit avec un plaisir peu commun. C'est pourquoi il ne sera pas indifférent au lecteur d'apprendre que le marquis de G... s'appelle en réalité M. Prévost, et que, s'il n'est pas tombé dans les étranges accidents qu'il raconte de lui-même, il lui en est arrivé beaucoup d'autres, partie par sa faute, partie par la faute de son tempérament.

1. On trouvera les titre et texte allemands complets dans les éditions Garnier de 1965, 1990 et 1995.
2. Le nom de Miraculoso Florisonti est celui d'un « opérateur » dont il est question dans les *Mémoires d'un homme de qualité*, livre V. Il oriente les lecteurs vers le genre du roman d'aventures.

Il sort d'une très bonne famille ; mais certaines circonstances l'obligèrent à entrer au couvent. C'est alors qu'il renonça aux exercices du corps, auxquels il s'était adonné jusque-là avec une particulière adresse, pour l'étude la plus assidue. D'homme du monde qu'il était, il devint moine bénédictin de la Congrégation de Saint-Maur et se consacra entièrement aux sciences. L'Histoire et l'Antiquité furent ses sujets favoris. Il acquit dans ces domaines une telle compétence qu'il n'a pas médiocrement contribué à la fameuse Gallia Christiana. Dans la paisible solitude de la vie claustrale, il se trouva pourtant fortement dérangé lorsque, au moment des fameuses disputes relatives à la Constitution, il lui fut imposé d'adhérer à la bulle dite Unigenitus. *Il trouva trop de contradiction dans son cœur pour s'y prêter et quitta sa cellule sans attendre la grâce papale. Un tel forfait fut suivi d'un anathème, signe infaillible d'une prison éternelle s'il ne s'était soustrait au danger. Mais il s'échappa à temps de France et se rendit en Angleterre pour assurer la liberté de sa personne non moins que celle de sa conscience. Pour demeurer inconnu, il se fit appeler d'Exil ; il a choisi ce nom pour montrer qu'il n'est pas disposé à revoir sa patrie,*

> Et il jure qu'à la honte des grands de ce monde,
> Il a depuis longtemps résolu de quitter Paris.

On s'étonnerait à tort de la décision de notre ingénieux Français : c'est à bon droit qu'il craignait de voir le bras ecclésiastique s'appesantir sur lui. Qui ignore que, dans le clergé catholique romain au moins, toutes les inimitiés sont éternelles, et qu'un esprit de vengeance irréconciliable est la vertu la plus ordinaire de sa sanguinaire orthodoxie ? Tolérance, amour et mansuétude sont, grâce à Dieu, davantage le partage de nos églises. Nous voyons tous les jours des exemples édifiants de la liberté évangélique et protestante dont M. d'Exil, non sans raison, aspirait à jouir.

Nous croyons volontiers qu'il a quitté son couvent par délicatesse de conscience, non du cœur, par souci de son âme, et non de son corps. Certes, le zèle de la religion fut, en Angleterre, supplanté chez lui par l'amour : mais nous ne trouvons aucune trace de ce dernier pendant son séjour en France, et nous ne voulons nullement, pour le seul plaisir d'inventer un roman, l'accuser de quelque faiblesse amoureuse impossible à prouver. Sinon, il ne serait pas difficile, au cours d'un récit vraisemblable, de placer notre fugitif dans une situation où il aurait eu besoin de toute son abnégation pour ne pas trouver insupportable le vœu de chasteté. Un simple coup d'œil, sans plus, aurait eu l'influence la plus pernicieuse sur son imagination enflammée au milieu même de la méditation, et le livre de prières lui serait tombé des mains, comme à ce pieux anachorète :

> Et voici qu'étant agenouillé en oraison,
> Il vit ces gens-là se livrer à ce jeu étrange :
> Et si forte lui en vint la tentation
> Que le bréviaire lui tomba des mains.

Mais nous nous en tenons à la vérité, et celle-ci nous découvre qu'après bien des soupirs préliminaires, une promesse secrète de mariage fut échangée entre M. Prévost et la fille d'un seigneur anglais qui l'avait pris dans sa maison pour présider à l'éducation de son fils, mais aussi pour inculquer le français à la belle Peggy D***, car tel était le nom de la jeune fille. Mais il était d'un esprit trop élevé pour se contenter d'enseigner seulement des mots. Passant de là à instruire son élève dans l'amour, il s'insinua si bien dans ses bonnes grâces, que le seigneur son père, pour prévenir un plus grand mal, dut se décider à la marier à un seigneur d'importance, après avoir largement dédommagé M. d'Exil, qui avait adhéré entre-temps à la religion anglicane, et l'avoir remercié de ses services. Celui-ci se rendit en Hollande et se consola de la perte de sa belle par l'exercice de sa plume, qui a donné au monde deux livres agréables, celui qui est présenté ici et Le Philosophe anglais. *En outre, il s'occupa à la traduction française du* De Thou, *dont on peut attendre beaucoup, mais pour laquelle on a peut-être lieu de craindre que les lois trop sévères de l'Histoire, en bridant son imagination, ne laissent pas espérer beaucoup de récits aussi pleins d'originalité et de feu que ceux que contiennent ces* Mémoires.

Hambourg, le 1ᵉʳ mai 1732.

III
L'APOLOGIE DU *POUR ET CONTRE*
(SECONDE MOITIÉ DE 1734)

Le tome II de l'ouvrage de Lenglet-Dufresnoy paru en 1734 sous le titre de *La Bibliothèque des Romans* contenait une triple attaque contre Prévost. On lisait d'abord ceci à la page 103, à propos des *Mémoires d'un homme de qualité* :

Ce roman, qui est assez bien écrit, vient du P. Prévost alors bénédictin, et depuis prosélyte en Angleterre, en Hollande, à Bâle et partout ailleurs, où il fait de bons tours[1].

Puis, page 116, à propos de *Cleveland* :

L'auteur de cet ouvrage était ci-devant bénédictin, mais ne pouvant aisément pratiquer des romans dans son ordre, il a eu la bonté de se retirer en Angleterre ; d'où on l'a chassé, parce qu'il en pratiquait trop. Il s'est ensuite transporté en Hollande, où il a fait ce livre ; il avait aussi entrepris la traduction de l'Histoire de M. de Thou. Mais depuis il a eu l'honneur de faire banqueroute, s'est fait enlever par une jeune fille ou femme, est allé à Bâle en Suisse et de là il est décampé cette année 1733, parce que MM. les Suisses, quoique bonnes gens, n'aiment pas à être trompés par de pareils personnages, qui ont la simplicité de se laisser attraper par des filles.

Enfin dans les Additions, page 360, à propos de la « Suite des Mémoires d'un homme de qualité, ou l'Histoire de Manon Lescot [*sic*], in-12, Amsterdam et Rouen, 1733, 2 volumes » :

On voit par ce roman, qui vient encore de M. Prévost, ci-devant bénédictin, qu'il connaît un peu trop le bas peuple de Cythère. Quelle incroyable fécondité d'actions et de livres dans cet admirable person-

---

1. Dans les notes manuscrites de l'exemplaire conservé à la Bibliothèque nationale (réserve), où Harrisse le consulta, on lit ici : « La plupart des Pères bénédictins sont assez maltraités dans cet ouvrage, où l'on a fait plusieurs corrections même depuis qu'il est imprimé. »

nage! On assure qu'ennuyé de vivre parmi les réformés, il cherche à rentrer dans notre communion. Après avoir été soldat, puis jésuite, soldat pour la seconde fois et ensuite jésuite, il s'est fait derechef soldat, puis officier, bénédictin, et enfin réformé, protestant ou gallican, qu'importe, je crois qu'il ne le sait pas lui-même. Il voudrait aujourd'hui se faire bénédictin de Clugny [sic], sans doute pour aller de là jusqu'à Constantinople prêcher l'Alcoran et devenir Mufti s'il se peut, et fixer ensuite sa retraite au Japon. Outre le nom de M. de Prévost, il prend encore celui de M. d'Exilles.

C'est à ces attaques que Prévost répondit dans le numéro XLVII du *Pour et contre*, publié vers décembre 1734. Nous reproduisons intégralement ce long passage dans la forme définitive que Prévost voulait lui donner, c'est-à-dire en tenant compte des corrections et additions manuscrites de l'exemplaire de la Bibliothèque municipale de Lyon, ayant appartenu à Prévost et destiné à servir à une réédition[1]. Dans les premières pages de la feuille, Prévost vient de protester contre la publication, par Étienne Neaulme à La Haye, d'un cinquième livre apocryphe de *Cleveland*. Il continue en ces termes[2] :

Quoique je puisse dire en vérité que je n'attache point d'autre prix à ces sortes d'ouvrages que celui qu'ils reçoivent de l'approbation du public, et que je sois disposé à confesser ingénument que ce n'est point la manière la plus utile dont j'eusse pu m'occuper, je n'ai pas laissé d'être extrêmement sensible au succès de mon travail et à l'honneur qu'on m'a fait d'en souhaiter la continuation. Je saisis d'autant plus volontiers cette occasion d'en marquer ma reconnaissance aux honnêtes gens, qu'étant fort jaloux de leur estime, j'ai appris avec chagrin qu'on s'efforce de me noircir dans leur esprit. Alarmé de cette nouvelle, qui m'avait d'abord été marquée sans autre explication, je n'ai pas perdu de temps pour m'éclaircir. On me parlait bien d'un livre imprimé sans approbation où j'étais maltraité, et où quantité de personnes de mérite n'étaient pas plus épargnées. Mais quelle espérance ai-je d'être éclairci par mes yeux, dans un pays où j'ai déjà dit plu-

---

1. Les notes de Prévost sont appelées par a, b, c, etc.
2. Tome IV, p. 32 à 48.

sieurs fois qu'on ne voit guère arriver de France que les bons livres ? J'ai forcé l'obstacle en écrivant à Paris, et je trouve avec joie que tout ce que la malignité a pu inventer pour me nuire, se réduit à quelques calomnies sur lesquelles je n'ai qu'à souffler pour les faire disparaître.

Cependant une juste considération m'arrête, et je n'irai pas plus loin sans l'avoir examinée. Il est question de savoir si le mal que l'auteur m'a voulu faire égale celui que je lui ferai moi-même en manifestant ses calomnies, sans quoi, l'on pourrait m'accuser de quelque injustice, puisqu'un ressentiment raisonnable doit toujours être proportionné à l'offense. Ceux qui m'ont fait l'honneur de lire jusqu'à présent mes petites productions savent que le caractère de mon style n'est point l'aigreur et la satire. On se peint, dit-on, dans ses écrits. Cette réflexion serait peut-être trop flatteuse pour moi : mais il est certain que la licence des pays étrangers ne s'est point communiquée à ma plume. J'ai respecté ma patrie. J'ai rendu justice au mérite et à la vertu. C'est une disposition dont je fais gloire, et je veux qu'il en paraisse quelque chose à l'égard même de mes ennemis.

Voyons. Si les accusations de M. Gordon de Percel[a] ont quelque fondement, je dois passer pour un vagabond, qui ai été chassé de Londres, dit-il, d'où je suis passé en Hollande, et de là à Bâle, où Messieurs les Suisses n'ont pas jugé à propos de se fier à moi, ce qui m'a obligé d'en partir en 1733. Il n'explique point mes crimes ; mais comme on ne chasse personne sans raison de Londres et de Bâle, c'est dire clairement que j'ai mérité l'affront qu'il suppose que j'ai reçu, et me charger par conséquent et de la honte de quelque crime, et de celle du châtiment. Les inductions n'en seront pas difficiles. Il est clair après cela que je dois perdre le peu d'estime que des suppositions tout opposées avaient pu m'acquérir, et que je me trouve transformé en un très méchant homme.

De l'autre côté, si ces imputations sont absolument fausses, si elles n'ont pas même le moindre degré de vraisemblance, et qu'elles soient l'invention de la malignité ou de quelque autre passion encore plus méprisable, je ne puis découvrir au public l'injure qu'on me fait, sans jeter sur mon accusateur l'horrible tache de la calomnie, et sans le couvrir d'opprobre. Que dis-je ? On conclura infailliblement de mon

---

a. On me marque que c'est le nom que M. l'abbé Lenglet a pris dans son livre [addition manuscrite].

exemple, qu'une infinité de gens de mérite qu'il n'a pas plus ménagés que moi, sont insultés de même aux dépens de la vérité et de la justice. Voilà le procès de M. de Percel tout instruit. Et qui sait quelles en pourraient être les suites? La justice de Paris n'a jamais les yeux ni les oreilles fermées. Témoins le règne de Louis XIII et la Minorité suivante, qui nous fournissent des exemples de calomniateurs exécutés. Cela fait frémir. Quel sort pour un vieil ecclésiastique qui s'attendait sans doute à mourir tranquillement dans son lit?

J'avoue que le cas que je forme ici a des difficultés qui m'embarrassent. Perdre par mon silence le peu d'estime que je me flatte d'avoir acquis ne serait après tout qu'une privation. Exposer le calomniateur par mes plaintes à la rigueur de la Justice, c'est assurément lui causer un mal positif et des plus réels. Lequel doit donc l'emporter? Mais sans tenir plus longtemps la balance en suspens, je trouve un expédient qui conciliera tout.

1° Je pardonne du fond du cœur à M. de Percel tout le mal qu'il m'a voulu faire, et je proteste devant Dieu et les hommes qu'après m'être expliqué comme on va le voir, il ne m'en restera plus le moindre[a] ressentiment.

2° Je demande grâce pour lui [à la] justice de P[aris].

3° J'adopte en sa faveur la maxime que Hobbes nous donne pour le sixième précepte[b] de la Loi naturelle; c'est-à-dire, qu'après ce que je me dois à moi-même, j'ai sincèrement en vue son amendement futur.

Je me flatte qu'au jugement de tout le monde, je puis déclarer à présent que M. Gordon de Percel, ou tout autre qui s'est déguisé sous ce nom, m'a calomnié d'une manière lâche et fort indigne d'un honnête homme. Je n'ai de ma vie été à Bâle en Suisse, où il me fait recevoir si mal par les habitants, où il les fait raisonner si agréablement sur mon compte, et d'où il assure que je suis parti en 1733. Je n'ai même jamais mis le pied en Suisse, ni eu le moindre dessein de l'y mettre. C'est de quoi tous ceux de qui je suis connu en Angleterre et en Hollande peuvent rendre témoignage, puisque depuis environ six ans

---

a. ’Αθανάτων ὄργην μή φύλαττε, θάνατος ὤν. Traduction : « Ne garde pas une colère d'immortels, toi qui es mortel. »

b. In ultione spectandum est, non malum praeteritum, sed bonum futurum... Violatio legis hujus, crudelitas solet appellari. Hobbes, *de Cive*, cap. 3, art. XI. Traduction : « Dans la vengeance, il faut considérer non le mal passé, mais le bien futur... La violation de cette loi est d'ordinaire appelée cruauté. »

que j'ai quitté Paris, j'ai toujours été sous leurs yeux. En second lieu, c'est si peu la violence qui m'obligea de quitter Londres pour passer en Hollande, que je partis chargé de présents, de faveurs et de caresses. Qu'il me soit permis de le dire, par le droit que donne une apologie, j'eus la satisfaction d'emporter les regrets de vingt seigneurs qui m'honoraient de leur bienveillance et de leur protection, et ceux d'une infinité d'honnêtes gens qui m'avaient accordé leur estime et leur amitié. Mon accusateur sera surpris si j'ajoute que c'est un avantage dont le ciel m'a favorisé dans toutes sortes de lieux ; et si je retournais à Paris, comme il assure que j'y pense, il aurait peut-être la mortification de m'y voir obtenir de ma bonne fortune et de la faveur des honnêtes gens mille grâces que je ne puis espérer de mon mérite. Il attendra donc pour savoir les raisons qui me firent quitter Londres que je juge à propos de les expliquer. Mais, ce qui suffit pour la nécessité qu'il m'impose de lui répondre, je le défie de trouver la moindre chose qui puisse donner une ombre de vraisemblance à sa calomnie, et je suis prêt à prouver par cent témoignages honorables que je n'eus point d'autre motif pour quitter l'Angleterre que mon choix et ma volonté.

À l'égard des autres traits dont M. de Percel a composé mon éloge, je veux l'aider généreusement, et lui fournir des *Mémoires* sur lesquels il puisse faire plus de fond qu'on n'en doit faire sur les siens. Il m'attribue un zèle extraordinaire pour le service du Roi et de la patrie. C'est me faire honneur sans doute, et je n'ai à désavouer que la multitude d'étendards sous lesquels il me fait passer successivement. Il est vrai que me destinant au service, après avoir été quelques mois chez les RR. PP. Jésuites, que je quittai avant l'âge de seize ans, j'ai porté les armes dans différents degrés, et d'abord en qualité de simple volontaire, dans un temps où les emplois étaient très rares (c'était la fin de la dernière guerre), dans l'espérance commune à une infinité de jeunes gens, d'être avancé aux premières occasions. Je n'étais pas si disgracié du côté de la naissance et de la fortune, que je ne pusse espérer de faire heureusement mon chemin. Je me lassai néanmoins d'attendre, et je retournai chez les PP. Jésuites, d'où je sortis quelque temps après pour reprendre le métier des armes avec plus de distinction et d'agrément. Quelques années se passèrent. Vif et sensible au plaisir, j'avouerai, dans les termes de M. de Cambrai, que la sagesse demande bien des précautions qui m'échappèrent. Je laisse à juger quel devait être, depuis l'âge de vingt jusqu'à vingt-cinq ans, le cœur et les sentiments d'un homme qui a composé le *Cleveland* à trente-cinq ou trente-six. La malheureuse fin d'un engagement trop tendre me conduisit au Tombeau : c'est le nom que je donne à l'Ordre respectable où j'allais m'ensevelir, et où je demeurai quelque temps si bien mort, que mes parents et mes amis ignorèrent ce que j'étais devenu.

Cependant le sentiment me revint, et je reconnus que ce cœur si vif était encore brûlant sous la cendre. La perte de ma liberté m'affligea jusqu'aux larmes. Il était trop tard. Je cherchai ma consolation pendant cinq ou six ans dans les charmes de l'étude. Mes livres étaient mes amis fidèles, mais ils étaient morts comme moi. Enfin, las d'un joug dont je ne m'apercevais pas, je pris l'occasion d'un petit mécontentement que je reçus du R.P. Général et de quelques facilités qui me furent offertes pour le secouer tout à fait.

On voit, dans un récit si simple et si ingénu, le véritable fond de mon caractère. Je rougis si peu de ce que l'accusateur me reproche, que j'affecte de m'en parer comme d'un titre d'honneur. Quoique l'amour de la liberté m'ait fait quitter la France, la Flèche et Saint-Germain, où j'ai fait mon séjour, sont des noms chers à ma mémoire. La conduite que j'y ai tenue ne me laisse à craindre aucun reproche, et les bontés qu'on y a eues pour moi excitent encore ma plus vive reconnaissance.

Suivons M. de Percel jusqu'à la fin. Il me reproche d'avoir laissé quelques dettes en Hollande. S'il peut prouver que je les ai perdues de vue un seul moment, et que tous mes soins ne se rapportent pas au dessein de les payer, je me reconnais coupable. Mais si les promesses que j'ai faites à mes créanciers sont si sincères, que je ne crains pas d'en prendre ici le Ciel et le public à témoin, je ne vois dans mes dettes qu'un accident ordinaire, et dont on n'a jamais fait un crime à personne. Ajoutez qu'elles font honneur à la bonté de mon âme, si elles n'en font point à mon économie ; car c'est une chose assez connue, que ma fortune a toujours surpassé mes besoins, et que j'avais peu d'embarras à craindre pour moi-même si j'eusse été moins sensible à ceux d'autrui.

Je me suis laissé enlever par une femme ou une fille. M. de Percel n'est pas sûr lequel c'est des deux. Jupiter tout-puissant ! Quelle étrange accusation ! M'a-t-il jamais vu ! Croit-il qu'un homme de ma taille s'enlève comme une plume ? Se figure-t-il d'ailleurs que j'ai de quoi charmer le beau sexe, jusqu'à le rendre capable de violence pour s'assurer de mon cœur ? C'est Médor, ou Renaud, dont il a cru retracer l'aventure. Il n'y manque que l'enchantement. Mais je vois bien qu'il faut encore aider M. de Percel, et lui faire prendre une plus juste idée de mon caractère. Ce Médor si chéri des belles, est un homme de trente-sept ou trente-huit ans, qui porte sur son visage et dans son humeur les traces de ses anciens chagrins ; qui passe quelquefois des semaines entières sans sortir de son cabinet, et qui y emploie tous les jours sept ou huit heures à l'étude ; qui cherche rarement les occasions de se réjouir ; qui résiste même à celles qui lui sont offertes, et qui préfère une heure d'entretien avec un ami de bon sens, à tout ce qu'on appelle plaisirs du monde et passe-temps agréables. Civil d'ailleurs, par l'effet d'une excellente éducation, mais peu galant ; d'une humeur douce, mais mélancolique ; sobre et réglé dans sa conduite. Enfin plus propre aujourd'hui que jamais à la solitude d'un cloître, si l'amour de la liberté et de l'indépendance n'était pas sa passion dominante. Je me suis peint fidèlement, sans examiner si ce portrait flatte mon amour-propre ou s'il le blesse ; c'est M. de Percel qui doit juger à présent dans quel degré je suis capable de plaire aux dames.

Mais n'aurait-il pas voulu rire ? Et quoique assez peu versé aux figures délicates, son dessein ne serait-il pas de faire entendre que c'est moi-même qui suis le ravisseur ? Il me semble que je puis faire cette supposition sans témérité, à l'égard d'un homme qui m'a fait faire gratuitement le voyage de Bâle, qui m'a fait chasser de Londres, et qui a tracé de moi un portrait si peu ressemblant ? Je veux l'instruire à fond de l'aventure, afin de le satisfaire dans toutes sortes de sens. Pendant mon séjour à La Haye, le hasard me fit lier connaissance avec une demoiselle de mérite et de naissance, dont la fortune avait été fort dérangée par divers accidents qui n'appartiennent point au sujet. Un homme d'honneur, qui faisait sa demeure à Amsterdam, lui faisait tenir régulièrement une pension modique, sans autre motif que sa générosité. Elle vivait honnêtement de ce secours, lorsque son bienfaiteur se trouva forcé, par l'état de ses propres affaires, de retrancher quelque chose à ses libéralités. J'appris ce changement, qui devait la mettre dans le dernier embarras. J'en fus touché. Je lui offris tout ce qui était en mon pouvoir, et je la fis consentir à l'accepter. Diverses raisons m'ayant porté quelques mois après à quitter La Haye pour repasser en Angleterre, je lui fis connaître la nécessité de mon départ, et je lui promis que dans quelque lieu qu'elle voulût faire sa demeure, j'aurais soin de pourvoir honnêtement à son entretien. Elle n'avait aucune raison d'aimer La Haye, où elle ne pouvait vivre que tristement sans biens de la fortune ; elle me proposa de la faire passer à Londres, dans l'espérance qu'avec toutes les qualités et tous les petits talents qu'on peut désirer dans une personne bien élevée, je pourrais lui faire trouver par l'entremise de mes amis une retraite honorable et tranquille auprès de quelque dame de distinction. J'y consentis. Elle a mérité effectivement, par sa conduite et ses bonnes qualités, l'estime d'une infinité d'honnêtes gens qui s'intéressent en sa faveur ; et moi qui ne lui ai jamais trouvé que de l'honnêteté et du mérite, je n'ai pas cessé de lui rendre tous les bons offices qui ont dépendu de ma situation.

M. de Percel doit être content de ce détail. Je lui fournis libéralement de quoi faire une nouvelle édition de son livre augmentée et corrigée ; à moins que, sans y faire de changement, il n'aimât mieux joindre cette feuille à mon article en guise de commentaire. Ne lui refusons pas non plus l'éclaircissement qu'il désire sur ma religion. Je suis bien éloigné, sans doute, de cette hauteur de perfection à laquelle il me fait connaître qu'il est parvenu. Le don de prophétie est une faveur d'en haut, qui ne s'accorde point à tout le monde, et qu'il faut mériter par d'autres vertus que les miennes. Pour lui qui paraît être en communication étroite avec le Ciel, il prédit que je passerai quelque jour à Constantinople, pour tâcher d'y devenir mufti (il ne décide pas néanmoins si je le serai) et que de là je pourrai gagner le Japon pour y fixer tout à fait mes courses et ma religion. Raillerie à part, je croirais M. de Percel fort heureux, et les Japonais aussi, s'ils étaient attachés à ma religion avec autant de bonne foi et de simplicité que moi. Toujours est-il certain que, dans une nation où l'incrédulité est fort à la mode, discours, lectures, exemples n'ont jamais diminué la vénération et l'attachement que j'ai pour la religion chrétienne ; j'entends celle qui ordonne tout à la fois la pratique de la morale et la croyance des Mystères, qui recommande l'amour de Dieu et celui du prochain, et qui défend surtout la calomnie et la détraction. Ce dernier point me fait craindre qu'il n'y ait quelque différence entre M. de Percel et moi sur les articles.

À présent que j'ai satisfait à toutes les parties de sa satire, n'appréhende-t-il pas que je ne passe de la défensive à l'attaque, et que je ne *réjouisse un peu le public à ses dépens ?* Novimus et qui te... *Mais qu'il cesse de craindre. Cette même religion que je dois prêcher au Japon, et mon caractère naturel, me défendent de le décrier plus qu'il ne l'est déjà. Je me souviens des trois articles par lesquels j'ai commencé. J'observe le premier, je renouvelle le second, et je suis persuadé avec Hobbes que la violation du troisième changerait la justice*[a] *en cruauté. D'ailleurs, j'ai sur M. de Percel trop*[b] *d'avantage, et je ne serais pas généreux d'en user. S'il me reste quelque chose à faire, c'est de chercher par quelle raison, par quelle offense, par quel outrage, j'ai pu lui causer cette violente inflammation de bile, dont il semble que les noires vapeurs aient obscurci sa raison. Nous ne nous sommes jamais vus. J'ai lu ses ouvrages, mais je n'en ai jamais publié mon sentiment, il a lu les miens, et quand il n'y aurait trouvé aucune raison de m'estimer, je suis sûr du moins qu'il n'en a vu aucune de me haïr. Cependant on ne hait point sans raison.*

Je me perds dans cette recherche, car il est sûr que je n'ai jamais offensé M. de Percel. Voici bien quelques circonstances qui ont rapport à lui, et auxquelles je me souviens d'avoir eu part indirectement. Je laisse à juger au public si elles ont dû m'attirer sa haine.

1° Étant à Amsterdam en 1731, on me proposa de retrancher de la Méthode pour étudier l'Histoire *toutes les inutilités qui sont dans cet ouvrage, et d'y insérer certaines choses qu'on jugeait nécessaires pour le rendre bon. Je ne marquai point d'inclination pour cette entreprise, par la seule raison de causer du chagrin à l'auteur. On lui a peut-être appris cette espèce de refus, sans lui en apprendre le motif.*

2° Dans le temps que le Marot *de M. de Percel s'imprimait à*

---

a. Violatio legis hujus, crudelitas solet appellari. Traduction : « La violation de cette loi est d'ordinaire appelée cruauté. »

b. Je suis au point où le vieux comte de Toulouse était avec Argante.

        Et in due parti, o tre, forate, e fatte
        L'armi nimiche ha gia tepide e rosse ;
        Et egli ancor le sue conserva inbatte,
        Ne di cimier, ne d'un sol fregio scosse.
        Il Tasso, Cant. 7 [XCI].

Traduction :   « En deux ou trois endroits, il a déjà
                  Percé l'armur', tiède et rouge de sang ;
                  Quant à la sienne, elle est encore intacte,
                  Ainsi que son cimier, ses ornements. »
                  (trad. Michel Orcel, éd. Folio classique)

Amsterdam, M. C...[1], *homme d'esprit et de savoir, qui corrigeait cet ouvrage, me fit la grâce de me consulter sur la préface, qu'il se faisait un scrupule d'imprimer, parce qu'elle contenait des satires*[a] *contre quelques personnes respectables. Je répondis, aussi sincèrement que je le pensais, que son scrupule me paraissait juste : et que malgré la nécessité où se trouve quelquefois un correcteur de Hollande de n'y pas regarder de si près, il était obligé néanmoins de faire toujours une juste distinction de certains livres. Je mettais dans ce rang, sans exception, tous ceux qui attaquent ouvertement et de dessein formé la religion chrétienne, les bonnes mœurs, et l'honneur du prochain. Peut-être que M. C... a fait quelques retranchements à la préface du* Marot, *et que M. de Percel a su que j'y ai contribué par mon conseil.*

3º M. de Percel ayant offert ses services, par une lettre écrite de Paris, aux libraires de La Haye qui s'étaient associés avec moi pour la traduction de M. de Thou, ils m'envoyèrent la copie de cette lettre. Elle contenait, avec l'offre de plusieurs pièces qui m'étaient, ou inutiles, ou assurées d'autre part, quelques remarques que je ne trouvai point justes, et sur lesquelles je pris la liberté de faire civilement mes réflexions, qui furent envoyées à l'auteur. Peut-être que le tour civil de ma lettre ne l'a point consolé du refus que j'ai fait de ses offres.

4º Enfin, je me souviens d'avoir fait revenir dans mes notes sur le De Thou, *une des remarques que M. de Percel avait envoyées, et d'avoir témoigné que je la croyais fausse. Peut-être n'a-t-il pas trouvé bon que je l'aie contredit.*

C'est apparemment pour se venger de ces quatre offenses[b], *que M. de Percel s'est chargé publiquement du crime de calomnie.*

---

a. On voit que c'est un vieux mal dans M. de Percel. Témoin encore les cartons de sa *Méthode : Naturam expelles furcâ...* (« Chassez le naturel... »).
b. De deux choses l'une. Il pèse mal, ou il n'a pas de balance. La balance de la vérité, suivant un auteur anglais (*Tillorson's sermon on the conscience*), c'est la raison. Celle de la justice, c'est la conscience.
1. Camusat, apparemment.

L'ACCUEIL DES CONTEMPORAINS

Différentes raisons rendent l'étude des jugements contemporains sur l'*Histoire du chevalier des Grieux et de Manon Lescaut* assez décevante. La principale est le mépris affiché à l'époque pour les romans. Mais ce qui est curieux, c'est que Prévost, à la différence de Lesage ou de Marivaux, ne proteste pas contre ce mépris. Si, comme le fera le rédacteur du *Nouveau Dictionnaire historique*, quelqu'un « déplore » autour de lui « qu'un homme capable des productions les plus belles et les plus utiles, ait consacré la moitié de sa vie à un genre pernicieux, l'écueil de la vertu, l'opprobre de la raison et le délire de l'imagination[1] », il ne songe qu'à plaider coupable : « Les études dont je me suis occupé toute ma vie ne devaient pas me conduire à faire des Clévelands[2]. » À cette raison générale, il faut ajouter que *Manon Lescaut* n'a paru, au moins à l'origine, que comme une partie des *Mémoires d'un homme de qualité*, et a parfois été confondue par les critiques avec cet ouvrage.

Pourtant, dès la publication de l'ouvrage, un critique, La Barre de Beaumarchais, après avoir fait un grand éloge des *Mémoires et Aventures d'un homme de qualité*, et surtout de la figure centrale du marquis de R., distinguait[3] le dernier tome des premiers :

Le septième, où le chevalier des Grieux raconte ses aventures avec Manon Lescaut, mérite que je vous en parle à part. On y voit un

---

1. Article *Prévost*.
2. Lettre à Dom Guillaume le Sueur, du 8 octobre 1738.
3. Dans ses *Lettres sérieuses et badines*, parues en Hollande.

jeune homme qui, avec toutes les qualités dont se forme le mérite le plus brillant, entraîné par une aveugle tendresse pour une fille, préfère une vie obscure et vagabonde à tous les avantages que la fortune et sa condition lui permettent, qui voit ses malheurs sans avoir la force de les éviter, qui les sent vivement sans profiter des moyens qui se présentent pour l'en faire sortir, enfin un caractère ambigu, un mélange de vertus et de vices, un contraste perpétuel de bons sentiments et d'actions mauvaises. L'amante a quelque chose de plus singulier encore. Elle goûte la vertu et elle est passionnée pour le chevalier. Cependant l'amour de l'abondance et des plaisirs lui fait à tout moment trahir la vertu et le chevalier. Croirait-on qu'il pût rester de la compassion pour une personne qui déshonore de la sorte son sexe ? Avec tout cela il est impossible de ne pas la plaindre, parce que M. d'Exiles a eu l'adresse de la faire paraître plus vertueuse et plus malheureuse que criminelle. Je finis par le portrait qu'il a tracé d'un ecclésiastique, ami intime du chevalier. Tout ce qu'il y a de plus sublime, de plus divin, de plus attendrissant dans la véritable piété et dans une amitié sincère et sage, il l'a mis en œuvre pour bien peindre la bonté, la générosité de Tiberge, c'est le nom de cet excellent ecclésiastique.

Tout n'est pas original, dans cet article. Le passage concernant des Grieux est même démarqué de l'*Avis de l'Auteur* de Prévost en tête de son ouvrage[1]. Cependant, il est important à plus d'un titre. D'une part, l'enthousiasme dont il témoigne prouve que le chef-d'œuvre de Prévost n'est pas passé inaperçu. En outre, les quelques lignes consacrées à Manon montrent que l'attention du public, contrairement aux intentions probables de l'auteur, tend déjà à se détourner de des Grieux pour se porter sur son amante.

Pendant que *Manon Lescaut* restait inconnue en France, c'était au tour du traducteur allemand, Holtzbecher, de faire l'éloge de la seconde partie des *Mémoires d'un homme de qualité*, contenant les livres V, VI et VII, et par conséquent *Manon Lescaut*. Après un bref rappel historique de la littérature des Mémoires, depuis Com-

---

1. Voir F. Deloffre, « Un morceau de critique en quête d'auteur : le jugement du "Pour et contre" sur "Manon Lescaut" », *Revue des Sciences humaines*, 1962, p. 203-212. On trouvera ce passage de Prévost p. 141. Il commence par : « Il verra, dans la conduite de M. des Grieux, un exemple terrible de la force des passions... »

mines, il oppose le succès brillant du livre de Prévost à l'oubli dans lequel sont tombés beaucoup de ces ouvrages :

> *Celui-ci n'a rien à craindre de la postérité. L'auteur y fait preuve de tant de pénétration d'esprit, l'enchaînement des faits y est si naturel, l'émotion et la réflexion y sont si largement répandues, qu'on lit l'ouvrage avec un plaisir peu commun.*

Un tel jugement ouvre la voie à celui de Goethe, qu'on trouvera plus loin.

En juin 1733 enfin, *Manon Lescaut* pénètre en France et, fait notable, est vendue indépendamment des six premiers volumes des *Mémoires d'un homme de qualité*, soit qu'elle paraisse sous le titre de *Suite des Mémoires et Aventures d'un homme de qualité qui s'est retiré du monde*, soit qu'elle porte des titres particuliers, tels qu'*Aventures (ou les Aventures) du chevalier des Grieux et de Manon Lescaut*. Aussi les comptes rendus en traitent-ils comme d'une œuvre autonome. Le premier figure dans le *Journal de la Cour et de Paris*, à la date du 21 juin 1733 :

> *Il paraît depuis quelques jours un nouveau volume des* Mémoires d'un homme de qualité *contenant* l'Histoire de Manon Lescaut. *Ce livre est écrit avec tant d'art, et d'une façon si intéressante, que l'on voit les honnêtes gens même s'attendrir en faveur d'un escroc et d'une catin. Le même auteur, qui est un bénédictin réfugié en Hollande, fait un petit ouvrage intitulé* Le Pour et le contre, *dont la première brochure se débite actuellement. Son dessein, ainsi qu'il est aisé d'en juger par le titre, est de faire voir que, chaque chose de la vie a deux faces, et qu'il n'en est point de si mauvaise que l'on ne puisse justifier.*

Quelques points à noter dans ces lignes. C'est la sensibilité des lecteurs qui a été intéressée, et elle l'a été en faveur de Manon : le titre donné au livre est significatif. Enfin, c'est bien à l'art de l'auteur, et non pas à quelque vérité anecdotique, que le rédacteur attribue la réussite de l'œuvre.

À la rentrée suivante, le succès du livre dans le public s'affirme. Le *Journal de la Cour et de Paris* du 3 octobre 1733, répétant presque terme pour terme son jugement du mois de juin, ajoute que l'auteur « peint à merveille », et qu'il « est en prose ce que Voltaire est en vers ». Mais les autorités s'inquiètent. Le 5 octobre, sur ordre de Rouillé, les syndics de la librairie saisissent chez divers libraires quelques exemplaires brochés de « la suite des *Mémoires et Aventures d'un homme de qualité*, contenant l'Histoire du chevalier des Grieux et de Manon Lescaut, 2 vol. in-12, Amsterdam, 1733 », et le *Journal de la Cour et de Paris* commente ainsi la décision :

*Voilà de quoi faire un petit supplément à l'*Histoire de Manon Lescaut. *Ce petit livre, qui commençait à avoir une grande vogue, vient d'être défendu. Outre que l'on y fait jouer à gens en place des rôles peu dignes d'eux, le vice et le débordement y sont peints avec des traits qui n'en donnent pas assez d'horreur.*

On voit qu'il ne s'agit pas d'une simple saisie d'exemplaires entrés en fraude, mais de l'interdiction de l'ouvrage pour des raisons de police. Mathieu Marais, qui a ses entrées dans le milieu de la censure, s'exprime sur *Manon Lescaut* en des termes d'un parfait pharisaïsme. Ainsi le 1er décembre 1733 :

*Cet ex-bénédictin est un fou qui vient de faire un livre abominable qu'on appelle l'*Histoire de Manon Lescaut, *et cette héroïne est une coureuse sortie de l'Hôpital et envoyée au Mississippi à la chaîne. Ce livre s'est vendu à Paris, et on y courait comme au feu, dans lequel on aurait dû brûler le livre et l'auteur, qui a pourtant du style.*

Le 8 du même mois, il revient à la charge :

Avez-vous lu Manon Lescaut *? Il n'y a là-dedans qu'un mot de bon, qu'elle était si belle qu'elle aurait pu ramener l'idolâtrie dans l'Univers.*

Et le 15 encore :

Voyez donc Manon Lescaut, *et puis la jetez au feu, mais il faut la lire une fois, si mieux n'aimez la mettre dans la classe des Priapées, où elle brigue une place.*

En fait, si les exemplaires saisis furent «supprimés» le 18 juillet 1735, aucune sanction ne fut prise contre l'auteur. Montesquieu n'eut apparemment pas de peine à se procurer un exemplaire de l'ouvrage interdit, dont la lecture lui inspira les réflexions suivantes :

J'ai lu ce 6 avril 1734 Manon Lescaut, *roman composé par le P. Prévost. Je ne suis pas étonné que ce roman, dont le héros est un fripon et l'héroïne une catin qui est menée à la Salpêtrière, plaise, parce que toutes les actions du héros, le chevalier des Grieux, ont pour motif l'amour, qui est toujours un motif noble, quoique la conduite soit basse. Manon aime aussi, ce qui lui fait pardonner le reste de son caractère.*

Mieux, le *Pour et contre*, qui paraissait en France avec un privilège, put donner un compte rendu détaillé et favorable de l'ouvrage de Prévost, qui suivait un autre compte rendu, moins favorable, du *Cleveland* :

Le public a lu avec beaucoup de plaisir le dernier volume des Mémoires d'un homme de qualité, *qui contient les Aventures du chevalier des Grieux et de Manon Lescaut. On y voit un jeune homme avec des qualités brillantes et infiniment aimables, qui, entraîné par une folle passion pour une jeune fille qui lui plaît, préfère une vie libertine et vagabonde à tous les avantages que ses talents et sa condition pouvaient lui promettre ; un malheureux esclave de l'amour, qui prévoit ses malheurs sans avoir la force de prendre quelques mesures pour les éviter, qui les sent vivement, qui y est plongé, et qui néglige les moyens de se procurer un état plus heureux ; enfin un jeune homme vicieux et vertueux tout ensemble, pensant bien et agissant mal, aimable par ses sentiments, détestable par ses actions. Voilà un caractère bien singulier. Celui de Manon Lescaut l'est encore plus. Elle connaît la vertu, elle la goûte même, et cependant elle commet les actions les plus indignes. Elle aime le chevalier des Grieux avec une passion extrême ; cependant le désir qu'elle a de vivre dans l'abondance et de briller, lui fait trahir ses sentiments pour le chevalier, auquel elle préfère un riche financier. Quel art n'a-t-il pas fallu pour intéresser le lecteur, et lui inspirer de la compassion, par rapport aux funestes disgrâces qui arrivent à cette fille corrompue ! Quoique l'un et l'autre soient très libertins, on les plaint, parce que l'on voit que leurs dérèglements viennent de leur faiblesse et de l'ardeur de leurs passions, et que, d'ailleurs, ils condamnent eux-mêmes leur conduite et conviennent qu'elle est très criminelle. De cette manière, l'auteur, en représentant le vice, ne l'enseigne point. Il peint les effets d'une passion violente qui rend la raison inutile, lorsqu'on a le malheur de s'y livrer entièrement; d'une passion qui, n'étant pas capable d'étouffer entièrement dans le cœur les sentiments de la vertu, empêche de la pratiquer. En un mot, cet ouvrage découvre tous les dangers du dérèglement. Il n'y a point de jeune homme, point de jeune fille, qui voulût ressembler au Chevalier et à sa maîtresse. S'ils sont vicieux, ils sont accablés de remords et de malheurs. Au reste le caractère de Tiberge, ce vertueux ecclésiastique, ami du Chevalier, est admirable. C'est un homme sage, plein de religion et de piété; un ami tendre et généreux; un cœur toujours compatissant aux faiblesses de son ami. Que la piété est aimable lorsqu'elle est unie à un si beau naturel! Je ne dis rien du style de cet ouvrage. Il n'y a ni jargon, ni affectation, ni réflexions sophistiques: c'est la nature même qui écrit. Qu'un auteur empesé et fardé paraît pitoyable en comparaison! Celui-ci ne court point après l'esprit, ou plutôt après ce qu'on appelle ainsi. Ce n'est point un style laconiquement constipé, mais un style coulant, plein et expressif. Ce n'est partout que peintures et sentiments, mais des peintures vraies et des sentiments naturels*[1].

On fait trop d'honneur à cet article en s'imaginant qu'il est de l'abbé Prévost. Les mentions manuscrites figurant sur l'exemplaire du *Pour et contre* conservé à la Bibliothèque municipale de Lyon attribuent en effet la paternité de ce numéro à Desfontaines, qui, avec l'abbé Granet, assurait la rédaction de l'ouvrage en l'absence de Prévost. Quoi qu'il en soit, le fond de ce jugement n'est pas original. À la réserve des dernières phrases où il reprend les venimeuses attaques chères à Desfontaines contre le style de Marivaux, l'auteur se contente de démarquer l'article des *Lettres sérieuses et badines* de La Barre de Beaumarchais, cité plus haut, qu'il suppose inconnu ou oublié, non sans quelque apparence de raison, puisqu'il a fallu plus de deux cents ans pour que son larcin fût démas-

---

1. Feuille XXXVI, publiée vers avril 1734.

qué[1]. Comme dans cet article, l'analyse du caractère de Manon est développée, alors que Prévost lui-même l'avait laissée de côté. Quant aux réflexions morales, qui ne sont pas dans les *Lettres sérieuses et badines*, elles ne viennent pas non plus de Prévost. Il y a loin de l'observation banale qu'«en représentant le vice», l'auteur «ne l'enseigne point» aux problèmes que pose, sans les résoudre, l'*Avis* au lecteur de *Manon Lescaut*[2].

Comme il est d'usage, à la flambée d'intérêt des premières années, succéda une longue période d'apparent oubli. Certes, le livre continua à faire son chemin. En 1744, déjà, on trouve pour désigner Prévost, non plus l'expression qu'il employait lui-même, «l'auteur des *Mémoires d'un homme de qualité*» ou «l'auteur du *Philosophe anglais*», mais la périphrase nouvelle et significative, «l'auteur de *Manon Lescaut*». Il n'en reste pas moins que la critique semble confondre l'ouvrage avec l'ensemble de la production romanesque de Prévost. C'est seulement en 1767 que le réajustement des perspectives fut enfin opéré par Palissot, dans un article du *Nécrologe*. Il n'y fait pas seulement la différence entre les «œuvres estimables» que sont *Cleveland* ou les *Mémoires d'un homme de qualité* et le «chef-d'œuvre» qu'est *Manon Lescaut*. Il marque aussi fortement la place de l'abbé Prévost dans l'histoire du genre. Aux romans fabuleux du XVIIe siècle, aux romans libertins du XVIIIe siècle, il oppose des ouvrages

... plus estimables, dans lesquels presque toutes les conditions du genre dramatique sont remplies, où les mouvements du cœur sont développés avec art ; où les passions s'expriment dans le langage qui leur est propre ; enfin où l'on trouve des caractères vrais qui ne se démentent point, des mœurs prises dans la nature, et des sentiments qui nous attachent d'autant plus, qu'ils ne sont une imitation plus fidèle de ceux qui nous affecteraient nous-mêmes, si nous étions placés dans les circonstances où l'auteur nous représente ses personnages.

---

1. Voir F. Deloffre : *Un morceau de critique en quête d'auteur : le jugement du «Pour et contre» sur «Manon Lescaut»*, art. cit.
2. Voir p. 141-144.

C'est en ce genre que, selon Palissot, Prévost a fait, « du moins en France », figure d'inventeur et de maître. Suit l'éloge traditionnel des *Mémoires d'un homme de qualité* et de *Cleveland*, mais la suite, où Palissot développe implicitement le rapprochement qu'il a fait entre le roman de Prévost et la tragédie, est, pour l'époque, un des meilleurs morceaux de critique sur *Manon Lescaut* :

> *Peut-être le chef-d'œuvre de sa plume, malgré la prédilection qu'il témoignait pour* Cleveland, *c'est (et plus d'un homme de goût l'aura déjà nommé), c'est, dis-je, l'*Histoire du chevalier des Grieux et de Manon Lescaut. *Qu'un jeune libertin et une fille née seulement pour le plaisir et pour l'amour parviennent à trouver grâce devant les âmes les plus honnêtes ; que la peinture naïve de leur passion produise l'intérêt le plus vif ; qu'enfin le tableau des malheurs qu'ils ont mérités arrache des larmes au lecteur le plus austère ; et que, par cette impression-là même, il soit éclairé sur le germe des faiblesses renfermé, sans qu'il le soupçonne, dans son propre cœur, c'est assurément le triomphe de l'art, et ce qui doit donner l'idée la plus haute des talents de l'abbé Prévost. Aussi, dans ce singulier ouvrage, l'expression des sentiments est-elle quelquefois brûlante, s'il est permis de hasarder ce mot.* Les yeux de Manon, ces yeux dont le ciel ouvert n'eût pas détaché les regards de son amant ; *cette division que le chevalier des Grieux croit sentir dans son âme, quand, accablé en quelque sorte de la tendresse de Manon, il lui dit :* Prends garde je n'ai point assez de force pour supporter des marques si vives de ton affection ; je ne suis point accoutumé à cet excès de joie. Ô Dieu ! je ne vous demande plus rien, *etc.* ; de pareils traits, ce me semble, font mieux sentir que de vains éloges le génie de l'auteur, et l'étude approfondie qu'il avait faite du langage des passions[1].

Peut-être serait-il curieux d'étudier le destin de *Manon Lescaut* à l'époque révolutionnaire et sous l'Empire. Pour nous en tenir aux textes consacrés à une critique proprement littéraire du roman, nous en citerons trois, deux français et un allemand, qui ne répètent pas les banalités traditionnelles au siècle précédent. Le

---

1. *Le Nécrologe des Hommes célèbres de France*, par une société de gens de lettres. À Paris, 1767, L'Éloge de Prévost occupe les p. 59-81.

premier est du marquis de Sade. Citant apparemment Laharpe, qui loue « ces scènes attendrissantes et terribles[1] » répandues dans *Cleveland*, l'*Histoire d'une Grecque moderne*, *Le Monde moral* et *Manon Lescaut*, Sade ajoute cette note à propos du dernier titre :

Quelles larmes que celles qu'on verse à la lecture de ce délicieux ouvrage ! Comme la nature y est peinte, comme l'intérêt s'y soutient, comme il augmente par degrés, que de difficultés vaincues ! Que de philosophie, à avoir fait ressortir tout cet intérêt d'une fille perdue ; dirait-on trop en osant assurer que cet ouvrage a des droits au titre de notre meilleur roman ? Ce fut là où Rousseau vit que, malgré des imprudences et des étourderies, une héroïne pouvait prétendre encore à nous attendrir, et peut-être n'eussions-nous jamais eu Julie, sans Manon Lescaut[2].

Fait remarquable, Sade préfère ainsi *Manon Lescaut* aux *Liaisons dangereuses*, qu'il ne cite même pas. Mais son éloge prend plus de signification encore à la lumière des quelques considérations qui suivent, par lesquelles il répond à une objection souvent formulée contre les romans, et spécialement contre *Manon Lescaut*. Quelle est cette utilité dont se réclament leurs auteurs ? *À quoi servent les romans ?*

À quoi ils servent, hommes hypocrites et pervers ; car vous seuls faites cette ridicule question ; ils servent à vous peindre tels que vous êtes, orgueilleux individus qui voulez vous soustraire au pinceau, parce que vous en redoutez les effets. Le roman étant, s'il est possible de s'exprimer ainsi, *le tableau des mœurs séculaires, est aussi essentiel que l'histoire au philosophe qui veut connaître l'homme ; car le burin de l'une ne peint que lorsqu'il se fait voir ; et alors ce n'est plus lui ; l'ambition, l'orgueil couvrent son front d'un masque qui ne nous*

---

1. Le jugement de Laharpe sur Prévost est contenu dans son *Cours de littérature*, édit. de 1829, tome XIV. Il y met *Manon Lescaut* hors de pair dans l'œuvre de Prévost, pour la clarté de la composition, la « passion et la vérité » des peintures, surtout du portrait de Manon.
2. D.A.F. de Sade, *Idée sur les romans* (placée originairement en tête de la première édition des *Crimes de l'Amour*, Massé, An VIII), par les soins du Palimugre, p. 36-42.

représente que ces deux passions, et non l'homme; le pinceau du roman, au contraire, le saisit dans son intérieur [...] le prend quand il quitte ce masque, et l'esquisse, bien plus intéressante, est en même temps bien plus vraie : voilà l'utilité des romans; froids censeurs qui ne les aimez pas, vous ressemblez à ce cul-de-jatte qui disait aussi : et pourquoi fait-on des portraits ?

Moins bien écrit que le précédent, un autre jugement contemporain, manuscrit et anonyme, aperçoit avec une pénétration inattendue quelques-uns des moyens employés par l'abbé Prévost pour séduire son lecteur, pour endormir son sens moral en lui faisant voir Manon par les yeux de des Grieux, en le poussant à s'identifier lui-même avec le Chevalier :

Il se place sans façon ainsi qu'elle au rang des gens que la fortune persécute injustement. « Pourquoi, s'écrie-t-il dans un moment d'adversité, pourquoi ne sommes-nous pas nés l'un et l'autre avec des qualités conformes à notre misère ? Nous avons reçu de l'esprit, du goût, des sentiments, hélas ! quel triste usage en faisons-nous, tandis que tant d'âmes basses et dignes de notre sort jouissent des faveurs de la fortune ! » C'est presque toujours avec des sentiments de ce genre que le chevalier des Grieux raconte sa singulière histoire ; on y est encore moins blessé du défaut de conduite que du défaut de morale, et on ne lui reproche pas tant de manquer de vertus que de manquer de remords, mais il est de si bonne foi qu'on ne peut presque pas l'accuser plus qu'il ne s'accuse lui-même, tant nous nous portons aisément dans les mœurs et les habitudes de ceux dont nous lisons l'histoire. [...] Nous avons dans plusieurs romans des amants plus violents que le chevalier des Grieux, je ne sais si nous en avons de plus passionnés et de plus touchants ; je le crois même plus vrai, plus naturel. La faiblesse qui succède à ses transports de jalousie, cette tendresse passionnée qui le fait tomber doux et soumis aux pieds de sa maîtresse infidèle, n'est-elle donc pas davantage dans le caractère de l'amour que ces accès de violence qui le font ressembler à la haine ? Quel amant pourrait être capable de sentir toute sa douleur ou toute sa fureur auprès de celle qu'il aime ? Rien n'étonne dans les pardons si prompts, si peu achetés, que cet amant outragé accorde à sa maîtresse. L'excès de sa passion nous a préparés à tout, elle fait tout l'intérêt du roman. Ce n'est pas à sa Manon que nous nous intéressons, c'est à l'objet de cette passion si tendre ; nous lui pardonnons parce que le chevalier lui pardonne, l'ivresse de l'amant nous peint les charmes de sa belle, nous la voyons par ses yeux, nous l'aimons avec son cœur. Il n'y a point d'art dans ce roman, point d'autre art que l'amour ; et ce qu'il y a de singulier, c'est que les peintures de cet amour le moins chaste, le moins légitime qu'on puisse imaginer, ne s'adressent jamais qu'au cœur, sans qu'on y rencontre le moindre détail capable de blesser l'imagination : s'il séduit, c'est par des mouvements d'une telle sensibilité qu'elle seule peut y prendre part, c'est par des scènes d'une tendresse naïve qui feraient le charme de l'amour le plus pur. On a peine à concevoir une séduction si douce avec une immoralité si frappante, et l'on se demande aussi comment l'homme capable de faire un pareil roman a passé sa vie à en faire d'autres qui y ressemblent si peu[1].

Avec ce texte, on peut considérer comme close, en France, la période de la critique objective de *Manon Lescaut*. Tous ceux qui en parleront au XIXᵉ siècle et plus tard prendront le roman de Prévost comme un prétexte à formuler une profession de foi. Aussi conclurons-nous cette étude des jugements contemporains par celui de Goethe, qui reflète encore la sensibilité et l'esthétique du XVIIIᵉ siècle.

Racontant, au cinquième livre de *Dichtung und Wahrheit*, ses amours avec Gretchen, le poète, après avoir écrit qu'il se forgeait en imagination, pour se torturer, « le plus étrange roman d'aventures sinistres, inévitablement suivies d'une catastrophe tragique », continuait ainsi (nous traduisons) :

*Pour alimenter un tel chagrin, certains romans, surtout ceux de Prévost, convenaient parfaitement. L'*Histoire du chevalier des Grieux et de Manon Lescaut *me tomba au même moment*[2] *entre les mains, et renforça d'une délicieuse torture mes folies hypocondriaques. La grande intelligence avec laquelle ce poème*[3] *est conçu, l'inestimable*

---

1. Édition J. Aynard, Paris, Bossard, 1962, p. XX-XXII.
2. Vers 1765. Goethe, né en 1749, avait environ seize ans.
3. L'expression allemande, *Dichtung*, est presque aussi notable que l'équivalent français, *poème*.

maîtrise artistique avec laquelle il est exécuté me demeuraient certes cachées. L'œuvre n'avait sur moi qu'un effet quasi matériel ; je m'imaginais pouvoir me montrer aussi aimant et aussi fidèle que le chevalier, et, jugeant Gretchen infiniment meilleure que ne l'avait été Manon, je croyais que tout ce qu'on pouvait faire pour elle était tout à fait de mise. Et comme il est de la nature du roman que la jeunesse en repaisse ses forces surabondantes, et que la vieillesse y réchauffe ses glaces, cette lecture ne contribuait pas peu à rendre mes relations avec Gretchen plus riches, plus agréables, plus délicieuses même ; et lorsqu'elles eurent cessé, mon état plus pitoyable et le mal inguérissable, afin que se réalisât pour moi ce qui était écrit[1].

On ne s'attendait pas à voir Goethe avouer que les souffrances du chevalier des Grieux firent à peu près sur lui l'effet que firent celles du jeune Werther sur son propre public. Mais il est plus digne d'attention encore que cet homme de génie attribue la réussite de Prévost à ce qui fit la sienne, nous voulons dire à la vertu d'une inspiration sereinement maîtrisée par l'art.

---

1. *Goethes sämtliche Werke*, Jubiläums-Ausgabe, vol. XX, p. 256 et 296.

BIBLIOGRAPHIE

Les études sur l'abbé Prévost et son œuvre ont pris un tel développement depuis 1950 environ que l'on hésiterait à reprendre le travail de Peter Tremewan, *Prévost, an Analytic Bibliography of Criticism to 1981*, Londres, Grant and Cutler, 1984. Cette étude a du reste été prolongée tant dans nos éditions Garnier de *Manon Lescaut* de 1990 et 1995, sous forme d'une bibliographie classée et analytique, que dans les ouvrages de Jean Sgard qu'on trouvera ci-après. Comme il est d'usage, on distinguera ici trois aspects : I. Études biographiques; II. Études sur l'ensemble de l'œuvre de Prévost; III. Études sur Manon Lescaut. Nous ne retenons en principe que les ouvrages en rapport direct avec notre commentaire.

I
BIOGRAPHIE

On peut dire que les travaux sur la vie de l'abbé Prévost ont commencé avec les deux précieux ouvrages d'un Américain, Henry Harrisse, *L'Abbé Prévost, histoire de sa vie et de ses œuvres d'après des documents nouveaux*, Paris, Calmann Lévy, 1896, et *La Vie monastique de l'abbé Prévost*, Paris, H. Leclerc, 1903. L'état actuel le plus avancé des travaux est représenté par Jean Sgard, *Vie de Prévost, 1697-1763*, Laval, Presses de l'université Laval, 2006.

II
ŒUVRES DE L'ABBÉ PRÉVOST

On dispose de quelques collections des œuvres de l'abbé Prévost. Deux remontent au XVIIIe siècle finissant : *Œuvres choisies de l'abbé Prévost* (sans l'*Histoire des voyages* ni les articles de journaux), 39 vol., Amsterdam et Paris, 1783-1785, reprises en 1810-1816, avec une réédition Slatkine; elle est désignée ici par «éd. de 1810». Une autre a paru et représente un inappréciable progrès, surtout dans le commentaire : Antoine François Prévost, *Œuvres*, éd. Jean Sgard *et al.*, 8 vol., Grenoble, Presses universitaires de Grenoble, 1977-1987; elle est désignée par «éd. Sgard». Il s'agit d'une édition critique comprenant les romans, les essais et la correspondance de Prévost. Toutes les notes sont malheureusement rejetées dans le dernier volume. L'apparat critique de *Manon Lescaut* est basé sur nos éditions des Classiques Garnier.

L'étude fondamentale sur l'ensemble de l'œuvre de Prévost est celle de Jean Sgard, *Prévost romancier*, Paris, Corti, 1968, rééd. 1989. Le même Jean Sgard ouvre des perspectives nouvelles dans *L'Abbé Prévost. Labyrinthes de la mémoire*, Paris, PUF, 1986, rééd. 1997.

III
SUR *MANON LESCAUT*

Le plus récent guide aux études sur *Manon Lescaut* est celui de Richard A. Francis, *Prévost. Manon Lescaut*, «Critical Guides to French Texts», 100, Londres, Grant and Cutler, 1993.

Un ouvrage permet d'aborder la comparaison entre la manière de Challe et celle de Prévost : René Démoris, *Le Roman à la première personne. Du classicisme aux Lumières*, Paris, A. Colin, 1975, rééd. Genève, Droz, 2002. L'essentiel est pourtant de prendre directement contact avec l'œuvre de Challe, qui est maintenant entièrement disponible. «Son roman ou ses histoires», c'est-à-dire ses *Illustres Françaises*, d'abord rééditées (à tort) sous le nom de «Chasles» par Frédéric Deloffre aux Belles Lettres, se présentent à l'heure actuelle sous deux formes : une édition « savante » de Frédéric Deloffre et Jacques Cormier, Genève, Droz, 1991, et une édition des mêmes davantage à l'usage du grand public, Paris, Livre de Poche, 1996.

Sur les sources anglaises autres qu'*Oroonoko*, on trouvera un état de la question dans nos éditions Garnier de 1990 et 1995. On a signalé plus haut dans l'étude de genèse la précieuse contribution de Paul Winnack sur l'influence de l'*Oroonoko* de Mrs Behn, complétée par les réflexions de Shelly Charles. Il reste à mentionner ici les contributions de Franco Piva où celui-ci étudie l'influence des *Illustres Françaises* sur l'ensemble de la production romanesque de Prévost. La première, intitulée «I *Mémoires et aventures* di Prévost e le *Illustres Françaises* di Robert Challe : concordanze ed influenze», avait paru dans la revue *Aevum*, L, 1976, p. 436-524. Cette étude a été développée dans un ouvrage, *Sulla genesi di* Manon Lescaut *: problemi e prospective*, Milan, Vita e pensiero, 1977. L'auteur y a ajouté des remarques sur les découvertes de Paul Winnack : «In margine ad un'indagine su alcune fonti inglesi di Prévost», *Studi Francesi*, 73, 1981, p. 88-95. Voir enfin du même «Manon Lescaut, un personaggio da rivisitare», *Spicilegio moderno*, 19-20, 1985, p. 37-51.

Les rapprochements entre la Manon de Prévost et la Fanchon de Challe s'appuient sur le *Journal d'un voyage fait aux Indes orientales* de Challe. Cet ouvrage, publié d'abord à Amsterdam en 1721, a été réédité par Frédéric Deloffre et Melâhat Menemencioglu en 1979 et 1983 au Mercure de France. Une édition entièrement remise à jour en 2002 par Frédéric Deloffre et Jacques Popin est actuellement disponible en deux volumes dans la collection du «Temps retrouvé», Paris, Mercure de France.

Il faut enfin signaler que les contributions présentées à un important colloque organisé à Nottingham en 1997 ont été réunies en un fort volume des *Studies on Voltaire and the Eighteenth Century* d'Oxford, 2000-11, présenté par Richard A. Francis et Jean Mainil, sous le titre *L'Abbé Prévost au tournant du siècle*. Ce qui frappe, c'est le recul de la place accordée à *Manon Lescaut* et l'importance attachée désormais aux autres aspects de l'œuvre et de la pensée de l'abbé Prévost.

NOTES

AVIS DE L'AUTEUR

Page 141.

1. Cet auteur est le marquis de Renoncour, l'Homme de qualité dont les six tomes de *Mémoires* présentés comme authentiques précèdent la présente *Histoire*. C'est à lui que Prévost attribue les réflexions littéraires et morales qui suivent.

2.   *[Ordinis haec virtus erit et Venus, aut ego fallor,]*
Ut jam nunc dicat, jam nunc debentia dici
Pleraque differat, et praesens in tempus omittat.
(Horace, *De Arte poetica*, vers 42-44.)

On traduit ordinairement :

« *[L'ordre a cette vertu et cet agrément, ou je me trompe fort,]* qu'on dira tout de suite ce qui doit tout de suite être dit, qu'on réservera et laissera de côté pour l'instant maint détail* » (trad. F. Villeneuve).

Page 142.

1. Tiberge, dans la scène de Saint-Lazare, reprend textuellement ces mots. Il reproche à des Grieux de « continuer à [se] précipiter volontairement dans l'infortune et dans le crime » (p. 220). Une grande partie du débat moral concerne la valeur à attribuer au mot *volontairement*.

2. Sur les servitudes d'une intrigue qui puisse comporter de tels *remèdes*, voir l'Introduction, p. 131 à 134.

Page 144.

1. Sur ces affirmations, qui pourront sembler paradoxales au lecteur du roman qui suit, voir l'Introduction, p. 133 à 138.

2. L'Homme de qualité, à l'époque où il est censé écrire ceci, vers 1728-1730, a près de soixante-dix ans. Voyez ci-après, p. 145, n. 1.

3. Bien entendu, ces «fautes grossières» existent dans toutes les éditions, puisqu'elles remontent au texte de Prévost lui-même.

4. Sur ces additions, en particulier l'épisode du Prince italien (p. 247 et suiv.), et sur ce qu'elles apportent au personnage de Manon, voyez l'Introduction, p. 121-122 et surtout 128.

5. Seule la vignette est reproduite dans notre édition.

PREMIÈRE PARTIE

Page 145.

1. À la mort de sa chère femme Sélima, le marquis de Renoncour s'était retiré du monde et réfugié dans un couvent. C'est de là qu'il sort parfois de sa solitude pour solliciter les juges en faveur de sa fille, qui vient de se marier. La première rencontre du chevalier des Grieux devrait s'intercaler entre les livres V et VI. L'Homme de qualité, qui a cinquante-trois ans, accepte de devenir précepteur d'un jeune seigneur, part avec lui pour l'Espagne, et c'est là qu'il apprend la mort de Louis XIV (1er septembre 1715). À ne considérer que ce repère, la présente scène aurait lieu au début de 1715. Mais telle n'est pas nécessairement la pensée de Prévost, qui peut aussi la placer en 1719 ou au début de 1720.

Page 146.

1. Pacy-sur-Eure (écrit Passy dans les éditions anciennes), à seize kilomètres à l'est d'Évreux, entre Mantes et Louviers. Selon une tradition, la scène décrite ici aurait eu lieu près de la Porte de l'Eure.

2. Une ordonnance du 4 mai 1720 rappelle en effet que ces «archers» spécialisés dans l'arrestation et le transport des personnes déportées aux colonies devront être vêtus «d'un habit

d'uniforme avec une bandoulière», d'où leur nom populaire de *bandouliers* (Buvat, *Journal de la Régence*, t. II, p. 78).

3. L'émotion populaire soulevée par ces déportations est attestée de plusieurs côtés. «On n'avait pas eu le moindre soin, écrit Saint-Simon dans ses *Mémoires*, de pourvoir à la subsistance de tant de malheureux sur les chemins, ni même dans les lieux destinés à leur embarquement; on les enfermait les nuits dans des granges sans leur donner à manger.»

Page 147.

1. Ce détail n'est pas inventé. Le 26 février 1719, par exemple, les prisonnières destinées à un convoi partant le lendemain sont envoyées à Bicêtre pour qu'on leur «ferre la chaîne». À plus forte raison, la «saleté» du linge est-elle couramment mentionnée.

2. Le texte de 1731 portait : *prise pour une princesse*. Sur cette variante et sur la signification de la scène, voyez l'Introduction, p. 64.

3. Sur l'Hôpital et les déportations, voyez ci-après, p. 298, n. 1.

Page 148.

1. Les mêmes faits sont relatés plus loin en détail par des Grieux, p. 306 et 310.

Page 149.

1. L'aspect romanesque et sentimental est mis en évidence dès le début.

2. Le louis d'or, belle monnaie d'or à l'effigie de Louis XIII, Louis XIV ou Louis XV, a une valeur très variable suivant les époques : trente-quatre livres ou francs en 1719 (Richelet). Le franc 1719 a, très approximativement, la valeur d'achat de 5 euros 2008.

Page 150.

1. Même formule dans les *Mémoires d'un honnête homme*. Égaré par une calomnie, le héros s'interroge sur celle qu'il aime : «Je passai ensuite, dit-il, à diverses réflexions sur le caractère incompréhensible des femmes.»

2. Ce retour d'Angleterre, où l'Homme de qualité est toujours le mentor du « jeune marquis », s'intercale entre les livres XI et XII du roman. D'après la chronologie des *Mémoires*, nous serions en juin-juillet 1716. En fait, d'après la chronologie propre à *Manon Lescaut*, on peut aussi placer la scène en 1721 ou en 1722.

3. Le *porte-manteau* est une valise ronde en toile que l'on peut porter en croupe (*Dictionnaire de Trévoux*).

Page 151.

1. C'est ici un jugement de l'abbé Prévost sur son propre style.

2. Confié depuis 1608 aux jésuites, le collège d'Amiens connut sous leur direction une grande prospérité. Le nombre des élèves oscillait au XVIIIe siècle entre 1 500 et 1 900.

3. De Péronne, suivant des conjectures anciennes.

Page 152.

1. Les exercices publics du collège d'Amiens étaient nombreux et suivis. Ils consistaient, pour la philosophie et la théologie, en soutenances de thèses, avec discussions et objections. Ces Actes solennels, qui duraient parfois plusieurs jours, se passaient dans une salle spéciale, mais parfois, à la belle saison, dans la cour du collège transformée en théâtre. L'évêque d'Amiens ne dédaignait pas d'y assister.

2. L'Ordre de Malte recevait beaucoup de cadets de familles nobles. Un chevalier reçu « de minorité » dans l'Ordre pouvait lui appartenir alors qu'il n'avait que quelques mois. Dès l'âge de onze ans, il portait le titre, avec la croix, quoiqu'il ne dût rejoindre effectivement l'Ordre qu'une fois ses études terminées (C.-É. Engel, *L'Ordre de Malte en Méditerranée*, éditions du Rocher, 1957).

3. Richelet définit l'Académie « un lieu où la jeune Noblesse apprend à monter à cheval, à faire des armes, et tous les exercices que doit savoir un gentilhomme ».

4. Tiberge a déjà commencé son cours de théologie. Voyez p. 175 et n. 2.

5. Des Grieux pense-t-il à Oreste et Pylade, à Damon et Pythias ?

Page 153.

1. Le coche d'Arras s'arrêtait à l'auberge du Cardinal, détruite au début du xxᵉ siècle.

2. C'est-à-dire des coffres en osier dont le coche était pourvu.

3. Des Grieux a dix-sept ans (p. 151). Manon, qui deux ans plus tard sera dans sa dix-huitième année (p. 177), en a quinze ou seize.

Page 154.

1. La formule en rappelle de semblables, dans les histoires de Challe. Sur la signification de l'*étoile*, l'*ascendant*, la *destinée* chez les deux auteurs, très proches sur ce point l'un de l'autre, voyez l'Introduction, p. 100 et suiv.

2. Le thème de l'amour qui éveille miraculeusement l'esprit est alors à la mode. Qu'on songe par exemple à l'*Arlequin poli par l'Amour* de Marivaux (1720).

Page 155.

1. Sur ces «noms dérivés de ceux de baptême», voir l'Introduction, p. 42.

Page 156.

1. La chaise de poste est un «petit carrosse pour deux personnes», que des chevaux rapides, changés de poste en poste, entraînent à une vitesse relativement élevée.

2. L'écu vaut trois francs.

Page 158.

1. Premier exemple des restrictions mentales utilisées par des Grieux. En promettant à Tiberge de lui faire voir sa maîtresse à neuf heures *s'il se peut*, il évite le faux serment caractérisé.

2. Le coche mettait trois jours pour faire le trajet d'Amiens à Paris (125 km). La chaise de poste faisait le trajet en moins de deux jours. Des Grieux et Manon ont été plus vite encore. Prenant une chaise à un seul passager, partant de très bonne heure et profitant de la longueur des jours en cette saison, ils font le trajet en seize heures environ.

Page 159.

1. C'est-à-dire : aurait pu (texte de 1731).

2. On s'accorde à voir ici la rue Vivienne, où Law avait acheté six maisons pour y installer la Banque qui devait devenir Banque royale en 1718.

3. C'est en des termes analogues que des Grieux introduira plus tard les mêmes projets de mariage, mais à La Nouvelle-Orléans cette fois : « L'innocence de nos occupations, et la tranquillité où nous étions continuellement, servirent à nous faire rappeler insensiblement des idées de religion » (p. 317).

4. Des Grieux s'est donc renseigné sur les possibilités de conclure un mariage sans le consentement de son père. Un tel mariage de mineurs, on l'a vu (Introduction, p. 124-125 et n. 7), n'aurait pas forcément été déclaré nul et cassé, mais aurait entraîné l'exhérédation *de facto*. En outre, les obstacles à sa conclusion étaient sérieux. Dans des conditions aussi difficiles, des Prez, dans *Les Illustres Françaises*, trouve un pauvre ecclésiastique normand qui, contre une bonne récompense, accepte de courir le risque de le marier avec Madeleine de l'Épine. Mais des Grieux n'a pas la même persévérance, ou les mêmes scrupules.

Page 160.

1. En France, la pistole vaut 10 francs (or) ou 10 livres.

Page 161.

1. Suivant le *Dictionnaire du Commerce* de Savary, éd. de 1723, il y avait déjà à Paris à cette époque trois cent quatre-vingts cafés, qui tendaient à supplanter les cabarets du XVIIe siècle, où l'on servait à boire et à manger.

Page 163.

1. Cette scène est commentée dans un chapitre, « The Interrupted Dinner », de la *Mimesis* d'Erich Auerbach (1946). Mais, séparée de son contexte, elle perd beaucoup de sa signification.

2. Le lecteur ne le peut pas non plus. Pendant toute la scène, le comportement de Manon, affligée de sa trahison comme si elle avait agi sous la contrainte, est fort étrange — et révélateur. Elle

est poussée par son *penchant*; mais il y a un conflit douloureux entre son amour et ce penchant.

Page 164.

1. Cette formule d'excuse est traditionnelle dans les nombreux enlèvements qui remplissent les romans du XVIIIe siècle. Ici, le passage rappelle spécialement *L'Histoire de des Prez et de Mlle de l'Épine*, dans *Les Illustres Françaises*.

2. Le *carrosse*, véhicule de luxe, est pourvu d'une suspension à ressorts.

Page 165.

1. En fait, d'après les indication très précises que donne un peu plus loin son père (p. 167), on voit que des Grieux est resté un mois à Paris. La version de 1731 portait d'ailleurs *il y a un mois*.

2. *La chaise à deux (personnes)* ne permet pas de faire le voyage en une journée. Les voyageurs font donc deux petites étapes au lieu d'une.

Page 166.

1. Le père de des Grieux, qui est de qualité, appelle significativement « Monsieur B... » celui que Manon ou sa servante, comme le public, appelaient « M. de B... » (p. 159 et 161-162).

Page 167.

1. Apparemment le 28 juillet, qui coïncide avec la fin de l'année scolaire.

Page 168.

1. Allusion au mot de Maharbal : *Vincere scis, Hannibal, sed victoria uti nescis*, dans un passage de Tite-Live (XXII, 51) que tous les écoliers apprenaient par cœur (traduction : « Tu sais vaincre, Hannibal, mais tu ne sais pas exploiter ta victoire. »)

2. La séduction au moyen d'un philtre est traditionnelle depuis l'Antiquité, en passant par *Tristan et Iseut*. Mais le rapprochement de ces deux moyens du *charme* et du *poison* indique une réminiscence de l'un des épisodes les plus frappants des *Illustres Fran-*

çaises. Gallouin, qui cherche à séduire Silvie, fidèle à des Frans, ne peut vaincre sa résistance que par l'emploi combiné d'un *charme* (une conjuration basée sur le procédé bien connu en magie des «sangs mêlés») et d'un *poison* qui endort ou fait périr sa femme de confiance et ses domestiques.

3. Manon l'a trahi, mais n'a cessé de l'aimer, à sa manière.

Page 169.

1. Lorsque des Prez, dans un passage des *Illustres Françaises* déjà mentionné (p. 164, n. 1), est gardé à vue comme des Grieux, il tente par les mêmes voies de fléchir son gardien : «Je m'engageai à lui par tous les serments imaginables de partager avec lui mon bien et ma fortune, s'il voulait me faire cette grâce, et je le menaçai de tout le ressentiment dont je pourrais être capable, s'il me refusait. Il fut également inébranlable à mes prières, à mes présents, à mes offres et à mes menaces.»

2. Il n'y a pas lieu de corriger *je me sentais*, donné par toutes les éditions, en *je le sentais* : l'expression signifie «connaître ses forces», c'est-à-dire ici «son peu de forces». Elle annonce ce qui suit.

Page 171.

1. De même, dans son apologie du *Pour et contre*, Prévost se peindra lui-même, privé de la liberté dans le cloître, et cherchant sa «consolation [...] dans les charmes de l'étude».

2. C'est ici, semble-t-il, le seul endroit de son récit où des Grieux, revenu d'Amérique, fasse des projets d'avenir. L'amoureux étant mort avec Manon, un homme de lettres va-t-il prendre sa place? On notera que cet homme de lettres s'applique à l'étude des textes anciens : pour l'abbé Prévost, commentaire et traduction sont en effet les formes nobles de la littérature, ainsi que son œuvre en témoigne.

Page 172.

1. Dans le langage de Prévost, le mot de *solitude* désigne la retraite dans un couvent.

Page 174.

1. Ce tableau de la vie du sage, inspiré d'Horace beaucoup plus que du christianisme, se retrouve au XVIIIe siècle à de très nombreux exemplaires, en particulier chez les versificateurs. Mais il correspond chez Prévost à une aspiration profonde.

2. C'est-à-dire l'année scolaire. Nous sommes en septembre, un an après le début de l'action.

Page 175.

1. Voici l'article de *L'État ou Tableau de la ville de Paris* (1760), contenant les renseignements sur cet établissement : « St. Sulpice, rue du Vieux-Colombier. [...] Cette maison [...] s'est toujours distinguée par le nombre des jeunes gens de première qualité que l'on y forme à l'état ecclésiastique, par les soins d'un grand nombre de maîtres, également célèbres par leurs lumières et par leurs vertus » (p. 249).

2. Pour arriver au baccalauréat, il fallait trois ans d'études théologiques. Deux années de plus étaient nécessaires pour arriver au grade de licencié.

3. Non pas la soutane, mais le *petit collet*.

4. La majorité des abbayes était donnée à des *abbés commendataires*, qui en touchaient les revenus sans être astreints à résidence. La *feuille des bénéfices vacants* était à la disposition du roi, qui y nommait sur proposition du Conseil de conscience.

5. Sur ce passage, voyez l'Introduction, p. 99 et suiv.

Page 176.

1. Il s'agit de ces exercices sans valeur probatoire auxquels se livraient les candidats bacheliers pendant leur séjour à l'École de théologie.

Page 177.

1. Les attitudes sont décrites avec une extrême précision dans cette scène si théâtrale, dont la progression est subtilement ménagée.

Page 179.

1. Plus d'un critique a remarqué le naturel avec lequel des Grieux s'exprime dans ce passage en termes d'école. Des mots

comme *tremblement, adorable, créature, délectation* ont selon le cas une couleur biblique, mystique ou simplement théologique. De même, le mot *liberté*, dans le contexte, fait évidemment allusion aux disputes sur la grâce qui partageaient les théologiens à l'époque.

2. Les fermiers généraux étaient les membres d'une société de quarante financiers à laquelle le gouvernement céda en 1720 le monopole de la perception des droits de consommation. Ils représentaient, aux yeux du public, la puissance d'argent la plus considérable de France.

Page 180.

1. La dispute est le débat dans lequel tout venant, en pratique surtout des camarades, était invité à argumenter contre le candidat.

Page 181.

1. Bien que l'on se fît à l'époque habiller généralement chez le tailleur, il existait à Paris, sous le nom de friperie, des « lieux où l'on vendait toutes sortes d'habits, soit vieux, ou neufs », ainsi d'ailleurs que des lits et des meubles (Furetière). — La métamorphose à laquelle procède des Grieux, échangeant le *petit collet* contre le costume d'officier, évoque pour Prévost des souvenirs : il s'est livré à la même opération en quittant Paris en novembre 1728.

2. Chaillot est alors un village indépendant de Paris. C'est sur cette colline « aimée de la nature, favorisée des dieux » que Prévost s'installera lui-même en 1746 (voir l'Introduction, p. 35-40).

3. Cette petite porte, l'une des six portes du jardin, donnait sur le quai des Tuileries, près du Pont-Royal.

Page 182.

1. En fait, la solidité de son bonheur, des Grieux s'en rend bien compte, dépend de la solidité de sa fortune.

2. En recourant à un carrosse de louage, des Grieux pouvait compter que la dépense atteindrait près de 3 000 livres, soit à peu près la moitié de son budget. Les spectacles pouvaient figurer pour 600 livres environ. Si l'on ajoute le jeu, on voit que les seules dépenses consacrées aux divertissements représentent au moins les deux tiers du total.

Page 183.

1. L'*assemblée* désigne ici les réunions d'habitués formant une sorte de cercle adonné au jeu ou à d'autres divertissements. Il en existait aussi bien dans les milieux bourgeois (voir *L'Histoire de des Prez et de Mlle de l'Épine*) que dans le monde ou ce qu'on appellera bientôt le demi-monde.

2. À la mort de Louis XIV, les gardes du corps formaient 4 compagnies de 360 hommes chacune, et l'un des premiers soucis du nouveau gouvernement fut de songer à en diminuer le nombre. À peu près assurés de l'impunité, ils avaient la réputation d'être querelleurs, débauchés, libertins et joueurs.

3. C'est encore à sa fenêtre, on s'en souvient, que M. de B... avait vu Manon pour la première fois (p. 179). Elle y passe beaucoup de temps, comme ces gens «affamés d'objets étrangers» qui, selon Marivaux, «y passent toute leur vie» (*Le Spectateur français*, 1721, cinquième feuille).

Page 186.

1. Ces remarques ont été souvent faites. Ce qui est nouveau, c'est l'art de justifier le fait de tricher au jeu, on va le voir, par les dispositions de la Providence.

Page 187.

1. Les activités illicites des gardes du corps tenaient une place de choix dans la chronique des faits divers parisiens. En juillet 1717, un garde du corps empêche un commissaire et des archers d'arrêter son frère. Il est tué dans l'action. Le lendemain, un capitaine des gardes et une brigade de ses soldats vont camper chez le commissaire, etc.

Page 188.

1. Un personnage des *Mémoires d'un honnête homme* dit de même : «Je suis persuadé qu'une femme qui est une fois sortie des règles austères du devoir appartient à tout le genre humain.»

2. Les termes *Confédérés* et *Ligue* sont des euphémismes pour désigner l'association des tricheurs.

Page 190.

1. Ce secours de la vertu, dont des Grieux parle avec tant d'épanchement, il ne le requiert que pour rester dans le dérèglement.

2. Le jardin du Palais-Royal, «l'un des mieux plantés, des mieux entretenus et des mieux fréquentés de cette ville», était particulièrement à la mode depuis l'accession au pouvoir, en 1715, de Philippe d'Orléans, qui y avait sa résidence.

Page 192.

1. Tiberge se rend effectivement complice de son ami. L'argument par lequel il se justifie relève d'une casuistique particulièrement captieuse.

Page 193.

1. La pistole valant 10 francs, Tiberge souscrit à l'ordre de des Grieux un billet de 1 000 francs, soit le tiers ou davantage de la première année de son bénéfice.

2. Sur le bénéfice, cf. ci-dessus, p. 175, n. 4.

3. Voyez l'Introduction, p. 112 à 116.

Page 194.

1. Ce portrait, dont l'importance est essentielle, doit être complété et précisé par les indications que l'on trouve p. 185, 239-240 et 264.

2. «Et comment une femme pourrait-elle exister sans chevaux? Ne faut-il pas, dans l'espace de douze heures, avoir vu l'opéra, la revue, la foire; avoir assisté au bal, au pharaon?» (Mercier, *Tableau de Paris*, chap. «Aller à pied»).

3. Nouvel euphémisme, l'*Industrie* désignant ici les moyens illicites de faire des dupes au jeu.

Page 195.

1. Les «Confédérés» ne parlent pas au hasard. Chevrier observe, dans son *Colporteur* (à Londres, l'An de la vérité, p. 72), que les femmes qui donnent à jouer prennent la peine de choisir, pour les fonctions de *tailleur* et de *croupier*, des «hommes comme il faut», de préférence des titulaires de l'Ordre de Saint-Louis, vieux mili-

taires qui prostituent leur honneur pour deux écus par soirée, le souper et la disposition d'un carrosse.

2. L'Ordre des chevaliers d'Industrie parodie l'Ordre de Malte, qui a aussi ses chevaliers et ses novices (voir p. 152, n. 2).

3. L'Hôtel de Transylvanie existe encore au numéro 9 du quai Malaquais, au coin de la rue Bonaparte. Son nom lui venait du prince François II Rakoczy, allié de Louis XIV à partir de 1702 dans la guerre de la Succession d'Espagne, et qui, après des succès initiaux, avait dû quitter la Hongrie en 1711 et se réfugier en France en 1713. Faute de ressources, les officiers de sa suite, installés dans l'Hôtel, y avaient organisé un tripot qui devint vite célèbre.

4. Une ordonnance du 28 décembre 1719 venait de faire défense, «sous peine de désobéissance et de trois mille livres d'amende», de jouer à aucun jeu de dés et de cartes, surtout aux jeux de «hoca, biribi la dupe, pharaon et bassette». Mais les commissaires du Châtelet, à qui l'ordonnance donnait droit de confiscation chez les contrevenants, préféraient s'entendre avec eux, ainsi qu'il est largement expliqué dans les ouvrages du temps.

5. Le prince s'installa à Clagny en 1713, pour être plus près de la cour. Il n'y resta que jusqu'en 1714, ce qui constitue une difficulté chronologique.

6. L'expression *faire une volte-face* manque dans les dictionnaires. *Filer la carte* se dit du donneur ou *tailleur*, qui «tenant les cartes, a le secret de les connaître au tact [rappelons que les cartes ne sont pas imprimées, mais peintes au pochoir] et de *filer* celles qui lui sont nuisibles».

7. Selon Chevrier, on exige d'un croupier «qu'il portera des manchettes fort courtes et ne prendra point de tabac», car «un homme qui manie l'or à pleines poignées a bien vite escamoté dix louis au moyen de grandes manchettes», puis faisant semblant de prendre du tabac, enfonce «cet or dans sa tabatière».

Page 196.

1. C'est ici comme une première esquisse de cette justification par l'exemple d'une société corrompue, dont il fera plus tard un grand usage devant son père (p. 292-293).

Page 197.

1. Les malédictions bibliques du bon Tiberge sont légèrement tournées en ridicule ; mais en même temps leur valeur prophétique est soulignée. Cette ambiguïté est caractéristique de tout le roman.

Page 198.

1. Les attributions du Grand Prévôt de Paris, très étendues en principe, étaient surtout nominales. Au contraire, celles du Lieutenant général de Police, théoriquement son subordonné, étaient très effectives, et correspondaient à peu près à celles d'un préfet de Police actuel.

Page 199.

1. Des Grieux, comme toujours, oriente son récit de manière à justifier Manon : Lescaut profite de ce que sa sœur est *troublée*.
2. À la différence des carrosses privés, les carrosses de louage ne portaient pas d'armoiries. Lescaut s'est assuré la discrétion nécessaire.

Page 200.

1. Ces deux phrases ont été empruntées à peu près textuellement par Meilhac et Halévy, dans la chanson d'adieu de *La Périchole*, opéra-comique d'Offenbach.
2. C'est la seconde fois que Manon explique à des Grieux qu'elle le quitte et le trompe par amour.

Page 201.

1. Cette tirade, où l'on retrouve certains éléments du monologue tragique, prend ici le ton de la comédie bourgeoise.
2. *Réformer* l'équipage, c'est le casser, comme on disait aussi des régiments dissous, c'est-à-dire renoncer à la voiture.

Page 202.

1. Des Grieux se voit clairement proposer ici, et plus loin par Manon, le rôle de *greluchon*.

Page 203.

1. Le ton de ce passage évoque les plaintes de la Silvie des *Illustres Françaises*, au moment où elle se sépare pour jamais de des Frans, après l'avoir trahi : « Je mourrai bientôt victime d'un amour légitime, d'un crime effectif, et de mon innocence entière. La vertu ne m'a jamais abandonnée, et pourtant je suis criminelle ! Mon Dieu, continua-t-elle avec un torrent de larmes, par quel charme se peut-il que ces contrariétés soient effectivement en moi ? » (éd. Livre de Poche, p. 487-488).

Page 206.

1. Cette phrase, qui n'a pas toujours été comprise, signifie simplement que Manon a remis le vieux G... M... jusqu'au jour où ils se trouveraient à la ville : ils avaient séjourné jusque-là dans sa maison de campagne.

2. L'expression résume assez bien le mode de composition « pendulaire » du récit, dans lequel le souvenir de brèves périodes de joie (y compris l'épisode du Prince italien) balance l'évocation des longs moments de peine.

Page 207.

1. L'expression, courante sous l'Ancien Régime, désigne des mœurs d'une politesse cérémonieuse et surannée.

Page 208.

1. *Faire de petites chapelles*, c'est construire de petits reposoirs ornés de fleurs. La coutume en existe encore dans certains établissements d'enseignement religieux, au moment de la Fête-Dieu.

2. *Ridicule*, c'est-à-dire risible, digne de la comédie.

3. Comme il l'a fait pour M. de B... (p. 167), Prévost a présenté M. de G... M... sous un jour peu favorable ; il en a fait en outre un personnage ridicule. Enfin, suivant une casuistique qui lui est familière, des Grieux excuse encore sa faute par le fait que lui-même, ou d'autres, en ont commis de pires !

Page 209.

1. Ancienne léproserie, d'où son nom, Saint-Lazare fut concédé en 1632 à une congrégation de missionnaires pour accueillir, à

temps, des jeunes gens de condition, enfermés à la demande de leur famille. La maison était située hors les murs, au faubourg Saint-Denis.

2. Prévost ménage à son lecteur l'effet de la scène touchante où des Grieux, avec des transports, apprendra ce qu'il ignorait (p. 214-215).

3. Le mot remplace le terme propre, l'Hôpital, qui figurait dans la version de 1731, de façon à prolonger l'effet de suspension signalé à la note précédente.

Page 210.

1. Quoique Manon ait été enlevée sans scandale dans un carrosse fermé, elle n'est pas conduite à la Madelonnette ou au Refuge, comme le serait une fille de condition, mais à l'Hôpital, ou plutôt au principal établissement qui le constitue, la Salpêtrière, dont l'équivalent pour les hommes est Bicêtre. La sinistre réputation de la maison lui venait surtout de sa maison de force. On verra plus loin que ce n'est pas là que Manon est reçue. On n'y entre que par sentence de police. Or, dans le cas présent, Manon, comme des Grieux, est enfermée par lettre de cachet, ce qui lui vaut d'aller à la « Correction », dont le régime est moins sévère que le « Commun ». Voir ci-après, p. 232, n. 2.

2. Les lazaristes passaient pour infliger le fouet à leurs pensionnaires. Mais ce traitement n'était pas administré sans discrimination et « ces bons missionnaires » savaient aussi reconnaître la vraie douleur. Voyez ci-après, p. 212, n. 2.

Page 212.

1. Sur le privilège du sentiment, voyez l'Introduction, p. 82 à 86.

2. L'attitude du supérieur est comparable à celle des Pères du même établissement dans l'*Histoire de des Prez et de Mlle de l'Épine*, dans *Les Illustres Françaises*, de Robert Challe. Rappelons (cf. Introduction, p. 43), que des Prez a été enfermé à Saint-Lazare au moment où sa femme mourait à l'Hôpital, ce qu'il ignore encore : « Je ne pus être instruit de sa mort, qui arriva dans le moment même que j'y entrais. Je restai huit jours dans des impatiences incompréhensibles. Il venait à tout moment quelqu'un de ces bons

missionnaires me tenir compagnie : ils tâchaient de me consoler, et me firent peu à peu craindre des malheurs plus grands que ma captivité. Enfin, ils m'instruisirent de la mort de ma chère femme. Ce fut là que je regrettai ma liberté, parce que je ne pouvais pas me venger par un coup de main, ni périr au gré de mon désespoir. Je dis et fis mille extravagances. On entreprit inutilement pendant trois mois de me donner quelque consolation. On dit que j'étais en délire, et la cause de ma douleur était trop juste pour la contraindre. Ces hommes pieux la respectèrent. Ils s'affligèrent avec moi pour me rendre traitable ; s'ils n'ont pas réussi, du moins ils ont calmé des transports qui ne m'inspiraient que le meurtre. »

3. Ces *plusieurs années* se réduisent en fait aux quelques mois à Chaillot et à Paris qui se sont écoulés depuis la fuite de Saint-Sulpice.

Page 213.

1. Des Grieux est amené à plusieurs reprises à jouer le même personnage. Même lorsqu'il est violemment ému, il sait dissimuler ce qui ne lui est pas favorable : il parle au supérieur de la « situation florissante » de sa fortune avant le vol de ses valets, mais il ne souffle mot, bien entendu, de l'origine de cette prospérité (p. 216).

2. Les lettres de cachet étaient signées par le ministre de la Maison du Roi, mais, dans les cas de peu d'importance, elles étaient souvent délivrées par provision par le Lieutenant général de Police.

Page 215.

1. Sur ces châtiments, voyez p. 210, n. 2.

2. L'hypocrisie du chevalier, et aussi son excellente éducation, ont porté leurs fruits.

Page 216.

1. La même question s'était posée avec M. de B... (p. 167).

Page 217.

1. Des Grieux connaît de l'Hôpital ce qu'en dit la rumeur publique, soit à peu près ceci. Ce sont les filles arrêtées pour mauvaise vie qui parlent, dans une chanson du temps :

> *Entrant dans l'Hôpital(e)*
> *Par punition*
> *Les sœurs nous régalent*
> *Comme des lions.*
> *Descendez, déshabillez-vous,*
> *Pour danser au son*
> *De ces violons-là !*
> *Holà, holà, ma sœur,*
> *Ma sœur holà !*
> *Faut quitter les fontanges*
> *Et falbalas*
> *Et commencer à prendre*
> *L'habit de drap ;*
> *Puis après l'on vous rasera*
> *Et l'on vous chaussera*
> *De ces sabots-là.*
> *Holà, etc.*

Page 220.

1. Sur l'étonnante doctrine qui est exposée plus bas, voyez l'Introduction, p. 87 à 89.

Page 222.

1. Les héros de Prévost semblent apprécier assez peu l'ascétisme chrétien. On a vu plus haut comment des Grieux représentait une vie chrétienne conforme à ses goûts (p. 174, n. 1).

2. On a noté dans le roman divers emprunts à la casuistique des jésuites. C'est ici au contraire une observation qui contredit leur enseignement.

Page 223.

1. À rapprocher de « Tout ce qu'on dit de la liberté à Saint-Sulpice est une chimère » (p. 179).

Page 224.

1. L'intention de des Grieux est ainsi clairement établie : il ne songe qu'à menacer. Sur ce point, et sur l'irresponsabilité du héros dans la scène du meurtre, voyez l'Introduction, p. 76-77.

Page 227.

1. C'est-à-dire « je ne le ménageai point ».
2. Sur cette étonnante réplique et sur la responsabilité du meurtre, voyez l'Introduction, p. 76-77.
3. Le groupe est rentré dans Paris, en passant la barrière de l'octroi, puis la Porte Saint-Denis.

Page 228.

1. L'immanence de l'être aimé par rapport à celui qui aime apparaît ici ; il semble que les deux amants ne forment qu'un seul être.
2. Cette image tirée de l'équitation signifie prudemment.
3. *La Nouvelle Description de la ville de Paris*, par Germain Brice (1725), conseille en ces termes la visite de l'Hôpital aux étrangers : « Quoique pour les délicats ce ne soit pas une chose fort agréable de voir des pauvres, cependant il est surprenant d'en trouver ensemble un aussi grand nombre de tous âges et de tous sexes, dont les diverses misères sont soulagées avec un soin et une charité tout à fait édifiante. » Ajoutons que l'Hôpital passait pour un des bâtiments les plus audacieux et les plus modernes de Paris. Le dôme de son église rivalisait avec celui du Val de Grâce.

Page 229.

1. Le bureau qui administrait l'Hôpital comprenait vingt-neuf membres, mais les sept membres de droit avaient une prééminence sur les autres. C'étaient l'archevêque de Paris, les premiers présidents du Parlement, de la Cour des aides et de la Cour des comptes, le procureur général du Parlement, le Lieutenant général de Police et le Prévôt des marchands.
2. On a pensé à Trudaine, qui fut Prévôt des marchands en 1720.

Page 231.

1. C'est-à-dire ayant repassé dans son esprit l'enchaînement de mes aventures.
2. Ce sont les gardiens de la prison.

Page 232.

1. Tour de la langue familière du temps. Comparer : « Cet enfant, c'est la douceur même. » Quoique des Grieux fasse parler le valet au style indirect, il reproduit textuellement ses propos.

2. Des détails donnés ici et plus haut (p. 210), il ressort que Manon doit être détenue dans le quartier dénommé la Correction, qui existait encore au début du XXᵉ siècle. Il s'agissait d'un bâtiment d'un étage seulement, ouvrant sur une galerie (mentionnée ici), et formant une espèce de cloître. On y logeait, d'une part, des jeunes filles recluses par voie de correction paternelle, d'autre part, des détenues privilégiées, enfermées par lettre de cachet, pour lesquelles il était payé par le plaignant une pension variable suivant la qualité de la prisonnière et le degré de confort requis.

Page 233.

1. Les détails touchants de cette scène de retrouvailles en font comme une fête du sentiment, où le lecteur s'attendrit comme M. de T... et le geôlier lui-même.

Page 235.

1. Tandis que le « juste-au-corps » est un vêtement à manches, ajusté, qui va jusqu'aux genoux, le « surtout » est une sorte « de casaque que l'on met sur tous les autres habits ».

Page 236.

1. L'entrée principale, si c'est de celle-là qu'il s'agit, n'était pas située, comme aujourd'hui, en face de l'église, mais elle donnait sur la Seine.

2. Non seulement cette exclamation est touchante, mais elle exprime le tragique de la destinée du héros. Même *au bout du monde*, en Amérique, on s'acharnera à le séparer de Manon. *Toucher* (les chevaux du fouet) signifie ici simplement « se rendre ».

Page 237.

1. C'est-à-dire un cocher de fiacre.

2. Sur la réputation de ces personnages, voyez ci-dessus, p. 187, n. 1.

3. Dans toutes les aventures qui marquent l'évasion, roman

picaresque et roman galant se combinent de façon originale. Le récit est simple et sans affectation, avec des détails précis et convaincants.

Page 239.

1. Ce problème n'existait pas dans le roman galant traditionnel. Au contraire, pour des Grieux, étant donné les goûts de Manon, les richesses deviennent une des conditions, sinon de l'amour du moins de son accomplissement : la vie matérielle fait irruption dans le roman.

Page 240.

1. Le ton et les termes, dans le début du portrait de Manon, rappellent ceux du portrait de Silvie par des Frans, dans l'*Histoire de des Frans et de Silvie* : « ... elle paraissait toute sincère ; elle était double, inconstante et volage, aimant les plaisirs, surtout ceux de l'amour, jusqu'au point de leur sacrifier toutes choses... » Mais l'originalité de Prévost n'en apparaît que mieux. À la différence de Silvie, qui, même dans ses fautes, est animée d'une volonté positive, l'aliénation tragique de Manon, l'inconstance et comme la dissolution du personnage, lorsqu'il se trouve dans le besoin, sont exprimées plus nettement même ici que dans d'autres passages (voyez p. 185, 194 et 264).

2. Tracée sous Louis XIII le long de la Seine, en aval des Tuileries, dont elle était séparée par un mur, cette avenue constituait la route directe pour Chaillot.

Page 241

1. La fierté de des Grieux — *un homme de ma naissance et de ma fortune*, a-t-il encore dit plus haut — est ici marquée une fois de plus ; mais la destinée du personnage est de bafouer sans cesse cette fierté et de la sacrifier à Manon.

Page 242.

1. Saint-Sulpice, où demeure Tiberge, est en effet proche du Luxembourg.

2. Voyez plus haut, p. 196.

Page 243.

1. Il s'agit décidément d'un meurtre sans importance.

2. Ces exercices n'ont plus rien à voir avec ceux dont il était question p. 152, n. 1. Il s'agit de fréquenter un établissement où les jeunes gens apprenaient « à monter à cheval, à danser et autres exercices » (escrime, tir, etc.); voir le *Manuel lexique* de Prévost, éd. 1755, Supplément du t. I, article *Académiste*.

Page 244.

1. Les bureaux d'écriture, qui mettaient à la disposition du public, outre les commodités pour écrire, des *écrivains publics* auxquels recouraient les illettrés, figurent surtout dans l'histoire et le roman du temps quand il est question d'expédier une lettre anonyme.

Page 245.

1. Tout ce passage, jusqu'à *lui casser la tête*, était au style indirect en 1731 : « Il dit qu'environ deux heures auparavant, etc. » Le style indirect libre auquel recourt Prévost est caractéristique de la modernisation recherchée par l'écrivain.

2. On admire la chance vraiment étonnante du Chevalier, qui n'a plus à s'inquiéter maintenant, ni des suites de son évasion de Saint-Lazare et du meurtre du portier, ni de l'évasion de Manon, ni de la mort de Lescaut, et qui retrouve ainsi toute sa liberté d'action, en même temps que sa responsabilité.

Page 246.

1. Ici encore, le comportement de des Grieux peut paraître étrange. Il ne peut souffrir l'humiliation d'avoir recours à la bourse de M. de T..., et il accepte que le même M. de T..., paie des étoffes destinées à Manon. Mais il s'agit d'un geste spontané — *un mouvement qui venait de lui-même*, lit-on dans la version de 1731 — qui marque le bon cœur et la délicatesse généreuse du personnage. Des Grieux se doit d'accepter.

DEUXIÈME PARTIE

Page 247.

1. Les partisans ou traitants tiraient leur nom des partis ou traités par lesquels ils prenaient à ferme la perception des impôts.

2. Il s'agit de l'héritage dont il vient d'être question. Prévost avait d'abord écrit : « soit du côté de ma famille ».

3. Le passage qui commence avec ce mot, et va jusqu'à la p. 254, l. 30, constitue l'épisode du Prince italien, ajouté en 1753.

Page 248.

1. On a déjà vu (p. 195, n. 3), que l'Hôtel de Transylvanie était surveillé par la police, qui y entretenait des « mouches », ou espions.

2. Les pertes de chaque joueuse vont à un fonds commun, qui est ici employé à l'entretien collectif d'un carrosse (voir p. 183, n. 1). Plus ordinairement, dans les sociétés bourgeoises, le produit du jeu allait à un dîner fin ou à une partie de campagne.

3. Le bois de Boulogne, ancienne forêt de Rouvray, occupait encore toute la boucle de la Seine, autour des villages d'Auteuil et de Boulogne, et s'étendait jusqu'aux portes de Chaillot.

4. L'expression évoque la tragédie. Comparez dans *Phèdre*, acte I, scène 3, Œnone : « tout mon sang dans mes veines se glace ».

Page 249.

1. Dès qu'il s'agit de Manon, des Grieux ne se contrôle plus.

Page 250.

1. Le Chevalier est toujours prêt à justifier Manon et à faire les hypothèses les plus favorables : celles-ci, d'ordinaire, se révèlent fausses.

Page 251.

1. La situation, en effet, n'est pas sans analogie. Voyez plus haut p. 160 à 164.

Page 253.

1. Dans cette scène facétieuse et plaisante, Manon montre, non seulement les agréments de son esprit, comme dit des Grieux (p. 248), mais aussi une certaine vulgarité, dont on trouve d'autres traits ailleurs.

Page 255.

1. Un des effets de l'épisode du Prince italien est, on le sait, de démontrer au Chevalier la solidité de cette tendresse.

Page 258.

1. C'est effectivement ce qui va se produire. Le lecteur est ainsi préparé à l'événement.

Page 259.

1. Le malheur des deux amants et le piège dans lequel ils vont se jeter sont ménagés avec beaucoup de naturel et de rigueur. M. de T... propose ses bons offices et laisse à des Grieux toute sa liberté.

2. On a déjà eu bien des exemples de la faiblesse de des Grieux à l'égard de Manon. Voyez en particulier p. 203 : « Y a-t-il à balancer, si c'est Manon qui l'a réglé, et si je la perds sans cette complaisance ? »

Page 261.

1. Il s'agit ici d'une adaptation de la scène 5 de l'acte II d'*Iphigénie*, où Iphigénie démasque Ériphile et découvre en elle une rivale. Ériphile proteste et rappelle les circonstances de sa première rencontre avec Achille, vainqueur de Lesbos :

> *Moi ? vous me soupçonnez de cette perfidie ?*
> *Moi, j'aimerais, Madame, un vainqueur furieux,*
> *Qui toujours tout sanglant se présente à mes yeux...*

Mais Iphigénie, à la différence de des Grieux, ne s'en laisse pas imposer, et lui répond :

> *... Ces morts, cette Lesbos, ces cendres, cette flamme,*
> *Sont les traits dont l'amour l'a gravé dans votre âme...*

2. C'est-à-dire au moment où *elle* prendrait possession de l'hôtel.

Page 262.

1. La Comédie-Française se trouvait dans la rue neuve des Fossés-Saint-Germain (actuelle rue de l'Ancienne-Comédie).

Page 263.

1. Ils quittent donc Chaillot, à l'ouest de Paris, pour aller habiter à l'est, vers Vincennes.
2. Le café de Féré ne figure pas parmi les quelques cafés de cette époque dont le nom soit conservé.
3. La station de fiacres se trouvait sur le quai, vers les Grands-Augustins.
4. Ces laquais attendent leurs maîtres jusqu'à la fin de la représentation.
5. L'heure à laquelle doit s'échapper Manon semble coïncider avec l'entracte.

Page 264.

1. Le style gauche de cette phrase, donnée au style direct, semble indiquer que la jeune fille répète en s'appliquant une leçon apprise.

Page 265.

1. Le vague de ce portrait — le plus précis qui soit donné de Manon — frappe davantage encore si on le rapproche des nombreux portraits de jeunes filles des *Illustres Françaises*. La Manon de Challe, Manon Dupuis, a la peau « de la délicatesse de celle d'un enfant... les yeux plains, bien fendus, noirs et languissants... la physionomie douce et d'une vierge » (éd. cit., t. I, p. 17). Madeleine de l'Espine, madone florentine, et Silvie, vive Parisienne aux cheveux châtains, n'ont pas un type moins marqué. Sur les raisons et les effets du parti pris de Prévost, voyez l'Introduction, p. 60 à 68.
2. Voyez plus haut, p. 168 et 200.

Page 266.

1. Des Grieux retrouve le thème traditionnel de l'opposition entre la douceur apparente de la femme et la noirceur supposée de

son âme. Il venait d'être traité d'une façon très expressive par Marivaux dans *La Surprise de l'Amour* (1722). Lélio y comparait le cœur féminin à un monstre qui sème sur le chemin des voyageurs de l'argent, de l'or et des pierreries pour les attirer dans son antre et les dévorer.

Page 267.

1. Le piquet, très en faveur dans les milieux mondains au XVIIe et au XVIIIe siècle, se jouait surtout à deux. Voir la description d'une partie de piquet dans les *Fâcheux* de Molière, acte II, sc. 2.

2. Il reprend les termes mêmes qu'il a naguère appliqués à Manon : « Je ne doutais nullement qu'elle ne m'abandonnât pour quelque nouveau B... lorsqu'il ne me resterait que de la constance et de la fidélité à lui offrir » (p. 194).

Page 268.

1. Cette affirmation — au moment même où il est trahi —, ainsi que la remarque qui suit, montrent que des Grieux est tout près de *comprendre* Manon.

Page 272.

1. Allusion aux serments que Manon a faits après sa sortie de l'Hôpital (p. 239) et renouvelés au moment même de partir pour cette dernière expédition (p. 263).

2. Sur l'inconscience de Manon, ou plutôt sur sa conception particulière de l'amour, qui, par une sorte de quiproquo va exciter l'indignation de des Grieux, voyez l'Introduction, p. 96-97.

3. Dans la scène du parloir, des Grieux s'écriait de même : « Où trouver un barbare qu'un repentir si vif et si tendre n'eût pas touché ? » (p. 180).

Page 273.

1. Le mouvement de la scène, et jusqu'au ton des propos de des Grieux, rappellent une scène analogue dans *Les Illustres Françaises*, celle où des Frans, venu pour rompre définitivement avec Silvie, ne tarde pas à abandonner ses résolutions : « Il était de mon destin de lui trouver tous les jours des charmes nouveaux. J'eus pitié de l'état où elle était. La compassion réveilla toute ma ten-

dresse. J'oubliai mes résolutions; et bien loin de lui dire toutes les duretés que j'avais préméditées, je ne songeai qu'à la consoler. Quelle bassesse, quelle faiblesse! J'essuyai les pleurs que je faisais répandre : je la priai d'en arrêter le cours, de donner les duretés que je lui avais dites aux premiers transports d'une colère dont je n'avais pas été le maître : que j'en étais assez puni par le regret que j'en avais, et l'état où il m'avait mis. Je la priai de ne le point renouveler en me faisant voir toute l'indignation qu'elle en avait conçue... »

Page 275.

1. On a noté le pluriel, *nous.* C'est toujours pour son chevalier que Manon travaille (voyez plus haut p. 200 et la note 2); c'est par amour qu'elle trompe (voyez p. 202).

Page 277.

1. Formule significative, voir l'Introduction, p. 96.

Page 278.

1. Sur la morale de l'intention, l'irresponsabilité générale des êtres et la sincérité comme vertu, voyez l'Introduction, p. 73 à 80.

2. En quittant M. de B..., Manon disait de même : «j'emporterai, comme de justice, les bijoux et près de soixante mille francs que j'ai tirés de lui... » (p. 181) ; mais elle avait du moins vécu deux ans avec lui.

3. Des Grieux vient de déplorer la «complaisance qu'[il avait] eue d'entrer aveuglément dans le plan téméraire de [l']aventure» avec G... M... Mais il est — ou plutôt son amour est — incorrigible.

Page 279.

1. Manon, cette fois n'est pas à l'origine de ce plan facétieux, mais il est naturel qu'il lui plaise, étant donné ce que nous savons de son caractère. Des Grieux, une fois de plus, est incapable de résister.

Page 280.

1. Ironique : le pistolet n'est pas chargé à balle, mais à bourre, c'est-à-dire à blanc.

Page 281.

1. Cette phrase à effet manifeste d'une manière plus voyante ici qu'ailleurs le souci constant qu'a Prévost de maintenir son lecteur en haleine en lui annonçant de façon vague et menaçante un avenir mouvementé d'incidents et de malheurs.

Page 283.

1. Des Grieux veut dire qu'en cas de condamnation capitale, sa qualité de gentilhomme lui vaudrait la faveur de la décapitation. G... M..., qui est roturier, serait voué à la pendaison sur le gibet.

Page 285.

1. Des Grieux semble contester le vol, et, dans un étrange aveuglement, reprendre à son compte la formule de Manon (p. 278) : « Il me les a donnés. Ils sont à moi. »

Page 286.

1. Des Grieux, bien entendu, a oublié que c'est avec son accord que Manon est allée rejoindre le jeune G... M...
2. Ce n'est pas au Grand Châtelet qu'on va mener Manon et des Grieux ; celui-ci servait à l'époque de prison pour les détenus de droit commun. C'est au Petit Châtelet qu'on les conduit, sur la rive gauche, au débouché du Petit-Pont, qui servait tant à la détention des prisonniers pour dettes que comme dépôt.
3. Le mépris qu'il a pour ce *coquin* de G... M... et son *incontinence* enlève au Chevalier toute conscience de sa faute et de la situation dans laquelle il vient d'être surpris.
4. Sur le contraste entre la dignité tragique du personnage et ce qu'il est en train de faire, voir l'Introduction, p. 117 à 119.

Page 287.

1. Tout entier à sa colère et à ses craintes, des Grieux se montre incapable du moindre retour sur les responsabilités de Manon et sur les siennes.

Page 288.

1. Une ordonnance de 1670 interdisait bien aux geôliers et guichetiers de « recevoir des prisonniers aucunes avances pour leurs nourritures, gîtes et geôlages », mais on peut douter que ce dernier article fût observé.

2. Le *Traité de Justice criminelle* cité plus haut observe qu'en France « on ne met au cachot que les grands criminels, comme les voleurs de grand chemin, que les assassins, les séditieux, les voleurs insignes et autres gens de cette espèce » (t. II, p. 224).

3. Sauf prescription particulière du juge, la communication avec l'extérieur n'était pas interdite (*Traité de Justice criminelle*, t. II, p. 224).

4. Il s'agit de la lettre écrite après l'entretien avec Tiberge au Luxembourg, voyez p. 244.

Page 289.

1. Le premier article des attributions du Lieutenant général de Police concerne la « netteté et sûreté de la Ville ». C'est à ce titre que des Grieux passe devant lui. Il échappe ainsi à la juridiction du Lieutenant criminel.

Page 290.

1. On voit l'indulgence de l'époque à l'égard des jeunes gens de famille. Dans une telle atmosphère, la bonne conscience de des Grieux est moins surprenante.

Page 291.

1. La place de Grève, actuellement place de l'Hôtel-de-Ville, tirait son nom de la plage ou grève qui la constituait, avant que les quais ne fussent construits à la fin du XVIIe siècle. Les condamnés y étaient exécutés.

2. Sur cette référence à l'amour tragique, et sur la justification qu'elle implique, voir encore l'Introduction, p. 106-107.

Page 292.

1. La tromperie au jeu n'est guère considérée au XVIIe siècle, non plus qu'au XVIIIe, comme déshonorante. Le comte de Gram-

mont, connu pour exercer son « adresse » au jeu, était reçu dans les meilleures sociétés.

Page 293.

1. Sur l'« Ordre » dont il est ici question, voyez plus haut, p. 188, n. 2. On a noté (p. 195, n. 3) que *le prince de...* est le prince de Transylvanie. *Le duc de...* est certainement le duc de Gesvres, qui, donnant à jouer dans son hôtel, par un abus de ses privilèges de gouverneur de Paris, se faisait un revenu annuel de 130 000 livres.

Page 294.

1. L'accord des deux pères se fait sur le dos de Manon. Il y a là une réaction de l'ordre social contre un individu *désencadré* qui le trouble.

2. Le *Journal de la Régence*, de Buvat, qui représente fidèlement l'état d'esprit du public parisien à cette époque, contient sur ces déportations et sur les réactions qu'elles provoquaient dans l'opinion des renseignements précieux. On trouvera, dans l'*Appendice* de nos éditions Garnier, les plus intéressantes des notes prises au jour le jour par Buvat entre août 1719 et mai 1720.

Page 295.

1. Les réactions de des Grieux sont d'une extrême violence chaque fois qu'il s'agit de Manon.

Page 296.

1. C'est le mouvement d'Oreste dans son défi aux Dieux : « Méritons leur courroux, justifions leur haine » (*Andromaque*, acte III, sc. 1).

Page 297.

1. Par un *billet à ordre*, on s'engage à rendre une somme à une date donnée.

2. En ce cas, il est un peu surprenant qu'il ait la même optique que des Grieux. S'il connaît les aveux de Marcel, il n'ignore pas que Manon est allée chez G... M... avec l'accord de des Grieux.

Page 298.

1. L'établissement d'une liste de déportées exigeait d'ordinaire de longues négociations entre le Lieutenant général et la directrice de l'Hôpital. Ici, suivant une procédure qui n'est pas sans exemple, Manon est ajoutée d'office à un convoi en instance de départ.

Page 299.

1. Des Grieux choisit ce jardin comme lieu de rendez-vous parce qu'il est peu fréquenté et qu'il y sera à l'abri d'une surprise. On se souvient que c'est là que Prévost lui-même, à sa sortie de l'abbaye de Saint-Germains-des-Prés, avait échangé contre le *petit collet* son froc de bénédictin.

Page 301.

1. Sauf une allusion à sa mort (p. 247), c'est la première fois qu'il est ici question de la mère de des Grieux. Elle ne saurait avoir de place dans le roman, car, dans toutes les histoires du temps qui roulent sur des amours contrariées, les pères sont beaucoup plus sévères sur ce chapitre que les mères : celles-ci finissent toujours par se laisser attendrir et se réconcilient même avec leur belle-fille (voyez l'*Histoire de Contamine et d'Angélique* et l'*Histoire de des Frans et de Silvie* de Challe, ainsi que *La Vie de Marianne* de Marivaux).

Page 303.

1. Voyez, sur ces personnages de « braves à l'épreuve », c'est-à-dire d'hommes de main, ci-dessus, p. 187, n. 1.

2. La faible estime dans laquelle le public tient les « bandouliers », recrutés parmi les laquais et les vagabonds, est aussi attestée. Une ordonnance du 4 mai 1720 dut interdire, sous peine de vie, de « troubler les archers nouvellement établis pour arrêter les vagabonds, gens sans aveu, et les pauvres mendiants [...] pour les plus jeunes être envoyés dans les colonies françaises de l'Amérique et du Mississippi... »

Page 304.

1. Le véritable port d'embarquement était bien La Rochelle. Pourtant il arriva que, pour éviter la fatigue d'une trop longue route dans de mauvaises charrettes, on fît embarquer des convois

à Rouen ou au Havre pour La Rochelle, d'où on les transférait sur d'autres bâtiments.

2. L'attaque du convoi doit donc avoir lieu beaucoup plus près de Paris qu'on ne l'imaginerait, sans doute dans la plaine Monceau, avant le passage de la Seine à Asnières.

Page 306.

1. Le lecteur passe, presque sans transition, des régions sublimes de la tragédie aux détails réalistes et cyniques ; ou plutôt, ces détails sont intégrés à la tragédie à laquelle ils donnent une couleur étrange.

Page 307.

1. Les déportées étaient ordinairement enchaînées par deux au moyen d'une chaîne légère, qui était ferrée la veille du départ.

2. Quoique préparée par plusieurs passages du roman (cf. p. 179, 180 et 221), cette formule, appliquée précisément à Manon avilie, est remarquable. C'est la seule qui ait trouvé grâce aux yeux de Mathieu Marais, par ailleurs fort hostile à Prévost et à son roman (voir le dossier, p. 355).

Page 308.

1. Ce sont des scènes comme celle-ci, où la description, malgré sa délicatesse de touche, est précise et d'une grande vérité, qui donnent à tout le roman son caractère touchant.

Page 309.

1. Allusion, par exemple, aux articles parus dans le *Mercure* entre 1717 et 1719, qui faisaient état de précisions telles que celle-ci : « Les sauvages sont si fort apprivoisés avec les Français, que [...] les habitants des colonies françaises n'ont rien à craindre d'eux, et pourraient pour ainsi dire dormir en repos. »

2. Ici, des Grieux ne se réfère plus seulement au mythe du bon sauvage. Tous ses jugements impliquent une foi dans la bonté de la nature et du sentiment.

Page 310.

1. Les menaces de l'Homme de qualité (p. 150) ont été efficaces. Le récit de des Grieux a maintenant couvert tout le temps

qui précède la scène par laquelle s'ouvre le roman. Il reste à raconter les événements qui se sont déroulés dans l'intervalle qui sépare sa première rencontre avec l'Homme de qualité de la seconde, où il fait le récit que nous sommes en train de lire.

2. Il y avait trois services par semaine entre Paris et Rouen, les lundi, mercredi et vendredi, mais deux seulement, les mercredi et vendredi, entre Rouen et Le Havre.

Page 311.

1. « La Compagnie fait transporter gratis à la Louisiane tous ceux qui se présentent avec leurs hardes et ustensiles, ceux qui cultivent les terres de cet heureux pays ne sont sujets à aucune imposition et sont les maîtres de vendre leurs denrées à qui bon leur semble. Une pareille récompense [trois arpents de terre] est donnée à tous ceux qui s'engagent pour servir la Compagnie. »

Page 312.

1. Ici encore, Prévost ménage un *agréable suspens* à son lecteur. Celui-ci n'apprendra qu'à la fin (p. 329) la résolution prise par Tiberge.

2. Au sens de « ressouvenir d'une grâce reçue, reconnaissance » (Richelet).

Page 313.

1. Cette description contraste avec les affirmations officielles, répandues dans le *Mercure* de septembre 1717 à mars 1719, qui faisaient de la Louisiane un tableau idyllique : « On y respire un printemps presque perpétuel… le terroir produit toutes sortes de fruits naturellement. »

2. Dès mars 1717, époque de fondation de la ville, le nom est féminin, comme le montrent les documents cités par Villiers (*Histoire de la fondation de la Nouvelle-Orléans*). Ce genre répond à une tendance très répandue au XVIIe siècle, qui, sous l'influence du mot *ville*, met au féminin les noms de villes, surtout s'ils ont une initiale vocalique.

3. Cette précision pourrait à la rigueur s'appliquer au vieux Biloxi, situé à quelque distance au nord-est du nouveau Biloxi, point de débarquement habituel en 1719-1720. Elle ne convient

pas du tout à La Nouvelle-Orléans qui avait été fondée en 1718 à une grande distance de là (soixante milles), au sud du lac Pontchartrain, sur le Mississipi, dans un terrain humide et marécageux.

4. Ici, Prévost, renseigné peut-être par des voyageurs comme le P. Charlevoix, rectifie les données de la propagande officielle.

Page 314.

1. Ce mode d'attribution fut pratiqué, exceptionnellement, pour départager plusieurs candidats à la main d'une même femme. Mais il semble avoir frappé Prévost, qui en tire un parti considérable, au livre III de *Cleveland*.

2. Il s'agit d'un matériau appelé *adobe* qui est encore utilisé de nos jours dans les régions misérables du sud des États-Unis et du Mexique.

Page 315.

1. Notez que dans tout ce passage Manon dit *vous* à des Grieux, qui la tutoie. Plus tard, il lui dira *vous* pour lui proposer le mariage (p. 317-318).

2. Après le choc qu'a produit en elle la générosité du Chevalier décidé à la suivre en Amérique (plus haut, p. 308), Manon est préparée à ce retour sur elle-même. Elle comprend ses torts, et elle reprend, en en réalisant maintenant le sens, les mots mêmes que des Grieux avait employés : « fille ingrate et sans foi, s'était-il écrié, ... amante mille fois volage et cruelle » (p. 271-272).

Page 316.

1. Cette expression a frappé les contemporains qui, comme Palissot dans son *Nécrologe*, la jugeaient « brûlante ».

2. Le Nouvel-Orléans est l'Eldorado du sentiment. Le thème du bon sauvage et de la bonne nature, développé à satiété pendant tout le XVIIIe siècle, est étranger à la pensée de des Grieux, puisqu'il ne s'agit que de son aventure individuelle, et que les « sauvages » n'interviennent pas. Il y a en revanche une condamnation implicite de la société « civilisée » qui a toujours fait obstacle à leur amour.

3. Dès cette époque, la proportion des Noirs amenés d'Afrique dépassait celle des Blancs dans la colonie. Ils fournissaient à bon

Page 317.

1. Voyez le même mouvement plus haut, p. 159, n. 3. Une conduite réglée ramène à la piété.

2. C'est là précisément ce que l'histoire qui précède ne démontre guère dans le cas de Manon; mais il faut entendre que cette qualité *est* la vertu même.

Page 318.

1. Prévost pique une fois de plus la curiosité du lecteur. C'est aussi quand Renoncour aura épousé Sélima, au livre V des *Mémoires d'un homme de qualité*, qu'un dieu jaloux l'enlèvera à l'affection de son mari.

Page 320.

1. C'est en effet la règle, et cela est si bien connu que Lesage en a fait le ressort d'une pièce inspirée sans doute par *Manon Lescaut*, *Les Mariages du Canada*, qu'il donna à la Foire en juillet 1734.

2. Sans doute ne faut-il pas tout à fait donner au mot *barbare* le sens moderne de cruel, puisque des Grieux a dit, p. 309, que les «sauvages» «suivent les lois de la nature».

Page 322.

1. L'attitude de des Grieux rappelle la démarche d'Oroonoko, dont on a vu le rôle dans la genèse de *Manon Lescaut* (voir l'Introduction, p. 40-41).

2. *Prendre sur le temps*: «frapper son adversaire d'une botte au moment où il s'occupe de quelque mouvement» (Littré).

3. C'est-à-dire: un combat à mort.

Page 323.

1. L'état d'émotion intense où se trouve Manon et sa fragilité physique préparent le lecteur à l'issue tragique.

Page 324.

1. Maintenu dans les bornes d'une narration très stricte par le genre de l'*histoire*, Prévost évite ici heureusement les développe-

ments mi-romanesques, mi-exotiques que le thème des sauvages pourrait aisément lui fournir.

Page 325.

1. À quelles colonies Prévost fait-il allusion? Il est vrai qu'en 1731 au moins, sinon en 1753, ses notions géographiques sur l'Amérique sont encore sommaires.

2. Cette marche d'environ neuf kilomètres (une *ligne de terre* vaut 4,440 km) est un exploit pour une jeune femme élégante, qui, hors de brèves promenades, ne se déplaçait, en France, qu'en carrosse.

3. On a remarqué que cette description du paysage conviendrait mieux aux plaines sablonneuses de Biloxi qu'au pays marécageux qui entoure La Nouvelle-Orléans. Mais le décor a sa justification en lui-même. Son horreur s'ajoute à celle de la scène qui va se dérouler.

Page 327.

1. Dans ce récit de l'ensevelissement de Manon, l'œuvre de Prévost atteint le sommet du pathétique. Aussi cette scène est-elle une de celles qui ont particulièrement inspiré les illustrateurs.

Page 329.

1. Dernier rapprochement avec *Les Illustres Françaises* (éd. Livre de Poche, p. 490). Après la perte de Silvie, des Frans tombe dangereusement malade. Lorsque son confesseur lui apprend que les médecins le condamnent, il lui dit qu'il n'a «jamais reçu de nouvelle plus agréable». Il surmonte pourtant la crise, et la résolution de revenir à Silvie lui ayant «rendu l'esprit plus tranquille», sa santé se rétablit peu à peu. Comparer surtout, ici: «La tranquillité ayant commencé de renaître un peu dans mon âme, ce changement fut suivi de près par ma guérison.»

2. Dans sa première rédaction (1731), Prévost insistait sur l'aspect religieux de ce retour à la vie: c'était comme une nouvelle conversion. Éclairé par la *grâce*, le héros revenait à Dieu *par les voies de la pénitence* et se livrait *entièrement aux exercices de la piété*. Cette conversion a été en grande partie laïcisée en 1753: le héros désormais décide de revenir à une conduite plus digne de sa *nais-*

sance, et se livre entièrement aux inspirations de l'honneur. Ces corrections sont heureuses : la première conversion de des Grieux et son entrée à Saint-Sulpice ne l'avaient pas empêché de retomber une première fois dans les bras de Manon ; une nouvelle conversion n'inspirerait guère confiance.

Page 330.

1. La contagion du roman d'aventures atteint ici, sans grande nécessité, semble-t-il, jusqu'au bon Tiberge lui-même.

Avant-propos	7
Introduction	9
I. Vie de Prévost	9
II. Genèse de *Manon Lescaut*	38
III. Signification de *Manon Lescaut*	60

HISTOIRE DU CHEVALIER DES GRIEUX ET DE MANON LESCAUT

Avis de l'auteur des *Mémoires d'un homme de qualité*	141
Première partie	145
Deuxième partie	247

DOSSIER

Note sur le texte	333
Textes et documents contemporains sur Prévost et son œuvre	335
L'accueil des contemporains	352
Bibliographie	364
Notes	367

COLLECTION FOLIO

Dernières parutions

4351. Jerome Charyn — *Ping-pong.*
4352. Boccace — *Le Décameron.*
4353. Pierre Assouline — *Gaston Gallimard.*
4354. Sophie Chauveau — *La passion Lippi.*
4355. Tracy Chevalier — *La Vierge en bleu.*
4356. Philippe Claudel — *Meuse l'oubli.*
4357. Philippe Claudel — *Quelques-uns des cent regrets.*
4358. Collectif — *Il était une fois... Le Petit Prince.*
4359. Jean Daniel — *Cet étranger qui me ressemble.*
4360. Simone de Beauvoir — *Anne, ou quand prime le spirituel.*
4361. Philippe Forest — *Sarinagara.*
4362. Anna Moï — *Riz noir.*
4363. Daniel Pennac — *Merci.*
4364. Jorge Semprún — *Vingt ans et un jour.*
4365. Elizabeth Spencer — *La petite fille brune.*
4366. Michel tournier — *Le bonheur en Allemagne?*
4367. Stephen Vizinczey — *Éloge des femmes mûres.*
4368. Byron — *Dom Juan.*
4369. J.-B. Pontalis — *Le Dormeur éveillé.*
4370. Erri De Luca — *Noyau d'olive.*
4371. Jérôme Garcin — *Bartabas, roman.*
4372. Linda Hogan — *Le sang noir de la terre.*
4373. LeAnne Howe — *Équinoxes rouges.*
4374. Régis Jauffret — *Autobiographie.*
4375. Kate Jennings — *Un silence brûlant.*
4376. Camille Laurens — *Cet absent-là.*
4377. Patrick Modiano — *Un pedigree.*
4378. Cees Nooteboom — *Le jour des Morts.*
4379. Jean-Chistophe Rufin — *La Salamandre.*
4380. W. G. Sebald — *Austerlitz.*
4381. René Belletto — *La machine.*
4382. Philip Roth — *La contrevie.*
4383. Antonio Tabucchi — *Requiem.*
4384. Antonio Tabucchi — *Le fil de l'horizon.*

4385.	Antonio Tabucchi	*Le jeu de l'envers.*
4386.	Antonio Tabucchi	*Tristano meurt.*
4387.	Boileau-Narcejac	*Au bois dormant.*
4388.	Albert Camus	*L'été.*
4389.	Philip K. Dick	*Ce que disent les morts.*
4390.	Alexandre Dumas	*La dame pâle.*
4391.	Herman Melville	*Les Encantadas, ou Îles Enchantées.*
4392.	Pidansat de Mairobert	*Confession d'une jeune fille.*
4393.	Wang Chong	*De la mort.*
4394.	Marguerite Yourcenar	*Le Coup de Grâce.*
4395.	Nicolas Gogol	*Une terrible vengeance.*
4396.	Jane Austen	*Lady Susan.*
4397.	Annie Ernaux/ Marc Marie	*L'usage de la photo.*
4398.	Pierre Assouline	*Lutetia.*
4399.	Jean-François Deniau	*La lune et le miroir.*
4400.	Philippe Djian	*Impuretés.*
4401.	Javier Marías	*Le roman d'Oxford.*
4402.	Javier Marías	*L'homme sentimental.*
4403.	E. M. Remarque	*Un temps pour vivre, un temps pour mourir.*
4404.	E. M. Remarque	*L'obélisque noir.*
4405.	Zadie Smith	*L'homme à l'autographe.*
4406.	Oswald Wynd	*Une odeur de gingembre.*
4407.	G. Flaubert	*Voyage en Orient.*
4408.	Maupassant	*Le Colporteur et autres nouvelles.*
4409.	Jean-Loup Trassard	*La déménagerie.*
4410.	Gisèle Fournier	*Perturbations.*
4411.	Pierre Magnan	*Un monstre sacré.*
4412.	Jérôme Prieur	*Proust fantôme.*
4413.	Jean Rolin	*Chrétiens.*
4414.	Alain Veinstein	*La partition*
4415.	Myriam Anissimov	*Romain Gary, le caméléon.*
4416.	Bernard Chapuis	*La vie parlée.*
4417.	Marc Dugain	*La malédiction d'Edgar.*
4418.	Joël Egloff	*L'étourdissement.*
4419.	René Frégni	*L'été.*
4420.	Marie NDiaye	*Autoportrait en vert.*
4421.	Ludmila Oulitskaïa	*Sincèrement vôtre, Chourik.*

4422.	Amos Oz	*Ailleurs peut-être.*
4423.	José Miguel Roig	*Le rendez-vous de Berlin.*
4424.	Danièle Sallenave	*Un printemps froid.*
4425.	Maria Van Rysselberghe	*Je ne sais si nous avons dit d'impérissables choses.*
4426.	Béroalde de Verville	*Le Moyen de parvenir.*
4427.	Isabelle Jarry	*J'ai nom sans bruit.*
4428.	Guillaume Apollinaire	*Lettres à Madeleine.*
4429.	Frédéric Beigbeder	*L'Égoïste romantique.*
4430.	Patrick Chamoiseau	*À bout d'enfance.*
4431.	Colette Fellous	*Aujourd'hui.*
4432.	Jens Christian Grøndhal	*Virginia.*
4433.	Angela Huth	*De toutes les couleurs.*
4434.	Cees Nooteboom	*Philippe et les autres.*
4435.	Cees Nooteboom	*Rituels.*
4436.	Zoé Valdés	*Louves de mer.*
4437.	Stephen Vizinczey	*Vérités et mensonges en littérature.*
4438.	Martin Winckler	*Les Trois Médecins.*
4439.	Françoise Chandernagor	*L'allée du Roi.*
4440.	Karen Blixen	*La ferme africaine.*
4441.	Honoré de Balzac	*Les dangers de l'inconduite.*
4442.	Collectif	*1,2,3... bonheur!*
4443.	James Crumley	*Tout le monde peut écrire une chanson triste et autres nouvelles.*
4444.	Niwa Fumio	*L'âge des méchancetés.*
4445.	William Golding	*L'envoyé extraordinaire.*
4446.	Pierre Loti	*Les trois dames de la Kasbah* suivi de *Suleïma.*
4447.	Marc Aurèle	*Pensées (Livres I-VI).*
4448.	Jean Rhys	*À septembre, Petronella* suivi de *Qu'ils appellent ça du jazz.*
4449.	Gertrude Stein	*La brave Anna.*
4450.	Voltaire	*Le monde comme il va et autres contes.*
4451.	La Rochefoucauld	*Mémoires.*
4452.	Chico Buarque	*Budapest.*
4453.	Pietro Citati	*La pensée chatoyante.*
4454.	Philippe Delerm	*Enregistrements pirates.*

4455.	Philippe Fusaro	*Le colosse d'argile.*
4456.	Roger Grenier	*Andrélie.*
4457.	James Joyce	*Ulysse.*
4458.	Milan Kundera	*Le rideau.*
4459.	Henry Miller	*L'œil qui voyage.*
4460.	Kate Moses	*Froidure.*
4461.	Philip Roth	*Parlons travail.*
4462.	Philippe Sollers	*Carnet de nuit.*
4463.	Julie Wolkenstein	*L'heure anglaise.*
4464.	Diderot	*Le Neveu de Rameau.*
4465.	Roberto Calasso	*Ka.*
4466.	Santiago H. Amigorena	*Le premier amour.*
4467.	Catherine Henri	*De Marivaux et du Loft.*
4468.	Christine Montalbetti	*L'origine de l'homme.*
4469.	Christian Bobin	*Prisonnier au berceau.*
4470.	Nina Bouraoui	*Mes mauvaises pensées.*
4471.	Françoise Chandernagor	*L'enfant des Lumières.*
4472.	Jonathan Coe	*La Femme de hasard.*
4473.	Philippe Delerm	*Le bonheur.*
4474.	Pierre Magnan	*Ma Provence d'heureuse rencontre.*
4475.	Richard Millet	*Le goût des femmes laides.*
4476.	Pierre Moinot	*Coup d'État.*
4477.	Irène Némirovsky	*Le maître des âmes.*
4478.	Pierre Péju	*Le rire de l'ogre.*
4479.	Antonio Tabucchi	*Rêves de rêves.*
4480.	Antonio Tabucchi	*L'ange noir.* (à paraître)
4481.	Ivan Gontcharov	*Oblomov.*
4482.	Régine Detambel	*Petit éloge de la peau.*
4483.	Caryl Férey	*Petit éloge de l'excès.*
4484.	Jean-Marie Laclavetine	*Petit éloge du temps présent.*
4485.	Richard Millet	*Petit éloge d'un solitaire.*
4486.	Boualem Sansal	*Petit éloge de la mémoire.*
4487.	Alexandre Dumas	*Les Frères corses.* (à paraître)
4488.	Vassilis Alexakis	*Je t'oublierai tous les jours.*
4489.	René Belletto	*L'enfer.*
4490.	Clémence Boulouque	*Chasse à courre.*
4491.	Giosuè Calaciura	*Passes noires.*
4492.	Raphaël Confiant	*Adèle et la pacotilleuse.*
4493.	Michel Déon	*Cavalier, passe ton chemin!*
4494.	Christian Garcin	*Vidas suivi de Vies volées.*

4495.	Jens Christian Grøndahl	*Sous un autre jour.*
4496.	Régis Jauffret	*Asiles de fous.*
4497.	Arto Paasilinna	*Un homme heureux.*
4498.	Boualem Sansal	*Harraga.*
4499.	Quinte-Curce	*Histoire d'Alexandre.*
4500.	Jérôme Garcin	*Cavalier seul.*
4501.	Olivier Barrot	*Décalage horaire.*
4502.	André Bercoff	*Retour au pays natal.*
4503.	Arnaud/Barillé/Cortanze/Maximin	*Paris Portraits.*
4504.	Alain Gerber	*Balades en jazz.*
4505.	David Abiker	*Le musée de l'homme.*
4506.	Bernard du Boucheron	*Coup-de-Fouet.*
4507.	Françoise Chandernagor	*L'allée du Roi.*
4508.	René Char	*Poèmes en archipel.*
4509.	Sophie Chauveau	*Le rêve Botticelli.*
4510.	Benoît Duteurtre	*La petite fille et la cigarette.*
4511.	Hédi Kaddour	*Waltenberg.*
4512.	Philippe Le Guillou	*Le déjeuner des bords de Loire.*
4513.	Michèle Lesbre	*La Petite Trotteuse.*
4514.	Edwy Plenel	*Procès.*
4515.	Pascal Quignard	*Sordidissimes. Dernier Royaume, V.*
4516.	Pascal Quignard	*Les Paradisiaques. Dernier Royaume, IV.*
4517.	Danièle Sallenave	*La Fraga.*
4518.	Renée Vivien	*La Dame à la louve.*
4519.	Madame Campan	*Mémoires sur la vie privée de Marie-Antoinette.*
4520.	Madame de Genlis	*La Femme auteur.*
4521.	Elsa Triolet	*Les Amants d'Avignon.*
4522.	George Sand	*Pauline.*
4523.	François Bégaudeau	*Entre les murs.*
4524.	Olivier Barrot	*Mon Angleterre. Précis d'Anglopathie.*
4525.	Tahar Ben Jelloun	*Partir.*
4526.	Olivier Frébourg	*Un homme à la mer.*
4527.	Franz-Olivier Giesbert	*Le sieur Dieu.*
4528.	Shirley Hazzard	*Le Grand Incendie.*
4529.	Nathalie Kuperman	*J'ai renvoyé Marta.*
4530.	François Nourissier	*La maison Mélancolie.*

4531. Orhan Pamuk	*Neige.*
4532. Michael Pye	*L'antiquaire de Zurich.*
4533. Philippe Sollers	*Une vie divine.*
4534. Bruno Tessarech	*Villa blanche.*
4535. François Rabelais	*Gargantua.*
4536. Collectif	*Anthologie des humanistes européens de la renaissance.*
4537. Stéphane Audeguy	*La théorie des nuages.*
4538. J. G. Ballard	*Crash!*
4539. Julian Barnes	*La table citron.*
4540. Arnaud Cathrine	*Sweet home.*
4541. Jonathan Coe	*Le cercle fermé.*
4542. Frank Conroy	*Un cri dans le désert.*
4543. Karen Joy Fowler	*Le club Jane Austen.*
4544. Sylvie Germain	*Magnus.*
4545. Jean-Noël Pancrazi	*Les dollars des sables.*
4546. Jean Rolin	*Terminal Frigo.*
4547. Lydie Salvayre	*La vie commune.*
4548. Hans-Ulrich Treichel	*Le disparu.*
4549. Amaru	*La Centurie. Poèmes amoureux de l'Inde ancienne.*
4550. Collectif	*«Mon cher papa...» Des écrivains et leur père.*
4551. Joris-Karl Huysmans	*Sac au dos* suivi de *À vau l'eau.*
4552. Marc-Aurèle	*Pensées (Livres VII-XII).*
4553. Valery Larbaud	*Mon plus secret conseil...*
4554. Henry Miller	*Lire aux cabinets.*
4555. Alfred de Musset	*Emmeline.*
4556. Irène Némirovsky	*Ida* suivi de *La comédie bourgeoise.*
4557. Rainer Maria Rilke	*Au fil de la vie.*
4558. Edgar Allan Poe	*Petite discussion avec une momie et autres histoires extraordinaires.*
4559. Madame de Duras	*Ourika. Édouard. Olivier ou le Secret.*
4560. François Weyergans	*Trois jours chez ma mère.*
4561. Robert Bober	*Laissées-pour-compte.*
4562. Philippe Delerm	*La bulle de Tiepolo.*
4563. Marie Didier	*Dans la nuit de Bicêtre.*

4564.	Guy Goffette	*Une enfance lingère.*
4565.	Alona Kimhi	*Lily la tigresse.*
4566.	Dany Laferrière	*Le goût des jeunes filles.*
4567.	J.M.G. Le Clézio	*Ourania.*
4568.	Marie Nimier	*Vous dansez?*
4569.	Gisèle Pineau	*Fleur de Barbarie.*
4570.	Nathalie Rheims	*Le Rêve de Balthus.*
4571.	Joy Sorman	*Boys, boys, boys.*
4572.	Philippe Videlier	*Nuit turque.*
4573.	Jane Austen	*Orgueil et préjugés.*
4574.	René Belletto	*Le Revenant.*
4575.	Mehdi Charef	*À bras-le-cœur.*
4576.	Gérard de Cortanze	*Philippe Sollers. Vérités et légendes*
4577.	Leslie Kaplan	*Fever.*
4578.	Tomás Eloy Martínez	*Le chanteur de tango.*
4579.	Harry Mathews	*Ma vie dans la CIA.*
4580.	Vassilis Alexakis	*La langue maternelle.*
4581.	Vassilis Alexakis	*Paris-Athènes.*
4582.	Marie Darrieussecq	*Le Pays.*
4583.	Nicolas Fargues	*J'étais derrière toi.*
4584.	Nick Flynn	*Encore une nuit de merde dans cette ville pourrie.*
4585.	Valentine Goby	*L'antilope blanche.*
4586.	Paula Jacques	*Rachel-Rose et l'officier arabe.*
4587.	Pierre Magnan	*Laure du bout du monde.*
4588.	Pascal Quignard	*Villa Amalia.*
4589.	Jean-Marie Rouart	*Le Scandale.*
4590.	Jean Rouaud	*L'imitation du bonheur.*
4591.	Pascale Roze	*L'eau rouge.*
4592.	François Taillandier	*Option Paradis. La grande intrigue, I.*
4593.	François Taillandier	*Telling. La grande intrigue, II.*
4594.	Paula Fox	*La légende d'une servante.*
4595.	Alessandro Baricco	*Homère, Iliade.*
4596.	Michel Embareck	*Le temps des citrons.*
4597.	David Shahar	*La moustache du pape* et autres nouvelles.
4598.	Mark Twain	*Un majestueux fossile littéraire* et autres nouvelles.

Composition Interligne.
Impression Bussière
à Saint-Amand (Cher), le 4 janvier 2008.
Dépôt légal : janvier 2008.
Numéro d'imprimeur : 074253/1.
ISBN 978-2-07-034832-9./Imprimé en France.

153455